눈의 여왕

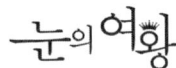

초판 1쇄 찍은 날 | 2013년 12월 24일
초판 1쇄 펴낸 날 | 2013년 12월 31일

지은이 | 윤재희
펴낸이 | 서경석

편 집 장 | 권태완
편집책임 | 손수화
편   집 | 장미연
디 자 인 | 신현아

펴낸곳 | 도서출판 청어람
등록번호 | 제1081-1-89호
등록일자 | 1999. 5. 31
어람번호 | 제5-0359호

주소 | 경기도 부천시 원미구 심곡2동 163-2 서경B/D 3F (우) 420-822
전화 | 032-656-4452 팩스 | 032-656-4453
http://www.chungeoram.com
E-mail | chungeorambook@daum.net

ⓒ 윤재희, 2013

ISBN 978-89-251-3618-9 03810

※ 파본은 구입하신 서점에서 교환하여 드립니다.
※ 저자와 협의하여 인지를 붙이지 않습니다.
※ 이 책은 도서출판 청어람과 저작자의 계약에 의해 출판된 것이므로,
   무단 전재 및 유포·공유를 금합니다.

Chungeoram romance novel

❄ 윤재희 장편 소설

눈의 여왕

목차

1부 프롤로그 ✳ 9

1장 ✳ 32

2장 ✳ 87

3장 ✳ 138

4장 ✳ 219

5장 ✳ 287

에필로그 ✳ 340

2부 프롤로그 ✳ 345

1장 ✳ 353

2장 ✳ 407

3장 ✳ 432

에필로그 ✳ 493

작가 후기 ✳ 501

프롤로그

"……혜, 혜림아."

애처롭게 떨리는 여자아이의 목소리가 쓰레기 소각장 뒤에서 가냘프게 울렸다.

"왜?"

목소리가 애처롭게 떨리는 여자아이가 약자라면, 여유로움이 가득한 여자아이는 절대적인 강자의 위치에 서서 눈에 눈물이 그렁그렁 맺힌 여자아이의 얼굴을 묘하게 비틀린 얼굴로 바라보고 있었다. 여자아이가 괴로워하고 있다는 것에 대한 희열감과 무언가 알 수 없는 분노가 한데 섞인 비틀린 얼굴이었다.

벚꽃이 흐드러지게 핀 봄의 계절에 비해 여자아이 두 명이 서 있는 곳은 한겨울의 추위보다 더 차갑고 매서운 바람이 불었다. 순진해 보이는 큰 두 눈에 눈물이 그렁그렁 맺혀 있는 아이의 명

찰에는 '노원고등학교 3학년 7반 송여울'이라는 세 글자의 이름이 단정하게 박혀 있었다.

조금 떨어진 거리에서 송여울을 바라보는, 장인이 심혈을 기울여 만든 프랑스제 인형 같아 보이는 여자애의 가슴께에는 '노원고등학교 3학년 7반 차혜림'이라는 글자가 단정하게 박혀 있었다. 혜림은 여울의 명찰을 빤히 바라보고 있었다. 연한 갈색의 두 눈동자는 가을철의 벼와 비슷한 색깔이었다.

혜림의 시선이 부담스러울 법도 한데, 여울은 혜림의 시선을 끝까지 받아내고 있었다. 혜림이 속으로 여울을 비웃었다. 바들바들 떨면서도 자신의 시선을 피하지 않는 모습이 참으로 가소로웠다.

"스, 스케치북 돌려줘, 혜림아……."

가련하게 떨리는 목소리를 들으면 동정심이 일어날 법도 한데, 혜림은 안색 하나 바꾸지 않고 대답했다.

"싫어."

그 대답이 마치 '오늘 날씨가 좋죠?'라는 일상적인 질문과 비슷해서 순간 부정적인 대답을 했다는 것을 인식하지 못했다.

"혜림아, 제발……."

거의 울다시피 하는 말에 혜림은 들고 있던 스케치북 한 장, 한 장을 뒤로 넘겼다. 미대를 목표로 하고 있어서인지, 아니면 미술에 재능이 있어서인지는 모르겠지만, 화폭에 담겨진 그림은 아주 아름다웠다. 그림의 종류도 풍경화, 추상화, 인물화, 정물화로 다양했다. 미술의 '미'자도 모르지만, 그림이 훌륭한 것은 인정할 수밖에 없었다.

"중요한 스케치가 있단 말이야. 제발 부탁할게, 혜림아, 응?"
"그렇게 말하니까 더 돌려주기 싫은데?"
가볍게 스쳐 지나가는 바람처럼 살풋 지은 미소는 황홀하리만큼 아름다웠지만, 여울에게는 두려울 따름이었다.

*

똑똑.
책상을 가볍게 두드리는 마찰음에 혜림이 비문학 문제지를 풀던 손을 잠시 멈추고 고개를 들었다. 검지는 않지만 보기 좋게 탄 피부와 운동으로 단련된 다부진 체격의 남자아이가 굳은 표정으로 그녀를 내려다보고 있었다.
굳은 얼굴을 보니 이야기를 들은 모양이었다. 들리지도 않을 작은 실소를 흘리다 상대할 가치도 없는 인물이 왔다는 것마냥, 혜림은 다시 문제지를 풀기 시작했다. 남자아이를 노골적으로 무시하는 태도였다. 눈앞에 있는 남자아이보다, 문제를 하나 더 푸는 게 중요한 것처럼 보였다.
"얘기 좀 해."
"할 얘기 없어."
"나는 있어."
혜림이 대화에 응할 때까지 움직이지 않을 것 같은 표정을 짓고 있는 남자아이, 찬들을 바라보며 혜림이 가볍게 한숨을 내쉬었다.
"······할 얘기가 뭔데?"

"나가서 얘기해."

누군가의 뒤를 따라가는 성격은 아니었지만, 긴 다리로 성큼성큼 앞서 걸어가는 찬들의 걸음을 160㎝를 겨우 넘는 혜림이 따라갈 수 있을 리 만무했다. 발을 부지런히 움직이는 동안 그들은 간단한 안부 인사조차 물어보지 않았다. 2년 전까지만 해도 그 둘은 꽤 친한 사이였다. 갑작스럽게 나타난 여울로 인해 그들의 사이가 급속도로 나빠졌지만.

'만약 여울이 나타나지 않았더라면?'

추억이라고 할 것까지 없는 과거를 떠올리자 혜림의 산호색 입술에서 의미를 알 수 없는 실소가 흘러나왔다. 이런 감상적인 생각은 자신과 어울리지 않았다. 이미 일어난 일을 되돌릴 수는 없는 법이었다. 오히려 어떤 면에선 여울이 나타난 게 잘됐다고 생각하기도 했다. 찬들의 발이 멈추자 혜림의 발도 따라 멈추었다. 찬들이 멈춘 곳은 학교 뒷산으로 가는 사람이 없는 한적한 곳이었다.

"단도직입적으로 말할게."

아직 변성기가 채 가시지 않은 목소리가 크게 울렸다.

"여울이 스케치북 어쨌어?"

"그새 고해바쳤나 보네."

아직 어두웠지만 혜림의 얼굴에는 표정이 명백하게 드러났다. 경멸감, 누구를 향하고 있는지 모를 한심함, 그리고 약간은 책망하는 듯한 표정이 한데 뒤섞여 찬들을 올곧게 바라보고 있었다.

"너랑 장난칠 기분 아니야. 여울이 스케치북 어쨌어?"

"걔 스케치북을 왜 네가 찾아? 네가 걔 엄마니? 아님, 애인이라도 돼?"

"차혜림! 너 도대체 왜 그래!"

찬들이 약간은 책망하는 표정으로 혜림을 쳐다봤다. 고등학교에 입학했을 당시에도 감정이 메마른 아이이긴 했지만, 이렇게 누군가를 탓하거나 괴롭히거나 하는 아이는 아니었다. 오히려 간혹가다 보여주는 온화하고 다정한 미소가 인상적인 아이였다. 불과 1년 전까지만 해도. 1년 전 여울이 전학 옴과 동시에 며칠 지나지 않아서 이유를 알 수 없는 괴롭힘이 시작되었다.

전학 온 지 며칠 되지 않아 반에서 은근히 겉도는 아이 축에 속했었는데, 반에서 인기가 많은 혜림이가 며칠 동안 챙겨주면서 아이들도 다가서기 시작하다. 반 생활이 익숙해질 무렵쯤의 어느 날이었다.

어느 순간 갑자기 유독 여울에게만 쌀쌀 맞게 변해 버린 혜림을 보며 아이들 또한 여울과 거리를 두기 시작했다. 날이 갈수록 괴롭힘이 심해져 찬들이 혜림을 타이르기도 하고, 달래기도 하고, 화를 내보기도 했지만, 어느 것 하나 혜림에게 먹히는 것이 없었다. 오히려 찬들이 여울을 챙기려 들수록 괴롭힘의 강도는 점점 더 세져만 갔다. 이유를 알 수가 없으니 여울과 찬들의 속은 답답할 뿐이었다.

"여울이 스케치북 어딨어? 그만하면 됐잖아, 어서 돌려줘."

"태웠어."

"뭐?"

"스케치북 태웠다고."

예쁘게 미소 짓는 얼굴과는 달리 나오는 말에 찬들의 표정이 점점 더 차갑게 변해갔다. 그의 표정이 변하는 건 신경 쓰이지 않는지 혜림은 아랑곳하지 않고 말을 이어갔다.

"중요한 스케치가 많다고 말하더라."

"……."

"하라면 안 하고 싶고, 하지 말라면 하고 싶은 게 사람 마음이잖아? 그래서, 태워 버렸어."

"……야, 차혜림."

낮게 울리는 그 목소리는 소름 끼치도록 오싹했지만, 혜림은 그저 빙긋 웃으며 찬들의 시선을 끝까지 피하지 않았다. 자신이 잘못한 것은 하나도 없다는 표정을 짓고 있었기에 찬들의 표정은 더욱더 굳어져 갔다.

"여울인, 부모님 재력만 믿고 까부는 너랑은 달라. 너한테 진짜 실망했다."

"……."

그 말만 남겨두고 쌩 하니 가버린 찬들의 뒷모습을 보며 혜림은 산호색 입술을 꾹, 하고 깨물었다. 북극의 서리보다 더 차가운 표정으로 찬들의 뒷모습이 사라질 때까지 바라보고 있을 뿐이었다.

어제 찬들에게 태워 버렸다고 말했던 스케치북은 원래의 모습으로 혜림의 다리 위에 있었다. 스케치북을 빤히 바라보다가 조금은 머뭇거리는 손짓으로 한 장 넘겼다. 많은 스케치들이 있었지만 유난스레 손이 많이 탄 스케치가 있었다. 그 스케치를 보던 혜림의 주변에 싸늘한 공기가 맴돌았다. 표정이 점점 차가워지고 손에 힘이 들어가려 할 때였다.

"찬들이한텐 스케치북 태웠다고 하지 않았냐?"

갑작스럽게 뒤에서 들려오는 목소리 때문에 뒤를 휙 돌아봤다. 분명 아무도 없을 줄 알았던 소각장으로 이어지는 길목 코너에서 갑작스럽게 튀어나온 사람은 혜림도 분명 잘 아는 사람의 얼굴이었다. 이상한 사람이 아니라는 것을 인식하고는 묘하게 굳었던 얼굴이 안도로 풀렸지만, 남들이 보기에는 여전히 무표정이었다.

"엿듣는 취미가 있으신 줄 몰랐네요."

"말은 바로 해야지. 내가 쉬고 있었는데 너희들이 온 거였어. 그나저나 그 스케치북이 여울이 거지? 잘 그렸네."

같이 있는 게 싫어서 일어섰지만, 익숙한 얼굴의 남자는 담배를 입에 물고는 싱글싱글 웃고 있었다.

"왜 거짓말했어?"

"……."

"안 태웠잖아."

뒷말은 생략했지만 그가 턱으로 가리키는 것은 혜림의 손에 들려 있는 스케치북이었다. 계속 이곳에 있어봤자 좋을 것 하나 없다는 생각이 들어 혜림은 발을 움직이려고 했지만 남자는 말을 이어갔다.

"혹시 그런 거야? 여울이, 너, 찬들이. 이렇게 삼각관계?"

그 말에 움직이던 혜림의 발이 멈추었다. 옅은 바람 소리만이 그 한적한 곳을 맴돌고 있을 때 혜림의 눈이 차갑게 빛났다. 후, 얼핏 짧은 한숨 같은 것을 내쉬고는 그 예쁜 눈썹을 살짝 찡그리고는 고개를 비딱하게 기울였다.

"쓸데없는 참견인 것 같은데요, 여우진 선생님?"

"쓸데없는 참견은 아닌 것 같은데? 들어보니까 너 여울이 심하게 괴롭히는 것 같던데, 선생님으로서 듣고 지나치면 안 되지. 요새 학교폭력이 얼마나 무서운데. 학생부나 경찰에 말한다?"

"……협박인가요?"

"그렇다면?"

히죽, 하고 웃는 모습이 죽도록 얄미웠다. 평소 감정이 얼굴에 드러나지 않는 점이 이럴 때는 한없이 고마웠다. 만약 여기서 열이 받는다, 라던가 화가 난다, 라는 기색을 내비치면 분명 여우진이라는 저 남자는 더 즐거워할 것이 틀림없어 보였다. 학교생활이나 선생님한테 별로 관심이 없어서 여자아이들이 꺄꺄, 거리며 좋아하는 여우진이라는 선생이 저런 성격일 줄은 생각도 하지 못했다.

혜림에게 있어 여우진은 그저 학교 영어 선생님에 불과했다. 젊고 멋있는, 여학생들의 관심을 한 몸에 받고 있는 남자 선생님. 사실 그 사실 또한 1년 전에 여울이 말하지 않았더라면 몰랐을 것이다. 히죽히죽 웃고 있는 우진은 재미있는 듯 보였다. 딱히 학생을 바른길로 선도해야 한다는 특별한 사명감 같은 것도 없어 보였다.

우진이 웃는 것처럼 혜림도 살풋 미소 지었다. 그 미소는 꽃이 만개하기 직전의 꽃봉오리와도 같은 신선함과 산뜻함이 배어 있었다.

"어제 엿들으셨다면 아시겠네요."

의미를 알 수 없는 그 말에 우진은 멍청하게 응? 하고 되묻기만

했다. 혜림은 갈색의 결 좋은 머리카락을 단정하게 귀 뒤로 넘기고 손가락으로 입술을 지분거리며 미소 지었다.

"어제 박찬들이 하는 말 들으셨잖아요? '부모님이 가진 재력만 믿고 까부는 너랑은 달라' 라는 말, 못 들으셨어요?"

여전히 재미있다는 듯 웃고 있는 우진을 보며 혜림은 여전히 예쁘게 미소 짓고 있었다.

"저는 제가 가진 재력만 믿고 까부는 그런 애거든요. 그래서 누구에게나 안하무인하고 오만하죠."

"……."

"한마디로 제 전화 한 통이면 선생님은 오늘내일로 사직서 내실 수도 있으시거든요."

어린 소녀의 당돌한 협박에 우진의 얼굴이 살짝 굳었다. 아까까지와는 전혀 다른 반응이 재미있는지 혜림은 여전히 빙긋 웃고 있었다.

"그러니까 그 입, 조심하는 게 좋으실 거예요."

"……."

"상대도 가려가며 협박하셔야죠?"

멀리서 여울아! 하는 소리가 들리는 것 같았다. 그리고 사람의 뜀박질 소리도. 손에 들고 있는 스케치북을 종이가방 안에 넣고 발을 돌리는데 이번에는 송여울과 박찬들이 나타났다. 연달아서 싫어하는 사람들만 만난다는 생각에 혜림은 서서히 짜증이 나기 시작했다. 봄의 이맘때쯤이면 항상 기분이 안 좋았다. 따뜻한 봄날씨는 사람을 나른하고 무기력하게 만들어서 싫었다.

"혜, 혜림아. 내, 내, 스케치북 태웠다는 거 사실, 사실이야? 아니지? 응? 그렇지?"

"박찬들이 그렇게 말해줬나 보지?"

여울의 뒤에서 매섭게 혜림을 노려보고 있는 찬들을 바라보며 가벼운 실소를 흘렸다.

"사, 사실이야?"

큰 두 눈은 눈물이 그렁그렁 맺혔고, 목소리도 가냘프게 떨리고 있었다.

한심해, 라고 혜림은 생각했다. 여울은 혼자서는 아무것도 못했다. 공부도, 운동도, 그 어느 것 하나 자신의 힘으로 한 적이 없었다. 그리고 그 어느 것 하나 혜림보다 잘하는 게 없었다. 묘한 우월감과 한심함이 뒤섞인 감정으로 여울을 바라보며 비웃었다. 여울이 지금 현재 가장 듣고 싶지 않을 말을 가장 감미롭고 달콤한 목소리로 다정하게 속삭였다.

"그래, 태웠어."

"차혜림!"

사슴 같은 두 눈에 맺혀 있던 눈물방울이 아스팔트 바닥으로 떨어졌다.

한심해, 또 한 번 그렇게 생각했다. 혼자 할 수 있는 것도 없으면서 항상 남의 도움을 빌리고 울기만 했다. 세상에서 자신이 가장 힘든 사람마냥. 할 줄 아는 것이라곤 혼자 우는 것밖에 하지 못하는 여울을 바라보며 실소를 흘리고 있을 무렵 딸칵, 하는 라이터 소리가 잠깐 동안의 정적을 깨뜨렸다.

"저거 거짓말이야."

단박에 부정하는 말에 혜림이 재빨리 몸을 돌리고는 우진을 노려봤다. 아까 전 굳은 얼굴과는 달리 그는 웃고 있었다. 그는 빙긋 웃으며 고개를 절레절레 저었다. 그 표정이 마치 자신을 농락하는 것 같아서 기분이 불쾌했다.

"저 종이가방에 스케치북 들어가 있어."

"진, 짜야, 혜림아?"

그 말에 고운 미간이 찡그러졌다. 여울이 친한 척 이름을 부르는 것도 마음에 들지 않았지만 자신의 일에 방해하는 저 여우진이라는 선생도 마음에 들지 않았다. 이 상황에서 더 이상 거짓말을 할 수는 없었기 때문에 종이가방에서 스케치북을 꺼내 들었다. 조금 전 절망으로 가득했던 여울의 얼굴에는 다시 희망과 기쁨이 가득 찼다. 송여울의 저런 얼굴은 보고 싶지 않았다. 그 얼굴에 혜림의 마음에 다시 삐죽 하고 모가 생겼다.

저 계집애가 저렇게 짓는 표정이 제일 마음에 들지 않는다. 저 계집애가 자신의 앞에서 지어야 할 표정은 슬픔, 분노, 절망, 그런 것들이어야 했다.

엇나간 계획 때문에 분해서 입술을 잘근잘근 씹었다. 여우진이라는 작자는 자신의 계획을 망쳐 놓고는 뭐가 좋은지 여전히 싱글벙글 웃고 있었다. 그러다 갑자기 떠오른 좋은 생각에 꺼내 든 스케치북을 휘리릭 넘겼다.

"그래, 아직 태우진 않았어."

"고, 고마워, 혜림아, 이제 스케치북 돌려줄 거지?"

"여전히 멍청하구나, 너?"

"……어?"

기쁜 듯이 짓고 있는 미소는 그대로 굳어버려 어색하게 변질되어 버렸다. 여울의 표정 한구석에서 스멀스멀 나타나기 시작한 불안감이 혜림을 기쁘게 만들었다.

"아직, 태우진 않았어."

뒷말을 생략한 채 혜림은 우진을 향해 걸어가 그의 손에 들려 있는 라이터를 강탈하듯이 빼앗았다. 그리고 탈칵, 탈칵, 하는 소리와 함께 일어난 작은 불길을 보자 여울이 중얼거리 듯 그러지 마, 라고 말하고 있었다.

그 표정이 마음에 드는지 혜림은 환하게 미소 지었다.

"그래서 지금 태울 거야."

라이터에서 솟아오른 작은 불길을 스케치북에 가까이 대자 곧 불이 스케치북을 잡아먹기 시작했다. 놀란 찬들이 혜림 쪽으로 뛰쳐나왔지만 스케치북은 이미 불에 타기 시작했다. 활활 타오르는 스케치북을 넋을 잃고 바라보고 있는 여울을 바라보며 혜림은 만족스러운 미소를 띠었다. 스케치북을 빼앗지 못한 채, 혜림의 바로 앞에서 찬들은 여전히 분노에 찬 얼굴로 혜림을 노려보고 있었다. 억지로 그 모습을 외면한 채 들고 있던 라이터를 우진에게 다시 건넸다. 갑작스럽게 일어난 일에 그는 황망한 시선으로 이미 재가 돼버린 스케치북을 보다 혜림을 다시 바라보았다.

"잘 썼어요, 선생님."

그녀는 밝게 웃고 있었다.

※

"저는 제가 가진 재력만 믿고 까부는 그런 애거든요. 그래서 누구에게나 안하무인하고 오만하죠."
"한마디로 제 전화 한 통이면 오늘내일로 사직서 내실 수도 있으시거든요."
"그러니까 그 입, 조심하시는 게 좋으실 거예요."
"상대도 가려가며 협박하셔야죠?"

"풋."
볼펜을 쥐고 있던 우진이 잠시 입을 가리고 웃음을 흘렸다. 재미있는 애네, 무의식적으로 그런 생각이 들었다. 물론 재미있거나 전혀 농담 같지 않은 협박이었지만. 차혜림을 한마디로 표현하자면 오만한 공주님이었다. 어렸을 적부터 아무런 고생도 모르고 자랐을 철없는 공주님. 모든 사람이 자신 아래에 있고, 또 그래야만 직성이 풀리는 철없지만 매력적인 공주님.
"여 선생, 왜 그렇게 웃어?"
"아, 아무것도 아니에요. 그나저나 김 선생님, 물어볼 게 있는데요."
옆자리에 앉아 있는 문학 선생님, 즉 여울, 찬들 그리고 혜림의 담임선생님이 고개를 갸우뚱거렸다. 그가 할 질문을 궁금하다는 표정으로 보고 있었다. 잠시 물어볼까 말까 고민하다 이렇게 우물쭈물하는 모습은 자신과 어울리지 않다 판단하고 단도직입적으로 물었다.

"선생님 반의 혜림이, 어때요?"

"혜림이? 차혜림?"

약간 의아스럽다는 문학 선생님의 얼굴에 우진이 고개를 끄덕였다. 문학 선생님은 당혹스럽고 약간 의아하지만 그래도 별 고민하지 않고 즉답을 내놓았다.

"착하지. 수업시간에 조는 모습이라고는 한 번도 본 적이 없어. 성적도 좋고, 좀 딱딱한 게 흠이라면 흠이지만, 애들하고 잘 어울리는 것도 같고……. 왜? 그럴 리는 없겠지만, 혜림이가 사고 쳤어?"

'네. 아주 커다랗게 사고를 쳤지요'라고 말하고 싶은 걸 애써 삼키고는 '아무것도 아녜요'라며 웃었다. 다른 교과목 선생님들에게 '혜림이 어떤 것 같아요?'라고 물어도 성적도 좋고, 수업 태도도 나쁘지 않은 학생이라는 일말의 주저도 없이 즉각 튀어나온다. 솔직히 우진 자신도 그전까지 혜림일 그렇게 생각했던 것은 마찬가지였다. 사실, 별 관심이 없었던 것 같기도 했다.

모든 점에서 완벽한 오만한 공주님이 왜 유독 여울에게만 그렇게 냉정하고 못되게 구는 건지 궁금했다. 알고 싶기도 했고. 기억하기로 여울은 성적이 좋은 편은 아니었지만 착하고 항상 노력하는 아이였던 걸로 기억한다. 미술을 되게 잘하는 것 같았고, 들은 이야기로 보아 찬들과 꽤 친한 것 같았다. 순진하고 순수한 큰 눈망울이 인상적인 착한 아이였다. 적어도 우진은 그렇게 생각했다.

"찬들이랑 혜림이 친해요?"

"2학년 때 들은 얘기로는 친했다고 들었어. 지금은 별로…….

그래도 학기 초에는 꽤 친하게 지냈는데, 여울이가 전학 온 뒤로는 오히려 찬들이랑 여울이가 친하지."

"아아……."

역시 질투인 건가? 자기가 좋아하는 남자애를 다른 여자애에게 뺏겨서 그 감정을 주체하지 못하고 여울이를 괴롭힌다, 이런 시시껄렁한 이야기인가? 하지만 알게 된 지 얼마 되지는 않았지만 찬들이 알 정도로 노골적으로 여울을 괴롭히는 건, 어쩐지 혜림다운 방법은 아닌 것 같다는 생각이 들었다.

하지만 여태까지 못 가지는 게 없었던 공주님이 단 하나를 못 가진다면 더 안달 내고 추할 정도로 집착하는 게 그런 부류니까. 어찌 생각하면 이해가 되기도 했지만, 어떻게 생각하면 전혀 혜림답지 않았다.

"재미있네."

그 오만한 공주님 덕분에 따분한 학교생활이 더 이상 심심하진 않을 듯하다.

＊

"다녀왔습니다."

어서 와라, 라고 해줄 사람은 아무도 없음에도 불구하고 항상 버릇처럼 다녀왔습니다, 라는 말을 중얼거렸다. 도어락이 잠기는 소리와 함께 휑한 집 안에 들어서자 싸늘한 바람만이 가득했다. 봄임에도 불구하고 바닥은 차갑기 그지없었다. 냉한 기운이 발바닥을 파고들어 머리끝까지 올라오는 느낌이 든다.

털썩, 던지듯이 가방을 벗어 구석에 밀어놓고는 커피포트에 물을 받아 끓이기 시작했다. 보글보글 소리와 함께 탁, 하고 자동으로 불이 꺼지자 민트향이 나는 찻잎을 넣고 물을 부었다. 김이 모락모락 올라오면서 상쾌한 민트향이 코끝을 찔렀지만, 기분은 전혀 상쾌해지지 않았다. 찻잔에 입을 대며 들어온 메시지는 없을까 싶어 전화기의 버튼을 누르자 한 건의 메시지가 있었다. 메시지를 듣기 위해 또 버튼을 누르자 띠릭, 하는 소리와 함께 익숙한 목소리가 들렸다.

〈토요일이라서 집에 있을 줄 알았는데, 오늘 학교 가는 날이었나 보구나.〉

다정하고 상냥한 목소리에 혜림의 얼굴에 잔잔한 미소가 스쳐 지나갔다. 조금 전까지만 해도 불안정했던 마음이 안정되는 기분이었다.

〈그러고 보니 우리 혜림이 얼굴 본 지도 꽤 됐네. 이틀 후면 할아버지 다시 돌아오시니까 그때 같이 식사나 하자꾸나. 반찬도 많이 해놓을 테니까 연락 기다리마. 사랑한다, 혜림아.〉

싸늘하기만 했던 집 안에 따뜻한 온기가 퍼져 나가는 기분이다. 그것은 들어오자마자 틀어놓은 보일러 때문인지, 아니면 뜨겁다 생각하면 뜨거운 민트향의 차 때문인지, 아니면 다정한 할머니의 음성 때문인지는 잘 모르겠지만, 굳었던 마음속 얼음이 서서히 녹아내리는 기분이었다.

아무렇게나 던졌던 가방에서 책을 꺼내는데, 외국어 영역 문제가 보였다. 외국어 영역 문제가 보이자, 학교 영어 선생님인 여우진도 떠올랐다. 봄처럼 따사로웠던 마음이 다시 식어가는 기분이다. 무슨 생각을 하는지는 모르겠지만, 재미있다는 듯이 능글맞게 웃으면서 자신을 놀려먹으려는 심보가 훤히 보여 기분이 썩 좋지 않았다. 지금이라도 당장 할머니에게 전화 한 통만 넣으면 그 여우진이라는 선생은 사직서를 내는 것으로 끝날 상황이지만,

"······재밌겠어."

여울을 1년 가까이 괴롭혀 왔지만 찬들을 제외하고는 아무에게도 들키지 않았다. 착한 척하는 여울이 아무에게도 말을 하지 않은 것도 있지만, 자신의 평소 행실이 나쁘지 않았으니 자신이 그럴 애가 아니라고 철석같이 믿고 있는 선생들이 자신의 편에 있었기 때문이다. 하지만 1년 가까이 지속했던 장난을 처음으로 다른 누군가에게 들켜 버렸다.

그리고 그 선생은 자신을 상대로 꼴에 같잖은 협박을 한다던가, 교육자로서의 사명 같은 것도 특별히 없어 보였다. 그런 것들이 있어도 딱히 신경 쓰지는 않겠지만, 덕분에 학교생활이 조금은 더 스릴이 있을 것 같았다.

쓸데없는 관심은 사양이지만, 그렇다고 지루해지는 것도 사양이다.

"지루해지면 안 될 텐데 말이야."

혜림의 산호색 입술이 예쁘게 말려 올라갔다.

✶

"오늘 학교 안 왔어."

아무도 없는 조용한 도서실에서 찬들의 목소리가 넓게 퍼졌다. 그 말에도 불구하고 혜림은 아무런 말도 하지 않고 책장에 몸을 기댄 채 읽던 책을 마저 읽고 있었다. 옆에서 찬들이 이글거리는 눈빛으로 자신을 바라보고 있다는 것을 뻔히 알고 있음에도 불구하고, 그 시선에는 관심도 없는지 그저 무감각한 눈동자로 책을 읽고 있을 뿐이었다.

"여울이, 오늘 학교 안 왔다고."

"알고 있어."

읽던 책에서 끝까지 시선을 떼지 않은 채 무심히 대답했다. 오히려 그 무심함이 찬들을 더욱 화나게 만들었다. 불과 1년 전만 해도 볼 수 있었던 혜림의 옅은 미소와 다정한 목소리는 마치 환상이라도 되는 것마냥 전혀 찾아볼 수 없었다. 원래부터 없었던 것처럼 말이다.

"왜 안 왔는지 알아?"

그 말을 기다렸다는 것처럼 읽고 있던 책을 탁, 소리가 나게끔 덮고는 찬들을 올려다봤다. 그녀가 여자치곤 작은 키는 아니었지만, 성장기의 남학생, 그리고 농구부에 들어가 있는 찬들의 키는 꽤나 컸기 때문에 찬들을 올려봐야만 했다.

"모르겠지만, 만약 아파서 못 온 거라면 병문안 갈 생각은 있어."

어디선가 피식 하고 조소 어린 웃음소리가 들려온 것 같았다.

환청처럼 들린 웃음소리는 혜림이 웃은 것 같기도 했고, 아닌 것 같기도 했다. 도서실 안에서 다른 누군가 혜림의 말을 듣고 웃은 것 같기도 했다.

"죄책감 같은 거, 없어?"

"그런 거 느낄 애로 보이니?"

그 물음에 찬들은 아무런 답도 내놓지 못했다. 1년 전이었더라면, 찬들은 그렇게 생각했을지도 모른다. 하지만 2학년 2학기 때부터 변해 버린 지금의 혜림이라면 죄책감이라던가, 미안함이라는 감정과는 멀게만 느꼈다.

"너 때문에 안 온 거야. 네가 태워 버린 그 스케치북 때문에."

찬들의 말에 혜림은 찬들을 쳐다봤다. 항상 정의감으로 가득 차 올곧은 빛을 내던 눈동자가 혜림을 책망하고 있었다.

"그러니까 송여울한테 쪼르르 달려가서 왜 이른 거야? 만약에 안 일렀다면, 마음이 바뀐 내가 선뜻 돌려줄 수도 있었잖아."

"네가 돌려주지 않으리라는 걸 아니까. 게다가 여울이도 알아야 된다고 생각했을 뿐이야."

"그건 네 착각이고. 만약 네가 말하지 않았다면, 송여울은 자기 눈앞에서 스케치북이 타는 꼴을 안 볼 수 있었어. 솔직하게 말해서 오늘 학교에 안 온 건, 내가 원인이 아니라 너 때문인 거지."

분명 잘못한 것은 혜림인 것이 분명함에도 불구하고 그 말에 찬들은 꼭 자신이 잘못한 것처럼 느껴졌다. 서서히 지고 있는 노을을 등지고 서 있는 혜림은 무척이나 예뻤지만, 찬들은 그 모습이 가증스러웠다. 여러 감정들이 복합되는 기분이었다. 착했던 혜림의 다정했던 모습과 착하디착한 여울을 악마처럼 끈덕지게 달라 붙어 괴롭히는 모습이 섞여 오버랩되었다. 도대체 어느 모습이 본모습인지 알 수 없었다.

"……차혜림."

나지막하게 부르는 그 목소리에 혜림의 가슴이 떨리기 시작했다. 그 목소리는 평소 여울을 괴롭히고 난 후, 찬들이 자신을 힐난할 때 부르는 목소리와는 달랐기 때문이다. 그래서 이 순간 혜림은 찬들의 두 눈동자를 보기가 두려웠다. 설핏 가슴이 떨리는 이유는 두려움이라던가, 공포라는 감정과는 거리가 멀었다. 그저 안타깝고, 여리게 떨리는 가슴은 무어라 정의하기엔 어려웠다.

"너 1년 전만 해도 안 이랬잖아."

벼 이삭처럼 연한 갈색 눈동자를 가진 자신과는 달리 진한 고동색의 눈동자가 올곧게 혜림을 향했다. 아까 전만 해도 똑바로 마주 봤던 시선을 슬그머니 피했다. 찬들의 두 눈동자를 보니 가슴이 무겁고 숨이 턱 하고 막혀온다.

"그만두자, 여울이 괴롭혀서 네가 얻는 게 뭐야? 여울이 불쌍하지도 않아?"

송여울. 그 세 글자의 이름에 정신이 번쩍하고 드는 기분이었다. 여전히 같은 말, 같은 패턴, 지긋지긋한 일상.

"난 그만둘 생각 없어."

"……"

"난 한 번 시작하면 끝을 보는 성격이라서."

입꼬리를 보일 듯 말 듯 살짝 올리자 찬들이 분노로 시뻘게진 눈으로 몸을 휙 돌리고는 뒤도 돌아보지 않고 도서실을 나갔다.

찬들이 도서실을 나가자 후, 하고 숨을 내뱉었다. 숨이 턱턱 막히는 이 기분은 사양하고 싶다. 창문을 살짝 열자 따뜻한 봄바람이 안으로 들어왔다. 바람이 차갑지 않고 따뜻해서 크게 시원한 것은 아니었지만, 그래도 꽤나 괜찮았다. 여전히 답답한 마음에 언제나 단정하게 잠그던 단추를 한 개 풀고 교복 넥타이도 거칠게 풀어 버렸다.

덥다. 답답해.

과거의 잔상이 주마등처럼 머릿속을 스쳐 지나갔다. 절대로 그만둘 생각은 없지만, 찬들이 자신을 저런 눈으로 보고 지나갈 때는 기분이 답답해진다.

"차혜림의 풀어진 모습을 이렇게 볼 줄은 몰랐는데."

"또 엿들으셨어요?"

조금 짜증 난다는 그녀의 기색에 우진은 상관없다는 듯 픽 웃고는 어깨를 들썩였다.

"전에도 말했다시피 내가 쉬고 있는데 너희들이 온 거였어."

상대할 가치도 없는 사람을 만난 것처럼 혜림은 풀었던 단추를 다시 잠그고 넥타이도 단정하게 다시 맸다. 평소 학교에서 볼 수 있는 모습에 우진은 조금 실망한 얼굴로 혜림을 쳐다봤다. 저렇게 마음 놓고 풀어져 있는 모습을 보기는 힘들 텐데, 왠지 아쉬운 마음에 일어서는 혜림을 붙잡고 책장 끝마다 있는 원형 소파에 혜림을 앉혔다.

꽉 잡힌 손목을 보며 혜림은 짜증스럽다는 듯 우진을 쳐다봤다.

"뭐 하시는 거예요?"

"조금만 더 있다 가."

"따로 하실 말씀 있으세요?"

"찬들이, 여울이, 그리고 너. 이렇게 셋이서 삼각관계 맞지? 맞는 것 같은데?"

"……쓸데없는 관심이라는 생각, 안 드세요?"

"궁금하잖아."

얄밉게 웃지만 전혀 얄미워 보이지 않는 우진을 보며 혜림은 부럽다고 생각했다. 왜 그런지는 모르겠지만, 저렇게 여유롭게 사는 삶이 어른이라면 어른이 돼도 괜찮을 것 같았다.

"쓸데없는 관심은 화를 자초하는 거, 모르세요?"

"하지만 너, 너희 부모님한테 나에 대해 말할 생각 없잖아. 만약 내가 정말 마음에 안 들었으면 난 오늘 학교를 그만뒀어야 했어."

"쓸데없는 데서 예리하시네요."

혜림이 킥, 하고 웃었다. 우진에게 잡힌 손목을 빼고는 머리를 몇 번 손으로 빗고는 우진을 똑바로 쳐다봤다. 연한 갈색 눈동자와 눈이 마주치자 우진은 순간 숨이 턱 하고 막히는 기분이었다. 투명하고 예쁜 벼 이삭 같은 눈동자는 아무런 감정도 없었다. 희미하게 담겨 있는 것은 더위로 인한 열기뿐이었다.

"궁금하세요?"

달콤하리만큼 온화한 목소리는 마치 그녀의 비밀을 속삭여 줄 것 같아 우진은 저도 모르게 집중했다. 미소 짓고 여유로움을 가장한 채 그녀를 쳐다봤지만 사실상 그의 눈동자는 오직 혜림을 향해 무서울 정도로 그녀의 뒷말을 기다리고 있었다. 그녀의 손이 그의 머리카락을 만지작거리다 단정하게 귀 뒤로 넘겨줬다. 연인들끼리 할 만한 다정한 행동이었지만 그 사이에는 '애정'이라는 감정 따위는 없어 보였다.

그러다 허리를 숙여 똑바로 두 눈을 마주하다 혜림이 옅게 미소 지었다. 그리고는 그의 귓가에 입술을 가져다 대고 작게 속삭였다.

"A secret makes a woman woman……."

비밀은 여자를 여자로 만든다.

 1장

"할머니, 저 왔어요."

큰 목소리는 아니었지만 대저택이라고 할 수 있는 넓은 저택에서 들리는 목소리는 오직 혜림의 목소리뿐이었기에 그녀의 목소리는 선명하게 거실을 가로질러 이 커다란 저택을 소유하고 있는 인물의 귓가에 닿았다.

"혜림이 왔니?"

"네."

여태까지 살아온 세월을 말해주는 주름들이 눈가와 입가에 있었지만 집 여주인의 인자한 미소를 가리진 못했다. 그 인자하고 다정한 미소에 혜림도 학교에서는 짓지 않는 다정하고 온화한 미소를 지었다.

"어이구, 우리 강아지, 왜 이렇게 오랜만이야."

"고3이잖아요, 수능 공부 때문에 바빠서 자주 못 들렀어요. 죄송해요."

혜림은 할머니의 손에 이끌려 주방으로 들어갔다. 따뜻한 손의 온기는 마치 어렸을 적 엄마 손을 잡았던 것 같은 기분이 들기도 했다. 혜림에게 있어서 할머니는 엄마 대신이기도 했다.

"네가 좋아하는 반찬 만들어 놨단다."

할머니에게 웃어 보이고 선물로 들고 온 과일 바구니를 일하시는 아주머니에게 건네고는 먼저 앉아계신 할아버지의 맞은편에 앉았다. 하나같이 혜림이 좋아하는 음식들뿐이었다. 어렸을 적 좋아했던 음식들과, 지금 좋아하는 음식들. 보니 어렸을 적 추억이 새록새록 떠올랐다. 엄마가 돌아가시기 전에는 같이 요리를 했던 적도 있었다.

"그나저나 혜림이는 남자친구 있니? 그 나이쯤이면 한 사람 정도 있어도 이상할 것 없는 나이잖니."

할머니의 다정하지만 조금은 짓궂은 물음에 떠오른 사람이 한 사람이 있었지만 혜림은 어색하게 웃으며 없어요, 라고 간단하게 대답했다.

"그럼 관심 있는 남자애는?"

"보통은 연애 얘기보다는 공부하라는 말씀을 더 하지 않아요?"

혜림이 피식 웃자 할아버지도 호쾌하게 웃었다.

"그나저나 우리 혜림이가 어느새 이만큼이나 컸네, 시집가도 되겠어."

할아버지의 조금은 섭섭하다는 목소리에 혜림의 젓가락질이 잠시 멈칫했다. 순간 주방에선 알 수 없는 분위기가 감돌았다. 살짝 어색해진 분위기에 혜림이 멈췄던 젓가락질을 다시 하기 시작했다.

"……결혼은 안 할 거예요. 평생 할머니, 할아버지랑 살 거예요."

해맑게 웃으며 말하는 혜림의 모습에 할아버지와 할머니는 가벼운 한숨을 내쉬었다. 젓가락질을 하던 혜림이 시선을 살짝 내리깔았다. 그 모습을 보던 혜림의 할머니가 안쓰러운 시선으로 그녀를 바라보았다. 한참을 망설이던 혜림의 할머니가 그녀에게 물었다.

"아직도 이 집으로 들어와서 함께 살 생각은 없니?"

그 물음에 혜림의 젓가락질이 뚝 하고 멈췄다.

"전 그냥 엄마랑 살던 집에서 살게요."

"네가 그렇다면 어쩔 수 없다. 하지만 할미가 가정부 보내면 제발 쫓아내지는 마렴."

"집에 다른 사람 들이는 게 싫어서 그래요. 할머니가 이해해 주시면 안 될까요?"

혜림이 그녀의 할머니와 할아버지를 향해 어색한 미소를 지었다. 그 미소에 가슴이 답답해지기 시작했다. 억지로 짓는 그 미소가 안쓰럽기 그지없었다.

*

"어, 여울아."

뒤에서 자신을 부르는 소리에 여울은 저도 모르게 몸을 흠칫거렸다. 오랫동안 혜림에게 시달려 온 결과가 이것이었다. 이름을 나지막하게 부르던 목소리의 주인은 혜림이 아니라 남자였다. 그것도 꽤나 익숙한 상대였다.

숨을 한 번 크게 들이쉬고 뒤로 돌아보자 얼굴에서 항상 미소가 떠나지 않는 같은 반 여학생, 아니, 학교 모든 여학생들의 관심과 사랑을 한 몸에 받고 있는 우진이 보였다.

"이번 3월 모의고사 성적표 나왔거든. 아이들에게 갖다 주렴."

"아, 예."

교무실로 들어가 성적표를 받은 여울은 자신의 성적을 보기 위해 종이를 넘겼다. 언제나 그렇듯 중간보다 약간 못한 성적이다. 그러다 모의고사 성적표를 조금 더 넘겨서 3학년 7반 30번 차혜림의 성적표를 보았다. 중간에서 약간 아래를 맴도는 자신의 성적에 비해 항상 상위권의 성적을 유지하고 있는 혜림을 보면 대단하다고 생각했다. 평소 자신을 괴롭힐 때는 두렵지만, 이럴 때는 그녀가 부러울 따름이었다.

얼굴도 예뻐서 가시로 자신을 무장한 화려함을 뽐내는 장미 같기도 했고, 홀로 고고한 빛을 발하는 백합 같기도 해서 남학생들에게는 꽃으로 불리는 존재였고, 여학생들에게는 선망, 동경의 존재였다. 게다가 집안까지도 재력이 꽤 있으니, 태생부터 자신과 다르다.

그에 비해 자신은 나름 열심히 노력을 해도 성적은 뜻대로 나오지 않았다. 미술과 학업, 그 두 마리 토끼를 한 번에 잡으려니 나온 결과는 이도 저도 아닌 미적지근한 것이었다. 학업 때문에 미술도 별 진전이 없었고, 미술 때문에 학업에도 별 진전은 없었다. 이런 자신이 한심할 따름이다.

"성적 떨어졌니?"

"예? 아뇨, 그냥……."

뭔가 대답하기가 부끄러워 우물쭈물하다가 얼굴만 발갛게 물들이고는 입을 다물었다. 그 모습에 눈치챘는지 우진이 옅게 웃고는 가볍게 여울의 머리를 흩뜨렸다.

"괜찮아, 다음에 잘 치면 되지. 미술하고 성적 둘 다 잡으려고 조바심 내지 말고 차근차근 하면 돼."

"가, 감사합니다."

눈물이 날 것 같은 다정한 목소리에 여울이 고개를 주억거렸다. 우진의 큰 손이 여울의 얼굴에 붙은 잔 머리칼을 떼주었다. 그 다정한 행동에 여울의 얼굴이 잘 익은 사과마냥 빨갛게 물들었다.

부끄러운지 수줍은 미소를 짓고 있는 여울을 보니 우진의 마음 한구석이 이상하게 뒤숭숭하고 찜찜했다. 상냥한 목소리로 위장한 채 여울을 부르는 혜림의 목소리는 경멸감과 증오를 억지로 숨기는 듯했고, 벼 이삭 같은 두 눈동자는 혐오감을 감추지 못했다.

도대체 왜? 도무지 이유를 알 수 없었다. 찬들과의 삼각관계 때문이라고 생각하기엔 혜림의 반응이 도무지 시원치 않았다. 아무리 봐도 여울이 혜림에게 피해를 줄 만한 행동은 하지 않았으리라. 순진한 눈망울을 가진 여울의 눈동자는 깨끗했다. 심하게 괴롭힘을 당하는 것 같은데 왜 도움을 청하지 않는지, 그것도 궁금했다.

"선생님?"

"음?"

"왜 그러세요?"

"아, 아무것도 아니다. 여울아, 힘든 일 있으면 언제든지 얘기하렴."

싱긋 웃고 앞을 바라보자 멀리서 혜림이 여울과 우진을 바라보고 있었다. 한 손에는 수리 영역 문제지가 있는 것을 보아 모르는 문제를 물으러 왔다 이 모습을 발견한 듯했다. 우진과 혜림의 눈이 공중에서 마주치자 먼저 반응을 보인 것은 혜림이었다.

그녀는 고개를 살짝 숙인 여울의 뒷모습을 무표정하게 빤히 바라보다 우진을 향해 엷게 웃었다. 무슨 의미인지 알 수 없는 서늘한 미소였다.

*

쾅, 뒤에서 들리는 큰 소리에 여울의 몸이 크게 흠칫하고는 재빠르게 스케치북을 덮었다. 두려운 마음으로 뒤를 돌아보자 아니나 다를까, 혜림이 비딱하게 서서는 팔을 꼰 채 여울을 바라보고 있었다. 오늘은 입가에 옅은 미소가 걸려 있기도 했다.

"오늘은 학교 나왔네?"

아, 응. 살짝 떨리는 목소리가 혜림의 귀에 콕 하고 박혔다. 혜림의 눈앞에 앉아 있는 여울은 마치 큰 잘못을 한 어린아이마냥 바들바들 떨면서 고개를 숙이고 있었다.

"아팠어?"

"어? 어어, 모, 몸이 좀 안 좋아서."

"……흐음, 그래?"

그러다 뒤에 여울이 자신의 뒤로 숨긴 스케치북을 발견하자 혜림의 눈이 위험하게 반짝였다. 어둠 속에서 반짝이는 고양이의 눈동자와 같이 매섭고 날카로워서 여울은 무기력하게 덮은 스케치북을 꼭 끌어안고 있을 수밖에 없었다.
"새 스케치북이네. 좀 볼게."
"안 돼!"
평상시와는 다른 결연한 눈동자로 자신의 말에 대항하는 여울의 태도에 혜림이 조금 재밌다는 표정을 지었지만, 곧 그것보다 더 큰 불쾌함이라는 감정에 휩싸였다. 하, 그녀의 산호색 입술에서 헛웃음이 나왔다.
"말했지? 그렇게 하면 더 보고 싶어진다고."
빙그레, 짓는 미소는 어느 무엇보다도 무서웠다. 혜림이 강탈하듯 여울이 품고 있던 스케치북을 빼앗고는 천천히 한 장, 두 장 스케치북을 넘겼다. 태웠던 스케치북과는 다르게 새 스케치북에는 인물화밖에 없었다, 그것도 단 한 사람의.
"이 사람 좋아하니?"
"……"
"의외야. 넌 박찬들을 좋아할 줄 알았는데. 너희 둘이 꽤 잘 어울렸거든."
"나, 나랑 찬들이 친구야……. 어, 어렸을 때부터 같이 지낸 소꿉친구……."
비식, 웃는 그 모습에 알 수 없는 모욕감을 느낀 여울의 얼굴이 발갛게 물들었다. 주먹을 동그랗게 말고 힘을 주어 쥐었다.

"뭐, 여우진 선생님한테 넌 기껏해야 그저 착한 학생일 뿐이겠지만."

혜림은 얄밉도록 예쁘게 웃었다. 여울이 눈물을 꾹 참으려고 입술을 물었지만, 눈물방울은 무게를 이기지 못하고 여울의 손등 위로 무겁게 떨어졌다. 할 줄 아는 건 없으면서 매일 눈물이냐고 한마디 할 줄 알았건만 혜림은 딱히 아무런 말도 하지 않고 팔짱을 낀 채 의자에 앉아 있는 여울을 향해 비릿하게 웃었다. 눈물을 뚝뚝 흘리며 여울이 울고 있었지만 소리를 내며 울지는 않았기에 미술실은 꽤 조용했다.

멀리서 울리는 발걸음 소리가 꽤 가까워지자 그녀가 가볍게 한숨을 내쉬며 한심하다는 눈빛으로 스케치북을 보다 쯧, 소리가 나게끔 혀를 차며 여울에게 스케치북을 던졌다.

"가망은 없겠지만 잘해봐. 응원은 해줄게."

두 눈을 활처럼 예쁘게 접고는 망설임 없이 발걸음을 돌려 뒷문을 열었다. 울고 있는 여울을 뒤로한 채 미술실을 나오자 바로 옆에 있는 4층으로 올라가는 계단에 우진이 벽에 기대어 그녀를 보고 있었다. 아까 전 복도에서 울리던 발소리의 주인공은 그인 듯했다.

"차혜림, 여기가 언제부터 양호실이었냐?"

우진은 여태까지 봐왔던 능글맞은 미소와는 다른 조금은 날카로운 눈빛을 한 채 자신을 쳐다보았다.

"분명히 양호실에 간다고 했던 것 같은데, 양호실이 아니라 왜 미술실에서 나오는 거냐?"

이제는 익숙한 중저음의 목소리가 혜림의 귓가를 파고들었다.

그 소리에 혜림은 가볍게 한숨을 내쉬고는 눈을 질끈 감았다 떴다. 우진이 혜림 자신의 입이 열리기만을 기다리며 한참을 바라보고 있자, 계속 닫혀 있을 것 같았던 입을 떼고 말했다.

"미행에도 취미가 있으신 줄 몰랐네요."

"차혜림."

약간 으르렁거리는 목소리에 혜림이 눈을 가늘게 떴다. 아까 전 교무실에서 다정히 서 있던 여울과 우진이 떠올랐다. 여태까지 재미있다며 방관자의 눈을 하고 있던 우진은 어느새 선생의 눈을 하고 혜림을 보고 있었다. 여울을 동정하는 건지는 모르겠지만, 이런 상황은 조금 당황스럽다.

"마음의 병이라고 해두죠. 그 근본적인 문제가 여기에 있어서요."

"괴롭히러 온 거냐?"

혜림의 자신감 넘치는 말에 우진이 어이없다는 듯 헛웃음을 터뜨렸다. 눈빛으로 보나 말하는 태도로 보나, 혜림은 항상 자신감이 넘쳤다.

"괴롭히진 않았어요. 오히려 응원을 했다면 모를까."

그 말에 불신이 가득한 눈동자로 혜림을 쳐다봤지만 혜림은 그저 가볍게 미소 짓고 있을 뿐이었다.

"그나저나 갑자기 왜 송여울한테 관심 생기셨어요? 딱히 교사로서의 사명감 같은 건 없어 보이던데."

혜림의 시선이 슬쩍 제2미술실 뒷문으로 향했다.

"굳이 교사가 아니라 해도 사람으로서 해야 하는 행동이야, 네가 하는 행동은 옳지 못한 거고."

"전 또 학생한테 사심이라도 있는 줄 알았죠."

"둘 다 똑같은 학생이야. 그리고 너, 너보다 약한 애 괴롭히는 짓 이제 그만해. 꼬마도 아니고."

"선생님, 죄송하지만……."

머리를 손가락으로 빙빙 감더니 미소라고 하기엔 조금 어긋난 표정을 짓다가 차분한 목소리로,

"똑같다고 말씀하지 말아주실래요? 기분 정말 불쾌하거든요."

귀 뒤로 잔 머리카락을 가볍게 넘기며 혜림은 옅게 웃었다. 하지만 우진은 혜림의 그 미소가 어딘가 모르게 뒤틀렸다고 생각했다. 어디가 어긋난 것 같은 뒤틀어진 미소라고, 혜림과는 정말 어울리지 않는 미소라고.

"그리고 전 저보다 약한 애 괴롭히는 거, 좋아해요. 특히 상대가 송여울이라면요."

"너, 정말……."

"못됐구나, 라는 말씀은 안 하셔도 잘 알아요. 그리고 잘 들으세요, 선생님."

혜림이 말을 이어가기를 기다리는지 우진도 잠시 입을 다물었다. 혜림도 잠시 입을 다물었다. 무겁지도 가볍지도 않은 적막감이 그들을 스쳐 지나가고 바깥에서 바람에 나무가 휘날리는 소리만이 고요한 복도에 울리다가 바람이 멈췄을 때, 혜림이 입을 열었다.

여전히 알 수 없는 서늘한 미소를 얼굴에 띤 채로.

"제가 짓밟을 수 있는 약자 중에, 송여울뿐만이 아니라 선생님도 포함되어 있단 걸요. 제 마음이 바뀐다면 내일이라도 당장 학

교 그만두실 수도 있다는 거, 명심해 주세요."

그녀는 여전히 웃고 있었다.

*

사람들의 시선이 쇼핑몰 매장을 찾은 혜림을 향해 있었다. 160㎝가 조금 넘는 키와 좋은 비율, 그리고 아직 풋풋함과 앳됨이 가득한 그녀는 스키니에 하얀 티를 입은 채 보통 사람들이라면 엄두도 내지 못할 옷들을 입어보지도 않고 이것저것 꺼내며 직원에게 건네고 있었다.

"저, 손님. 다 사실 게 아니라면······."

"다 살 거예요."

"······네?"

"계산해요."

지갑에서 꺼낸 카드를 매장 직원이 어리둥절한 눈으로 쳐다보다가 당황해하며 대답했다.

"하, 할부로 할까요?"

"일시불로."

그 뒤로도 이런 식의 행보가 계속 이어져 갔다. 매장에 가서 아무 물건이나 대충 골라서 카드를 긁는 식으로 스트레스를 풀고 있었지만 기분은 여전히 나아지지 않았다. 어제저녁부터 아무것도 먹지 않았고, 오늘 아침도 굶었지만 허기짐은 느껴지지 않았다. 그저 계속 불쾌감만 들 뿐.

"……님, ……손……!"

"……."

"……님! 손님!"

단정하게 머리를 올리고 유니폼을 입고 있는 여성이 부드러운 미소를 지었다.

"일정 금액 이상을 사셨고, 짐이 많으시기 때문에 짐을 붙여 드리려고 하는데, 여기 있는 직원이……."

뭐라 옆에서 자꾸 중얼거리는 직원의 목소리는 귀에 들리지 않았다. 사람들이 많았기 때문에 소란스러운 목소리에 뒤섞였다. 모든 사람들의 목소리가 부정확하게 들렸다. 귓가에 소리가 웅얼웅얼하게 들렸고 머리는 멀미를 할 것처럼 어지러웠다. 지금이라도 당장 쓰러진다고 해도 이상할 것 같지 않아 잠시 눈을 꾹 감았다 뜨자, 스쳐 지나가는 사람들 중에 딱 한 사람의 목소리만 들려왔다. 그리고 딱 한 사람만의 모습이 혜림의 시야에 포착되었다.

"……송여울."

하지만 혼자 있는 건 아니었다. 옆에 있는 한 여성과 다정하게 팔짱을 낀 채 도란도란 이야기를 나누는 모습이 보였다. 화장기 없는 중년의 여성은 수수하지만 청초한 저만의 빛을 발하고 있었다. 그리고 그녀의 옆에는 남편으로 보이는 남자가 있었다. 그들과 아는 사이는 아니었지만, 대충 누군지 감이 오기 시작했다.

"저어, 손님?"

"제가 꼭 같이 가야 하나요?"

"……예?"

뜬금없는 혜림의 말에 직원의 눈이 동그랗게 떠졌다.

"제가 꼭 같이 가야 하냐고요. 제가 급하게 볼일이 생겨서 같이 못 갈 것 같아서요."

"아, 그러시면 주소 남겨주시면 저희 직원만 보내겠습니다. 여기에 주소랑 성함 좀 적어주세요."

볼펜으로 휘갈겨 쓰고는 관리실에 맡겨주세요, 라고만 말하고 뛰기 시작했다. 아까까지만 해도 느껴졌던 어지럼증이 조금은 가시는 듯했다. 짜증 나던 기분이 사라지고, 혜림의 입가에는 옅은 미소만 남아 있었다.

여울에게까지 서너 발자국이면 충분한 거리에서 혜림은 가볍게 자신의 옷차림을 정돈하고는 숨을 고르고 목을 가다듬었다. 그리고는,

"여울아?"

마치 이 모든 것이 우연인 것마냥 혜림은 연기자 못지않은 놀랍다는 표정을 지으며 친한 척 여울의 이름을 불렀다.

"……혜, 혜림…… 아?"

당황한 여울의 목소리에 혜림이 기쁜 듯이 환하게 웃었다. 한 점의 흐림도 없이 환하게 웃으며 손을 흔드는 혜림의 모습에 여울의 몸이 눈에 띄게 움찔거렸다. 갑작스런 혜림의 등장에 놀란 건 비단 여울만은 아니었다.

"여긴 어쩐 일이야? 아, 안녕하세요?"

"누구니, 여울아?"

"아, 가, 같은 반 친…… 구."

조금 망설이다 힐끗 혜림의 눈치를 보곤 여울이 우물쭈물 대답했다.

"안녕하세요? 여울이랑 같은 반 친구인 차혜림이라고 합니다."

혜림이 환한 미소를 짓고 있음에도 불구하고 그 예쁜 얼굴에는 조그마한 그늘이 드리워져 있었다. 나 잠시만 전화 좀. 핸드폰을 쥔 여울의 아버지의 말에 여울의 엄마가 옅게 미소 지으며 갔다 와요, 라고 답했다. 금슬이 좋아 보이는 부부의 모습은 마치 잘 어울리는 한 쌍의 원앙 같았다.

이내 여울의 엄마의 시선이 혜림에게로 옮겨졌다. 예의 바르고 호감인 혜림의 미소에 부드럽게 웃었다.

"어머, 우리 여울이 친구였구나. 나는 여울이 엄마야."

자신을 여울의 모친이라고 소개한 여성의 목소리는 열아홉 살의 딸이 있음에도 불구하고 맑고 청아했다. 곱게 늙는다는 말이 있다면 그 말을 여울의 모친에게 붙여주고 싶었다. 눈가에 자리 잡은 몇 가닥의 세월의 흐름은 여울의 모친을 더 인자한 모습으로 만들었다.

"어머님이 되게 미인이시네요. 지금도 이렇게 고우신데 처녀 시절은 얼마나 더 고우셨겠어요. 아버님이 첫눈에 반하셨겠어요"

"어머, 그래? 고맙네. 어린애한테 이런 말까지 듣고."

쑥스러운지 얼굴까지 발갛게 붉히며 웃는 모습은 여고생 같았다. 그 수줍은 미소가 학교에서 항상 보던 여울의 미소와 같아 속이 뒤틀렸다. 부전자전, 아니, 모전여전이라고 해야 하는 것인가. 모친의 얼굴과 여울의 얼굴은 닮아 있었다. 선해 보이는 눈과 예쁜 입술이 전체적인 모습이 모친을 닮았다면 진한 검은 눈동자나

코는 부친을 닮아 있었다.

"근데 여기엔 무슨 일이야?"

"아, 그게, 오, 오늘 생일…… 이어서 외식하고, 부모님이랑 쇼핑하러 온 거야."

아아, 하며 부드러운 웃음에도 여울의 몸이 옅게 떨렸다. 새끼 사슴 같은 맑은 눈동자 또한 혜림을 똑바로 보지 못하고 눈을 이리저리 굴리는 모습이 혜림의 눈에 가소롭게 보였다. 마치 뭐 마려운 강아지마냥 안절부절못하는 것이 말이다.

"생일이면 미리 말하지, 편지라도 써서 줬을 텐데."

"아, 아니야."

"그런데 혜림이라고 했지? 넌 이 시각에 웬일이니? 부모님은?"

"아, 그게, 저 혼자 쇼핑 나왔어요. 부모님은 일 때문에 피곤하셔서 쉬고 계셔서요."

거짓말. 이런 질문은 혜림이 가장 거북해하는 질문이었다. 그 자리가 거북해 돌아가려고 할 때쯤 전화를 끝낸 여울의 아버지가 이쪽으로 오고 있었다. 혜림의 시선이 그와 잠시 마주치자 혜림이 먼저 미소 지으며 인사를 했다.

여울의 아버지는 딸의 친구가 조금 어색한지, 고개만 끄덕이며 대꾸해 주었을 뿐이다. 어쩐지 시선을 마주치지 못하는 모습에 그녀가 무감각한 눈빛으로 여울의 아버지를 바라봤다. 여울의 아버지에게서 떨어지지 않는 시선을 억지로 억지로 떼어내며 그녀가 입꼬리를 부드럽게 끌어 올렸다.

"그럼 전 이만 가볼게요. 여울아, 쇼핑 재밌게 해. 다음에 또 뵈었으면 좋겠어요."

"그래, 언제 한번 집에 놀러 오렴. 그리고 우리 여울이랑 친하게 지내주고."

듣기 좋은 청아한 목소리에 혜림이 여울의 부모를 번갈아봤다. 저들이 마치 자신의 부모였으면 하는 것마냥. 혜림은 맑게 웃었다.

"지금도 충분히 친하게 지내고 있어요. 그럼 안녕히 계세요."

혜림은 웃고 있었지만 울 것 같은 얼굴을 하고 있었다.

✱

우진의 시선이 창밖을 멍하니 바라보고 있는 혜림에게로 향했다. 그녀답지 않게 오늘따라 조용하다는 생각이 들었다. 4교시가 됐는데도 여울의 얼굴에서는 눈물 자국 하나 보이지 않았고, 혜림은 여울을 없는 사람마냥 대했다. 너무 평온한 하루가 오히려 부담스럽고 불길하다고 우진은 생각했다. 아이들에게 자습 하라고 말하고 자신은 책을 읽으면서 혜림을 힐끔힐끔 쳐다보니 항상 단정한 자세로 문제지를 풀고는 했던 혜림이 오늘은 멍하니 창밖만 바라보고 있었다. 지금이라도 곧 옅게 사라질 것 같은 분위기였다.

우진의 시선을 느꼈는지 멍청하게 창밖을 바라보던 시선을 거두고 우진을 향했다. 시선이 공중에서 마주치자 우진은 그답지 않게 움찔했지만 혜림은 여느 때와 조금 다른 표정으로 우진을 보다가 다시 시선을 돌렸다. 여느 때와 다른 혜림의 모습에 당황스러운 건 오히려 우진이었다.

흐린 날씨 때문인지, 혜림의 기분 또한 안 좋았다. 평소와 다름없이 무표정을 가장한 얼굴이지만 미세하게 찡그려진 보기 좋게 다듬어진 그녀의 눈썹이 그녀의 기분을 나타내고 있었다. 몸도 무겁고, 나른하고, 머리도 아프고, 속도 메스껍다. 책상 위에 올려놓은 미니 달력을 보니 며칠 있으면 곧 생리가 시작될 듯했다. 그래서일까, 허리도 지끈지끈한 게 잘 펴지를 못하겠다.

기분은 어제부터 좋지 않았다. 기분을 풀기 위해 새벽 늦게까지 영화를 보기까지 해서 그런지 몸이 무거웠다.

타박. 타박. 항상 가볍게 걷던 발걸음의 소리도 오늘따라 유난히 무겁게 느껴졌다. 몸은 물에 젖은 솜마냥 무겁다. 그런 혜림의 마음을 대변하기라도 하는지 날씨도 오늘따라 유난히 흐리다. 먹구름이 점차 몰려오는 것이 비가 곧 한바탕 쏟아질 기세다.

하늘은 어두컴컴했다. 곧 올 여름의 습한 바람이 뒷산으로 가는 길목을 지나갔다. 등나무 꽃이 흐드러지게 핀 벤치 아래에 누군가 있었다. 아무도 없을 줄 알았던 혜림의 예상은 보기 좋게 빗나갔다. 새로 산 스케치북에 풍경화를 열심히 그리고 있는 여울의 옆모습이 보였다. 혜림의 기척을 느끼지 못하였는지, 아니면 애써 혜림이 왔다는 사실을 인정하고 싶지 않아 시선을 돌리지 않는 건지도 모르겠다. 몇 발자국 떨어진 곳에서 여울의 옆모습을 빤히 쳐다봤다.

길었던 4B 연필이 몽당연필이 될 때까지 써서 닳고 닳은 연필을 보면 저 아이가 그림을 그리는 것을, 미술을 얼마나 좋아하는지 알 수 있었다. 저번에 스케치북을 태워 버린 것에 대한 죄책감이 들 만도 하지만 죄책감이라는 감정이 아예 없는 사람마냥 혜림의 얼굴에는 미안함이라던가, 죄책감 같은 감정은 전혀 보이지지 않았다.

팔짱을 끼고 고개를 삐딱하게 한 채로 옆모습을 보니, 모녀 아니랄까 봐 여울은 어제 봤던 여울의 모친과 닮아 있었다. 하얀 피부와 특히 선해 보이는 검은 눈동자를 볼 때마다 짜증이 몰려왔다. 지금도 자신이 좋아하는 그림을 그리며 입가에 만족한 웃음을 띠는 모습을 보니 속이 뒤틀린다. 지금이라도 당장 가서 스케치북을 찢어버리고 싶었다.

몇 발자국 떨어져서 지켜보던 혜림이 다시 발을 움직였다. 산뜻하게 걸었던 걸음걸이도 여울이 일부러 들으라는 듯 크게 발소리를 내며 다가갔다. 그제야 누군가 다가온 사실을 느꼈는지 여울이 움직이던 팔을 멈추고 고개를 들었다.

다가온 이가 혜림이라는 것을 알자마자 여울은 당장 스케치북을 덮고 자신의 등 뒤로 감추었다. 스케치북을 또 태워 버릴까 하는 걱정 때문이었다. 그 생각을 읽었는지 혜림이 가볍게 웃었다.

"걱정 마, 지금은 안 뺏어."

언젠가는 뺏을 거란 소리다. 그래도 지금 당장 빼앗기지 않는다는 말에 조금 안심이 됐는지 긴장으로 인해 굳었던 어깨가 잠시 풀렸다. 단추를 전부 채우지 않은 블라우스 틈 사이로 은빛으로 반짝거리는 무언가가 보였다.

"목에 하고 있는 거 뭐야?"

여느 때와 다름없는 담담한 어조였지만, 어딘가 묘하게 가라앉은 목소리였다. 평소 자신을 괴롭힐 때와는 다른 분위기에 여울은 가슴이 살짝 두근거렸다. 가라앉은 목소리와 가라앉은 벼 이삭 같은 눈동자는 오늘따라 유난히 진해 보였다. 밀려오는 먹구름 때문인 것 같았다.

"새, 생일 선물로 아빠가 줬어."

"흐응, 목걸이네."

삐죽 나온 은빛의 여우 모양 목걸이는 한눈에 봐도 특이하고 예뻤다. 시중에서 흔히 볼 수 있는 목걸이는 아니었다. 고가 브랜드의 보석만 착용하는 혜림의 눈을 사로잡을 정도로 예뻤다. 아마 중고가의 브랜드 상품이거나, 아니면 여울의 아버지가 여울을 위해 특별히 주문 제작한 목걸이일 수도 있었다.

또다시 마음이 삐죽 하고 솟아나온다. 아버지가 생일로 준 선물이 기쁘고 자랑스럽다는 듯한 여울의 표정을 보니 속이 뒤틀려 온다. 튀어나온 여우 모양의 목걸이를 손바닥에 대보며 만지작거리다 움켜쥐고는 세게 잡아당겼다.

그 날렵하고 유연한 동작에 여울이 놀랄 새도 없이 뚜둑, 하는 소리와 뒷목이 쏠리는 기분이 동시에 들었다. 갑자기 느껴지는 허전함에 여울의 손가락이 목 언저리를 만져 보았지만 목 언저리에 있어야 할 무언가는 이미 혜림의 손아귀 안에서 반짝이고 있었다.

"혜, 혜림아, 그거 내 목걸이! 도, 돌려줘!"

"예쁘네."

무심했다. 그냥 무심한 목소리였다, 라고 생각할 수밖에 없는 혜림의 목소리에 여울은 파랗게 얼굴이 질려 버렸다. 아까까지만 해도 가라앉아 있던 혜림의 목소리와 표정이 재미있다는 듯이 변해가고 있었다. 파랗게 질린 여울을 보며 얼핏 즐겁다는 미소를 띠고 있는 혜림은 누가 봐도 악독해 보였다.

"혜림아, 돌려줘, 제발……."

울먹거림과 간헐적으로 떨리는 여울의 목소리는 어미를 잃은 새끼 새의 지저귐과도 같았다. 그와 동시에 혜림의 얼굴에 냉소가 얼핏 보였다. 벼 이삭의 연한 갈색 눈동자는 잔잔한 호수처럼 고요했지만, 그 안에는 풍파 직전에 놓인 위험한, 아슬아슬한 종이배와 같은 떨림도 보였다. 특이한 모양의 목걸이를 감상하다 혜림이 위에 걸친 후드 티의 주머니에 슥 넣었다.

"근데, 그거 알아?"

"무, 뭘?"

"학교 교칙에 액세서리 금지한다는 거, 알고 있어?"

"아, 알고 있어. 내일부터 안 하고 올 테니까 돌려줘. 제발, 부탁할게."

애원조의 목소리에 돌려줄 법도 한데 혜림은 빙긋 웃었다.

"알았어."

의외로 쉽게 떨어지는 긍정의 답에 여울의 얼굴이 환하게 펴졌다. 평소 자신을 그렇게 괴롭혔던 혜림이지만, 고마운 마음에 혜림을 향해 환하게 웃어 보였다. 그에 따라 혜림도 환하게 웃었다. 그 미소에 마치 1년 전으로 돌아간 것 같은 기분이 들었다.

아직 혜림과 여울이 친구였을, 그 순간으로.

여울에게 목걸이를 건네주기 위해 움직이는가 싶더니, 혜림은 아주 당연하다는 듯 여울의 곁을 지나쳐 뒷산이 있는 쪽으로 향했다. 뒤도 돌아보지 않는 혜림의 뒷모습에 알 수 없는 불안감이 엄습해 왔다.

"혜, 혜림아?"

"왜?"

다정한 목소리였음에도 불구하고 마치 한겨울 같은 목소리라고 여울은 생각했다. 꽉 쥔 두 주먹 사이로 땀이 맺혔다.

'설마' 하는 마음도 들었다. 제발, 아니기를. 괜한 기우이기를 속으로 빌며 두근거리는 마음으로 여울이 혜림의 뒷모습을 쳐다보자, 혜림의 발걸음이 넓은 들과 뒷산으로 올라가는 길에 멈췄다.

혜림이 몸을 빙글 돌려 여울과 시선을 다시 마주했다. 찰랑거리는 소리와 함께 주머니에 넣었던 손을 꺼내자 하얗고 가느다란 혜림의 손가락이 은빛의 줄을 잡았다. 그녀의 손끝에 걸려 찰랑거리는 목걸이는 위태로운 모습을 보여줬다.

"네가 가져가."

환하게 미소 짓던 혜림의 얼굴에서 순식간에 미소가 사라지며 다시 표정 없는 프랑스제 도자기 인형으로 돌아갔다. 그리고 여울의 불안을 읽기라도 했는지, 짤랑거리는 목걸이를 나무와 풀이 무성한 뒷산 풀숲으로 있는 힘껏 목걸이를 던져 버렸다. 목걸이가 작게 풀썩, 하는 소리를 내며 아래로 추락했다. 여울의 마르던 눈물이 다시 고이기 시작했다.

동그랗게 뜬 눈, 멍청하게 벌린 입, 헝클어진 머리, 글썽이는 눈물. 여울의 그런 모습을 보며 혜림은 냉소를 지었다. 입꼬리만 올라간 모습은 얼음 속에서 자신의 모든 것을 얼려 버린, 마치 눈의 여왕과도 같았다.

"교칙을 위반했으니까, 이 정도 벌은 있어야 되지 않겠어?"

"흐, 흐윽."

억지로 울음을 참는 소리를 내는 여울을 보며 혜림은 만족스럽게 웃었다.

"네 힘으로 가져가."

"혜림아, 도대체, 도대체 나한테 왜 이러는 거야? 내가 너한테, 흐윽, 무, 무슨 잘못이라도 했어?"

그 물음에 예쁘게 휘었던 혜림의 눈꼬리가 서서히 무표정하게 변했다. 굳어가는 표정과는 다르게 그녀의 목소리는 다정했다. 아기를 재우기 위해 자장가를 부르는 엄마의 목소리처럼.

"몰랐어?"

"흐, 흐윽."

"너라서 싫은 거야, 송여울. 네가 송여울이라서."

빙긋 웃는 그녀의 모습에 겨우겨우 참아내던 여울의 입에서 울음이 비집고 터져 버렸다.

불쾌해, 더러워. 귀를 뜯어 없애고 싶었다. 아까 전, 그 천하디천한 계집이 친한 척 혜림아, 라고 이름을 불렀을 때의 기분은 말로 설명할 수 없을 만큼 불쾌했다. 오죽하면 자신의 귀를 뜯어 버리고 싶은 마음이었을까.

게다가 여울을 울리면 조금 나아질까 싶었던 기분은 전혀 나아지지 않았다. 여전히 몸은 무겁고 속은 메스꺼웠다. 멀리서 날아오는 등나무 꽃향기로 인해 헛구역질이 날 것 같았다. 여울에게서 나던 냄새가 자신에게서도 나는 것 같아 기분이 나빴다.

여름이 시작되는 후덥지근한 바람이 불자, 그 덕에 숨통이 조금 트이는 기분이 들어 숨을 크게 들이마시고 내쉬었다. 현재 시각 한 시 오 분. 점심시간이 끝나기 전까지는 아직 25분가량의 시간이 남아 있었다.

가볍게 산책이라도 할까, 하는 기분으로 뒷산에 올라가는 또 다른 길로 발을 디뎠다. 바스락, 바스락, 풀잎들이 부딪히는 소리가 경쾌한 연주곡처럼 들려왔다. 여름이 오는 것이 맞는지 풀잎들 사이사이마다 작은 풀벌레들의 합창도 이어졌다.

불규칙했던 숨소리도, 심장박동 수도 일정하게 돌아왔다. 처음부터 그 계집이 있는 곳이 아닌 이런 곳에 있었더라면 마음이 편안해졌을 것이라는 생각이 들었다. 하지만 지금의 그녀는 그렇지 않았기에 여전히 무감각한 표정이었다.

뒷산으로 가는 길에 보이는 모습들은 다채로웠다. 풍부한 청록색은 아름다운 자연 그대로의 모습을 보여주었고, 젖은 풀 끝에는 물방울이 아롱아롱 맺혀 곧이라도 떨어질 듯한 모습을 보여주기도 했으며, 혜림의 기척에 도망가는 작은 풀벌레들의 모습도 보였다.

비가 어서 빨리 쏟아져 내렸으면 좋겠다. 멈추지 않고 계속해서 쏟아져서 모든 것이 비에 잠겼으면 좋겠다. 밑바닥 아래까지 잠겨 물속을 부유하며 떠돌다가, 어서 죽었으면 좋겠다.

*

꾸역꾸역 밀려오던 먹구름으로 어두웠던 하늘에서 작은 빗방울들이 툭툭, 하고 떨어졌다. 작은 물방울이 창문에 닿자 그제야 비가 온다는 사실을 알게 된 아이들이 '으아, 비 온다, 어떡해! 나 우산도 없는데!' 라는 소리를 내뱉기 시작했다.

몇몇 애들이 엄마한테 연락한다는 둥 수선스런 모습을 보여줬다. 아마 고3 수험생을 둔 부모라면 우산을 들고 학교 앞까지 마중을 나올 것이다. 우산이 없는 건 혜림 또한 마찬가지지만, 혜림을 위해 마중 올 사람들은 아무도 없었다.

5교시 수업을 알리는 수업 종이 쳤음에도 불구하고 교실 안은 유달리 산만했다. 비와 습도 때문에 떠드는 아이들의 소리는 더 크게 울렸다. 얼마 지나지 않아 드르륵, 하는 소리와 함께 앞문이 열렸고, 흰머리가 희끗희끗 보이는 문학 선생님 대신에 진한 고동색의 눈동자가 인상적인 젊은 남자 선생이 들어왔다.

"어? 이번 시간 문학인데요?"

"시간표 바뀌었다. 문학 선생님이 연수 가셔서 오늘 하루는 내가 수업하고, 화요일 영어 시간에 문학 수업을 할 거다."

5교시 수업을 들어온 사람은 다름 아니라 여우진이었다. 출석 체크를 위해 빈자리를 하나하나 세다가 두 자리가 비는 것을 알고는 잠시 미간을 찡그렸다.

"저기 빈자리 누구야?"

"송여울이랑 박찬들이요."

몇몇 아이가 빈자리를 힐끗 쳐다보며 무심하게 대꾸했다. 창문을 통해 뒤뜰이 있는 곳을 쳐다보던 혜림도 시선을 돌려 두 개의 빈자리를 차례로 훑어봤다. 한 사람의 자리는 송여울. 여울이 들어오지 않는 이유는 뻔했다. 혜림이 던진 목걸이를 열심히 찾고 있을 것이다. 그리고 또 다른 빈자리의 주인공은 송여울의 기사를 자처하며 함께 목걸이를 찾고 있을 것이다.

지금 쏟아져 내리는 비를 맞아가며 열심히 목걸이를 찾고 있을 두 사람을 생각하니 한심함에 웃음이 나왔다. 손을 왼쪽 주머니에 넣자 차가운 은색 목걸이가 만져졌다.

백날 찾아보렴. 여기 있는 목걸이가 그쪽에 있을 리는 없을 테니까.

묘하게 만족스러운 미소를 띠는 혜림의 모습을 발견했는지, 아니면 여울이 관련된 일은 모두 혜림이 관련되어 있을 거라는 확신에 가까운 의심을 가지고 있는 것인지 모르겠지만 우진의 시선이 혜림에게 닿았다.

"차혜림, 두 사람에 대해서 뭐 알고 있는 거 없어?"

단정에 가까운 어조였지만, 혜림은 언제나 그렇듯 가벼운 미소를 띠며 어깨를 으쓱였다.

"글쎄요, 여울이가 아파서 찬들이가 데려다 줬거나, 아니면 연애라도 하고 있나보죠."

그 모습과 목소리에 우진은 알 수 없는 위화감을 느껴야 했다. 무엇 때문에 이런 감정을 느끼는 건지는 모르겠지만, 우진은 방금 그 말에서 뭔가 알 수 없는 뒤틀림을 느꼈다. '여울이'라고 다정하게 이름을 부르는 혜림이 가증스러워서 그런 것인지는 모르겠지만, 우진은 뭔가 뒤틀렸다고 생각했다.

"둘이 들어오면 수업 끝나고 교무실로 오라고 해. 반장, 인사."

여느 선생님들과 마찬가지로 일방적인 통보의 말을 던지고는, 두 사람이 없어도 아무 일이 없는 것처럼 수업을 시작하는 우진을 보며 혜림이 조금은 아쉽다는 표정을 지었다. 그때 일순간 혜림의 눈앞이 핑— 하고 돌았지만, 머리를 절레절레 흔들고는 필기를 하기 시작했다.

'……어지러워. 더워.'

후드득 떨어지는 시원한 빗소리와 창가 바로 근처에 앉아 있는 자리라 추울 만도 하건만 혜림의 몸을 덮고 있는 것은 뜨거운 열기였다. 수업을 하는 우진의 목소리는 귀에 들어오지도 않았다. 수업을 시작한 지 이십 분 정도가 지났을 무렵 조금 전까지만 해도 조금씩 떨어지던 비는 점점 거세지더니 장대비가 되어 쏟아지기 시작했다. 그리고 찬들과 여울의 자리는 여전히 비어 있었다.

우진이 판서를 하며 수업을 계속 이어가고 있는 도중, 우르릉! 하는 천둥 치는 소리와 또 다른 소리가 동시에 들려왔다. 아주 커다란 소리이었기에 수업에 집중하고 있던 아이들은 어깨가 크게 들썩임과 동시에 소리가 들린 뒷문으로 시선을 돌렸다. 비단 아이들뿐만이 아니라 수업을 하고 있던 우진의 시선 또한 마찬가지였고, 혜림의 시선도 마찬가지였다.

뒷문에는 비에 홀딱 젖어 물을 뚝뚝 떨구며 이글거리는 눈빛으로 정확히 혜림을 노려보고 있는 찬들의 모습이 보였다. 그 표정에 혜림이 짓궂게 웃었다. 그 표정을 놓치지 않은 찬들의 눈동자에 화르륵, 불꽃이 일어나는 것처럼 보였다.

"박찬들, 지금 뭐 하는 거야?"

조금 화가 난 듯한 선생님의 목소리에도 언제나 단정하고 예의 바르던 찬들은 선생님께 죄송하다는 말도 하지 않은 채 뚜벅뚜벅 혜림에게 다가갔다. 비에 젖은 교복에서 물을 뚝뚝 흘리며 무거운 발걸음으로 말이다.

"수업 시간에 뭐 하는 짓이야?"

혜림이 조금은 짓궂게, 얄밉게 웃으며 상냥한 목소리로 물었다. 그 물음에 찬들은 아무런 대답도 하지 않고 가냘픈 혜림의 손목을 잡아채고는 혜림을 일으켜 세웠다. 순간 혜림은 새까매지는 시야에 잠시 다리를 휘청거렸지만 애써 침착하게 눈을 한 번 꾹 감았다 뜨고는 고개를 들었다. 손목에서 느껴지는 악력에 혜림의 미간이 찡그려졌지만, 찬들의 시야에는 그 표정이 보이지 않는 듯했다.

"자리에 앉지 못해?"

선생님의 물음에 아무런 대답도 없이 억지로 혜림을 끌고 가는 찬들을 보며 교실 안은 잠깐 당황스러운 기류가 흐르다 아이들의 수군거림에 다시 산만해지기 시작했다.

"조용, 조용! 선생님이 갔다 올 테니까, 반장! 조용히 자습시키고 있어!"

반 아이들을 반장에게 맡기고는 그 역시 급한 걸음으로 교실을 나섰다. 하지만 그 잠시 사이에 사라졌는지 복도에는 찬들과 혜림의 모습이 보이지 않았다.

"젠장!"

거칠게 머리를 휘저으며 어디로 가야 할지 몰라 망설이다 계단으로 내려가고 있을 때 열린 창문 밖으로 '이거 놔!' 하는 목소리가 어렴풋이 들렸다. 몸을 창밖으로 쭉 내밀고 아래를 보니 찬들이 그녀의 손목을 잡고 억지로 뒷산 쪽으로 끌고 가고 있는 모습이 눈에 들어왔다.

저 길이라면 나오는 곳은 뒷산밖에 없으니까. 행선지가 정해지자마자 우진은 바로 뛰기 시작했다. 지금이라면 금방 쫓아갈 수 있다고 생각하며 긴 다리로 계단을 몇 칸씩 뛰어 내려갔다. 뒷산으로 향하는 지름길로 뛰어가자 불분명하던 혜림의 목소리가 빗속에서 선명하게 들리기 시작했다. 달뜬 숨을 내쉬며 발을 더 빨리하자 둘의 뒷모습이 보였다.

"뭐 하는 거야, 박찬들! 이거 놔."

혜림은 찬들에게 붙잡힌 손목을 빼려고 했지만 팔에 힘이 들어가지 않았다. 억지로 그녀를 질질 끌고 온 곳은 아니나 다를까, 뒷산이었다. 찬들과 혜림이 온 걸 눈치채지 못한 여울은 그때까지도 비에 젖은 채 목걸이를 찾고 있었다.

"이거 보여주려고 수업 중에 끌고 나온 거야?"

빗물이 눈으로 들어가서 그런지 모르겠지만 시야가 자꾸 새까매졌다 밝아졌다를 반복하고 있었다. 비를 맞아서 그런지 몸이 으슬으슬 떨리고 머리가 어지러웠다.

"느끼는 거 없어?"

"없는데? 그나저나 송여울은 수업 안 듣고 여기서 뭐 하는 건데?"

"네가 던진 목걸이 찾고 있는 거야!"

조용한 가운데서 소리를 지른 찬들의 목소리가 넓게 울렸다. 찬들의 고함 소리에 허리를 숙이고 있던 여울이 고개를 들고 찬들과 혜림을 쳐다봤다. 둘 사이에 흐르는 차가운 기류에 여울이 그들이 있는 쪽으로 다가와서 말리는 목소리로 찬들을 불렀지만, 이번에는 넘어가지 않겠다는 듯 굳건한 의지를 보이며 여울을 자신의 등 뒤로 숨기곤 혜림을 노려봤다.

"충실한 개네."

"야, 차혜림!"

"누구 앞에서 고함을 지르는 거야?"

도도하게 턱을 치켜세우고 한없이 내려다보는 혜림의 태도는 절대적인 강자의 모습이었다. 그 모습에서도 찬들은 굳건히 자신의 의지를 보이고 있었다.

"네가 찾아. 네가 던진 여울이 목걸이, 네가 찾으라고."

"내가 왜 그래야 되는데?"

조금 가신 듯했던 어지러움이 다시 몰려왔다. 눈앞이 까매짐과 동시에 몸이 앞으로 휘청거렸지만, 그 순간 뒤에서 자신을 지탱해 주는 크고 따뜻한 누군가의 손에 의해 앞으로 넘어지는 추태를 보이지 않을 수 있었다.

"박찬들, 지금 뭐 하는 짓이지?"

뒤를 쫓아온 우진이 혜림의 옆에 나란히 섰다. 찬들을 혼내는 엄한 지도자의 목소리를 냈다.

"선생님이 상관하실 일 아니에요. 차혜림, 빨리 네가 목걸이 찾아."

"……목걸이?"

평소 예의 바른 찬들에게서 나올 태도가 아니었고, 생뚱맞은 '목걸이'라는 단어에 우진이 고개를 갸우뚱거리며 의아한 눈으로 혜림과 찬들을 번갈아 봤다.

"저 계집애가 여울이 아버지가 생일 선물로 준 목걸이를 저쪽으로 던졌다고요! 그거 찾는다고 수업에 못 들어갔던 거고요! 차혜림, 여울이한테 사과하고 빨리 목걸이 찾아내!"

"차혜림, 그게 무슨 말이야?"

혜림이 콧방귀를 꼈다.

"내가 왜 그런 수고스런 일을 해야 되는데?"

"야!"

"오히려 교칙을 어긴 송여울 잘못 아니야? 그러니까 누가 목걸이를 학교에 하고 오래? 정당한 처벌이었어."

"그걸 결정하는 건 네가 아니라 선생님들이야! 네가 뭔데!"

"찬들이 너도 그만해. 차혜림, 너도 여울이한테 미안하다고 말해. 이번엔 네가 잘못했어."

"'이번엔'이 아니에요! 잘못한 건 항상 차혜림 쪽이었다고요!"

분노로 시뻘게진 찬들의 눈을 바라보며 혜림은 차갑게 조소했다. 그리고 싸늘한 표정으로 우진의 손에 붙잡힌 자신의 팔을 차갑게 뿌리쳤다.

"잘못한 게 송여울이면 송여울이었지, 전 잘못한 거 없어요."

"혜림아!"

"저게 진짜!"

싸늘한 눈빛으로 여울을 쳐다보자 여울은 그런 혜림이 무서운지 찬들의 옷자락을 꼭 붙잡고는 찬들의 뒤로 숨었다.

"그러니까 전 송여울 목걸이 찾아줄 생각, 추호도 없어요."

차갑게 돌아서는 혜림의 뒷모습을 보며 우진이 깊게 한숨을 내쉬고는 젖은 머리카락을 가볍게 쓸어 넘겼다.

"너희 둘도 일단 교실로 들어가거라. 목걸이는 나중에 비가 그치면 찾자."

"하지만!"

"찬들아, 그렇게 하자."

애써 미소 짓는 여울을 보며 찬들이 주먹을 꽉 쥐고는 고개를 주억거렸다. 이를 악물며 굵은 빗속에서 찬들은 먼저 걸어가는 혜림과 우진의 뒷모습을 바라봤다. 혜림의 뒤를 따라 우진도 시야에서 사라짐과 동시에 찬들은 고개를 돌리고는 우진의 뒷모습에서 시선을 떼지 못하는 여울의 손을 붙잡고는 자리를 떴다.

혜림이 먼저 건물 코너를 돌며 사라지자 빠른 걸음으로 뒤따라가던 우진이 이제는 거의 뛰다시피 걸으며 혜림의 뒤를 따랐다.

거센 빗속에서도 혜림을 부르는 우진의 목소리가 크게 울렸다.

"차혜림! 차혜림!"

앞에서 휘청휘청 거리며 불안하게 걷고 있는 혜림을 애타게 불렀지만, 우진의 목소리는 아예 들리지도 않는지 혜림은 뒤도 돌아보지 않고 계속 걸어갔다.

부잣집 딸들은 이래서……. 짜증스러움과 걱정스러움이 교차된 표정을 짓고 혜림의 손목을 붙잡았다. 아까 전에도 느꼈지만 다른 여자아이들보다 더 가냘픈 손목이었다.

"이번엔 네가 잘못한 거야."

"박찬들이 말하는 거 들으셨잖아요? '이번엔'이 아니라 잘못한 건 '항상' 차혜림이었다고요."

"네가 잘못한 거 알고 있긴……."

"하지만."

우진의 말을 차갑게 잘라내고는 혜림은 우진의 고동색 눈을 똑바로 쳐다봤다. 지금은 서 있는 것조차 힘들 지경이었다. 차가운 빗물 때문에 그런지 몸은 춥고 으슬으슬 떨린다. 눈은 자꾸 감기고, 기분은 서서히 무력해지는 기분이었다. 몸이 무겁다.

"박찬들이 그렇게 말해도, 전 잘못한 거 없어요."

"차혜림."

"전 잘못한 거 하나도 없어요."

"혜림아."

바들바들 떠는 혜림이 이상하다고 생각했는지 우진이 미간을 슬쩍 찡그리고 혜림의 어깨에 손을 올렸다. 빗물 때문인지 모르겠지만 혜림의 손목은 굉장히 차가웠다.

"잘못한 건 송여울이라고요. 전 잘못한 거 없어…… 요……."

눈앞이 TV를 끈 화면처럼 완벽한 암흑으로 물들자, 위태롭게 서 있던 혜림의 몸이 우진의 어깨로 허물어졌다.

✹

"영양 부족, 수면 부족이네요. 걱정하지 마시고요, 충분한 휴식이랑 몸에 좋은 음식 꾸준히 먹으면 금방 나을 겁니다. 링거 다 맞고 나서 가시면 돼요."

의무적으로 말하는 의사의 말에 우진이 고개를 꾸벅였다. 손목이 유난히 가냘픈 이유도 알 것 같았다. 조금 골치 아프게 됐다는 표정으로 혜림을 내려다보던 우진은 혜림이 편안해 보이는 얼굴로 고른 숨을 내쉬면서 자고 있자 한숨을 내쉬었다.

이렇게 보면 천사와도 다름없는데, 여울에게 하는 행동이나 말을 보면 악마 같았다. 자신답지 않은 생각이지만, 혜림의 몸에는 악마와 천사 둘이 공존하고 있는 것 같았다. 악마의 탈을 쓴 천사라던가, 천사의 탈을 쓴 악마라던가. 이렇게 가만히 자고 있으면 정말 천사 같은데, 여울에게 왜 그렇게 못되게 구는 건지……. 혀를 짧게 차고는 주머니를 뒤적거려 찾아낸 핸드폰의 번호를 누르고는 통화버튼을 눌렀다.

연결음이 얼마 가지 않아 딸각, 하는 소리와 함께 여보세요? 하는 익숙한 문학 선생님의 목소리가 들렸다.

"부장님, 저 여우진입니다."

〈아, 여 선생. 안 그래도 연락하려던 참이었는데. 수업 빠지고 지금 어디에 있는 거야? 그리고 혜림이는?〉

"그게……."

말끝을 흐리며 우물쭈물하는 우진의 태도에도 혜림의 담임선생님, 즉 문학 선생님은 참을성 있게 우진의 말을 기다렸다.

"지금 병원입니다."

〈병원? 병원엔 왜?〉

"혜림이가 쓰러졌습니다. 양호 선생님이 오늘 안 계셔서, 병원으로 데리고 왔습니다."

〈혜림이는 괜찮고?〉

"네, 수면 부족이랑 영양 부족이라네요. 아마 수능 공부 때문에 잠을 제대로 못 잔 듯합니다."

〈그렇다면 다행이고. 원래라면 내가 거기에 가야 되는데, 연수 때문에 못 갈 것 같으니까, 여 선생이 책임지고 혜림이 바래다줘.〉

"혜림이가 일어나면 괜찮은데, 애가 도무지 일어날 생각을 안 합니다만……."

〈그러면 내가 혜림이 집 주소를 문자로 보내지. 여 선생, 부탁해.〉

자기 할 말만 다 하고 툭 끊어버리는 문학 선생님의 태도에 어이없다는 표정을 지으며 거칠게 머리를 헝클였다. 이 아가씨랑 엮이면 도무지 풀릴 일도 안 풀린다. 주저앉듯이 의자에 앉아 십 분이란 시간을 무의미하게 보내고 나자 가만히 있던 우진의 핸드폰이 띠링, 하는 가벼운 알람 소리를 내며 반짝였다. 문자를 확인해 보니 문학 선생님에게 온 문자였다.

〈주원 빌라 B동 302호〉

담임에게서 문자를 받은 우진이 한숨을 푹 내쉬고는 이번엔 혜림의 치마 주머니에 있는 핸드폰을 꺼냈다. 핸드폰에는 그 흔한 잠금 설치도 없었다. 자신의 여동생만 해도 핸드폰에 이것저것 깔아놓고 꾸몄는데 혜림의 핸드폰은 지나치게 단조로웠다. 우진이 고개를 갸웃하고는 단축번호 1번을 꾹 눌렀다.

보통 단축번호 1번에는 집이나 부모님의 전화를 연결해 놓으니까 보호자와 당연히 연락이 될 것이라고 생각했다. 하지만 들리는 것은 신호음이 아니라 여성의 기계적인 목소리였다.

〈이 번호는 없는 번호이므로……〉

귓가에서 울리는 여자의 목소리를 멍청하게 듣고만 있다가 이내 종료버튼을 꾹 누르고는 눈을 감은 채 고른 숨소리를 내며 자고 있는 혜림을 응시했다.

"도대체 이게 무슨……."

"하아."

약간 힘든 숨소리를 내며 우진이 허리를 쭉 폈다. 링거를 다 맞을 동안 혜림은 눈 한 번 뜨지 않고 계속 잠만 잤다. 우진이 업고 올 동안에도 눈 한 번 뜨지 않았다. 아니면 이 못된 아가씨가 일부러 자신을 골리기 위해서 자는 척을 하는 것인지도 모르겠다.

어찌 되었던 간에 겨우겨우 도착한 혜림의 집 앞에서 우진은 또 한 번 좌절을 느끼고 있었다. 대문에 떡하니 있는 도어락 때문이었다. 우진이 혜림의 집 도어락 번호를 알 리가 만무했다. 혜림을 강제로라도 깨워야 하나 싶었지만, 일단 번호를 몇 개 찍어보자 생각을 했다. 단순하게 시작해서 0000부터.

그다음은 혜림의 핸드폰 번호 뒷자리, 생일, 집 전화번호 뒷자리, 학년 반 번호, 차례대로 해봤지만 뭐 하나 풀리는 게 없었다.

서서히 짜증이 나기 시작하고 혜림을 깨워야겠다고 생각이 들었다. 우진이 흐르는 땀을 손등으로 대충 닦아내고는 그녀를 흔들었다. 꽤 잠에 깊게 빠졌는지 그녀는 눈을 뜰 생각을 하지 않았다.

"혜림아, 차혜림."

부르는 목소리에 혜림의 미간이 살짝 찌푸려졌다.

"차혜림, 집에 가야지. 도어락 번호 뭐야?"

목소리를 살짝 높이며 그녀의 어깨를 세게 흔들자 혜림의 눈이 힘겹게 열리기 시작했다. 아직도 몽롱한 기운이 있는 눈빛이었다.

"0715요……."

비몽사몽간에 작게 들리는 목소리를 듣고는 우진이 길쭉한 손가락으로 '0715'라는 숫자를 꾹꾹 눌렀다. 그러자 띠릭 하는 소리가 들렸다. 문손잡이를 돌리자 꿈쩍도 하지 않았던 문이 열렸다. 일단 혜림의 집 안으로 들어갔다. 그나저나 0715? 생일인가? 하지만 혜림의 생일은 겨울이다. 숫자의 의미를 아주 짧게 생각하다 신발을 벗고 집 안으로 들어서서 주방 맞은편에 있는 방문을 열었다. 옷장, 책장, 침대, 책상, 딱 필요한 가구만 있는 방은 딱 봐도 혜림의 성격이 고스란히 드러나는 방이었다. 침대 위로 혜림을 조심스레 눕혀놓았다.

아직까지 축축한 교복이 조금 걱정되었는데, 성인 남자가 아직 미성년인 여학생의 교복을 벗길 수도 없는 노릇이었다. 그렇다고 이렇게 가만히 놔두면 감기에 걸릴지도 모른다. 어떻게 할까, 골똘히 고민하다 블라우스만 갈아입히자! 라는 결론에 도달했다.

의식이 없는 사람의 옷을 갈아입히기란 꽤 어려웠다. 힘겹게 혜림의 옷을 갈아입히고는 조용히 방문을 닫고 천천히 집 안을 둘러보았다. 부잣집이라더니 집도 역시 으리으리하고 컸다. 부모님과 혜림 이렇게 세 명이 살기에는 꽤 넓은 평수였다. 주위를 둘러보자 여느 집처럼 가구가 여기저기 배치되어 있었다. 3인 가족이 사는 집치고는 넓지만 굉장히 이상하다는 생각이 들었다. 사람이 살고 있는 집이면서도 사람 냄새가 나지 않았다. 온기가 없는 싸늘한 집이었다. 게다가 집 안에는 그 흔한 가족사진 하나 없었다.

"설마……"

혼자 사나? 라는 생각이 들었다. 하지만 왜? 하지만 우진은 이내 궁금증은 접어두고 가볍게 죽이나 끓이자는 생각에 커튼을 젖히고 주방에 들어갔다. 썰렁한 집 분위기와 마찬가지로 주방 또한 썰렁했다. 역시 3인 가족이 사는 집치고는 적은 접시 개수에, 젓가락과 숟가락 개수도 몇 되지 않았다.

"진짜 혼자 사는 건가?"

하지만 지난번 여울이와 찬들이 앞에서 당당하게 말했던 자신의 부자 부모님은?

거짓말이라고 하기엔 그때 혜림의 태도는 너무 당당했고, 학교 선생님들 또한 혜림의 집안이 굉장히 부유하다고 자주 말했었다.

죽을 만들기 위해 필요한 쌀을 찾기 위해 두리번거리고 있는데 쌀을 담아놓은 그릇이 어디에도 없었다. 그러다 생각 없이 냉장고 문을 열자, 우진의 입에서 어이없다는 듯 헛웃음이 흘러나왔다. 그게 어이가 없어서인지, 경악을 해서인지 알 수는 없지만, 그 웃음소리는 실소에 가까웠다.

혜림의 집 냉장고는 텅텅 비어 있었다. 그나마 있는 것이라고는 깔끔하게 정렬되어 있는 생수 통 여러 개와 식빵에 발라 먹는, 뜯지도 않은 딸기잼 그리고 손도 대지 않은 듯한 여러 개의 계란뿐.

"하?"

정말 알다가도 모를 애다. 잘 먹고 잘사는 애일 줄 알았는데 그것도 아니다. 그렇다고 착하고 여린 애도 아니다. 도무지 알 수 없는 차혜림이란 이름의 여자애를 떠올리며 우진이 알 듯 말 듯한 한숨을 내쉬었다.

"쌀은 없나?"

쌀을 찾기 위해 좀 더 주방 이곳저곳을 뒤져 보니 싱크대 옆에 그릇으로 덮어놓은 걸 발견했다. 뭔가 싶어 확인해 보니 물에 불린 쌀이었다. 근처에 있는 앞치마를 대충 걸치고는 가스레인지 앞에 섰다.

몽롱한 의식과 함께 눈이 떠졌다. 눈을 뜨니 보이는 것은 익숙한 파스텔 톤 벽지의 천장이다. 꿈인지 생시인지 아직 분간이 가지 않는데 밖에서 뭔가 소란스러운 소리가 들려왔다. 게다가 이 집에서는 날 리가 없는 음식 냄새도 간간이 났다.

어째서 내가 집에 있는 거지? 라는 생각에 대한 결론이 채 나지도 않았건만 침대에서 몸을 일으켰다. 축축하게 젖었던 교복치마는 그대로였지만 블라우스는 누군가에 의해서 갈아입혀진 상태였다. 할머니인가 싶어서 애써 몸을 일으켰다. 아까 전보다는 머리가 덜 어지럽다.

"……할머니?"

주방의 발 틈으로 보이는 것은 할머니의 모습이 아니라 건장한 사내의 모습이었다, 그것도 혜림이 잘 알고 있는.

"어? 일어났냐?"

도대체 이게 어떻게 된 일일까? 왜 자신의 집에 여우진이 있는 것이며, 여우진이 왜 자신의 집에서 요리를 하고 있는 것일까? 평소에는 잘만 돌아가던 뇌가 과부하라도 걸린 것인지 돌아가지 않았다. 생각하는 것 자체를 거부하고 있는 기분이 들었다.

"선생님이 어째서 여기에……."

"쓰러져서 병원 갔다가 데리고 온 거야."

"도어락은 어떻게 푸셨어요?"

"네가 말했어."

"……네?"

도대체 저 남자가 무슨 말을 하는 건가? 평소 감정을 얼굴에 드러내는 성격은 아니건만 아픈 몸 때문인지 짜증스러움이 가득한 표정으로 우진을 쳐다봤다. 혜림의 시선에 그는 머쓱한 표정으로 뒤통수를 긁적였다.

"그게, 자는 널 깨워서 물어봤었어. 기억 안 나니?"

그가 미간을 긁으며 어색하게 해명했는데도 혜림의 그의 해명에 별 관심 없어 보였다. 가스렌지에 올라가 있는 작은 냄비에서 흘러나온 음식 냄새가 코끝을 찔렀다.

마지막으로 집에서 저녁을 차려 먹었던 게 아마 2주 전이었던 것 같았다. 오랜만에 맡아보는 음식 냄새에 위가 거북했다.

"지금 남의 집에서 뭐 하시는 거예요?"

"아? 보다시피 요리 중······. 맞다. 너 애가 왜 안 먹고 다니냐? 냉장고 안이 텅텅 비었더라?"

"신경 끄세요."

"야야, 그래도 명색이 선생인데 어떻게 신경을 안 써?"

"약값이랑 병원비 드릴게요. 얼마예요?"

"내가 그 돈 받자고 여태까지 여기 있는 줄 아냐?"

그의 말에 혜림의 눈매가 매섭게 올라갔다. 우진이 여태껏 혜림의 집에 남은 이유는 오직 혜림에 대한 걱정 때문이었다. 텅 빈 냉장고와 적막하고 추운 집에 홀로 있는 혜림이 걱정돼서 남아 있었건만, 이 오만한 여왕님은 고맙다는 가벼운 인사도 할 줄 모른다.

솔직히 말해서 처음부터 고맙다는 인사를 받으려고 남아 있었던 것은 아니었다. 혜림이 주겠다고 한 병원비나 약값이 받으려고 남은 것도 아니었으며, 더더구나 이렇게 잔소리를 하려고 남은 것 또한 아니었다. 사실 그냥 죽집에서 죽을 사오고 데워 먹으라는 작은 메모를 놔두고 떠나면 되는 거였다. 하지만 그러지 못했다. 굳이 남은 이유를 솔직하게 말하자면 그래, 걱정 때문이었다. 그 걱정은 '학생'으로서의 걱정은 아닌 듯했다. 남부러워할 것 없는 부잣집 따님에 우월한 외모, 뛰어난 두뇌, 남들이 소위 말하는 축복받은 유전자에 부족할 것 없이 자란 저 아이가 위태로워 보였다.

홀로 이 세상을 견디고 있는 듯한 중압감과 무거움에 깔려, 질식해 버릴 것 같은 혜림을 우진은 가만히 내버려 두지 못했다. 그래서 처음 만났을 때부터 계속해서 장난치듯, 짓궂은 아이처럼,

때로는 선생님으로 행동했다.

"차혜림."

낮게 으르렁거리는 듯한 목소리에 혜림이 똑바로 우진의 눈동자를 쳐다봤다.

'아.'

혜림과 눈이 마주치자 우진은 속으로 짧은 감탄사를 삼켰다. 투명한 벼 이삭 같은 연한 갈색 눈동자가 자신을 향해 있자 알 수 없는 두근거림이 자신의 몸을 휘감았다. 조금 빠른 속도로 뛰는 고동은 낯설고 익숙지 않았지만 불쾌하지는 않았다. 혜림과 단둘이 있어서 그런 것인지, 아니면 함께 있는 장소가 학교가 아니라는 그 이유 하나 때문인지 잘 모르겠지만 우진은 이 두근거림이 당황스러웠다.

"딱히 생색내려고 하는 건 아니지만, 나는 널 도와줬어. 그렇다면 해야 할 말은 따로 있다고 생각하지 않아? 초등학교 때 안 배웠어?"

"고맙습니다, 라는 인사를 바라신 거예요?"

냉소 가득한 그 눈동자에 방금까지만 해도 뛰었던 가슴이 거짓말처럼 제 기능을 하기 시작했다. 조금 빠르게 뛰었던 심장은 원래의 속도대로 뛰고 있었다.

"그냥 가만히 내버려 두시지 그랬어요. ……그랬으면 좋았을걸."

"뭐?"

"아무것도 아니에요."

우진은 가스 불을 끄고 냄비에 끓인 죽을 예쁜 그릇에 담아 식탁 위에 올려놨다. 하얀 죽이 혜림의 눈에 들어왔다. 고소한 죽 냄새가 코끝을 찔렀다. 죽을 먹는 건 오랜만이었다. 십몇 년 가까이 먹지 못했었는데. 혜림이 픽 웃었다.

"먹어. 영양, 수면 부족. 반찬 몇 가지랑 밥 해놨으니까 꼭 챙겨 먹어. 그리고 이건 약."

혜림은 어설프게 의자에 앉았지만 숟가락을 들 생각은 없어 보였다. 멍청하게 죽을 빤히 바라볼 뿐이었다.

"뭐 해? 안 먹고."

"……아, 고마워요."

항상 냉기만을 품고 있던 집에 온기가 도는 듯했다. 어설프게 손으로 숟가락을 들고 흰죽을 한 숟갈 작게 떴다. 죽을 먹는 걸 확인하려는지 우진이 혜림의 맞은편 의자를 끌어내고는 자리에 앉았다.

아직도 하얀 얼굴을 보니 괜히 제 가슴이 아프다. 한 숟갈 뜬 죽을 호호 불더니 입을 작게 벌려서 넣고는 한참을 오물거리더니 꿀꺽 삼킨다. 그래도 잘 먹어주는 모습에 뿌듯하기도 하고 예쁘기도 해서 우진의 입가에 미소가 한가득 걸렸다.

혜림은 그게 괜히 어색하기도 해서 눈을 데굴데굴 굴리다가 숟가락을 살짝 내려놨다.

"더 안 먹어? 맛없어?"

"아뇨. 그게 아니라……."

걱정된다, 네가 맛있게 먹어줘서 기쁘다는 기색을 여실히 드러내니 빤히 보는 게 불편하다는 말은 차마 하지 못하고 속으로 한숨만 푹 내쉬다가 다시 숟가락을 들었다. 턱을 괸 채 멀뚱히 자신을 보는 우진을 슬쩍 보다가 죽을 한입 먹었다.

"왜 이렇게 안 챙겨 먹어. 그러니까 그렇게 말랐지."

"챙겨 먹을 시간이 없었던 것뿐이에요."

"그래도 앞으로는 꼬박꼬박 챙겨 먹어. 안 그러면 오늘처럼 또 쓰러진다."

그 말에 딱히 대꾸를 하지는 않았다. 그냥 긍정의 의미로 작게 고개를 주억거릴 뿐.

"여울이랑 오늘 또 무슨 일 있었어?"

"다 들으셨잖아요, 제가 송여울 목걸이 뺏은 거."

"왜?"

"그냥, 꼴 보기 싫었어요."

혜림에게 있어 송여울이라는 존재는 자신에게 해를 끼친 것도 없지만 미운 존재였다. 자신은 부모님에게 그 흔한 생일 선물도 받아보지 못했건만, 부모님과 함께 하하호호 웃는 꼴이, 선물을 받아서 떡하니 학교에 하고 오는 꼴이 눈에 걸리적거렸다.

"찬들이랑은 친구라면서?"

"그건 현재진행형이잖아요. 저랑 박찬들이 지금 친구로 보이세요?"

눈앞에 있는 혜림만큼은 아니지만 찬들 역시 선생님들 사이에서 모범생으로 칭찬이 자자했다. 성실하고, 예의 바르고, 노상 웃는 얼굴이라며. 성적이 그리 뛰어나지는 않지만 항상 노력하는 모습이 예쁜 아이라며 선생님들끼리 그런 얘기를 자주 했었다. 물론 우진도 그렇게 생각했고. 항상 여울이랑 얘기하면서 웃는 모습만 봐왔던지라 혜림이에게 살벌하게 구는 모습은 그에게도 꽤 충격적이었다. 찬들이를 좋아해서 여울이를 괴롭히는 거라는 초반의 가정은 시간이 지날수록 점점 지워져 갔다. 그리고 그 가정이 사실이 아니라는 것에 알게 모르게 안도감 역시 들었다.

"찬들이 좋아해? 아니, 좋아했어?"

"그건 왜 궁금해하세요?"

"선생님이니까."

"되게 사적인 부분 건드리시네요."

차갑게 입꼬리를 비뚜름하게 올리더니 손에 쥐고 있던 숟가락을 내려놨다. 혜림을 보다가 그가 그릇에 담아준 죽을 내려다봤다. 싹싹 비워서 깨끗이 먹은 건 아니지만 어느 정도 바닥이 보이는 양이었다.

다 먹어줄 거라 예상한 것도 아니었고, 원래 적게 먹는 애니까 이만큼 먹어준 것만으로도 대견하고 예쁘다 생각하며 그가 슬쩍 웃었다.

"그래서? 안 좋아해?"

"송여울이랑 연관만 되지 않으면요."

"솔직히 네가 여울이의 영향을 왜 그렇게 받는지 모르겠다."

"송여울이, 송여울이 아니었으면 괜찮았을지 몰라요."

"뭐?"

어리둥절한 얼굴로 되물었다. 간혹 차혜림은 보통 사람이 이해하기 힘든 행동과 말을 할 때가 있다, 지금처럼. 별 의미 없이 숟가락으로 흰죽을 휘휘 젓던 혜림이 차분히 말을 이었다.

"송여울이 김여울이거나 박여울이었더라면…… 이렇게 싫어하진 않았겠죠."

도통 알 수 없다는 얼굴로 쳐다보자 그녀는 어깨를 다시 한 번 가볍게 으쓱했다. 좋을 대로 생각하라는 제스처였고, 또한 물어본다고 해서 딱히 말해줄 것 같지는 않아서 포기한 그는 자리에서 일어나며 그녀의 앞에 놓여진 그릇과 수저를 들고는 싱크대에 내려놨다.

남의 집인데도 굉장히 익숙하게 냉장고에 물을 꺼내고 병원에서 받은 약을 그녀 앞으로 내밀었다.

"그런데 도어락 비밀번호가 0715던데, 날짜야? 생일?"

"……"

우진이 건네준 물잔을 잡은 손에 힘이 절로 꾹 들어갔다. 그녀의 몸이 딱딱하게 굳은 것을 눈치채지 못한 듯, 그는 호기심 어린 눈으로 혜림이 답하기만을 기다렸다. 목이 바짝바짝 타는 느낌에 물을 한 모금 마셨다.

"기념일, 이에요."

"기념일?"

"네."

"무슨 기념일인지 물어봐도 돼?"

그 말에 아무런 말도 하지 못하고 입술만 짓씹고는 비뚜름하게 입꼬리를 올렸다. 잊을 수 없는 날이다.

"그냥 1년 중 특별할 것 없는 날이었는데 송여울 때문에 아주 특별한 날로 바뀌었어요."

"……."

"7월 15일은 그런 날이에요."

어쩐지 안쓰러워 보이는 모습이다. 금방이라도 울 것 같지만 여전히 울지 않는 모습이 처연해서 그날에 대해서 아무것도 모르는 그마저 가슴이 저려올 지경이었다. 그 순간 눈에 들어왔다, 여전히 혜림이 물잔을 잡고 있다는 것이.

그리고 그 물잔을 잡은 손이 살짝 떨리고 있는 것이 눈에 들어왔다. 갑작스럽게 찾아온 어색함에도 두 사람은 아무런 말도 하지 않고 그저 가만히 침묵을 유지했다. 우진이 탁자 밑 제 무릎 위에 올려뒀던 손을 들어 올려 테이블 위, 컵을 잡고 있는 혜림의 손 위에 덮었다.

"혜림아, 힘들면 말해."

"……."

"말해도 괜찮아."

갑자기 느껴지는 따뜻한 온기에 그녀의 눈이 동그랗게 떠졌다. 평소 그녀답지 않게 감정을 드러내는 모습이 귀엽기도 하고 사랑스럽기도 해서 그는 다정하게 웃으면서 그녀의 손을 다시 한 번 꼭 잡았다.

✻

아이들이 흘끗흘끗 찬들을 쳐다보고 있었다. 아이들의 시선이 느껴질 법도 한데 찬들은 그들의 시선을 모르는 척하고 창밖을 바라보고 있었다. 시선을 한 몸에 받는 것은 찬들이었고, 그다음은 여울이었다. 수업 도중 모범생인 찬들이 혜림을 마음대로 데리고 나갔다는 것만 해도 큰 이슈가 될 터인데, 그 다음날 결석한 혜림 때문에 무성한 소문이 맴돌았다. 그리고 그 소문에는 그날 자리에 없었던 여울 또한 포함되어 있었다.

"선생님, 혜림이 안 와요?"

조례 시간, 전달 사항을 전하고 잔소리를 하는 담임선생님의 말을 뚝 끊고 반장이 대표로 물어봤다. 아이들의 호기심 가득한 눈동자에 선생님은 어리둥절하게 고개를 끄덕이며 그래, 라고 가볍게 대답했다.

"왜요?"

"아파서 못 온단다. 그날 비를 좀 많이 맞은 모양이다. 전달사항은 끝났고, 너희들, 이제 기말고사니까 공부해라. 특히 수시로 대학 갈 녀석들! 이번이 마지막이니까 제대로 해! 그리고 찬들이는 선생님 좀 보자."

찬들의 크고 맑은 눈동자가 담임선생님을 향하다 걱정스레 자신을 보고 있는 여울에게로 향했다. 여울에게 걱정 말라는 듯 부드러운 미소를 짓고는 자리에서 일어났다. 찬들이 자리에서 일어나자 순간 반에 알 수 없는 적막감이 맴돌았지만 찬들은 신경 쓰지 않았다.

자신이 잘못한 것은 하나도 없었다. 피해자는 오히려 여울이었다. 차혜림, 그 계집애가 여울을 얼마나 악독하게 괴롭혔는지 선생님들과 다른 아이들은 모를 게 분명했다. 이번을 계기로 그 계집의 실체를 톡톡히 밝혀내리라 결심하고는 전장을 나서는 장군처럼 비장한 표정을 하고는 선생님의 뒤를 따랐다.

종이 울리자 수업이 있는 선생님들은 교과서를 챙겨 급히 교실로 올라가고, 그렇지 않은 선생님들은 다른 선생님들과 이야기하기에 바빴다. 이제 교무실에 남은 사람은 우진 하나뿐이다. 출제 중이던 시험문제를 저장한 뒤, 창을 닫고 인터넷 창을 띄웠다. 창이 뜨자, 아이디와 비밀번호를 입력했다. 오늘따라 화면이 뜨는 속도가 느렸다. 초조한지 검지로 책상을 몇 번 탁, 탁, 치자 화면이 학교생활세부사항기록부 창으로 바뀌었다.

선생님들의 소란스러운 이야기 소리가 귓가에서 멀어지기 시작했다. 홀로 컴퓨터 화면에 열중한 우진이 스크롤을 내리기 시작했다. 우진의 표정이 자못 심각했다.

인적사항. 그중에서도 가족사항에 눈길이 멈춘 우진의 시선이 떠날 줄을 몰랐다.

그때 입을 꾹 다물고 있는 찬들과 짐짓 심각한 표정을 짓고 있는 3학년 7반 담임선생님이 교무실에 들어오는 걸 확인하자 급하게 인터넷 창을 끄고 공문을 창에 띄웠다. 문학 선생님 바로 옆자리에 앉아 있는 우진이 부장선생님과 함께 온 찬들에게 힐끗 시선을 던졌다.

"아아, 여 선생. 어제 수고가 많았어. 혜림인 괜찮고?"

"네. 의사 말로는 며칠 푹 쉬면 된답니다."

"그래, 답례로 내 오늘 여선생한테 점심 사지. 큼, 그나저나 찬들이 너, 어재 어떻게 된 거야? 애들 말로는 수업 시간에 빠진 것도 모자라서 혜림이를 끌고 나갔다는데, 그게 사실이야?"

"네."

흔들림 없는, 일말의 죄책감도 느껴지지 않는 찬들의 대답에 선생님이 허, 하고 기가 찬 듯한 웃음을 내뱉었다.

"뭐 때문에?"

"그게……."

여태까지 혜림이 저지른 악행에 대해 이모저모 말하려고 했던 찬들이 순간 말을 멈췄다. 순간적으로 떠오른 여울의 얼굴 때문이었다.

"찬들아, 내가 혜림이한테 괴롭힘당하는 거 선생님한테 말하지 말아줘."

"도대체 왜? 넌 지겹지도 않아?"

"혜림이도 무슨 이유가 있어서 그러겠지……."

"송여울! 너 진짜 바보같이 굴래!?"

"그리고…… 나는 네가 안 그랬으면 좋겠어."

서글픈 듯이 애원하는 목소리로 말하는 여울의 얼굴이 떠올랐다. 비에 다 젖어 손과 교복에는 흙을 묻힌 채 혜림을 쫓아가는 우진의 뒷모습을 쓸쓸히 쳐다보던 여울의 모습이 떠올랐다. 찬들의 시선이 우진에게 닿았다.

혜림에 대해 말할 줄 알았던 찬들이 아무런 말도 하지 않고 자신을 쳐다보자 우진은 살짝 의문스러운 표정으로 찬들을 쳐다봤다. 한 치의 망설임도 없이 혜림이 여울이 괴롭혔다고 말할 줄 알았는데, 의아했다.

"그게?"

"……여울이가 안 보여서 그랬어요. 점심시간 때 여울이랑 혜림이랑 같이 있는 거 봤는데, 여울이 혼자 수업에 안 들어와서 혜림이가 이유를 아나 싶어서요."

찬들의 성품 자체가 올곧았기 때문에 순간적으로 튀어나온 거짓말은 약간 횡설수설하는 듯했지만, 담임선생님은 눈치채지 못하고 그래? 라고 되물을 뿐이었다. 아니면 평소 찬들의 바른 행실 때문에 일부러 눈감아주시는 건지도 모르겠다.

"앞으로 그런 일 생기면 선생님한테 말하렴. 그렇게 독단적으로 굴지 말고. 알겠지?"

"……네."

그럼 안녕히 계세요, 하고 빠른 속도로 교무실을 빠져나가는 찬들의 뒤를 우진이 쫓았다.

"박찬들!"

"……왜요?"

"대답이 좀 불량하다?"

하, 짧은 한숨과 함께 못마땅하다는 표정으로 왜 그러시는데요? 또박또박 대답했다. 찬들은 우진이 마음에 들지 않았다. 혜림이 여울을 지독하게 괴롭히고 있다는 사실을 분명 눈치채고 있을 텐데도 불구하고 우진의 태도는 뜨뜻미지근했다. 이도 아니고 저도 아닌,

교사답지 않은 행동이 마음에 들지 않았고, 미적지근하게 행동하는 우진에게 관심을 보이는 여울을 보니 찬들은 속이 뒤틀렸다.

"왜 거짓말했어?"

"선생님이나 그 계집애 감싼다고 거짓말한 거 아니니까 신경 끄세요."

"너도 차혜림 닮아가냐?"

지금 찬들이 짓고 있는 표정과 말투, 목소리는 혜림과 비슷했다. 그 말에 찬들이 불쾌감을 숨기지 않고 그대로 드러내자 우진은 가볍게 웃으면서 어깨를 으쓱였다.

"목걸이는 찾았고?"

"못 찾았어요."

싸늘하게 대답한 찬들이 목걸이가 있을 뒷산으로 시선을 옮겼다. 그날 여울을 집에 데려다 주고 혼자 뒷산 쪽을 이 잡듯이 뒤져 봤지만 은색의 여우 모양의 목걸이는 도무지 보이지 않았다.

"그래? 알았다. 이만 수업 들어가 봐라."

짧게 고개만 끄덕이고는 찬들은 냉정하게 고개를 돌렸다.

✽

어제까지만 해도 온기가 돌았던 집은 다시 차갑게 식어 있었다. 물을 마시기 위해 냉장고를 열어보니 예쁜 그릇에 랩을 씌워놓은 게 보였다. 그릇 앞에 붙어 있는 작은 포스트잇 위로 '데워서 꼭 먹어'라는 익숙한 글씨체가 보였다.

"괜한 참견이야."

냉장고 안에는 우진의 흔적이 보였다. 의외로 깔끔하게 담은 김치와 반찬들. 자신의 보호자라도 되는 줄 아는 건지, 아님 혜림을 아이라고 생각하는 건지 냉장고에 식사를 꼭 해야 하는 이유를 써서 붙이고, 조리 방법을 써놓는 등, 쓸데없는 흔적을 남기고 갔.

탕, 하고 냉장고를 거칠게 닫고 몸을 돌렸다. 영양 부족으로 쓰러졌건만 음식 생각은 없었다. 대충 늘어뜨린 머리를 검은 고무줄로 높이 묶고는 거실 한쪽을 당당히 차지한 전신거울 앞에 섰다. 어미를 쏙 빼닮은 얼굴이 거울에 비치자 그녀의 어린 시절 역시 거울에 비춰진다.

"……엄마?"

어린 시절의 혜림이 조심스럽게 엄마를 불렀다. 옛날 같으면 '혜림이니?'라는 목소리가 들릴 법도 한데 그런 목소리도 들리지 않는다. 만약 외출을 한 것이라면 구두도 없어야 하는데 구두는 멀쩡히 있었다.

조금은 조심스러운 태도로 현관문을 열었다. 쇳소리와 함께 문이 열리자 작은 혜림의 눈에 보이는 것은 어지럽게 휘날린 연자색의 꽃잎들이었고, 뒤를 이어 등나무 꽃향기 틈에 섞인 시큼한 냄새가 코를 찔러왔다. 그 냄새는 그녀의 어머니에게서 나는 냄새였다. 그리고 그녀의 눈앞에 보이는 엄마.

거울 속 비치는 배경이 바뀌었다. 누군가의 장례식이라도 온 건지, 사람들은 하나같이 검은 옷을 입고 있었고, 국화꽃을 영정 사진 앞에 조심스럽게 놓고 애도를 표하고 있었다.

"자살이라면서요?"
"네. 그런데 자기 엄마가 죽었는데 어떻게 눈 하나 깜짝 안 할 수 있는 건지. 참, 애가 무섭네요."

영정 사진 속에서 환하게 웃고 있는 그녀의 모친을 열 살 난 아이는 눈물 한 방울 흘리지 않은 채 바라보고 있었다. 그녀의 외할머니는 울고 있었고, 외할아버지는 눈물을 보이지는 않았지만 비통한 기색을 감추지 못하셨다.

오히려 열 살의 작은 아이만이 자신의 감정을 죽이고 죽이며 냉정한 얼굴로 어머니를 바라보고 있을 뿐이었다. 조문을 온 어른들은 눈물도 흘리지 않는 아이가 냉정하다고 손가락질하며 수군거리기 바빴다. 그 작고 작은 아이가 눈물을 흘리지 않기 위해 자신의 입술을 얼마나 물고 있는지, 얼마나 주먹을 세게 쥐고 있는지 그런 것들 따위에는 관심도 없었다. 그들에게 있어 그녀의 어머니가 죽은 것은 하나의 가십거리이자, 자신들의 이해관계가 섞인 소재일 뿐, 그 이상도 이하도 아니었다.

그때 눈물을 참고 있는 아이의 귀에 들린 것은,

"그러면 한성은 어떻게 되는 거죠? 하영 씬 외동딸이었잖아요. 자식도 저 애 하나밖에 없고요. 남편 되는 사람이랑은 헤어졌잖아요."

"죽은 이유가 남편이랑 헤어진 것 때문이라는 말도 있어요."
"그렇게 되면 후계자는 자연스럽게 혜림이가 되겠네요."
"어머, 그럼 미리 인사를 해야 하는 건가."

어떻게 저런 말을 할 수 있는 거지? 사람이 죽었는데, 어떤 사람에게는 그 사람이 전부일 것만큼 소중하고 귀중한 사람이 죽었는데, 어떻게 사람을 떠나보내고 슬픔을 애도하는 장소에서 저런 이야기를 하며 자신들의 이해관계를 따지고 있는 거지?
이런 생각을 할 무렵, 이야기를 나누던 여자 두 명이 혜림에게 슬그머니 다가왔다.

"이런, 어쩐담."
"벌써부터 양친 모두 다 잃었으니 얼마나 마음고생이겠어. 힘들면 아줌마가 엄마다, 생각하고 말하렴."
'안 믿어. 당신들은 절대로 안 믿을 거야. 당신 같은 것들은 내가 밟아버릴 거야. 불쌍한 우리 엄마를 위해서라도 당신 같은 것들에겐 절대로 눈길 하나 주지 않을 거야.'
"네."
'내가 한성을 물려받으면 당신의 잘난 남편들이 운영하고 있는 회사 따위 박살 내주겠어.'

눈을 천천히 감았다가 뜨자 이제 거울 속에 보이는 건 어미도, 그런 다짐을 하던 어린 시절의 차혜림도 아닌 이제 곧 성인이 되는 여자였다.

"예쁘다, 차혜림."

어디 가도 빠지지 않는 외모와 몸매의 자신에게 칭찬했다. 하지만 혜림이 짓고 있는 표정은 이상할 정도로 애처로워 보였다. 마치 둥지를 잃은 새끼 새마냥.

전신거울 앞에 선 혜림이 주머니를 뒤적여 무언가를 손바닥 위에 올려놓았다. 자그마한 물체는 여울의 여우 모양의 목걸이. 조금은 떨리는 손으로 목걸이를 집어 든 혜림이 끊어진 목걸이 줄을 엉성하게나마 동여매고는 조심스레 그것을 하얀 목에 걸어보았다.

"……엄마, 엄마 딸 예쁘다."

거울 속의 여자가 안쓰럽게 웃었다. 혜림이 왼손으로 목걸이를 만지작거리면, 거울 속의 여자가 오른손으로 목걸이를 만지작거렸다. 조명에 비친 은색의 목걸이가 제 빛을 잃지 않고 반짝거렸지만, 여울의 목에 있을 때와는 다른 느낌이었다. 반짝이는 목걸이가 눈이 부시다. 거울 속 여자의 벼 이삭 같은 연한 갈색 눈 역시 반짝였다. 목걸이보다 반짝거리는 무언가가 여자의 눈에서 흘러내렸다.

2장

등나무 꽃이 완연하게 핀 봄이다. 조금 덥다고 생각될 정도로 맑은 하늘과 따뜻한 기운이 감돌았다. 따뜻한 봄 날씨에 아이들 역시 살짝 잠이 오는 것처럼 보였으나, 날이 날이다 보니 캔커피를 몇 개씩 마시면서 잠을 물리쳤다.

아이들이 잠을 몰아내기 위해 캔커피를 마실 때 혜림은 홀로 녹차를 마셨다. 미적지근한 물이 목을 타고 흘러내리자 갈증이 저절로 해소되었다. 다른 아이들과 달리 딱히 잠이 오진 않아 아이들이 시험을 치기 전 선잠을 자고 있을 때 혜림은 교과서를 한 번 더 읽기 시작했다.

항상 창가 자리에 앉았던 혜림이지만, 학교에서 시험을 칠 때는 항상 뒷문 쪽에 앉았다. 몇 번 책을 봤지만 이미 다 외우고, 다 본 내용이라 딱히 더 읽을 만한 것은 없었다. 게다가 오늘 시험 치는 것들은 혜림이 가장 자신 있어 하는 영어와 암기과목들뿐이다.

"자자, 모두 자습 안 하고 뭐 하고 있어?"

담임인 문학 선생님이 문을 텅텅 치면서 들어오자 선잠을 자고 있던 아이들도 부스스 일어나 고개를 들었다. 선생님의 손에는 출석부와 종이가방이 들려 있었다.

"너희들, 1학기 내신 진짜 잘 쳐야 한다. 책 한 번이라도 더 봐. 알겠어? 반장!"

"네"

"자, 애들 폰 걷어. 시험 끝나면 놀러 가지 말고 집에 가서 다들 자라, 알겠냐?"

선생님의 말씀에 아이들이 히죽히죽 웃으며 네~ 하고 경쾌하게 대답했다. 가볍게 대답하긴 하였으나, 아이들은 모두 놀러 갈 생각으로 들뜬 듯했다. 열어놨던 창문을 닫고 반장이 핸드폰을 걷기 시작했다.

"혜림아, 폰."

반장이 종이가방을 열며 혜림에게 다가왔다. 종이가방 안에 이런저런 핸드폰들이 눈에 보였다. 거기에 슬쩍 눈길을 주다 반장을 향해 가볍게 웃어 보였다.

"나 핸드폰 안 들고 왔어."

"오늘 친구들이랑 놀러 안 가?"

"응, 집에 가서 쉬려고. 요새 몸이 안 좋아서."

그 말에 반장이 묘하게 인정했다. 사십육, 칠 키로 정도 되어 보이는 마른 몸과 투명한 피부가 그녀를 보호해 주고 싶은 마음을 묘하게 자극했다.

"시험은 칠 수 있겠고?"

"응."

"그렇다면 다행인데……. 그럼 시험 끝나고 바로 집으로 가. 알겠지?"

"응, 걱정해 줘서 고마워."

짤막한 대화가 끝나자 반장은 다시 핸드폰을 걸기 시작했다. 반을 둘러보니 대부분의 아이들이 친구의 책상 주변에 모여서 공부를 하고 있었다. 친구들끼리 초콜릿이나 사탕을 나눠 먹기도 했고.

'친구라…….'

고등학교 생활 3년째지만 이렇다 할 친구는 없었다. 항상 그렇듯 넓고 얕게 사귀는 버릇은 쉽게 고쳐지지 않았다. 만약 여울이 나타나지 않았더라면 찬들과 좋은 친구가 됐을지도 모르겠지만, 지금으로서는 다 부질없는 이야기다.

손을 치마 주머니 안에 넣자 아침에 받은 박하사탕의 감촉이 느껴졌다.

"오늘 시험 마지막 날이지? 잘 쳐라."

이런 사탕이 없어도 일등 자리는 항상 굳건히 지켜왔다. 그걸 모를 사람이 아니다. 사탕을 갖고 만지작만지작 장난을 치다 주머니에서 꺼냈다.

도대체 이해가 가지 않는다. 왜 자신에게 이렇게까지 하는지.

호의인지, 관심인지, 호기심인지 혜림으로선 알 도리가 없었다. 예전까지만 해도 눈에 선명하게 보이던 '호기심'과 '재미'라는 감정이 지금은 사라지고 보이지 않는다. 자신 또한 마찬가지다. 재미있을 것 같아 놔뒀던 그 사람은 더 이상 그녀에게 있어 재미를 주는 존재가 아니었다.

조금은 이질적으로 변해 그녀에게 다가왔다.

"한 개로는 좀 부족하려나? 하나 더 줄까?"
"필요 없어요."
"하나 더 줄게. 특별히 하나 더 주는 거니까 영어는 진짜 잘 쳐야 돼!"

박하사탕 봉지를 하나 뜯어 입에 넣었다. 화사하고 시원한 박하향이 입안 가득 맴돌았다.
하지만 딱히 기분이 나쁘지 않다. 왠지, 기쁘다. 주머니에 남아 있는 박하사탕을 다시 한 번 만졌다. 입가에 떠오른 옅은 미소가 자신도 낯설어 검지로 입가를 만지다가 고개를 푹 숙였다.

지구과학, 국사, 문학 그리고 맨 마지막 시험인 영어가 끝나자 여기저기서 한숨과 환호가 뒤섞인 소리가 터져 나왔다. 여자애들, 남자애들 할 것 없이 서로들 모여 답을 맞춰보고 있었다. 이번 시험이 어려웠네, 망했네, 이런저런 소리가 들리지만 혜림과는 거리가 먼 평범한 이야기였다.

곧 답안지가 공개되고 아이들이 열심히 채점을 하고 있는데 종이가방을 든 담임선생님이 들어오셨다.

"자자, 너희들, 채점은 나중에 하고!"

담임선생님의 말에도 붉은 색연필을 든 아이들의 손은 멈추지가 않았다.

"폰 안 나눠준다!"

그제야 붉은 펜을 놓고 아이들이 또랑또랑한 눈으로 선생님을 바라봤다.

"월요일 날 소풍 가는 거 알지?"

"네~"

"일단 사복을 입고 와도 되긴 하는데, 교복 입고 오고 싶으면 교복 입어도 된다. 괜히 옷 사느라 낭비하지 말고 교복 입고 와!"

"아, 싫어요! 고등학교 마지막 소풍인데!"

여기저기서 맞아, 맞아, 하는 소리가 들리자 선생님이 가볍게 혀를 차고는 반장에게 종이가방을 건넸다. 나중에 알아서 폰을 나눠주라는 뜻이었다.

"여자애들! 화장하면 안 되고 당연히 구두 신고 오면 안 되는 거 알지? 시간은 아홉 시 삼십 분까지 놀이공원 앞이다. 제발 옷 얌전하게 입고들 와라! 그리고 오늘 다들 집에 가서 쉬고! 이상, 종례 끝. 주번은 남아서 뒷정리하고 가고."

월요일 날 소풍을 간다는 소식에 교실에 활기가 돌기 시작했다. 혜림의 시선이 얼핏 여울에게로 향했다. 여울과 찬들, 둘이 마주 보고 웃으며 무어라 이야기를 나누는데 퍽이나 정다워 보인다. 속이 뒤틀리는 것을 애써 참고는 빠르게 교실을 빠져나왔다.

시험이 끝났다는 해방감에 학교 전체의 분위기가 꽤나 소란스러웠다. 일찍 마친 아이들은 몇 시에 어디서 만나자, 라는 약속까지 하고 있었다. 다른 아이들이 친구들과 함께 시간을 보내는 것에 비해 혜림은 혼자가 익숙했다. 누군가와 함께한다는 것 자체가 익숙하지 않아 불편했다.

인간이 사회적 동물이라고는 하지만 누군가와 함께한다는 것은 귀찮은 것이 확실하다. 딱히 친구라고 정의 내릴 아이들이 없었기 때문에, 학교생활을 하며 친구와 다투고, 울고, 화해하는 것은 그녀의 입장에서는 꽤나 귀찮은 일이었다.

만약 그 사건이 없었더라면, 평범한 여고생들처럼 지냈을 수도 있었다. 그녀를 일찍 철들게 만든 것은 8할은 어머니의 죽음이었다.

다른 아이들이 빠르게 교문을 빠져나갈 때, 혜림 혼자만이 아직 교내에 머물고 있었다. 언제 시끌벅적했냐는 듯 학교는 고요했다. 시험이 끝났기 때문에 몇몇 선생님들을 제외하고는 선생님들도 모두 돌아간 뒤였다.

"차혜림?"

기척도 없이 다가온 우진 덕분에 입안에서 살살 굴리고 있던 박하사탕을 저도 모르게 꿀꺽 삼킬 뻔했다.

"기척 좀 내고 오시죠?"

그녀가 조금은 짜증이 묻은 목소리로 입에 있는 박하사탕을 굴리며 말했다. 연자색 꽃잎들 사이로 어렴풋이 시원한 박하 향기가 묻어 나왔다.

"너, 박하사탕 먹었어?"

"먹으라고 주셨잖아요."

괜히 민망해지는 기분을 애써 숨기며 혜림은 우진의 시선을 피했다. 그의 시선을 피하며 턱을 괴고 있던 혜림은 우진이 짓는 표정을 보지를 못했다. 어린아이마냥 밝게 웃는 것은 아니지만, 조금은 해맑고 사람을 두근거리게 만드는 그런 미소를 그는 짓고 있었다. 그는 혜림이 자신이 준 박하사탕을 먹었다는 사실이 기뻤다.

"그런데 너 집에 안 가고 여기서 뭐 해?"

"선생님이야말로 퇴근 안 하시고 뭐 하세요?"

"아, 그게 나는……."

벼 이삭 빛의 눈동자가 자신을 뚫어져라 쳐다보자 그는 어색하게 검지로 볼을 긁적였다. 괜히 가슴이 두근거렸다. 이 고요한 학교에, 이 고요한 풍경에, 이 고요하게 부는 바람 사이에 자신과 혜림 둘만이 있다는 생각에 그의 가슴이 조금씩 세차게 뛰기 시작했다.

"그…… 뭐냐, 아직 할 일이 안 끝나서."

"그럼 가서 할 일이나 마저 하세요."

시큰둥하게 대답하는 그녀의 모습에 어린아이처럼 기뻐하던 얼굴이 칫, 하는 소리와 함께 슬쩍 찌푸려졌다. 그리고는 그녀의 옆에 소리를 내며 풀썩 앉았다.

갑작스런 그의 태도에 혜림이 어처구니없다는 표정으로 그를 바라봤지만, 그는 그녀의 시선을 모르는 척하고는 주머니에서 박하사탕을 꺼내 자연스럽게 입에 넣었다.

할 일이 덜 끝나서 퇴근을 안 했다는 것은 순전히 거짓말이었다. 퇴근 준비를 하다가 혜림이 이곳으로 오는 걸 보고 급하게 따라온 거였다.

옆에 앉은 우진을 어이없다는 듯 바라보던 혜림은 다시 멍하니 하늘거리는 꽃잎들을 바라봤다. 꽃잎들은 바람에 자유롭게 날고 있는 것인지 아니면 부유하고 있는 것인지 잘 모르겠다.

"그러고 보니까 월요일에 소풍 가지?"

"선생님도 가세요?"

"부담임은 강제 참가야."

"귀찮으시겠네요."

"넌 귀찮아?"

"……썩, 즐겁진 않죠. 그래서 안 가려고요."

"왜 안 즐거운데? 즐겁지 않아?"

우진의 물음에 혜림은 현명하게 예, 라고도 아니오, 라고도 대답하지 않았다. 아니, 어쩌면 조금 귀찮은 걸까? 사람들 많은 곳에 섞여서 자신 혼자 붕 떠 있는 느낌을 받아야 하니까. 자연스럽게 어울리지 못하고 혼자 이물질이 섞인 느낌을 받아야 하니까.

물에 녹지도 않고 섞이지도 않는 기름처럼 사람들과 자연스럽게 섞이지 못했다. 그에게 쓸데없는 관심이세요, 라고 말하려다가 말았다. 살살 입안에서 굴리던 박하사탕이 금세 조그맣게 되어 그녀는 사탕을 오도독, 하고 씹었다.

"고등학교 마지막 행사 중 하난데."

"제가 사진 보며 추억 같은 거 곱씹으면서 시간 보낼 타입으로 보이세요?"

"……아니."

코웃음 치면서 하는 말에 우진이 멋쩍게 대답했다. 그 모습에 혜림이 피식 웃었다.

둘은 아무런 말도 나누지 않고 그저 흐르기만 하는 고즈넉한 시간을 함께 즐기고 있었다. 우진의 입안에 있던 박하사탕이 다 녹았을 때쯤, 혜림이 자리에서 일어났다.

"전 이만 가볼게요."

교복 치마에 묻은 꽃잎들을 탈탈 털어내고 계단을 밟았을 무렵, 뒤에서 우진이 급하게 혜림의 뒤를 따라오면서 그녀의 손을 잡았다. 꽉 잡힌 손에 혜림이 미간을 살짝 찌푸렸다. 그에게 잡힌 손목 부분이 불에 데인 것처럼 화끈거렸다.

"월요일 날, 꼭 와. 기다리고 있을게."

혜림은 그가 참 바보 같다고 생각했다.

※

학교 시험도 끝나고, 한 번 들르라는 할머니의 전화에 혜림은 집에서 사복으로 바로 갈아입고는 외가댁에 도착했다. 역시나 땅값 비싼 강남의 도심에서도 단연 돋보이는 커다란 저택에서 일하는 사람들이 그녀를 맞이했다. 혜림이 온다는 소식에 그녀의 할머니는 다과와 커피를 준비해 두고 거실에서 그녀를 기다리고 있었다.

거실에 걸려 있는 바뀐 미술 작품을 바라보며 고상하게 차를 마시고 있던 그녀의 할머니가 그녀를 보자마자 한 말은,

"월요일에 소풍 간다며?"

"⋯⋯어떻게 아셨어요?"

할머니가 찻잔을 테이블에 내려놓고는 흐릿하게 미소 지으셨다.

"통신문 읽었단다."

깜빡하고 있었다. 아마 학교 홈페이지에 뜬 가정통신문을 보신 듯했다. 소풍 같은 것에 관심 없었기에 딱히 말씀드릴 생각은 없었는데. 그녀가 어색하게 웃으며 뒷목을 쓸어내렸다

"옷 사러 안 가고?"

"별로 갈 생각 없는걸요."

할아버지가 일본 출장에서 갔다가 사오셨다던 화과자를 한입 베어 물었다. 할머니와 그녀의 입맛에 딱 맞는 적당히 달고 담백한 맛의 화과자였다.

"어머, 왜 안 가? 그런 것도 다 추억인데."

어떻게 여우진 그 남자랑 똑같은 말씀을 하시는 건지⋯⋯. 혜림이 얼핏 한숨을 내쉬었다.

"저한테 필요 없잖아요."

"소풍 안 가면 결석 처리잖니."

"한국에 있는 대학에 갈 것도 아닌데요, 뭐."

"그래도 네가 이렇게 학교 일에 관심이 없으면 네 엄마도 슬퍼할 텐데."

언제나 인자하고 상냥해 보여도, 결국 이 커다란 대저택을 관리하고 한성그룹의 회장인 할아버지의 아내였다. 그녀가 이미 고인이 된 그녀의 엄마 얘기에 약하다는 것을 잘 알고 하는 이야기였다.

"하영이는 어렸을 때부터 몸이 약해서 학교 소풍 때 못 간 적이 많단다."

"……."

"네가 가기 싫더라도, 네 엄마가 못한 걸 대신 한다는 생각으로라도 가렴. 억지로 간다 해도 결국 가면 즐거운 일이 생길 거야."

즐거운 일 같은 건 생기지 않을 거예요. 그렇게 말하고 싶었지만, 다정하게 미소 띤 할머니 앞에서 그런 말을 할 수는 없었다. 그녀의 할머니는 그녀가 정말로 학교생활을 즐기길 바라고 있었으니까.

"……알았어요."

그런 할머니 앞에서 그녀는 얌전히 고개를 끄덕이는 수밖에 없었다.

✼

노원고등학교뿐만 아니라 다른 고등학교 학생들까지 있는 놀이동산 앞은 아침부터 시끌벅쩍했다. 각 반의 반장들이 반 아이들을 일일이 체크하면서 인원수를 세고는 부족한 인원에 고개를 갸우뚱하다가 선생님이 있는 곳으로 갔다.

"다 왔어?"

"아뇨, 한 명 안 왔는데요."

"누가 안 왔는데?"

부담임 자격으로 소풍 강제 참가인 우진이 7반 반장의 말에 속으로 한숨을 내쉬었다. 7반 반장이 말하는 '한 명'은 3학년 수업에 들어가는 선생님들이라면 잘 아는 30번 차혜림일 것이다.

"30번 혜림이요."

"안 온다는 연락은 없었는데."

문학 선생님이 인상을 슬쩍 찡그리고는 어색하게 스마트폰을 켰다.

'오라고 했는데.'

역시 안 올 생각인가. 우진은 내심 섭섭한 마음이 들어 괜히 운동화 끝으로 땅을 툭툭 치고는 고개를 들었을 때, 놀이동산 앞에 택시 한 대가 섰다. 유독 눈에 띄는 흰 택시에 갑자기 가슴이 설레었다. 첫 데이트에 여자친구를 기다리는 남자친구처럼.

저 안에 왠지 모르게 혜림이 타고 있을 것 같다는 말도 안 되는 생각이 들었다. 분명히 그 아이는 오지 않는다고 하였고, 그 아이 성격상 오지 않는다고 말했으니 안 올 것이 분명한데도 우진은 괜한 기대감으로 그 택시에서 눈을 떼지 못했다.

택시의 문이 열리는 일 분이 마치 한 시간인 것처럼 길었다. 택시 문이 열리면서 '감사합니다. 수고하세요' 라는 낭랑한 목소리가 이 소란 속에서도 확연히 들려왔다. 택시에서 내린 그 아이는 요란스럽게 꾸민 다른 여자아이들과는 달리 깔끔한 청바지에 흰 브이넥 티셔츠, 목걸이, 간단한 핸드백으로 자신을 꾸몄다.

다른 사람이라면 저 모습을 보고 '수수하네'라고 생각할 수도 있겠지만, 수수하게 입는다고 해서 그 아이에게서 나는 빛이 사그라지는 것은 아니었다.

게다가 우진은 현재 혜림이 입고 있는 옷의 총 가격이 대충 짐작이

갔다. 수수해 보이지만 하나같이 명품 브랜드의 옷과 목걸이였다.

'걸어 다니는 백화점이네.'

아까 전까지만 해도 초조했던 마음은 혜림을 본 순간 싹 사라졌다. 입꼬리가 자꾸 올라가려고 하는 것은 막았지만, 자꾸 씰룩씰룩 움직이는 것은 막지 못했다. 애써 무뚝뚝한 얼굴을 가장하고 있었지만 입에서 금방이라도 웃음이 터져 나올 것 같았다.

"선생님, 혜림이 왔네요."

"차혜림 왔어?"

"네."

손가락으로 저기 오네요, 하며 가리키자 금세 담임과 우진의 앞에 서서 혜림이 고개를 숙였다.

"늦잠 자서 늦었어요. 죄송합니다."

"알았다. 반장, 혜림이 왔다! 다시 인원수 체크해 봐!"

담임이 자리를 뜨고 혜림이 아이들이 줄 서 있는 곳으로 가려고 할 때, 우진이 혜림일 막았다.

"안 온다고 하지 않았어?"

혜림은 우진이 웃고 있다는 걸 눈치챘다. 핸드백을 잡고 있던 손에 힘이 절로 들어갔다.

"선생님 때문에 온 거 아니에요."

"그럼?"

할머니가 원하셔서 온 거예요, 라고 말하려다 시시콜콜 말해줄 필요는 없겠다 싶어서 그냥 입을 꾹 다물었다. 대답하지 않는 혜림이 마음에 들지 않았는지 우진이 뚱한 표정을 순간 짓다가 놀리는 기색이 다분한 어조로 물었다.

"출석 때문에?"

그런 거 상관없다는 식으로 말하더니. 뒷말이 자연스럽게 들려왔다.

"아니에요."

"에이, 맞는 것 같은데? 대학 때문에 온 거 아냐?"

"어차피 대학은……."

말을 하려다가 끝을 얼버무렸다. 그 모습에 우진이 고개를 갸웃거렸다.

"아무튼 신경 끄세요."

혜림이 차갑게 뒤로 돌아섰다.

줄을 서서 한참을 기다리다가 선생님의 지시에 따라 놀이공원 안으로 입장하기 시작했다. 우진에게는 늦잠이라고 말했지만 그 말은 순전히 거짓말이었다.

여느 날과 마찬가지로 새벽 여섯 시에 일어나서 모든 준비를 끝내고 침대에 앉아서 한참을 고민했다. 소풍을 갈까 말까. 출석일수 같은 건 신경 쓰이지 않았고, 가지 않아도 별 상관없는 소풍에 참여한 이유는 오직 할머니의 말씀과 엄마 때문이었다.

"하영이는 몸이 약했어. 그래서 친구들과 밖에서 많이 못 놀았지. 그러니까 네가 대신 하영이가 누리지 못했던 걸 해보렴. 하영이도 그걸 원할 거란다."

할머니의 청을 결국엔 거절하지 못하고 놀이동산으로 왔다. 소란스러운 분위기를 좋아하진 않지만, 아니, 굳이 따지자면 싫어하지만 그래도 이런 것도 괜찮겠지라는 마음을 먹고 자신을 다독였다. 다른 아이들은 대부분 놀이기구가 있는 쪽으로 들어갔지만, 혜림은 팸플릿에 '동물원'이란 글자를 동그라미 치고는 동물원을 향하는 길 쪽으로 들어섰다.

동물원 안으로 깊숙이 들어가자 동물들에게서만 나는 특유의 냄새가 코를 찔렀다. 입구 쪽에서 천천히 안으로 들어서자 '아프리카 동물'이란 글자가 눈에 들어왔다. 금강앵무, 미어캣 등을 지나 사막여우가 나오자 혜림이 잠시 발을 멈추고 쳐다봤다.

새하얀 털을 가진 새끼 여우 몇 마리는 잠을 자기도 했고, 저들끼리 서로 쫓고 쫓으며 놀기도 하고 있었다. 사막여우를 보면서 이참에 애완동물을 키워볼까 하다 고개를 절레절레 저었다. 잘 키울 자신도 없을뿐더러, 얼마 지나지 않아 한국을 떠날 텐데 굳이 정을 줘가며 키우고 싶지는 않았다.

제일 큰 문제는 '잘 키울 자신이 없다' 이지만.

혜림은 사막여우라는 이름의 귀여운 생물체를 계속 보고 있다간 애완동물을 키우고 싶다는 생각이 자꾸 들 테니 급하게 자리를 떴다. 뒤이어 눈을 뜨고 있는 악어가 느릿느릿하게 움직이는 걸 보고, 당나귀를 보고, 뱀을 봤다.

"엄마, 엄마! 저기서 당나귀 태워준대! 어서 가자!"

"그래, 알았어. 뛰지 말고, 천천히 걸어가."

한 가족이 뛰어가는 아이의 뒤를 따라 웃으면서 가고 있었다.

평화롭고 행복해 보였다.

"나 동물원 가보고 싶어!"
"음? 그래? 우리 혜림이가 가보고 싶다면 가야지."

 엄마가 돌아가시기 전에 그렇게 한 번 말했었다. 결국 간다 간다 하고선 가지 못하고 이제야 처음 오게 됐지만. 느릿느릿하게 움직이는 코끼리를 보면서 어릴 때를 생각했다. 몇 살 때인지는 잘 모르겠지만, 그때 처음으로 그렇게 말하고 나서는 두 번 다시 동물원에 가보고 싶다는 말은 하지 않게 되었다.
 눈앞의 코끼리 두 마리가 코를 비비적거렸다.
 "어? 코끼리가 얘기한다!"
 갑작스럽게 들리는 익숙한 목소리에 몸을 흠칫하며 옆을 쳐다봤다. 우진이 코끼리를 보고 우아, 우아거리며 어린아이들처럼 신나하고 있었다. 이 남자는 또 왜 여기 있는 거지? 일순 피곤함이 밀려와서 관자놀이를 꾹꾹 눌렀다.
 자신을 쫓아오기라도 하는 건지, 이상하게 요즘 이 남자와 자신이 자꾸 마주쳤다. 기분 나쁜 기색을 숨기지 않고 드러내다가 속으로 한숨을 내쉬고는 다른 동물을 보려고 발을 움직이는데, 우진이 혜림의 핸드백을 잡았다. 시선은 여전히 코끼리에게 둔 채로.
 "코끼리가 서로 얘기를 나눈다니까?"
 "그래서요?"
 "신기하지 않아?"

아이처럼 반짝이는 미소를 짓는 우진을 보고, 핸드백을 붙잡고 있는 그의 손을 차갑게 내쳤다.

"비강에서 소리를 내면 그걸 발바닥으로 감지해서 이야기를 나누는 게 참 신기하기도 하네요."

차갑게 내쳐진 손등을 우진이 어루만지고는 입술을 삐죽였다.

"좀 순수하게 그러게요. 코끼리가 이야기를 나누고 있어요. 무슨 이야기를 나누는 걸까요? 라고 하면 얼마나 좋아."

구시렁거리는 말을 뭘 저렇게 크게 하는지. 분명히 들으라고 하는 소리였고, 자신의 반응을 일으키기 위한 도발이라는 것을 알고 있었다.

"전 사실을 말했을 뿐이에요. 순수한 걸 원한다면 송여울한테 가보세요. 걔라면 선생님이 원하는 반응을 해줄 테니까요."

"여기서 여울이가 왜 나와?"

"선생님이 순수한 걸 원하셨잖아요. 아, 걔는 순수한 게 아니라 멍청한 건가."

이죽거리는 말에 우진의 표정이 굳어졌지만, 혜림은 아랑곳하지 않고 발걸음을 돌렸다.

"이번에는 뭘 보러 갈 건데?"

따라오려는 낌새에 움직이던 발을 멈추고 우진을 노려봤다. 항상 무표정하거나 가식적으로 웃는 것밖에 보지 못했던 우진이 살짝 놀란 얼굴로 혜림을 쳐다봤다. 여태까지 본 것과는 다른 표정이 그녀의 얼굴에 드러났다. 기분 나쁜 표정이었지만.

단조로운 표정밖에 짓지 못하는 아이니까, 자신이 웃게 만들었으면 좋겠다는 생각을 했다. 저 아이가 가식이 아니라 진심으로 환하게 웃는다면 참 예쁠 텐데.

마음 한구석에서 그러길 바라면서, 또한 자신 외에는 그러지 않기를 바라고 있는 자신의 모순적인 마음에 그는 스스로 놀랐다. 학생을 상대로 무슨 생각을 하는 건지. 속으로 짧게 혀를 차고 방긋방긋 웃는 얼굴로 혜림을 쳐다봤다.

"제가 혼자 다녀서 걱정되시나 본데, 저 혼자 잘 다니니까 저한테 신경 끄시고 선생님은 선생님이 할 거 하세요."

"응. 지금 내가 할 건 네가 보고 싶어 하는 동물을 보는 거야."

어떻게 하면 자신의 옆에서 떨어뜨릴 수 있을까 생각하는 그때 등 뒤에서 익숙한 목소리가 들려왔다.

"두 사람 여기서 뭐 해요?"

마땅찮은 기색이 가득한 찬들의 목소리였다.

"선, 생님?"

몸을 돌리자 다정한 연인마냥 함께 있는 찬들과 여울이 보여 혜림은 피식 웃었다. 두 사람은 한사코 사귀는 사이가 아니라고 부정하지만, 아무리 소꿉친구라고 해도 저렇게 친하고 챙겨줄 수는 없다. 물론 혜림이 괴롭힘을 시작하고 나서부터 찬들이 더 극성맞아지긴 했지만.

여울의 진한 고동색 눈동자와 마주쳤다. 혜림은 여울의 시선을 피하지 않았다. 아니나 다를까, 혜림의 눈빛을 이기지 못한 여울이 먼저 시선을 피하고는 우진을 쳐다봤다. 기백도 없네. 속으로 중얼거렸는데, 평소라면 자신을 보지도 못할 애가 이상하게 우진을 보다 다시 혜림을 힐끗힐끗 쳐다봤다.

그러고 보니 여울이 여우진을 좋아했지. 그게 좋아하는 건지, 동경인 건지 잘 모르겠지만. 아마 미술실에 그의 초상화만 잔뜩 그려놓은 스케치북이 있을 것이다. 그건 불 보듯 뻔했다. 여울의 마음을 알고 있기 때문에 더 곯려주고 싶다는 생각이 들었다.

혜림이 여울을 쳐다보다가 빙긋 미소 지으면서 친한 척 우진에게 무어라 한마디 하려 할 때, 찬들이 먼저 입을 열었다.

"선생님, 심심하시면 저희랑 같이 다니실래요?"

약삭빠르게 먼저 말을 건 찬들의 태도에 가볍게 혀를 차고는 몸을 돌렸다. 우진이 저 제안을 거절하고 자신과 함께하려고 하지 않을 것이 분명할뿐더러, 찬들이 우진에게 했던 것처럼 동행하자는 제안을 자신에게 할 일은 더더구나 없기 때문에 그 자리에서 벗어나려는데 우진이 자리를 빠져나가려던 그녀의 손목을 덥석 잡았다. 오늘 몇 번이나 그에게 손목을 잡히는 건지 모르겠다. 싫다는 의미로 우진을 날카롭게 노려보자 그 시선에 아랑곳하지 않고 유들유들하게 웃고 있었다.

혜림에게는 시선도 주지 않은 채.

"같이? 좋지. 근데 얘도 같이 가도 되지?"

"네? 싫……."

"상관없어요."

찬들의 입에서 부정의 말이 나오려는 걸 여울이 재빠르게 막았다. 천사같이 웃는 낯으로 잔잔한 미소를 지으면서 고개를 끄덕였다. 혜림이 싫다는 의미로 안간힘을 써가며 우진에게 붙잡힌 손목을 빼내려고 했지만, 남자의 힘을 이길 수가 없었다.

혜림이 입술을 잘근잘근 깨물며 붙잡히지 않은 손으로 우진의 손을 내려쳤다. 어찌나 세게 잡혔는지 혜림의 하얀 피부에 손자국이 났고, 혜림 또한 만만찮게 세게 내려쳤기 때문에 우진의 손이 붉게 물들었다.

우진을 노려보던 혜림의 시선이 선한 인상을 가진 여울에게 닿았다.

"착한 척이라도 하고 싶어? 넌 정말 나랑 같이 다니고 싶긴 해?"

"혜림……"

"차혜림."

낮게 으르렁거리는 찬들의 목소리에 혜림이 짜증 난다는 얼굴로 고개를 팩 돌렸다. 우진이 잠시 난처한 얼굴로 볼을 긁적이다가 혜림의 등을 살짝 밀었다.

"좋은 게 좋은 거라고, 날씨도 좋은데 그렇게 말하지 말고. 자, 놀이기구나 타러 갈까?"

여울은 어색하게 웃었고, 찬들과 혜림의 표정은 싸늘하게 굳은 상태였다. 들리게끔 한숨을 내쉬다가 결국 동행을 했다. 빠져나가려 한다 해도 옆에서 유들유들하게 웃고 있는 여우진이 가만히 놔줄 리가 없었다.

동물원을 나와 놀이공원 안으로 들어갔다. 신이 난 아이들이 소란스러운 소리를 내며 돌아다녔고, 이것저것을 타기 위해서 줄을 서고 있는 모습이 보였다. 조금 시무룩해 보이던 여울도 그 활기에 쉽게 감염되어 두 볼에 발그레한 홍조를 띠고 고개를 두리번거렸다.

"놀이공원 좋아하나 봐?"

"네, 좋아해요."

두 볼이 발그스레한 게 퍽 사랑스러워 보였지만 혜림은 마음에 들지 않았다. 여울의 이야기를 듣던 우진이 이번에는 혜림에게 말을 붙였다.

"혜림이 넌 언제 처음 와봤어?"

"지금이요."

"어?"

표정이 안 좋던 찬들마저 놀란 기색을 띠면서 물었다. 혜림이 조소하며 말했다.

"오늘 처음 와봐."

벼 이삭 색의 눈동자가 대관람차로 향했다가 회전목마로 향했다. 초등학교 소풍 때는 아파서 못 갔고, 그보다 더 어렸을 때는 부모님 두 분이 다 바빴다.

옅은 갈색 색소의 눈동자에 약간 씁쓸함이 맴돌았다. 후회랄까, 회의랄까, 잘 모르겠다. 어떻게 생각하면 부모님을 향한 섭섭함 같기도 했고 원망 같기도 하다. 일순 여름을 알리는 바람이 불어왔다. 주변이 소란스럽다는 것을 알고 있었지만, 그런 소리는 들리지 않았다. 정확히 말하자면 아무런 소리도 안 들렸다. 그저 눈앞에 어렸을 적 자신과 엄마가 보일 뿐이었다.

어린 시절의 자신을 생각하다가 정신을 차렸을 때는 세 사람이 모두 혜림을 보고 있었다.

"부잣집 아가씨는 이런 곳에 올 시간도 없이 공부하나 보지?"

찬들이 비꼬듯 말하자 혜림이 환하게 미소 지었다.

"수준이 안 맞아서 안 온 것뿐이야."

놀이공원에 심어진 나무와 꽃들이 이리저리 흔들려 절경을 만들어내고 있었다. 바람을 타고 온 향기에 순간 머리가 어찔했지만 내색하지 않았다.

찬들과 혜림의 묘한 대치 상태로 인해 조금 부드러워졌던 분위기는 다시 급속도로 냉랭해졌다. 여울은 안절부절못하며 이 어색한 분위기에 어쩔 줄 몰라 했고, 우진이 잠시 피곤한 얼굴로 눈두덩이를 비볐다. 그러다 이내 다시 밝은 목소리로 말했다. 혜림이 아니라, 여울에게.

"여울인 놀이공원 좋아한다고 했지? 어렸을 때 많이 놀러 왔나 봐?"

여울이 안도의 한숨을 내쉬면서 해맑게 웃었다. 얼굴에 한가득 사랑스러운 홍조를 띠면서.

"예고 진학 준비하면서 스트레스를 많이 받고 있을 때 저 챙겨 준다고 찬들이 가족이랑 저희 가족들이랑 함께 놀러 가고는 했어요. 놀이공원뿐만이 아니라요. 그래도 가까운 곳이 놀이공원이어서 자주 오곤 했는데, 어렸을 땐 바이킹 타는 게 무서운데 아빠가 자꾸 같이 타자면서 절 억지로 태워서 세 번 넘게 탄 적도 있었어요. 그거 때문에 지금도 바이킹은 못 타요."

냉랭했던 분위기가 더 냉랭해졌다. 찬들은 여전한데 무엇이 혜림의 심기를 건드렸는지 혜림은 더 차가운 표정을 지었다.

"큼, 그럼 노, 놀이기구 탈까? 청룡열차라도 탈래?"

어색하게 웃으면서 줄이 긴 청룡열차를 가리키자 혜림이 다시 차게 웃었다.

"아까도 말씀드렸다시피 전 이런 거 안 타요. 유치하고 수준 낮거든요."

"왜? 무서워?"

비웃듯이 웃는 찬들의 말에 혜림의 얼굴에 미소가 피어올랐다. 겉으로 보기엔 참 다정해 보이는 미소였지만, 요 근래 여울에게 한 악행을 알고 있는 찬들은 그 미소가 밉기도 한 반면에 슬프기도 했다.

여울과는 소꿉친구이고 오래 알아왔지만, 혜림도 고등학교 1학년 때부터 알아온 좋은 친구였다. 지금은 친구라고도 말하기 좀 뭣한 상황이 되어버렸다. 여울이 오기 전까지만 해도 속을 알 수 없고 잘 웃지는 않았지만 착하고 상냥한 아이였다.

'그런데 왜……'

몇 번이나 말렸다, 여울이한테 그렇게 하지 말라고. 하지만 돌아오는 건 비웃음이 가득한 무시와 냉대뿐이었다.

"좋을 대로 생각해."

유리구슬 같은 벼 이삭 색의 눈동자가 차갑게 웃고는 몸을 팩 돌려 제 갈 길을 가버렸다.

높게 묶은 혜림의 머리카락이 바람에 아스라이 휘날렸.

자리에서 빠져나와 어느 정도 걸었을까, 혜림은 입장하면서 받은 놀이공원의 약도를 핸드백에서 꺼내 펼쳤다. 놀이공원의 지리가 적혀 있는 약도에 동그라미가 쳐진 곳을 손끝으로 만지작거리며 희미하게 웃었다.

"너 발이 왜 이렇게 빨라? 후우, 너 따라잡느라고 고생했다, 진짜로."

쓰게 웃으면서 몸을 돌렸을 때 뛰어와서 힘든지 우진이 숨을 헐떡이고 있었다. 따라올 거라는 예상은 조금도 하지 않았기에 좀처럼 표정을 드러내지 않는 혜림이 놀란 듯 두 눈을 동그랗게 뜨자 거친 숨을 몰아쉬던 우진이 픽 웃고는 허리를 쭉 폈다.

"그 표정은 뭐냐."

그가 소년처럼 웃으면서 혜림의 머리 위로 손을 올려 가볍게 흩뜨렸다. 스킨십이 어색했기에 그녀의 몸이 굳어버렸다. 가볍게 흩뜨리는 느낌이, 손길이 나쁘지 않다고 생각하는 자신이 더 이상해서 아무 말도 하지 못하고 멍청하게 있자 그가 고개를 살짝 갸웃하다 혜림의 손에 꼭 쥐어져 있는 종이를 가져갔다.

"이거 뭐야?"

"이리 주세요."

"약도?"

동그라미 쳐진 곳은 동물원이었다. 동물원이라는 세 글자에 약간 아리송한 기분이 들었다. 교직 생활을 오래한 건 아니지만 보통의 여고생이라면 동물원이 아니라 놀이기구에 더 관심이 있을 텐데. 입장하고 나서 바로 간 곳도 동물원이었고, 지금 가려고 하는 곳도 동물원인 듯싶었다.

"아까 전에도 동물원에 있었잖아. 동물원에 또 가고 싶어?"

그 말에 정곡을 찔렸는지 혜림의 얼굴이 새빨갛게 달아올랐다. 그 모습이 귀여웠고 그제야 보통의 나이 또래로 보였다. 펼쳤던 약도를 곱게 접고는 우진이 냉큼 그녀의 손을 낚아채듯 잡았다. 괜히 놀이기구 있는 쪽으로 데리고 왔나 싶어 살짝 미안한 마음이 들었다.

"동물이 보고 싶었으면 미리 말하지. 가자, 같이."

"같이요?"

"응, 같이."

거의 우진에게 질질 끌려가다시피 가며 동물원에 도착했다. 맞잡은 손의 온기가 따뜻해서 그녀는 자신도 모르게 그의 손이 놓기 싫어졌다. 그래서 슬며시 아주 조금 힘을 주며 그의 손을 잡았다. 우진은 느끼지 못한 듯했지만.

혜림과 우진이 간 곳은 동물원, 그것도 아까 전에 봤던 코끼리가 있는 곳이었다. 느릿느릿하게 움직이던 코끼리를 보며 어렸을 때 읽었던 동물도감이 생각났다. 코끼리의 성질이 온순하고 유순하다고 했다.

그래서 시간이 된다면 정말로 엄마와 함께 동물원의 코끼리를 보러 오고 싶었다. 아버지의 일로 한창 예민하고 힘들었던 엄마가 코끼리를 본다면 조금은 마음이 편안해지지 않을까 하는 어린 마음에.

결국엔 한 번도 같이 와보지 못하고 허망하게 돌아가셨지만.

"아까 전에도 코끼리 있는 데 오지 않았어?"

"왔어요."

"코끼리 좋아해? 의외다."

좋아한다라는 느낌과 많이 다르지만 딱히 부정하지는 않았다.

"그런데 넌 놀이공원도 한 번도 안 와봤다고 하더니, 동물원도 한 번 온 적 없냐?"

"올 기회가 없었어요. 딱히 오고 싶은 것도 아니었고요."

거짓말. 동물원에 가고 싶어서 매일 동물도감을 읽었던 자신이었다. 거짓말이 능숙하게 나왔고, 아주 자연스러웠기 때문에 우진은 당연히 그게 거짓말이라고 인식하지 못했다.

그저 계속 질문할 뿐이었다.

"부모님이 안 데리고 오셨어?"

"절 데리고 이런 곳에 오실 만한 상황도 아니었어요."

자신의 가족들은 바빴다. 부모님도 바빴고, 어렸을 적 자신도 이래저래 바빴다. 그런 부모님이나 조부모님께 어리광을 부리며 '놀이공원에 데려가 줘'라고 말할 만큼 철이 없지도 않았다.

"그래?"

"몸이, 많이 약하셨거든요."

아홉 살, 처음으로 동물원에 갈 수 있는 기회가 생겼는데도 불구하고 그녀는 동물원에 가지 못했다.

고작 아홉 살 어린아이가 엄마가 걱정이 돼서 동물원을 포기할 만큼 한성그룹 회장의 무남독녀 외동딸은 연약했다.

신체적으로든, 정신적으로든.

✲

피곤한 얼굴로 도어락의 비밀번호를 눌렀다. '0715'를 누르고 띠릭— 하는 소리와 함께 문이 열렸는데도 안으로 들어가지 못하고 몸이 굳었다. 그러고 보니 곧 '그날'이다. 바짝바짝 마른 입술을 혀로 한 번 축이고 안으로 들어갔다.

  핸드백을 소파에 던지고 혜림은 소파에 몸을 기댔다. 많이 움직여서 그런지 몸이 피곤했다. 하얀 손가락으로 눈 주위를 꾹꾹 눌렀다. 할머니의 성화에 못 이겨 가긴 했지만, 괜히 갔다는 생각이 들었다. 가서 좋은 추억이 생기기는커녕 싫은 기억만 떠올랐다.

  사랑스런 미소를 지으며 어렸을 적 이야기를 하던 여울이 떠올라 입술을 잘근잘근 물었다. 뭐라고 정의 내리기 힘든 감정에 손과 입술이 파들파들 떨렸다. 감당하기 힘든 이 감정에 입술이 바짝바짝 말랐다.

  그때의 역한 냄새가 코를 찌르는 기분이다. 날 리가 없는데도 그때 나던 역한 냄새가 집 안에서 진동하는 기분에 급하게 몸을 일으켜 화장실 안으로 들어가 변기를 붙잡고 헛구역질을 해댔다. 속이 비었으니 나오는 것은 아무것도 없었지만, 그래도 속이 좀 개운해지는 느낌이었다.

  피곤함을 덜어내기 위해서 욕조에 물을 받았다. 욕조를 가득 채우는 물을 넋을 잃고 쳐다봤다. 아무 생각 없이 기계적으로 로즈마리 잎을 욕조에 풀었다. 그래도 그날의 역한 냄새가 도무지 사라지지 않는 듯했다. 말린 로즈마리 잎을 계속 꺼내서 욕조에 풀었다. 평소보다 더 많은 양의 로즈마리 잎이 욕조에 가득했고, 평소보다 더 진한 로즈마리 향이 욕실에 가득했지만 그래도 그날의 등나무 꽃향기와 역한 냄새가 났다.

  계속 나는 역한 냄새에 혜림은 기계적으로 로즈마리 잎을 욕조에 넣었다.

혜림은 지금 기분이 안 좋았다. 며칠 전부터 자꾸 나는 그 역한 냄새 때문에 잠도 제대로 자지 못하고, 물조차도 제대로 마시지 못했다. 한참 예민할 대로 예민해졌기 때문에 어떻게 해서든 이 짜증을 누군가에게 쏟아붓고 싶었다.

그리고 그 상대가 혜림에게 있어서는 여울이었다. 교실에도 계속 들어오지 않았으니 미술실에 있겠거니 생각하고 신경질적으로 미닫이문을 열었다.

혜림이 재학 중인 학교는 진학률이 높은 고등학교였다. 3학년들 중에서 예체능, 미술을 하는 애는 송여울 혼자였기 때문에 학교에서도 편의를 봐주면서 거의 안 쓰는 제2미술실을 여울의 연습실로 내줬다.

그랬기 때문에 여울은 교실에 없으면 대부분의 시간은 미술실에 있었다. 그러나 미술실에서 느긋하게 그림을 그리고 있을 거란 혜림의 생각과는 달리 미술실의 불은 꺼져 있었다. 블라인드 사이로 슬며시 들어오는 햇빛만이 그나마 어두운 미술실을 비춰주고 있었다.

어쩐지 분한 마음에 다시 입술을 잘근잘근 물었다. 빈 미술실에 혜림 홀로 있을 이유는 없기 때문에 다시 문을 닫고 나가려는 찰나, 익숙한 지갑과 스케치북이 눈에 들어왔다. 나가려던 몸을 돌려 미술실 안으로 발을 성큼 들였다. 몇 발자국 걸어가자 스케치북 앞면에 동글동글한 글씨체의 '송여울'이란 이름이 보였다.

방금 전까지만 해도 이곳에 있었던 모양이다. 갑자기 호기심이

동해 지갑을 열어보자 몇 개의 카드와 가족사진이 한 장 끼어져 있었다.

가만 생각해 보니 저번에 여울의 어머니를 우연찮게 만나서 착한 친구인 척 연기했던 기억이 떠올랐다. 가족사진을 꺼내서 세 가족을 봤다. 사진 속 주인공들은 행복한 미소를 얼굴 가득 띠고 있었다. 갑자기 위가 아파오는 느낌이었다.

저도 모르게 사진을 구겼다. 혜림의 손안에서 처참하게 구겨진 가족사진은 마치 평소 혜림에게 당하는 여울의 모습과 겹쳐 보였다. 버릇처럼 입술을 깨물고는 지갑을 닫고 스케치북에 시선을 던졌다.

스케치북을 한 장 넘기자 정물화가 보였다. 미술 학원에서 홍보로 자주 나눠주는 노트에 있는 그림 같은 것들이 스케치북에 한가득 있었다. 그리고 인물화도. 인물화의 주인공을 보며 비웃었다.

송여울이란 여자애는 참 가망 없는 일에 미련을 두고 매달리는 경향이 있었다, 바보같이. 이뤄질 리도 없고, 이뤄질 수도 없다. 인물화의 주인공, 여우진은 송여울을 여울이 우진을 바라보는 것처럼 그런 식으로 바라보고 있지 않았다.

뭐, 관심? 그 정도는 있겠지. 그것도 학생으로서의 관심뿐이다. 그 남자가 현재 가장 관심 있게 보고 있는 것은 자신이었다. 좋은 이유에서든, 나쁜 이유에서든. 잘난 척이라며 비웃어도 상관없다, 사실이니까. 그 관심은 일종의 '호기심'이겠지만.

사실상 여우진이란 남자가 자기에게 관심이 있든 말든 자신은 상관없었다. 중요한 건 여우진은 송여울에게 보이는 관심보다 차

혜림에게 보이는 관심이 더 크다는 것. 그 이유만으로도 혜림은 기분이 좋았다. 우진이 자신에게 관심을 가진다는 것 자체만으로도 송여울, 그 기집애의 자존심이 처참하게 박살 날 테니까.

피식 웃으면서 스케치북을 막 덮었을 때 미술실 문이 열렸다. 손에는 여전히 사진과 스케치북을 들고 있는 채로 문 쪽으로 시선을 주자 어머니를 닮은 선한 눈매의 인상인 여울이 놀란 토끼마냥 눈을 동그랗게 뜨고 혜림을 보았다.

그 순간, 혜림은 저도 모르게 손으로 구긴 사진을 제 주머니에 넣었다.

"혜, 혜림, 아, 그거 내 스케치북."

한 번 태운 전적이 있어서인지 사시나무 떨듯 떨면서 자신을 쳐다보고 있는 여울에게 여유롭게 웃어주며 스케치북을 한 장 넘겼다.

"그, 그러지 마!"

"난 아무 짓도 안 했어."

"이, 이제 할 거잖아."

"글쎄."

혜림이 입꼬리만 올리면서 웃는 채로 스케치북을 몇 장 넘겨서 인물화가 그려진 부분을 펼쳤다.

"넌 보면 참 가망 없는 일에 매달리는 경향이 있더라?"

"……."

"이 사람은 네가 자기 좋아하는 것도 모를걸?"

"아, 알아주길 원하는 거 아냐."

"정말?"

"······."

대꾸하지 못하는 여울을 보면서 피식 웃었다.

"너한테 관심도 없잖아. 가망 없는 일에 매달리지 마. 옆에서 보면 너, 되게 구차하고 구질구질해 보여."

"······."

"몰라도 괜찮다고? 상관없다고? 그런 쓸데없는 자기 위안 할 동안 그림이나 열심히 그려. 그나마 할 줄 아는 게 이건데, 이것마저 못하면 어쩌려고."

상냥하게 생긋 웃어주고는 스케치북을 덮었다. 혜림의 미소는 얄미울 정도로 상냥했지만, 내뱉는 말은 하나같이 다 독했다. 그리고 사실이었다. 사실이기 때문에 반박할 수가 없었다. 여울의 진한 고동색 눈동자에 눈물방울이 맺혔다.

"툭하면 우는 것 좀 고쳐. 옆에서 보면 진짜 꼴불견이야. 노력도 안 하고 울면 주위에서 알아서 다 해줄 것 같아? 네 주변에 박찬들 같은 애만 있는 게 아니라는 건 네가 더 잘 알잖아. 안 그래?"

장난스럽게 웃던 그녀가 여울의 곁을 지나치면서 가볍게 어깨를 두드렸다. 손이 썩어 문드러지는 기분이 들었지만, 이렇게 하는 게 그녀에게 있어서는 더 비참할 거다.

"뭐, 재주껏 열심히 해봐. 그런 마음가짐으로는 잘하지도 못하겠지만."

눈물방울을 투두둑 흘리는 여울을 보면서 만족스럽게 웃어주고는 미술실을 빠져나왔다. 미술실을 나오니 아까까지만 해도 짜증나던 바람이 상쾌하게 느껴졌다.

한층 경쾌해진 발걸음으로 교실로 올라가는 도중 다음 수업을 알리는 종이 울렸다. 미술실에서 너무 늦장을 부렸나. 조금 빠른 걸음을 걷고 있는데 다른 3학년들 역시 빠른 걸음으로 걷는 게 눈에 들어왔다.

"HR이래. 빨리 가자."

한 남자애가 자기 친구에게 말하며 올라갔다. HR 시간이라면 조금 천천히 올라가도 되겠지, 라는 생각으로 발을 천천히 움직였다. 교실에 도착해서 뒷문을 조용히 열고 창가에 있는 제 자리를 찾아가서 조용히 엉덩이를 붙였다.

종이 친 지 얼마 되지 않아서 그런지 오늘따라 소란스러운 분위기였다. 원래 그녀라면 이런 분위기에도 아랑곳하지 않고 책을 읽거나 공부를 했겠지만 오늘은 아무것도 하지 않고 그냥 창밖을 바라볼 뿐이었다. 중간고사가 끝나고, 소풍을 갔다 오니 5월은 금방 지나갔다. 고등학교 3학년들의 마지막 축제인 체육대회만을 남기고.

하늘에 몽실몽실 떠 있는 구름을 보니 왠지 모르게 잠이 솔솔 오는 기분이었다. 아까까지만 해도 짜증 났던 기분은 여울에게 풀어서인지 한층 가벼워졌다. 자신이 교실에 들어오고 나서 3분 정도 후에 들어온 여울을 힐끗 봤다. 혜림이 나오고 나서 혼자 미술실에서 울었는지 눈가 주변이 발갛게 된 걸 확인했을 때 묘한 희열감 같은 걸 느꼈다.

여울의 기분을 빠르게 눈치챈 찬들이 차가운 표정으로 혜림을 쳐다봤고, 혜림은 눈이 마주치자 그저 빙그레 웃어주고는 시선을 돌렸다. 체육대회 이야기의 꽃을 피우던 반 아이들을 뒤로하고 다시 시선을 창밖으로 돌렸다.

"보디가드 피구 할 사람 없어?"

"쌤 누군데?"

"아직 안 정해졌어. 근데 우리 잘하면 학주랑 할 수도 있어."

여기저기서 웩, 이란 소리가 들려왔다. 학주라고 하면 여학생들의 기피 대상 1호였기 때문에 아이들은 아무도 손을 들지 않았다. 반장이 난처한 얼굴로 반 여자아이들과 눈을 마주치려고 했지만, 아이들은 하나같이 어색하게 반장의 시선을 피했다.

그때, 반장의 눈에 들어온 한 사람은 멍청하게 창밖을 보고 있는 혜림이었다. 혜림이라면 학주 선생님이랑 해도 별로 상관하지 않을 것 같았고, 혜림이 학교 행사에 참여하는 것은 거의 보지 못했기 때문에 혜림에게 싫은 걸 조금 떠넘긴다는 마음으로 말을 걸었다.

"혜림아, 네가 할래?"

"어? 어."

턱을 괴고 있던 혜림이 일순 놀라서 손을 내리고 반장을 향해 고개를 끄덕였다. 뭘 하는지도 모르는 것 같아 살짝 미안한 마음이 없지 않아 있었지만 반장은 애써 모르는 척했다.

"다른 사람은 없어? 없으면 내 마음대로 정한다?"

✲

'체육대회가 곧 시작되오니……' 라는 말이 들리자 물과 음료수를 나르던 반장과 부반장이 조금 더 바삐 움직이기 시작했다. 활기차게 움직이는 사람들 사이 어디에서나 웃음소리가 터져 나왔다. 자신을 제외한 모두가 축제를 즐기는 것 같았다.

"여기 음료수."

담임과의 이야기가 언제 끝났는지 우진이 성큼성큼 다가와서는 혜림에게 이온 음료를 내밀었다. 마시지 않겠다는 의미로 고개를 절레절레 흔들자 그래? 하고 되묻고는 이번엔 생수병을 내밀었다.

"물은?"

"목 안 말라요."

"나중에 응원하면 목 아파. 일단 받아놔."

응원할 마음도 별로 없는데. 속으로 중얼거렸다. 생수병을 받자 우진이 착하다, 라고 말하면서 자연스럽게 혜림의 옆에 앉았다. 혜림이 묘한 얼굴로 우진을 쳐다봤다. 그녀의 시선이 느껴질 법도 한데 그는 그녀의 시선을 모르는 척, 운동장을 보고 있었다.

왜 여기 앉으세요? 라는 질문이 턱까지 올라왔지만, 그렇게 말하면 예의 없는 것은 물론이거니와 자신을 이상하게 볼 것이 분명하니까 혜림은 입을 열지 않았다. 체육대회는 아이들의 응원과 땀, 고함 소리로 후끈후끈 달아올랐다. 뿌옇게 일어나는 먼지가 싫었고, 소란스러운 분위기가 싫었다. 그것뿐만이 아니라 요즘 우진을 보며 느꼈던, 심장을 간질이는 기분 또한 싫었다.

벤치에 앉아 자리를 지키다가 일어났다. 엉덩이에 묻은 먼지나 작은 모래들을 털어내고는 가려고 하는데, 그런 혜림을 우진이 막았다.

"어디 가?"

그 물음에 혜림이 한숨을 내쉬고는 우진에게 잡혀 있는 손목을 뿌리쳤다. 다른 사람들도 있었기 때문에 소풍 때처럼 매몰차게 뿌리치지는 않았지만.

"알 필요 없으시잖아요."

"애들 응원 안 해?"

"다른 애들이 하고 있으니까 상관없어요."

"이거 끝나고 찬들이 경기야."

순간 혜림의 발이 멈칫했다. 우진과 시선을 마주치지 않던 그녀가 고개를 돌렸다. 그녀의 시선이 우진에게 닿았다. 혜림의 표정은 화난 것 같기도 했고, 부끄러워하는 것 같기도 했고, 어처구니가 없는 것 같기도 했다. 여러 감정이 섞인 혜림의 표정을 보며 우진은 속으로 냉소했다.

아니라고 말하지만 우진의 눈에는 혜림이 찬들을 좋아하는 걸로 비쳤다. 그 이유가 아니라면 혜림이 여울을 그렇게 모질게 괴롭힐 이유가 없으니까. 그가 혜림을 빤히 쳐다봤고, 혜림도 그의 시선을 피하지 않았다.

혜림은 어이가 없었다. 그가 자신에게 찬들의 이야기를 꺼내는 것도 어처구니가 없고, 평소 자신을 볼 때는 유들유들하게 웃었었는데 지금은 아니다. 웃음기를 싹 뺀 얼굴로 평소보다 더 진해 보이는 고동색 눈동자로 혜림을 보고 있었다.

평소와는 다른 얼굴로 왜 자신을 보는지 모르겠다. 갑자기 그의 시선을 피하고 싶은 느낌이 들었지만, 혜림은 피하지 않았다. 억지로 그와 눈을 마주치고 조금 망설이듯이 산호색 입술을 오물오물 움직이다가 숨을 살짝 들이마시고는 답했다.

"저한테 그런 말씀 하시는 이유가 뭔데요?"

"너 찬들이 좋아하잖아."

속에서 울컥하는 기분이 들었다. 꾸역꾸역 올라오는 이상한 기분에 혜림의 눈동자가 차게 식어갔다. 입술을 몇 번 잘근잘근 물었다.

"안 좋아해요."

안 믿는 얼굴이다. 자기가 아니라고 하는데, 왜 자신의 말을 안 믿는 건지 모르겠다. 어쩌면 그는 찬들과 자신을 엮고 싶어 하는 것 같았다.

우진의 고동색 눈동자를 차갑게 노려보고는 몸을 휙 돌렸다.

어서 빨리 이 자리를 벗어나고 싶었다. 체육대회는 여전히 진행 중이었고, 마음대로 자리를 이탈한 혜림이 갈 만한 곳은 역시 뒷산 벤치 그곳뿐이었다. 딱히 뒷산 벤치로 가야지라는 생각을 하지 않아도 발이 무의식적으로 그녀를 그곳으로 데리고 갔다. 그리고 그녀의 뒤를 따라오는 익숙한 발걸음 소리도.

왜 자신을 따라올까, 라는 의문이 머릿속에서 둥둥 떠다녔지만, 혜림은 이내 그 의문을 지워냈다. 어째선지 여우진, 저 남자는 자신에게 많은 관심이 있는 것 같았으니까.

바람이 불자 떨어지는 연자색의 꽃비가 혜림의 어깨에 닿자 신경질적으로 꽃잎을 떼어냈다. 뒤를 돌아보자 우진이 어깨를 으쓱이며 가볍게 웃고 있었다. 어쩐지 얄밉다고 속으로 생각했다.

"넌 갈 곳 없으면 항상 여기 오더라."

"……."

"처음에는 경치가 좋아서 오는 거라 생각했는데, 그것도 아닌 것 같고."

"궁금하시면 솔직하게 물어보세요."

그 말에 우진은 아무 말도 하지 않고 입꼬리를 부드럽게 말아 올렸다. 계속 서 있으니 다리가 아파 의자에 엉덩이를 붙이자 우진도 자연스럽게 그녀의 옆에 자리를 잡았다.

"왜 오는 거야?"

"경치가 좋아서요."

"거짓말 같은데."

정곡을 찌르는 말에 멈칫했다. 땅바닥에 떨어진 꽃잎은 사람들에게 의해 많이 밟혔는지 꽤 더러워져 있었다. 어린 시절 그러했던 것처럼 꽃잎을 주울까, 하다 고개를 저었다. 꽃잎을 주워봤자 책에 나온 속설처럼 되지 않는다는 걸 어린 시절 겪어봐서 누구보다 잘 알고 있다.

공중에서 너풀너풀 거리는 꽃잎이 바람에 힘없이 움직이다 우진의 머리 위에 사뿐히 내려앉았다. 그 모습을 가만히 보던 혜림이 천천히 입을 열었다.

"등나무 꽃이 있어서요."

"좋아해?"

"아뇨. 굳이 따지자면 싫어요. 그런데 선생님은 응원 안 하시고 여기서 뭐 하세요?"

"탈선하려는 학생을 따라왔달까."

능청스러운 그의 말에 그녀가 숨죽여 웃었다. 참 이상한 일이다. 웃음이 많은 타입이 아닌데도 우진의 한마디면 이상하게 웃음이 나왔다.

버릇이나 습관 같은 것인지 그녀는 웃을 때 눈은 웃지 않고 입꼬리만 올렸다. 마치 어렸을 때부터 한 번도 기쁘게 웃어보지 않은 사람처럼, 혹은 어렸을 때부터 제 감정을 죽이는 연습을 해온 사람처럼.

조금 쓸쓸한 감정이 입안에 맴돌았다. 그런 감정을 애써 지우기 위해 혜림을 따라오면서 챙겨온 물을 한 모금 마시고는 유들유들하게 웃었다.

"참, 점심 먹고 나서 보디가드 피구 있는 거 알아?"

"알아요."

"너도 출전하는 거 알지?"

"……"

혜림이 짜증 난다는 표정을 지으면서 그의 시선을 피했다. 그 모습이 퍽 귀여워 보여 혼자 피식피식 웃었다.

"참고로 네 파트너는 나거든? 쌤 옷 꽉 잡아라."

얼핏 작은 목소리로 참 나, 라는 말이 들려왔다. 우진이 가볍게 어깨를 으쓱하고는 조심스럽게 말을 이었다.

"아까 전에 찬들이가 나가는 경기, 찬들이 팀이 이겼어."

"이겼겠죠. 농구를 잘하니까요."

찬들이에 대해서 잘 알고 있다는 목소리와 말투에 순간 몸이 굳었다. 내색하지 않으려 했지만 움직임이 조금 뻣뻣하다. 최대한 목소리를 자연스럽게 꾸며서 물었다. 시선은 혜림에게 주지 않고, 자연스러움을 가장해서.

"잘 아네?"

"3년 내내 같은 반이었으니까요."

"친했어?"

주렁주렁 매달린 등나무 꽃잎을 만지던 혜림의 손이 힘없이 떨어졌다. 말간 눈망울이 조금 짙은 색으로 변한 채 그녀는 우진을 보고 있었다. 그녀의 시선이 느껴졌다. 왠지 그녀의 얼굴을, 눈동자를 마주하기가 무서워 고개를 들고 싶지 않았지만 시선을 피하는 건 자신답지 않았기에 우진도 숙였던 고개를 천천히 들었다.

둘이 한동안 시선을 마주했다. 그녀의 산호색 입술이 천천히, 아주 천천히 열렸다.

"친한 것까지는 모르겠지만…… 친구였어요."

'였어요' 과거형이다. 역시 여울이가 전학 옴과 동시에 사이가 멀어진 게 분명하다.

"찬들이 좋아하는 거 아녔어?"

"선생님이 생각한다는 '좋아한다'와는 다른 의미죠. 그리고 '좋아했죠'"

'친구로서' 그 말이 자연스럽게 들려왔다.

"여울이는 찬들이를 좋아하는 건가?"

"걔 감정을 제가 어떻게 알아요."

다시 한 번 침묵.

우진이 망설이는 표정으로 초초한 듯 입술을 잘근잘근 물었다. 혜림이 그걸 보았지만 못 본 척 넘어갔다. 우진이 하고 싶은 질문도 아마 알고 있으리라.

"여울이가 싫은 거야?"

"좋아하는데 괴롭히겠어요?"

"아, 하긴."

우문현답이네. 우진이 조용히 중얼거렸다.

"여울이가 너한테 무슨 잘못을 하기라도 했어?"

그 질문에 그녀가 잠시 멈칫하더니 시선을 우진에게 마주했다. 혜림은 우진이 조금 껄끄럽기도 했다. 자꾸 자신에 대해서 알려고 하는 것 같아서, 계속 파고들려 하는 것 같아서 싫었다.

"아니요. ……아니다, 네. 걔도 잘못했어요."

"걔도?"

혜림의 말에 우진이 당혹스럽다는 표정으로 되물었다. 뭔가 이유가 있을 것 같았는데……. 탐색하듯이 그녀의 얼굴을 찬찬히 살펴봤지만, 그녀의 표정은 여전히 잔잔했다. 아무런 감정도 읽히지가 않았다.

"걔가 사람을 죽였거든요."

"뭐?"

질 나쁜 농담에 우진이 미간이 좁혀졌다. 그의 반응을 살펴보기라도 하듯 혜림이 빙그레 웃었다. 거짓말이겠지만, 도무지 거짓말 같지가 않다. 혜림이 시시껄렁한 농담이나 거짓말을 할 성격 또한 아니니까. 혼란스러운 우진의 감정을 눈치챘는지 말을 덧붙였다.

"선생님은 그런 사람 없어요? 해주는 것도 없는데 밉거나 싫은 사람."

없었던 것은 아니었기 때문에 우진은 단호하게 '없어'라고 말하지 못했다. 사적으로 만나는 사람 중에서도 그런 사람이 있었고, 같이 일하는 회사 동료인 선생님들 중에서도 있었다.

"저한테 그런 사람이 송여울이에요."

"하지만 착하잖아."

"착하다고 모두가 그 사람을 좋아하는 건 아니죠."

"……."

"그리고 착하다는 이유만으로 모든 게 용서가 되는 것도 아니고요."

우진이 뚫어져라 그녀를 쳐다봤고, 혜림은 그의 시선을 피하다가 요요(嶢嶢)히 흔들리는 열매처럼 주렁주렁 매달린 등나무 꽃을 쳐다보았다. 등나무 꽃은 어렸을 적 기억을 자꾸 상기시킨다. 싫었던 기억들이다, 하나같이. 봄과 여름은 싫었던 기억들밖에 없다. 주먹을 꽉 쥐었다가 천천히 폈다.

그녀가 숨을 작게 들이마시고는 자신을 뚫어져라 쳐다보는 우진을 올곧게 쳐다봤다. 웃음기를 싹 뺀 진한 고동색 눈동자를 보며 그녀가 천천히 미소 지었다.

"두 번 다시 저한테 송여울에 대해 물어보지 마세요."

"혜림아."

나지막하게 부르는 목소리에 순간 심장이 덜컥하고 내려앉았다. 얼굴이 화끈거려 우진을 바라봤는데, 저를 빤히 쳐다보는 그 시선에 저도 모르게 부끄러워져 부자연스럽게 시선을 피하고 말았다.

심장이 거세게 요동치는 것을 들키고 싶지 않아 침을 꼴깍 삼키다 눈을 다시 꾹 감았다. 왜 이러지? 스스로에게 자문을 하지만 나오는 답은 없었다. 알 수 있는 건 요동치는 심장이 자신에게까지 들린다는 것이었다. 그리고 햇빛 때문인지, 아니면 여우진이라는 남자 때문인지 얼굴이 화끈거리는 것만 알 수 있었다.

"왜, 부르세요?"

목소리가 살짝 떨렸다. 자신에게 무슨 말을 하고 싶은지 우진이 한참을 머뭇거리며 답을 하지 않았다. 갑작스럽게 불편해진 이 자리를 벗어나고 싶었지만, 자신을 바라보는 눈동자가 놓아주지 않는다. 족쇄가 되어 발을 묶어놓는다.

혜림의 눈을 보면 마치 돌이 되는 느낌이었다. 보면 볼수록 자꾸만 빨려 들어가는 느낌. 벗어나고 싶은데, 벗어날 수가 없다. 그렇기 때문에 자꾸 시선이 가고, 자꾸만 혜림을 찾는 걸까. 우진이 손을 뻗어서 바람에 날리는 그녀의 머리카락을 만졌다. 피부에 닿은 것도 아닌데 손이 불에 데인 것처럼 뜨겁다. 우진의 행동에 그녀는 아무런 말도 하지 않고 말간 눈동자로 그를 바라보기만 했다.

'위험해.'

어쩐지 계속 둘이 있으면 안 될 것 같아서 우진이 스치듯 그녀의 볼을 만지고는 자리에서 일어났다.

"머리카락에 꽃잎이 묻어서."

"아……."

"가자."

아주 짧게, 미풍이 스친 것처럼 볼을 만진 것뿐인데도 손끝이 떨리고 화끈거린다. 지금 드는 미묘한 감정을 들키기가 싫어 혜림이 빠른 걸음으로 앞서서 걸었다.

"그렇게 걷다가 넘어진다."

우진이 남자아이들이 쉽게 하는 것처럼 자신에게 어깨동무를 하자 순간 심장이 놀라서 팔딱 뛰기 시작했다. 이상해, 차혜림. 하지 못할 말을 속으로 중얼거리다 차갑게 팔을 내치고는 제자리로 돌아갔다. 점심시간이 끝날 무렵이었기 때문에 흩어져 있던 반 아이들이 하나둘씩 모여들었다.

"후반전 시작은 보디가드 피구랑 계주거든. 조금만 더 힘내서 응원하자!"

부반장이 앞에서 목소리를 크게 지르자, 반 아이들이 호기롭게 소리를 내질렀다. 순간 귀가 아파 저도 모르게 손가락으로 귀를 꾹 누르다가 어깨를 툭툭 치는 기척에 혜림이 고개를 돌려 슬쩍 올려다봤다. 뿔테 안경에 표범 머리띠를 한 반장이 보인다.

반 아이들과 잘 섞이지 않고 항상 맴도는 혜림이 조금은 불편한지 어색한 기색을 살짝 드러내며 운동장 쪽을 손가락으로 가리켰다.

"보드가드 피구 곧 시작하거든. 나가야 돼."

"아, 어."

귀찮긴 하지만 별수 없다는 얼굴로 혜림이 자리에서 일어났다. 엉덩이에 묻은 모래를 손으로 살짝 털어내고는 손목에 있는 머리끈으로 머리카락을 대충 묶었다. 룰은 안다. 보디가드를 해 주는 선생님이 공에 맞으면 아웃이 아니지만, 선생님의 뒤에 줄 줄이 달린 네 명의 학생들 중 한 명이라도 맞으면 그 팀은 아웃이 된다.

이리저리 피하다가 실수인 척 맞고 들어가면 되겠지. 반 아이들이 들으면 분노할 법한 생각을 하며 혜림이 운동화 끈을 고쳐 맸다. 혜림을 포함한 네 명의 학생들이 줄줄이 나왔고, 각 반의 보디가드인 선생님들도 하나둘씩 나오기 시작했다.

여덟 반의 선생님들 중 가장 눈에 띄는 선생님은 단연코 우진이었다. 180㎝가 넘는 큰 키와 운동으로 다져진 다부진 체격. 흔한 고동색 머리카락과 검은 눈동자를 가진 한국인이지만 준수한 얼굴이다. 게다가 어린아이 같은 면도 없지 않아 있어 햇살 같은 환한 미소가 잘 어울린다. 군계일학이라는 말이 잘 어울리는 사람이었다.

'아까 전에 손이 볼에 닿았지.'

아주 짧게 스쳐 갔지만, 이상하게 닿았던 감촉은 확실하게 느낄 수 있었다. 손끝의 느낌이 볼에 여실히 남아 있었다. 머리카락을 매만지며 자신을 빤히 보던 고동색 눈동자도. 평소보다 짙은 눈동자에 홀릴 것만 같은 기분이었다.

"얘들아, 힘내서 이기자."

지친 아이들의 사기를 높이기 위해 우진이 파이팅 포즈를 취하자 아이들이 활짝 웃으며 '네!' 하고 힘차게 고개를 끄덕였다. 혜림이 별 상관없다는 얼굴로 스트레칭을 하며 몸을 풀고 있을 때,

그와 눈이 살짝 마주쳤다.

별 반응이 없는 혜림을 위한 특별 배려였는지는 모르겠다만 그가 입을 벙긋거렸다. 붕어 같다고 생각하며 그녀가 그의 입모양에 시선을 집중했다.

힘.내.서. 이.기.자.

어째 학생들보다 더 들뜬 것 같아 혜림이 결국 피식 웃고 말았다. 그 모습을 보던 우진이 눈을 동그랗게 뜨며 놀란 기색을 여실히 드러냈지만, 감정을 들켜 버린 것이 멋쩍기도 하고 민망하기도 해 시선을 다시 한 번 팩 돌렸다. 그 모습이 새침데기 같아 보여 그가 킥킥 웃었지만, 혜림은 보지 못했다.

그녀가 시선을 돌린 곳은 나무 그늘이 있는, 그러니까 자신의 반 아이들이 앉아 있는 곳이었다. 그렇게 멀지 않은 거리였기에 그리고 한 사람을 빤히 바라보고 있는 여울의 모습이 너무 눈에 띄었기에 혜림은 한동안 여울을 빤히 쳐다봤다.

송여울은 저가 부러울 것이다. 굳이 여울이뿐만이 아니라 우리 반에서 보디가드 피구를 하는 다른 학생들도 부러울 것이다. 우진과 함께한다는 것이. 유치한 감정이라며 그녀가 속으로 혀를 끌끌 찼다.

귀찮은 일은 딱 질색이지만, 여울을 괴롭게 하는 것이라면 귀찮음도 감수할 것이다. 선수 입장, 하는 소리와 함께 미리 그려놓은 선 안으로 들어갔다. 보디가드 역인 우진이 맨 앞에 있었고, 그녀가 우연찮게 우진의 뒤에 서게 됐다.

"얘들아, 앞 사람 꽉 잡아!"

우진이 목소리를 높이자 아이들이 힘껏 고개를 끄덕였다. 혜림의 뒤에 있는 아이가 반 티를 꾹 잡았다. 룰이기에 자신도 우진의 티를 잡아야 했지만 어쩐지 꺼려졌다. 잠시 머뭇거리는데 뒤에 서 있는 여학생 보채듯 그녀를 살짝 쳤다.

"혜림아, 잡아."

"뭐 하냐, 안 잡아?"

우진까지 연달아 말하자 머뭇거리는 기색을 굳이 숨기지 않고 슬쩍 그의 옷깃을 잡았다.

"꽉 잡아라."

옷깃을 약하게 잡은 혜림의 손을 우진의 큰 손이 감쌌다. 타인의 손 그리고 타인의 온기에 흠칫하며 저도 모르게 손을 빼려고 했으나 그걸 용납지 않겠다는 듯 우진의 손에 더욱 힘이 들어갔다.

분명 별 뜻 없는 행동일 것이다. 혜림이 자신의 옷깃을 그리 세게 잡지 않았기에, 그리고 이 보디가드 피구에서 이기고 싶었기에 옷깃을 꽉 잡으라는 의미로 했을 행동이리라. 하지만 왜 이렇게 두근거릴까. 자신의 손을 감싸 안은 큰 손의 온기에 왜 이렇게 가슴이 먹먹해지고 따뜻해질까.

"이기자."

우진이 혜림에게만 들릴 만큼 작게 속삭였다. 바로 귓가에서 들리는 그 목소리에 다시 가슴이 쿵쾅쿵쾅 뛰었다. 애써 평정심을 유지하며 혜림이 고개를 살짝 끄덕였다. 혜림이 고개를 끄덕임과 동시에 우진이 씩 웃으며 잡고 있던 손에 더 힘을 주었다.

느껴지는 타인의 온기에 기분이 좋아졌다.

호루라기 소리가 게임의 시작을 알리고, 공수를 계속 교대하며 움직였다. 아이들의 응원 소리도, 함성 소리도 이상하게 들리지 않았다. 들리는 건 쿵쿵 뛰는 심장 소리와 호루라기 소리뿐.

몇 번 움직이다 실수인 척 공에 맞고 나가려고 했지만…… 이상하게 그러고 싶지 않았다. 자신의 앞에 있는 남자 때문에 그런 걸까? 너무 감정적으로 움직인 것 같다며 자신을 질책하고 있을 때 공이 자신의 쪽으로 날아오는 게 보였다.

너무 놀라서 움직이지도 못하고 몸이 굳어 있는데, 우진이 몸을 쭉 빼서 혜림을 꼭 안으며 공을 대신 맞았다. 던진 선생님이 아직 젊은 체육 선생님이여서 그런지 맞은 소리가 꽤 컸다. 아플 것 같다며 반 아이들이 뒤에서 수군수군 거리자 혜림 역시 당황함이 섞인, 걱정스러운 목소리로 그의 품에 갇힌 채 고개를 슬쩍 올리며 물었다.

"선생님, 괜찮으세요?"

"어? 어어. 괜찮, 괜찮아."

괜찮다고 말씀하시는 것치고는 정말로 아파 보였지만, 혜림은 별말 없이 고개를 끄덕였다. 그 모습에 우진이 이런 꼴사나운 모습 보여주기 싫은데, 라고 생각하며 품에 안긴 혜림에게 시선을 살짝 던졌다. 아쉬운 손길로 안고 있던 팔을 풀며 다시 준비 태세를 갖췄다.

조금 전 제 옷깃을 약하게 잡는 혜림에게 세게 잡으라고 보채며 은근슬쩍 혜림의 손을 잡았다. 저보다 훨씬 작은 손이었기에 그 아담한 손이 자신의 손에 쏙 들어왔을 때의 느낌은 묘했다. 작고 보드라운 손은 따뜻한 자신과는 반대로 약간은 서늘한 온기가 느껴졌다.

그때 묘한 감정이 들었다. 뭐라고 표현해야 할지 모르겠지만 대학교 시절 처음으로 사랑을 시작할 때와 비슷한 느낌, 그런 느낌이었다.

'학생이잖아.'

그런 자신을 질책하며 혜림이 학생인 것을 강조했지만 뒤따라 나오는 말은 '그래서?' 였다. 어차피 1년, 아니, 이제 1년도 아니고 반년 후면 성인이 되는 아이라는, 당치도 않은 변명이 자꾸만 튀어나온다.

작고 보드라운 손의 감촉 그리고 뒤에서 들리는 혜림의 목소리와 약간 지친 듯한 숨소리로 인해 아이들의 환호성과 응원 소리는 이미 귀에 들리지 않은 지 오래였다.

"선생님, 괜찮으세요?"

자신을 향해 걱정스레 묻던 혜림의 목소리가 다시 한 번 귓가에 맴돌았다.

그와 동시에 우진의 입가에 작은 미소가 걸렸다.

✼

인물화를 그리던 여울의 손이 멈칫했다. 자신이 좋아하는 사람을 그리는데도 스케치에 제대로 집중하지 못했다. 다시 한 번 마음을 다잡고 그림을 그리려 연필을 들었지만, 계속해서 그릴 마음이 나질 않는다. 힘없이 팔을 떨어뜨리고 화폭 속의 인물을 애틋한 시선으로 보았다.

"가망 없는 일에 매달리지 마. 옆에서 보면 너, 되게 구차하고 구질구질해 보여."

미술실에서 혜림이 제게 했던 말이 떠올랐다. 알아주길 원하는 게 아니라고 대답은 했지만, 어렴풋이 마음 한구석에서 알아주길 바라고 있었던 것 같기도 하다.

구차하고 구질구질해 보여.

그 말이 다시 한 번 여울의 가슴에 생채기를 만들었다. 자신이 구차해 보인다는 것은 안다. 하지만 미련을 버릴 수가 없다. 2학년 때 전학을 오고 학교생활을 하면서 찬들을 제외하고 자신에게 유일하게 상냥하게 대해준 사람이다. 그랬기 때문에 보는 것만으로도 좋았다.

그런데 왜 하필……. 게임이었다지만 우진이 혜림을 안고 있는 모습이 마치 연인 사이 같아 보여서 부러움과 질투가 동시에 일어났다. 혜림이니까, 하는 마음이 들기도 하는 반면 왜 또 혜림이지? 왜 하필 혜림이지? 하는 마음도 일어났다.

예쁘고, 공부도 잘하고, 집안도 좋은 혜림과 상대가 될 리가 없다.

혜림에게만 다정한 게 아니라는 걸 안다. 여울, 자신에게도 다정했고 다른 학생들에게도 다정하다. 하지만 여울의 눈에는 그 다정함이 유독 혜림에게만 특별한 것 같아서 질투가 났다. 누구보다도 뛰어난 혜림이란 걸 알기 때문에 선생님이 좋아할 만하다고 자신을 타이르고 타일러 보지만 열등감을 느끼고, 질투가 나는 것은 어쩔 수가 없었다.

여울의 눈가에 눈물이 위태롭게 매달리다 결국 힘없이 툭 떨어졌다.

✳

"두 번 다시 저한테 송여울에 대해 물어보지 마세요."

혜림의 목소리가 귓가에 윙윙 울린다. 무의식적으로 검지로 책상을 톡톡 두드리면서. 왜 그렇게 여울이를 싫어할까, 생각해 보지만 마땅한 답이 나오지는 않는다. 기말고사까지는 아직 멀었지만 노트북을 켜놓고 다시 기말고사 문제를 작성하기 시작했다.

문제를 내려고 해도 혜림의 목소리가 자꾸 머릿속에서 윙윙 맴돌았다. 신경질적으로 노트북을 닫고는 마른세수를 했다. 요즘 차혜림 때문에 저답지 않는 행동을 반복하고 있었다. 답답한 마음에 주방으로 가 냉장고에 맥주 캔을 꺼내 마셨다.

뒤죽박죽이었던 머릿속이 맥주를 한 모금 마시면서 시원하게 내려가는 기분이 들었다. 조금 개운해지는 느낌이 들자 다 마신 맥주 캔을 식탁 위에 대충 올려놓고 다시 노트북 쪽으로 가서 인터넷 창을 켰다.

우진이 인터넷 창을 켜고 이런저런 것들을 찾고 있는데 핸드폰이 지이잉— 요란한 소리를 내며 울리자 발신자를 확인했다. '태화'라는 글자가 보이자 피식 웃으면서 전화를 받았다.

"왜?"

〈전화받을 땐 여보세요, 라고 해야지, 오빠.〉

"알았어, 그나저나 무슨 일이야? 어머니가 전화하래?"

〈응, 엄마는 무슨 일만 생기면 나한테 시켜, 진짜.〉

"맞선 얘기?"

〈아, 맞다. 엄마가 오빠 저번에 맞선 파토 낸 것 때문에…… 아, 알았어, 알았어, 엄마. 얘기하면 되잖아.〉

서론이 길어지는 탓에 그의 어머니가 옆에서 태화에게 타박하는 소리가 들려왔다. 그리고는 이내 그의 어머니가 전화를 받았다.

〈여보세요? 우진이니?〉

"네, 어머니."

〈다음 주 주말에 집에 좀 들러라.〉

"무슨 일 있어요?"

〈할 얘기가 있어서 그래.〉

또 맞선인가 싶어서 미간을 슬쩍 찌푸렸지만, 이내 고개를 끄덕였다.

"네, 그럼 주말에 찾아뵐게요."

 3장

계절은 서서히 여름 중반부에 접어들기 시작했다. 서서히 더워지기 시작한 날씨 때문에 교무실에는 에어컨이 가동되기 시작했고, 교실에도 에어컨을 틀었다. 춘추복을 입었던 학생들은 한 명 한 명씩 하복을 입기 시작했다. 푹푹 찌는 더위 때문에 몇몇 아이들의 손에는 부채가 들려 있기도 했다.

혜림도 더위에 약하기는 마찬가지. 몇몇의 다른 아이들과 마찬가지로 하얀 블라우스와 남청색 치마를 단정하게 차려입고는 문제지를 풀고 있었다. 마지막 문제가 잘 풀리지 않는지 샤프를 빙글빙글 돌리면서 문제를 뚫어져라 봤지만, 문제를 뚫어져라 본다고 해서 답이 나오는 것도 아니었다.

혜림은 다른 누구보다 여름을 싫어했다. 더위에 약한 것은 아니지만 눅눅한 공기라던가, 장마철의 비라던가, 덥고 습한 바람 같은 것들이 싫었다. 더구나 여름이 되면 그 시절이, 그때가 떠오른다. 여름은 하나같이 싫은 기억만 가득했다.

'더워.'

식은땀이 나는 기분이다. 창가 자리에 앉아 있는지라 뜨거운 태양빛에 인상을 슬그머니 찡그리고는 신경질적으로 커튼을 쳤다. 순간 조용하던 자습 분위기가 깨지고 모두의 시선이 혜림에게로 향했다. 찬들과 여울도 마찬가지다.

덥다 보니 이제 별거 아닌 것에도 짜증이 난다. 항상 겁에 질려 떨던 여울의 눈동자에도 지금은 짜증이 가득했다. 혜림이 커튼을 치고 자리에 앉을 생각을 하지 않자, 자습 감독의 선생님이 조심스레 그녀의 이름을 불렀다.

"혜림아?"

"……네?"

말하는 것도 한 박자 느리고, 행동하는 것도 한 박자 느리다. 다른 아이들은 별 덥지도 않아 보였다. 식은땀이 흐르는 기분에 혜림이 저도 모르게 땀을 재빨리 닦아냈다.

"어디 아프니?"

"……아니…… 요."

'괜찮아요.'라는 뒷말을 마저 잇지 못했다. 발걸음을 떼자 잠시 몸이 휘청거린다. 아마 이 모습을 우진이 봤더라면, '또 식사 걸렀지?'라며 화를 낼지도 모른다. 갑작스런 그의 생각에 혜림이 피식, 옅게 웃고는 몸을 올곧게 폈다.

"그럼 무슨 일이니?"

그녀의 기색이 심상치 않음을 느낀 감독 선생님이 그녀에게 다가왔다. 그녀가 계속해서 식은땀을 흘리는 것을 알고는 깜짝 놀란 얼굴로 변했다.

"······저, 양호실에 좀 갔다 와도 될까요?"

"어어, 그래, 어서 가보렴."

어질어질, 땅이 흔들리는 건지 그녀의 몸이 흔들리는 건지 그녀의 세계가 위태롭게 흔들린다. 하지만 양호실로 향해야 할 그녀의 걸음은 다른 곳으로 향했다. 도착한 곳은 뒷산으로 이어지는 길목의 작은 등나무 벤치.

5월에 피는 등나무 꽃은 이미 다 져버리고 없었지만, 혜림의 눈에는 아직까지도 생생하게 보랏빛 등나무 꽃이 보이는 듯했다. 꽃내음이 희미하게 섞인 여름 바람이 불자 그녀가 고개를 숙이고 무릎에 얼굴을 묻었다.

'······엄마?'

어렸을 적 기억이 떠오르기 시작한다. 애써 지우려고 해도 지워지지 않고 오히려 강조된다. 제발, 떠올리지 말아줘. 부탁할게. 누구한테 하는지 모를 부탁이었다.

"차혜림?"

식은땀과 눈물이 뒤섞인 얼굴로 고개를 슬쩍 들자, 익숙한 목소리의 주인공이 눈앞에 나타났다. 지금 이 기억이 떠오르지만 않는다면 어느 누구라도 좋으니 자신의 앞에 나타나길 바란 혜림의 마음을 알아챘는지 우진이 입에 물고 있던 담배를 끄고는 어리둥절한 얼굴로 그녀를 내려다보고 있었다.

"선생님이 여기 왜……."

"나는 수업 없으니까 여기 있지. 넌 왜 여기 있는데?"

"잠시 쉬려고 나왔어요. 교과 선생님한테 허락도 맡고 왔으니까 신경 끄세요."

고맙다고 말하고 싶지만, 그녀의 자존심이 허락하지 않았다. 평소처럼 날카롭게 내뱉는 말이 익숙한지 우진은 신경 쓰지 않고 담배꽁초를 밟아 끄고는 그녀의 옆에 앉았다.

들었던 얼굴을 다시 무릎에 묻고 숨죽인 채 있는 혜림의 가녀린 등을 보자, 우진이 저도 모르게 손을 들고는 그녀의 어깨를 감싸려 했다. 감싸려 하는 순간, 그의 손이 멈칫했지만. 잠시 어리둥절하게 자신의 손과 혜림의 어깨를 번갈아 바라보다 잠시 고민에 빠졌다. 혜림의 어깨를 감싸 안으려니 자신답지 않고, 그렇다고 그저 가만히 내버려 두자니 혜림이 너무 위태로워 보였다.

이러지도 저러지도 못하는 상황에서 주먹을 살짝 쥐고는 혜림의 어깨를 가볍게 토닥토닥, 두드렸다.

"……뭐 하시는 거예요?"

"아니, 뭐, 그냥."

약간 억눌린 목소리에 우진이 어깨를 으쓱였다. 딱히 떠오르는 말도 없어 그저 혜림의 어깨를 가볍게 토닥였다. 바로 내칠 줄 알았던 그의 예상과는 달리 혜림은 가만히 있었다.

"여름 좋아해? 나는 좋아하는데."

"……."

"더위 많이 타나 봐? 계절 같은 거 잘 안 탈 줄 알았는데."

"……."

"이번 여름방학 때 뭐 할 거야? 아, 고3이니까 학교에 나오겠구나."

"……."

이런저런 얘기를 꺼냈지만 혜림은 여전히 묵묵부답이었다. 대꾸해 줄 생각도 없다는 듯 침묵을 지키고 있는 혜림의 등을 보며 우진이 입술을 삐죽였다. 그러다 얼핏 옅은 바람에 휘날리며 머리카락으로 가려져 있던 혜림의 하얀 목덜미가 드러났다.

햇빛이라고는 안 봤을 법한 피부다. 투명하고 깨끗한 피부에 우진은 저도 모르게 '진주 같다'라고 생각하다 얼굴을 붉혔다. 그녀의 어깨가 작게 들썩였다.

"여름…… 싫어해요."

끝까지 대답해 줄 것 같지 않던 혜림의 대답에 우진이 저도 모르게 기쁜 듯 얼굴에 가득 미소를 지었다. 그녀가 우진에게 점차 길들여져 가는 것인지 그가 점차 혜림에게 길들여져 가는 것인지 모르겠다.

"왜? 여름 바람, 소나기, 바다, 여름방학, 즐거운 것투성이잖아."

"저는 싫어해요. 소낙비도, 장마철도, 여름 바다도 싫어해요. ……싫은 기억밖에 없어요."

나지막하게 '여름은'이라는 소리가 들려온 느낌이다. 어딘지 모르게 슬프다고 생각한 혜림의 목소리에 우진의 손이 잠시 멈칫했다. 혜림의 벼 이삭 같은 눈동자와 비슷한 연갈색의 머리카락이 바람결에 부드럽게 날리자 저도 모르게 손길이 그곳으로 갔다.

기척이 느껴지지 않을 정도로 옅게 그녀의 머리카락을 만져 보다 자신이 한 행동을 인식하자마자 토닥여 준다는 것도 잊고 손을 황급히 내렸다.

"더워서 싫은 거야?"

"⋯⋯그냥, 여름 자체가 싫은 거예요. 송여울 자체가 싫은 것처럼."

여울의 이름에 우진이 잠시 움찔거렸다. 언제나처럼 악독하고 즐거운 목소리가 아니라 유난히 슬프고 가련한 목소리다. 악독하다고 생각한 것도 잠시, 자신만 아는, 자신만 보고 있는 혜림의 또 다른 모습에 우진이 저도 모르게 속으로 미소 지었다.

"여름방학 자습은⋯⋯."

"응?"

"안 할 거예요."

"어? 왜? 나와서 자습하는 게 좋을 텐데?"

"⋯⋯집이 더 편해요."

"집에서 자습한다고 해서 좋은 대학 간 애들 한 명도 못 봤다."

우진의 짓궂은 목소리에 혜림의 목소리에 약간 웃음이 들어간 기분이 들었다. 늘상 보던 비웃음인지, 가식적인 웃음인지, 어떤 것인지 모르겠지만.

"저를 그런 애들이랑 비교하지 마세요. 제가 하루 종일 집에서 공부한다고 해도⋯⋯ 선생님이 나오신 대학보다 좋은 데 갈 자신은 있어요."

"나 무시하는 거야?"

"⋯⋯."

"그나저나 등나무 꽃도 빨리 지네."

무릎에 얼굴을 묻은 채 우진과 대화를 하던 혜림이 고개를 들어올렸다. 5월이었다면 주렁주렁 매달려 있었을 등나무 꽃들의 환상을 찾기라도 하는 것처럼 혜림이 시야에는 초점이 없었다.

"등나무 꽃 꽃말이 뭔지 아세요?"

"응? 뭔데?"

"……사랑에 취하다, 라는 뜻이래요."

혜림이 자조적이게 웃었다.

"아이러니하게도요."

※

"할머니, 저 정말 괜찮아요."

"얘가, 뭘 괜찮아. 이거 어떠냐? 한 번 신어보렴."

혜림이 어색하게 웃으면서 신었던 신발을 벗고는 할머니가 골라준 신발을 어색한 표정으로 신었다.

"어머, 아가씨랑 잘 어울리네요."

옆에 있던 직원이 화려한 색상의 붉은 구두를 보며 맞장구쳤다. 집에 널리고 널린 게 구두와 옷인데 굳이 사주시겠다면서 혜림을 억지로 백화점으로 끌고 와 이것저것 구경하게 하고 옷을 입혔다.

"이건 어떠냐?"

이번엔 검은색 구두다. 할머니가 건네주는 구두를 신었다. 굽은 아까 붉은 하이힐보다 조금 낮았다.

"둘 다 예쁘네. 둘 다 하자. 계산해 주세요."

할머니가 카드를 내밀자 여직원이 방실 웃으면서 계산대로 갔다. 계산을 할 동안 할머니가 근처의 의자에 앉았고, 할머니의 앉으라는 손짓에 그녀도 쭈뼛쭈뼛 할머니 옆에 앉았다.

쇼핑을 하면서 이리저리 돌아다니는 것을 유난히 싫어하는 혜림이었다. 피곤함이 가득한 얼굴을 보며 그녀의 할머니가 조금은 씁쓸한 기분으로 혜림의 옆모습을 봤다. 혜림은 유달리 여름을 힘들어하고 싫어했다. 여름은 어머니의 기일이 있는 날이기도 했으니까. 할머니는 혜림의 옆모습을 다정하게 바라봤다. 제 어미의 어렸을 적 모습을 쏙 빼닮았다.

이목구비뿐만 아니라 벼 이삭 색 눈동자라던가, 옅은 갈색의 머리카락까지. 모든 걸 자신의 딸인 하영을 닮아 있었다. 곧 하영의 기일이라는 것을 떠올리며 씁쓸하게 웃었다. 하영의 장례 때, 자신과 자신의 남편은 눈물을 보였지만 눈앞의 이 작은 아이는 끝까지 눈물을 보이지 않았다. 억지로 눈물을 속으로 삼키면서 장례를 지냈다.

"이번 기일에도 혼자 가게?"

"네."

"같이 가지……."

"그냥, 혼자 가려고요."

혜림이 쓰게 웃으면서 답했다. 열아홉 살 여자아이가 짓기에는 너무 지치고 힘든 표정에 그녀는 아무런 말도 하지 않았다. 자리에 앉아 바쁘게 움직이는 사람들을 쳐다봤다. 그녀와 그녀 할머니 사이에 고요한 적막감이 맴돌았다.

여직원이 포장된 구두와 카드를 내밀자 그녀의 할머니가 카드와 구두를 받으면서 일어났다.

"옷 몇 벌 더 사고 점심이나 먹을까?"

할머니의 물음에 혜림이 잔잔하게 웃으면서 고개를 끄덕였다. 할머니 손에 들린 포장된 박스를 받고 자리를 뜨려고 했다.

"어머, 한 여사님 아니세요?"

난(蘭)같이 단아한 인상의 중년의 여성과 이십대 중반으로 보이는 여자가 그녀의 할머니에게 말을 걸었다. 갑작스런 등장에 혜림이 조금 당황한 얼굴로 그들에게 시선을 보냈다. 두 사람 다 풍기는 분위기라던가 생김새가 어딘가 모르게 익숙했다.

그 익숙한 감각에 고개를 갸우뚱하다가 그녀의 할머니를 쳐다봤다. 할머니는 중년의 여성이 반가운지 활짝 웃으면서 중년 여성에게 살갑게 말을 걸었다.

"윤 여사가 여긴 어쩐 일이야?"

"딸이랑 이 근처에 와서 잠시 구경도 할 겸 해서요. 한 여사님은요?"

"난 손녀랑 같이 쇼핑하러 왔지. 태화도 오랜만이네."

"안녕하셨어요? 손녀분이에요?"

태화의 시선이 혜림에게 닿았다. 자신을 빤히 바라보는 그 눈빛이 어쩐지 우진이랑 겹쳐 보여서 기분이 거북해졌지만 내색하지는 않고 가볍게 목례를 했다. 할머니가 혜림의 어깨를 토닥이면서 웃었다.

"그래, 내 손녀딸. 혜림아, 여긴 CN그룹의 사장님 사모님 되시는 분이야. 그리고 옆에는 막내딸. 인사하렴."

"안녕하세요?"

혜림이 어색하게 고개를 숙이며 인사하자, 중년의 여성과 태화라는 여자가 다정하게 웃었다.

"만나서 반가워요. 하영이랑 똑 닮았네요."

"그렇지?"

그 말에 혜림이의 어깨가 움찔했다. 자신을 바라보고 있는 중년 여성의 시선을 애써 피하며 고개를 돌렸다. 옆에서 웃는 할머니의 기척이 느껴졌다.

"이번 창사 40주년에 초대해 주셔서 감사해요. 이번에 둘째 아들도 오니까 소개시켜 드릴게요. 시간이 벌써 이렇게 됐네. 저희 이만 가보도록 할게요, 한 여사님."

중년 여성이 딸과 함께 자리를 뜨자, 그제야 시선을 피하고 있던 고개를 돌리고는 할머니를 쳐다봤다. 할머니가 이해한다는 얼굴로 혜림을 보고 있었다. 순간 멋쩍은 기분이 들어 어색하게 헛기침을 몇 번 했다. 어머니를 알고 있는 사람과 개인적으로 만나고, 이렇게 직접적으로 이야기를 들은 건 처음이라 조금은 당황스러웠다.

머쓱한 기분에 할머니의 시선을 피했다. 그녀의 할머니가 조금은 강요하는 목소리로 말하며 그녀의 어깨를 토닥였다.

"하영이랑 언니 동생 하면서 친하게 지냈던 분이란다. 너무 어색해하지 말고, 먼저 살갑게 다가가고 그러렴."

그 말에 혜림이 어색하게 웃으며 고개를 끄덕였다. 그러다 제 어깨를 토닥거리는 할머니의 손길에 순간, 며칠 전에 자신의 어깨를 다정하게 토닥여주던 우진의 손길이 떠올라 얼굴이 붉어졌다.

"다음 주 금요일이 창사 40주년인 거 알지? 그러니까 꼭 오렴."

내색은 하지 않았지만, 속으로 그런 자리에 가는 것을 싫어하는 걸 알기 때문에 그녀의 할머니는 조금 쓰게 웃으면서 다정한 목소리로 그녀를 타일렀다. 엄마가 아기를 어르는 듯한 목소리로.

"너희 할아버지 돌아가시면 네가 한성을 이어가야 하니까, 와야지. 서로 안면을 터서 나쁠 건 없어."

그녀가 어렴풋이 한숨을 내쉬면서 고개를 끄덕였다.

*

"오셨어요?"

"너 언제 왔니?"

"방금이요."

우진은 다정하게 들어오는 모녀를 보며 비식 웃고는 앉았던 소파에서 일어났다. 태화가 우진을 발견하고는 오빠! 하며 밝게 웃었다. 이십대 중반으로 어린 나이는 아니었지만, 우진의 눈에는 태화가 마냥 어리게만 보여 어린 여동생 취급 하듯이 그녀의 머리카락을 헝클었다.

"아, 정말."

태화가 인상을 찌푸리면서 우진이 헝클어뜨린 머리카락을 단정하게 정리하고는 그를 올려다봤다. 우진의 어머니가 조금 어리둥절한 얼굴로 시계를 쳐다보다 우진에게 시선을 줬다. 예상 도착 시각에 비해 일찍 도착한 그가 조금 의아하다는 얼굴이었다.

"근데 어디 갔다 왔어?"

"엄마랑 밥 먹고 쇼핑 좀 했어."

"그래? 그나저나 하실 말씀이 뭐예요?"

우진이 의아한 목소리로 물어보자 그의 어머니가 핸드백을 소파에 놓고는 자리를 잡았다. 턱짓으로 앉으라고 하자 우진도 별말하지 않고 앉았고 태화는 우진의 옆자리에 앉았다.

"다음 주 금요일에 한성그룹 창사 40주년 파티 할 때 소개시켜 줄 거야."

"누구를요?"

"회장님 손녀딸. 엄마 친한 동생 딸이야."

"아, 그러고 보니까 오늘 한성 손녀딸 만났어."

일하는 아주머니가 사과와 차를 들고 와서 테이블 위에 올려두었다. 그녀의 어머니가 자연스럽게 녹차에 손을 뻗어 한 모금 마셨고, 우진은 커피를 들어 한 모금 마셨다.

"어쩌다가?"

별 관심 없는 얼굴로 태화가 사과를 한입 베어 먹으면서 고개를 끄덕였다.

"백화점에서 우연찮게 만났어. 할머니랑 같이 쇼핑하고 있더라고."

"보통 그런 건 엄마랑 하지 않나?"

"몇 년 전에 죽었거든."

태화의 말에 우진이 그래? 하면서 되물었다. 되묻기는 했지만 별 관심 없는 표정이었기 때문에 태화가 입술을 삐죽 내밀고는 사과를 먹었다. 삐친 듯한 태화의 모습에 우진이 피식 웃으면서 저도 포크에 사과를 찍어 한입 베어 먹었다. 사과의 상큼한 향이 입안에서 가득 퍼졌다.

혜림에게서 나는 은은한 로즈마리와는 전혀 다른 향이었다.

✳

계절은 완연히 여름이었다. 푹푹 찌는 더위와 습기가 불쾌해서 그런지 혜림의 인상은 펴지지가 않았다. 가만히 언어 영역 문제지를 풀고 있던 혜림의 시선이 책상 위에 올려놓은 작은 캘린더로 시선이 갔다.

한성그룹 창사 40주년 파티가 12일 금요일이다. 그리고 창사 40주년 파티가 있고 나서 3일 후면 어머니의 기일이다. 어머니의 기일이 다가오면 다가올수록 마법에 걸린 여자마냥 기분이 저조해지고 신경질적으로 변하는 것은 어쩔 수가 없었다.

그녀가 짧게 한숨을 내쉬면서 턱을 괴고는 시선을 창가 쪽으로 돌렸다.

어머니가 좋아하던 등나무 꽃은 완연히 져버렸다. 창밖으로 던진 시선을 여울의 자리로 옮겼다. 자습시간이어서 그런지 여울은 자리에 없었다.

'미술실에 가 있겠지.'

속으로 중얼거리고는 천천히 자리에서 일어났다. 3학년 중 유일한 예체능생이랍시고 학교는 송여울에게 꽤 후한 대접을 했다. 예를 들어 제2미술실을 통째로 빌려주는 것처럼. 조용히 발걸음을 움직여 뒷문으로 빠져나갔다.

현재 박찬들도 자리에 없으니까 그녀를 막을 사람은 없었다. 천천히 미술실로 향하는 계단을 밟아가며 한 층을 내려가 코너를 돌았다. 미술실 뒷문의 유리창으로 보이는 송여울의 뒷모습이 꽤 평화롭다.

혜림이 신경질적으로 문을 쾅 열었다. 미술실 안에 있던 여울이 깜짝 놀라면서 고개를 돌리다 문가에 서 있는 혜림을 발견하고는 급하게 스케치북을 덮었다. 그 모습에 혜림이 가소롭다는 듯 피식 웃으며 여울에게 천천히 다가갔다.

혜림이 한 발자국, 한 발자국 다가올 때마다 여울은 목이 점점 조여오는 것 같은 기분이 들었다. 목이 조여와 숨을 쉴 수가 없는 느낌이다. 더위 때문인지, 혜림 때문인지 숨이 턱턱 막혔다. 그런 생각을 할 때쯤 혜림이 그녀의 앞에 도착했다.

"열심히 그리네?"

"며, 며칠 후면 실기 시험이 있어서."

"그래? 한 번 봐도 될까?"

"아, 안……."

말이 미처 끝나기도 전에 혜림이 여울의 손에 들린 스케치북을 강탈하듯이 빼앗아 갔다. 여울의 눈이 두려움과 놀람으로 인해 동그렇게 떠졌다. 그 모습에 실소가 터져 나오려는 걸 꾹 참으면서 스케치북을 한 장씩 넘겼다.

"실기 준비한다고 했지?"

"그…… 런데?"

"근데 왜 실기 준비는 안 하고 이 사람만 그려?"

혜림이 우진이 웃고 있는 그림을 한 장 보여주면서 웃었다. 그 모습에 여울이 순간 숨을 훅, 크게 들이켰다. 혜림은 여울이 우진을 좋아한다는 것을 알고 있었다. 그런데 지금 우진의 초상화를 그렸다는 게 여울에게는 큰 치부와 수치심으로 다가왔.

우진을 그렸다는 것에 대한 치부와 수치심이 아니었다. 혜림에게 자신의 감정을 또 한 번 들켰다는 것에 대한 부끄러움. 여울이 울먹거리며 급하게 손을 뻗어 그녀의 손에 있는 스케치북을 빼앗으려고 했지만, 혜림이 조금 더 빨랐다.

한 발자국 뒤로 물러나 여울의 손을 저지했다. 한 장, 한 장 스케치북을 천천히 넘기면서 혜림이 비식비식 웃었다.

"실기 준비한다고?"

"……."

"근데 그림이라고는 이 사람 그림밖에 없고, 정작 실기 준비라고 할 만한 게 없네?"

정곡을 찌르는 말에 여울의 얼굴이 순식간에 붉어졌다.

"예체능 하면 돈이 많이 들어간다고 하던데, 너희 집 잘살아?"

"아…… 니."

"근데 왜 이러고 있어?"

"……."

여울의 검은 눈동자에 눈물이 한가득 고였다. 무어라 대꾸해 주고 싶어도 대꾸할 말이 없었다. 혜림은 악독하긴 하지만 틀린 말은 전혀 하지 않았다. 목이 타들어가는 느낌이 들어 여울이 고개를 푹 숙였다.

"이럴 거면 뭐 하려고 미술 해? 그냥 공부하지."

"……."

"하라는 건 안 하면서 시험에서 떨어지면 울 거야? 남 탓 하면서?"

"……."

"네가 노력도 제대로 안 했으면서 말이야."

혜림이 쿡쿡 웃었다.

"이럴 거면 그냥 하지 마. 열심히 해도 안 될 판에, 노력도 안 하는 애가 어떻게 미대에 가? 미대는커녕, 동네 미술 학원도 못 열겠다."

"……."

"그림 못 그만두는 건 미련이야? 초등학교 때부터 했으니까 미련 때문에 못 그만두는 거야?"

억지로 참으려고 했던 눈물이 결국 바닥으로 떨어졌다. 울고 있다는 걸 들키기 싫어 손등으로 눈물을 닦아냈지만, 자꾸 흐르는 건 어쩔 수 없었다. 억지로 참으려고 해서 그런 건지 여울의 눈 주변이 빨개졌다.

여울이 우는 것을 즐기기라도 하는 듯 혜림이 피식피식 웃으면서 말을 이었다.

"그러면 내가 그만두게 해줄게."

"……어?"

"미련 때문에 못 그만두는 거라면, 내가 그만두게 해준다고."

"무슨, 말이야?"

"무슨 말인지 보면 알 거야."

잔잔한 미소를 띠고 있던 혜림의 얼굴이 순식간에 차갑게 굳었다. 이내 들고 있던 스케치북을 한 장 한 장 잘게 찢었다. 그 모습에 여울의 얼굴에 경악 어린 표정이 드러났지만, 혜림은 아랑곳하지 않고 계속 찢었다.

새된 비명도 내지르지 못하는 여울을 보면서 혜림이 피식 웃었다. 이내 정신을 차린 것인지 여울이 급하게 손을 뻗어 혜림의 손에 있는 자신의 스케치북을 빼앗으려고 했지만 그림이 그려진 스케치북은 이미 혜림의 손에 잘게 찢긴 뒤였다.

조각난 그림들을 보며 여울이 넋 나간 사람마냥 멍청하게 입을 벌리고 바닥에 떨어져 있는 조각조각 찢어진 스케치북 종이를 봤다. 그 모습을 보며 혜림이 비웃고는 탁자 위에 올려놓은 화구박스를 들었다.

멍청하게 찢어진 스케치북을 보고 있던 여울이 그 기척에 고개를 돌렸다. 여울의 검정색 눈동자와 혜림의 벼 이삭 색 눈동자가 마주쳤다. 여울의 입술이 덜덜 떨리면서 시선이 혜림이 들고 있는 화구박스로 옮겨졌다.

"아, 안 돼, 안 돼, 안 돼, 혜림아……!"

간헐적으로 떨리는 여울의 목소리에 혜림이 만족스러운 표정을 지었다. 산호색 입술이 매끄럽게 올라가며 평소 보던 것보다 더 차가운 미소를 지은 혜림이 손에 들고 있던 나무 화구박스를 들어 올렸다. 그리고는 미술실 교실 바닥에 내던졌다.

날카로운 파열음이 들리고, 나무로 만든 화구박스는 엉망진창으로 부서져 날카로운 파편이 돼버렸다.

"안 돼! 왜, 왜 이래! 왜 이래, 나한테!"

여울이 고함치듯 소리를 내지르자 혜림이 빙긋 웃었다.

"왜? 너 어차피 실기 준비는커녕 연습도 잘 안 하잖아. 오히려 나한테 고마워해야 하는 거 아닌가?"

"제발……. 나한테 왜 그래, 혜림아……. 응? 흑, 흐윽, 흐으……."

얼굴에 눈물범벅이 되어 흉한 꼴로 우는 여울을 보며 혜림이 냉소하며 내려다보았다.

"계속 말했잖아. 난 네가 송여울이라서 싫은 거야, 송여울이라서."

빙그레 웃고는 그 말만 남기고는 자리를 떠났다.

✻

"혜림이, 너무 예쁘다."

어깨를 훤히 드러내는 흰색의 미니드레스 차림에 목에는 예쁜 목걸이를 한 혜림을 보며 그녀의 할머니가 감탄한 얼굴을 한 채 활짝 웃었다. 죽은 딸이 꼭 살아 돌아온 것만 같은 모습이었다.

"예쁘구나, 혜림아."

"고맙습니다."

할아버지의 칭찬에 조금은 어색한 듯 뺨을 검지로 살짝 긁적였다. 할아버지의 비서가 할아버지를 찾자 할아버지는 먼저 들어가 보겠다면서 그녀의 어깨를 다독여 주고는 먼저 들어갔다. 할머니와 단둘이 남는 상황이 되자 그녀가 할머니의 눈치를 살짝 보며 부끄러운 듯이 조용히 말했다.

"드레스, 감사합니다."

금요일에 창사 40주년 파티가 있다는 건 알고 있었지만, 개인적으로 조금 바빴기 때문에 따로 드레스 준비를 하지 못했다. 야간 자율 학습을 빠지고 집에 도착했을 때 경비실에서 할머니가 보낸 드레스라며 내밀었던 택배를 받고서야 아차 싶었다.

할머니가 챙겨주신 것은 드레스뿐만이 아니라, 구두, 액세서리, 화장품 등등 꼼꼼하게 많은 걸 챙겨주셨다. 혜림은 씻고 준비해 주신 드레스와 구두를 신고 파티장으로 가기만 하면 되는 상황이었다.

할머니가 몇 번이나 신신당부를 하셨는데도 제대로 준비하지 못해 그녀가 멋쩍은 얼굴로 고개를 숙였다. 평소 빈틈이 없어서 딱딱하다고 느꼈던 손녀의 모습이 지금은 꽤 어눌해 보여 할머니의 눈에는 귀여울 따름이었다.

"옷이랑 구두는 편하고?"

"네."

"그런데 보낸 목걸이랑 다르네?"

할머니의 지적에 혜림이 어색한 표정으로 여우 모양의 목걸이를 손으로 쓰다듬었다. 자신을 책망하는 여울과 찬들의 눈빛이 떠올라 속이 불편해졌다.

"시간을 너무 잡아먹었네. 들어갈까?"

"네."

할머니와 함께 파티장 안으로 들어가자 여러 사람들의 시선이 혜림에게로 모였다. 그녀가 입고 있는 드레스, 구두, 액세서리를 훑어보았다. 물건을 품평하는 것처럼 위아래로 훑어보는 그 시선이 역겹고 거북해서 당장에라도 구역질을 하고 싶은 기분이었다.

눈치를 보듯 한 명이 슬쩍 혜림에게 다가와 말을 걸고, 그녀의 할머니에게 말을 걸었다. 예의에 어긋나지 않을 정도로만 대꾸해 주고 홀 안을 훑어보자 몇몇 낯익은 얼굴들도 보였다. 그중에 어머니의 장례식 때 온 사람들도 있었다.

왠지 모르게 드는 초조한 마음을 어떻게 할 수 없어 손으로 자꾸 목걸이를 만지작거렸다. 몇몇 사람들이 인사를 하며 다가왔다. 그중 몇 명은 한성그룹과 친분을 쌓으려고 계속 그녀의 주위를 얼쩡거렸지만, 혜림은 모르는 척하며 그녀의 할머니를 따라 들어갔다. 할머니를 따라 들어가니 백화점에서 봤던 단아한 인상의 중년 여성과 남성이 보였다.

그들이 혜림을 반갑게 맞이하며 인사하자 혜림도 가벼운 목례로 답했다. 저번에 봤던 중년 여성의 옆에서 남편으로 보이는 CN그룹의 사장이 혜림을 반겼다.

"차 회장님 손녀딸인가요? 미인이네요. 하영일 쏙 **빼닮았어요**."

"그렇죠?"

두 사람이 알고 있는 어머니에 대해서 물어보고 싶었다. 저 두 사람도 자신의 어머니를 나약하다고 생각하고 있을까. 자신도 어머니를 닮은 외모처럼 성격도 닮아서 나약할 거라고 생각할까. 입술을 꾹 짓눌렀다. 어머니에 대해 물어볼까 하다가 고개를 절레절레 젓고는 잔잔한 미소를 지으며 두 사람을 대했다.

"혜림아, 인사하렴. CN그룹의 사장님과 아내분이시란다."

"여태웅이라 한단다, 혜림아."

여태웅? 우진과 똑같은 성(姓)에 그녀가 잠시 놀란 얼굴을 하고는 태웅이 내민 손을 맞잡았다. 왠지 모르게 우진과 비슷한 분위기를 풍기는 것 같았다. 아버지인가? 그런 의혹도 잠시 품었지만 세상이 그렇게까지 좁지는 않을 것이라는 생각에 잠시나마 품었던 의혹을 떨쳐 냈다. 여씨가 의외로 흔한 성일 수도 있으니까.

"차혜림이라고 합니다."

"저번에도 생각했지만, 하영이랑 판박이네요. 많이 닮았어요. 아, 나는 윤다경이라고 한단다."

"하영이랑 친한 언니 동생 하는 사이였단다."

할머니의 덧붙임에 혜림이 고개를 끄덕였다. 그녀의 기억 속에 어머니는 항상 외롭게 홀로 있으시던 분이었는데…… 친한 친구가 있었던 모양이다. 그런데도 어머니는 돌아가셨다. 그녀를 사랑하는 사람을 남겨두고.

다시 속이 더부룩해져 온다. 자신의 착각임이 분명할 텐데도 그녀는 홀 안에서 진한 등나무 꽃향기를 느껴야 했다. 여름의 중반

부라 등나무 꽃은 이미 다 져버린 지 오래인데도. 그녀가 미간을 조금 찡그리다가 가슴께를 탁탁 쳤다.

"그나저나 애들은?"

"첫째랑 태화는 잠시 자릴 비웠어요. 둘째는 지금 오는 중이고요. 둘째가 항상 말썽이에요."

말은 그러면서도 밉지 않다는 표정으로 한숨을 폭 내쉬는 다경의 모습을 보며 그녀는 속으로 다경이 누군가의 '어머니'구나 하고 생각했다. 자신에게는 없는, 어떤 사람의 어머니. 질투인지 부러움인지는 잘 모르겠다.

아마 자신에게 없는 것에 대한 동경일 수도 있겠다. 오랫동안 그리워한 모성애일 수도 있겠다.

"태화는 언제 출국한데?"

"내년에 한대요. 올해는 한국에서 조금 쉬고 싶다고 해서 알아서 하라고 했어요."

다경의 시선이 일순 혜림에게 닿았다. 자신을 통해 누군가를 보고 있었다. 어렸을 적부터 이맘때가 되면 할머니와 할아버지가 저런 눈빛으로 자신을 바라보곤 했다. 자신을 통해 보고 있는 이가 누군지 알고 있었기 때문에 혜림은 딱히 기분 나빠하지 않고 그 시선을 담담히 받아들였다.

"정말 하영이랑 많이 닮았구나."

"……"

"며칠 후면 하영이 기일이지?"

"……네."

자연스럽게 미소를 지으려고 해도 마음대로 되지가 않았다. 입꼬리가 어색하게 씰룩씰룩해지는 기분이다. 어머니에 대해 이야기를 하는 사람 앞에서는 특히 이랬다. 가식으로 걱정하는 이 앞에서는 누구보다 자연스러운 표정을 지었지만, 눈앞의 이와 같이 진심으로 걱정하고 그리워하는 사람 앞에서는 제 맘대로 표정을 지을 수가 없었다.

다시 한 번 속이 더부룩해졌다. 자신은 열 살의 그때가 아닌데도, 열 살의 무기력했던 그날로 돌아간 것 같은 기분이 들었다.

"많이 힘들었지?"

그 물음에 혜림은 그저 잔잔한 미소를 띠우면서 시선을 아래로 내리깔았을 뿐 네, 라고도 아니오, 라고도 대답하지 못했다.

우진이 다급하게 엘리베이터 버튼을 누르면서 손목시계를 쳐다봤다. 일이 끝나는 대로 바로 왔건만, 약속 시각에 훨씬 늦었다. 도착하자마자 쏟아질 어머니의 잔소리를 생각하니 벌써부터 머리가 지끈거렸다.

1층입니다, 하는 여자의 기계음 소리와 함께 엘리베이터 문이 부드럽게 열렸다. 닫힘 버튼을 누르는데도 빨리 닫히지 않았다. 신경질적으로 다시 한 번 꾹 누르자 문이 닫히면서 그사이로 흰색의 미니드레스를 입고 있는 여자가 스쳐 지나가는 게 보였다. 혜림과 같은 옅은 갈색 머리카락을 가진 여자가.

'설마······.'

설마 하는 마음이 들었지만, 혜림이 이곳에 있을 리가 없다. 헛된 생각을 하는 자신을 향해 비웃듯이 웃고는 10층 버튼을 꾹 눌렀다. 얼마 후 띵 하고 울리는 소리와 함께 엘리베이터 문이 열렸고, 단정하게 정리한 머리카락이 살짝 흐트러질 정도로 파티장 안으로 뛰어갔다.

홀 안에는 많은 사람들이 모여 있었는데, 그 사이를 비집고 들어가면서 자신의 가족들을 찾았다. 익숙한 얼굴들이 눈에 띄자 한걸음에 그곳으로 뛰어갔다. 이미 도착한 태화와 첫째 형이 한성그룹의 회장님과 담소를 나누는 중이었다.

우진을 발견한 그녀의 어머니가 한성그룹의 내외가 보지 못하게끔 인상을 찡그리고는 그에게 빨리 오라고 손짓했다.

"이쪽은……?"

"제 둘째 아들입니다. 공무원인데 저보다 더 바쁜 놈이지요."

"늦어서 죄송합니다. 여우진이라고 합니다."

"차 회장님 안사람 되는 사람에요. 잘 부탁해요."

태웅의 소개에 혜림의 할머니가 우진을 쳐다보고는 맑게 웃었다.

"참 잘생긴 청년이네요. 그런데 학교 선생님이라고 했는데, 맞나?"

"네."

"회사에서 일 안 하고?"

"아버지께서는 제가 회사에 들어가길 원하시는데, 전 교사를 하고 싶어서 사범대로 진학했습니다."

"회사를 운영하려면 아버지가 도움이 많이 필요할 테니 나중에라도 생각이 바뀌면 회사에 들어가게."

차 회장의 말에 우진이 쑥스러운 듯 웃었다. 우진의 형도 피식 웃으면서 그에게 와인잔을 건넸다.

"그나저나 좀 더 빨리 오지. 그럼 우리 손녀를 소개해 줬을 텐데."

"아······."

"기다리다가 몸이 안 좋다고 금방 갔어. 네가 늦게 오는 바람에. 어휴."

"하하."

다경의 타박 어린 말에 우진이 멋쩍게 웃었다.

"그나저나 아파 보이던데 괜찮을까요?"

태화의 물음에 차 회장이 조금 쓰게 웃으면서 괜찮다는 의미로 고개를 끄덕였다. 살짝 어두워지려는 분위기를 무마하려는 듯 차 회장이 애써 밝게 웃으면서 화제를 돌렸다.

"그나저나 어느 학교 선생님인가?"

"노원고등학교입니다."

우진의 말에 한성의 내외가 놀랍다는 표정을 지었다. 갑작스런 두 사람의 표정 변화에 당황스러운 것은 오히려 그였다.

"우리 손녀도 노원고등학교 학생인데, 혹시 아려나?"

"3학년 영어 수업은 들어가고 있어서, 3학년이면 압니다. 이름이 뭐죠?"

"아, 이름은 차혜림일세."

"혜림이요?"

"그래. 아는가?"

"네."

그 말에 차 회장이 밝은 미소를 보였다. 손녀딸의 학교생활이 궁금한지 인자한 미소를 한가득 지으며 물어보려는 찰나, 다른 손님으로 인해 '잠시만 기다려 주게'라는 말을 하고는 자리를 떠났다.

차 회장의 뒷모습을 보던 우진이 답답한지 거칠게 넥타이를 풀었다. 부잣집 아가씨인 줄은 알고 있었지만, 그 한성그룹의 하나뿐인 손녀일 줄이야. 한성그룹의 내외에게 그녀 말고는 손(孫)이 없으므로 자연스럽게 혜림이 후계가 된다.

혜림이 한성그룹의 무남독녀 외동딸의 하나뿐인 딸, 그러니까 손녀라는 것만으로도 놀라운데, 더 놀라운 것은 그녀의 가족관계였다. 며칠 전에 태화에게 얼핏 들은 얘기로는 어머니가 죽었다고 했다. 그녀가 쓰러졌던 날, 학교생활세부사항기록부를 봐서 그녀의 부모님이 안 계신다는 것은 알고 있었다.

하지만 한성그룹 회장의 무남독녀 외동딸의 사인은······.

그의 형과 어머니가 웨이터에게 받은 와인잔을 우진에게 내밀었다. 골똘히 고민하던 그가 그의 어머니와 첫째 형을 보며 조심스럽게 말을 이었다.

"저기, 어머니."

"응?"

"한성그룹의 외동딸 말이에요."

"응."

다경이 테이블 위에 올려둔 물잔을 들고 한 모금 마시면서 고개를 끄덕였다. 우진이 마른 입술을 몇 번이나 혀로 축이고는 조금

띄엄띄엄 말을 이었다.

"그, 손녀딸…… 어머니가, 죽었다고 하던데……."

"응. 근데 왜?"

"그런데 제가 듣기론 사고사나 자연사가 아닌 걸로 알고 있거든요."

"9년 전 일을 왜 물어봐, 갑자기?"

그의 형이 조금 어리둥절한 얼굴로 물어보자 우진이 어색하게 웃었다.

"아까 전에 말했잖아, 그 손녀딸 수업을 내가 들어간다고. 게다가 부담임이고."

"아, 그랬지. 혜림이한테 신경 좀 써주렴."

"네, 그런데 그 어머니가……."

물어보는 우진을 보며 다경이 물잔을 테이블에 올려놓고는 한숨을 내쉬었다. 벌써 9년이나 된 일이건만, 하영을 생각하면 항상 마음이 씁쓸해지는 건 어쩔 수가 없었다.

그런 다경의 눈치를 보던 우진의 첫째 형, 연우가 말을 꺼냈다.

"자살이었어."

"자살?"

"어. 그때 장례식 날 갔었는데, 자살이라고 하더라고. 게다가 며칠 후면 기일이야."

"아……."

"시체를 처음 발견한 것이 그 손녀였어. 그 애가 바로 할머니, 할아버지한테 전화하고 119에 신고했더라고. 나랑 어머니도 연락

받고 바로 장례식 때 갔었는데, 한성그룹의 회장님하고 사모님 두 분 다 우시는데 그 열 살짜리 꼬마만 안 울더라."

"……."

"혜림이 그 작은 애가 안 울면서 엄마 영정만 빤히 보는데, 어찌나 가슴이 아프던지……. 주변에서 애보고 독하다고 손가락질하면서 얘기하는데……."

그녀의 어머니가 미처 말을 잇지 못하고 어휴, 한숨만 내쉬었다.

다경의 말에 그는 혜림의 얼굴이 떠올랐다. 아무런 감정도 담겨 있지 않던 벼 이삭 색의 차가운 유리구슬 같던 그 눈동자. 어머니를 떠나보내면서도 눈물을 흘리지 않았던 열 살의 차혜림을 떠올리면서 그는 지금이라도 당장 혜림이 있는 곳으로 달려가고 싶었다.

새벽 네 시. 평소와 다름없는 시각에 일어났다. 새벽의 여름은 생각보다 덥지 않다. 오히려 새벽 여름 바람은 따스한 봄바람 같은 기운이 있었다. 따스한 봄바람……. 어머니의 기일에는 어울리지 않는 단어라고 생각하면서도, 불어오는 바람이 참 좋다고 생각하며 몸을 일으켰다.

울리는 시계를 대충 끄고는 기지개를 쭉 켰다. 월요일. 원래라면 다섯 시에 일어나 샤워를 하고 학교 갈 준비를 하고 있겠지만 오늘은 다르다. 학교에 갈 생각도, 가고 싶은 마음도 없었다. 가야 할 이유도 잘 모르겠고, 더더구나 오늘 같은 날 송여울을 보고 싶지는 않았다. 이렇게 기분이 최저인 날 송여울을 봤다간 모든 사람들이 보는 앞에서 어떻게 해코지를 할지 모르니까. 슬리퍼를 신고 질질 끌며 욕실 안으로 들어갔다.

따뜻한 물에 몸을 좀 녹일까 아니면 가볍게 샤워를 할까 고민하다가 1년 만에 엄마를 만나는 거니 깨끗하고 단정한 게 낫겠다 싶어 욕조에 물을 가득 받았다. 욕실 안에 가득 차는 수증기를 보니 갑자기 엄마가 떠올랐다.

이런 날은 울어도 될까……?

저도 모르게 든 생각에 흠칫 놀라다가 고개를 절레절레 저었다. 한 번 눈물을 보이면 또 울고 싶어진다. 다른 사람에게 눈물을 보이는 건 싫다. 약해 보이니까. 저를 분명 동정할 테니까. 이용하려고 들 테니까. 그렇다고 혼자서 우는 것도 싫다. 비참해 보이니까. 그러니 참는 수밖에.

그래서 어머니가 돌아가셨던 날 그녀는 울지 않았다. 울면 약해진다. 그리고 그녀가 약하면, 그 약함을 이용하려는 사람들이 그녀 주위에는 많았다. 슬픔과 분노를 삭이고 삭이다 결국에 혼자 울었지만, 소리 내서 울지 못했다. 그런 자신이 정말로 비참하고 처량하게 느껴져서, 그것이 싫어서 울지 않으려고 했었다.

어머니가 돌아가시고 나서 최대한 감정을 겉으로 드러내지 않았지만, 정말로 슬플 때, 울고 싶었을 때는 혼자 울었다. 최대한 울지 않으려고 노력하면서 울음소리도 겉으로 내지 않으려 노력했다.

그 부단한 노력이 그녀를 강하게 만들었는지, 약하게 만들었는지 모르겠지만 눈을 감으면 아직도 우는 어머니의 모습이 머릿속에 선명하게 남아 있었다.

※

"……찾았다!"

노트북으로 개인적인 일을 하던 우진의 얼굴이 환하게 펴졌다. 도무지 구할 수 없던 물건을 찾았을 때의 그 성취감과 뿌듯함이란. 만면 한가득 만족스러운 미소를 띠면서 온라인 쇼핑몰에 물건 개수와 주소를 입력했다.

'완료되었습니다' 라는 간단명료한 창을 보자 드디어 일이 끝났구나 하는 생각에 의자에 몸을 푹 기대었다. 일이 잘 풀린다고 생각하며 씩 웃었다. 총알 배송으로 오늘 온다고 하니 특별한 일이 있지 않는 이상 천천히 줘도 괜찮을 것이다.

슬며시 올라가려는 입꼬리를 억지로 내리면서 옆에 앉아 있는 문학 선생님께 시선을 던졌다. 아까부터 어딘가 계속 전화를 거는데, 상대방이 받지 않는지 계속 답답한 표정만 짓다가 결국에는 신경질적으로 전화를 끊었다.

"무슨 일이세요?"

"반 애 하나가 무단결석을 했는데 도무지 전화를 안 받네."

"혹시 늦잠 자는 거 아닐까요?"

아직 오전 수업이니 그럴 만한 가설을 내세우며 우진이 장난스럽게 웃자 문학 선생님이 고개를 절레절레 저었다. 짐짓 심각해 보이는 표정에 웃고 있던 우진의 표정이 점차 굳어졌다. 왠지 모르게 아직 오지 않았다는 학생이 누군지 알 것 같은 기분이 들었지만, 설마 하는 그 예상은 머릿속에서 금방 지워 버렸다.

우진이 알고 있는 학생은 지각이나 결석을 할 리가 없었다. 머릿속을 떠돌아다니는 이름을 휘휘 지워 버리고는 누군데요? 라고 물었다. 문학 선생님이 다시 한 번 전화를 걸면서 툭 던지듯이 말했다.

"차혜림이."

그 순간 우진의 머릿속에 두 가지가 지나갔다.

첫 번째는 혜림의 집 도어락의 '0715'라는 숫자와 두 번째는 어머니의 '곧 있으면 혜림이 엄마 기일이란다.'라는 말. 책상 위에 있는 작은 캘린더로 슬쩍 시선을 줬다.

오늘은 7월 15일. 그녀의 어머니 기일이었다.

✣

핸드폰이 계속해서 윙윙 하고 울렸다. 창밖에 시선을 던졌던 혜림이 무표정한 얼굴로 핸드폰 액정을 보자 '담임선생님'이란 글자가 보인다. 끊임없이 오는 전화와 문자. 대체로 어디냐? 어디 아프냐? 문자를 확인하는 즉시 연락해라, 라는 글들.

문자 한 통 정도는 날릴 수 있었지만, 그러고 싶지 않았다. 개인 사정 때문에 학교에 못 갈 듯하다고 말하면 원하는 대답을 들을 때까지 물을 것이다. 마지막으로 온 문자를 확인하고 핸드폰 전원을 끄려는 찰나, 다시 한 번 윙— 하고 핸드폰이 울렸다.

생전 처음 보는 번호에 고개를 갸우뚱했다. 반장인가? 싶어서 문자를 확인했다.

〈담임선생님 걱정하신다. 왜 연락이 안 되냐?〉

일순 지나가는 얼굴에 그녀가 픽 웃었다. 그 여우진이라는 작자는 제게 너무 큰 관심을 두고 있었다. 제가 송여울을 괴롭힌다는 것을 알기 시작한 그때부터. 호기심인지 관심인지 모를 그의 시선이 부담스럽기도 하면서 재밌다.

그가 그럴 때마다 송여울의 속은 타들어갈 것이고, 여우진의 간섭이 귀찮기도 하지만 전처럼 썩 기분 나쁘지도 않다. 여우진의 문자에 답장을 할까 하다, 이건 저답지 않다는 생각으로 고개를 휘휘 젓고는 망설임 없이 핸드폰의 전원을 껐다.

다시 창밖으로 시선을 돌려 빠르게 지나가는 마을 풍경을 봤다. 자신의 기억 속에 어슴푸레하게 남아 있는 그녀의 어머니는 '대기업 회장의 딸', '한성그룹의 유일한 후계자'라고 하기에는 너무 소박하고 여린 사람이었다. 치열하게 싸우고, 경쟁하는 삶을 사는 것보단 고즈넉한 시골에서 밥을 짓고, 사랑하는 남편을 맞이하고, 아이를 두 명 정도 낳아 조용하고 평화롭게 사는 것이 훨씬 더 잘 어울릴 사람이었다.

좋게 말하면 여리고 착한 사람이었고 나쁘게 말하면 나약한 사람이었다. 하나뿐인 딸이 버려두고 자살이라는 극단적인 선택을 할 만큼.

챙겨온 몇 장의 사진을 보며 혜림이 쓰게 웃었다. 곰곰이 생각해 보면 그녀에게는 그 '자살'이라는 극단적인 선택밖에 없었을 것이다. 그녀의 조부모님은 상냥했지만 바빴고, 혜림 자신은 어렸다.

순간 나는 어지러움증에 눈을 꾹 감았다. 다음 자신이 내릴 역을 알리는 여자의 목소리가 들리자 감았던 눈을 뜨고 주섬주섬 가방을 챙겼다.

기차가 서고, 기차역에서 빠져나오자 작은 슈퍼마켓이 눈에 들어왔다. 술을 사갈까 하는 마음에 조금 머뭇거리면서 슈퍼마켓으로 걸어갔다. 슈퍼의 주인으로 보이는 할머니가 부채질을 하면서 혜림을 슬쩍 올려다봤다.

"뭐 사려구?"

"술 한 병 사가려고요."

"학생 아녀? 술은 왜 필요한디?"

"제(祭)에 올리려고요."

제(祭)라는 말에 할머니가 다시 한 번 혜림을 힐끔 봤다. 학생으로 보이는 탓에 술을 안 주려나 해서 반쯤 포기하는 마음으로 있었는데 할머니가 음료수를 넣어둔 냉장고 문을 벌컥 열었다.

"소주? 막걸리? 어느 거로 할 텨?"

"소주요."

"과일은 필요 없고?"

"그냥 사과나 뭐 아무거나 하나 주세요."

"자, 여 있다."

소주병 하나, 사과, 그리고 작은 종이컵 하나를 검은 봉지에 담아서 주는 할머니를 향해 꾸벅 인사를 하고는 발을 움직였다. 버스정거장에서 버스를 타고 다섯 정거장을 가서 내리자 작은 산 하나가 눈에 들어온다.

약간 가파르긴 하지만 그리 힘들지는 않았다. 이십 분 정도 걷자 정상이 눈에 들어왔다. 탁 트이는 공간과 덥지만 그래도 시원한 바람, 푸른 하늘. 그것만으로도 힘들었던 마음이 싹 가시는 기분이었다. 1년 만에 찾아온 이곳을 보며 후, 숨을 한 번 내뱉고 어머니의 묘를 봤다. 1년이란 시간이 지났음에도 깨끗한 묘를 보니 아마 할아버지가 사람을 고용해서 관리를 한 듯싶었다.

묘 앞에 상을 차린 후 소주를 묘 둘레에 뿌리곤 잔에다가 소주를 붓고 절을 했다.

"오랜만이네, 엄마. 잘 지냈어?"

다리가 아플 법도 한데 그녀는 계속 멀뚱히 서서 어머니의 묘를 바라봤다. 입가에는 씁쓸하면서도 약간은 비릿한 미소를 머금고 있었다.

"……지금은 편해?"

눈을 감아도 선명하다. 학교에 갔다 와서 문을 열었을 때 나던 이상한 냄새 그리고 힘없이 늘어진 엄마의 팔과 창백한 얼굴, 꼭 감은 두 눈. 처음으로 봤을 때 무슨 생각을 했더라? 슬펐었나? 아니면 안도했었나?

그녀가 거칠게 마른세수를 하고 한숨을 푹 내쉬었다. 슬프기도 한 반면, 솔직하게 말해서 개운하기도 했었다. 어렸을 적 엄마가 매일 울고, 화내고, 슬퍼했던 모습은 딸인 그녀의 입장에서 봤을 때 역시 슬펐지만 화가 났었다. 답답했고 원망도 했었다.

"나는 잘 지내. 엄마를 닮아서 그런지 모르겠는데 공부는 잘하거든. 대학도 내가 원하는 곳에 갈 수 있어."

"……"

"대학은 엄마가 갔던 곳으로 가려고. 그래서 지금 준비하고 있어. 엄마는 한성그룹의 외동딸, 후계자라는 자리가 힘들었을지 몰라도 나는 꽤 마음에 들어. 편하기도 하고, 내 적성에 맞기도 하고. ……지금 문득 든 생각인데 만약에, 엄마는 이미 죽은 사람이지만, 아주 만약에 엄마가 지금까지 살아 있었다면……."

여름 바람이 조용히 불어와 높게 묶은 혜림의 연한 갈색의 머리카락도, 풀도, 나뭇잎도 조용히 흔들렸다. 바람 소리에 그녀가 눈을 지그시 감았다가 떴다. 벼 이삭 색 눈동자가 젖어 있었다.

"……엄만, 달라졌을까……?"

헛된 말이다. 그녀의 엄마는 아마 죽을 때까지 그 사람의 그림자에서 벗어나지 못했을 것이다. 그녀가 바람 빠진 소리를 내고는 들고 왔던 액자를 꺼내 그녀의 묘 옆에 놔뒀다.

"선물이야. 엄마의 추억과 연민이 담긴 선물."

사진 속의 사람들을 보며 그녀가 차갑게 웃었다.

✱

퇴근 시간이 훌쩍 지난 지금, 우진이 도착한 곳은 자신의 오피스텔이 아니라 그녀가 살고 있는 오피스텔 문 앞이었다. 몇 번을 초인종으로 누를까 말까 망설이기를 몇 분, 우진이 거칠게 머리를 젓고는 손을 내리다가 이내 결심했다는 듯 초인종을 눌렀다.

초인종 소리가 고요한 복도에 크게 울렸지만, 집 안에서는 아무런 답도 없었다. 미간을 찌푸리다가 다시 한 번 초인종을 눌렀지만 역시나 답이 없었다.

"집에 없나?"

외출해서 아직 안 온 것인지, 아니면······.

비 오던 날 쓰러졌던 혜림이 급하게 떠올랐다. 혹시 집에서 쓰러져서 못 일어나고 있는 것은 아닌지 걱정하면서 초인종을 연속적으로 계속 눌렀다. 시끄러운 초인종 소리에 맞은편에 살고 있는 사람이 벌컥 문을 열었다.

"뭡니까?"

"아, 죄송합니다."

중년 여성의 등장에 그가 멋쩍은 얼굴로 머리를 긁적였다.

"302호에 사는 차혜림 학생 담임입니다만, 오늘 학교에 무단결석하고 전화가 꺼져 있어서요. 어디 갔는지 혹시 아세요?"

중년 여성이 우진의 말에—살짝 거짓말이 보태지긴 했지만—그제야 의심 가득했던 눈빛을 풀고는 문을 조금 더 열었다.

"302호 학생 항상 이날에 어디 가요."

"어디에요?"

"그건 잘 모르겠는데, 아마 누구 기일인 것 같던데요. 이날에 항상 검은 옷을 입으니까."

"아…… 그래요?"

그럼 역시 어머니의 기일인가? 맞은편에 살고 있는 중년 여성에게 고맙다며 인사를 꾸벅했다. 중년 여성이 문을 닫고 안으로 들어가자 그가 매고 있던 넥타이를 느슨하게 하고는 302호를 멀뚱히 쳐다봤다.

"조금만 더 기다려 보자."

그렇게 말한 게 벌써 삼십 분째. 이번엔 정말로 큰 결심을 한 얼굴로 오 분만 더, 오 분만 더를 속으로 중얼거렸다. 분침이 9 자를 향해 달려갈 때쯤 들려오는 발소리에 그가 급하게 소리가 나는 곳으로 고개를 돌렸다.

고개를 돌리자, 아까 전 중년 여자의 말처럼 검은 옷에 조금은 지친 표정의 차혜림이 보였다. 반가움과 안도감이 동시에 들며 그가 기댔던 몸을 떼고는 그녀가 앞으로 오기를 기다렸다. 지친 듯 땅을 보고 걷고 있던 혜림이 그제야 우진을 발견했는지 조금 놀란 눈을 하다 이내 미간을 찌푸린다.

"어디 갔다 와?"

"선생님이 여기 왜 계세요?"

"아, 김 선생님이……."

"핑계 대지 마시고요."

"아니, 진짜로 김 선생님이 너 엄청 걱정하시길래, 나도 걱정되고……. 어디 갔다 오는데?"

"아실 필요 없어요."

신경질적으로 도어락 비밀 번호를 꾹꾹 누르는 모습에 그가 픽 웃었다. 기일에도 변함이 없는 차혜림이구나. 속으로 조용히 웃는데 옆모습으로 보이는 그녀 눈가가 조금 붉은 것 같다. 우진의 고동색 눈동자 크게 떠졌다. 혜림의 손목을 붙잡고 저와 시선을 똑바로 마주치니 벼 이삭 색 눈동자가 놀람과 동시에 짜증으로 물들었다.

"너, 울었어?"

연갈색 눈동자가 놀란 빛을 띠고는 급하게 우진의 손을 차갑게 내쳤다. 혜림의 행동에 손이 얼얼하지만 놀라울 정도로 그녀에게 집중한 그의 진지한 고동색 눈동자에 혜림이 시선을 피했다.

"안 울었어요. 그리고 제가 울었다고 해도 선생님이 신경 쓸 필요 없으시고요."

"어디 갔다 오는데?"

"아실 필요 없다고 했잖아요. 선생님이랑 상관없는 일……"

"어머니 산소 갔다 왔어? 아니면 납골당?"

"……"

열린 대문을 잡은 혜림의 손이 멈칫했다. 어떻게 알았냐는 혜림의 눈빛에 우진은 가볍게 어깨만 으쓱였다.

"어떻게 아셨어요?"

"일단 들어가자."

"어떻게 아셨냐니까요!?"

"사람들 나오겠다. 일단 들어가자."

우진의 말에 혜림이 입술을 짓씹고는 대문을 열었다. 여름이지만 여전히 차가운 기운이 도는 집 안을 보며 우진이 쓰게 웃었다.
"어떻게 아셨어요?"
"학교생활기록부, 거기서 봤어."
"쌤이 그걸 왜 보는데요?"
"선생이니까."
"담임도 아니잖아요!"
"부담임이잖아."
"담임이 아니잖아요! 선생님이 신경 쓰실 필요 없는 일이시구요!"

목소리가 높아지려는 걸 억지로 참으며 그녀가 날카롭게 우진을 노려봤다. 여울을 노려봤을 때처럼 독하고 차가운 눈길에 우진은 심장이 아파왔다. 저를 차갑게 노려봐서 아픈 것인지, 아니면 슬픔을 억지로 감추고 날카로운 가시로 저를 보호하려는 혜림의 모습이 안쓰러워서 가슴이 아픈 것인지 모르겠다.

우진이 오늘따라 유난히 짙은 고동색 눈동자로 혜림을 지그시 쳐다봤다. 어머니 묘 앞에서 그녀는 울었을까? 아니면 울지 않았을까? 그녀가 울었든, 울지 않았든 그는 가슴이 아팠다.

울지 않았다면 어머니 앞에서도 차마 울지 못하는 그녀가 안쓰러워서였고, 울었다면 위로해 주는 사람 아무도 없이 혼자 울었을 혜림이 떠올라서, 옆에 있어주지 못해서 가슴이 아팠다.

"그럼 어떻게 하냐? 신경이 자꾸 쓰이는데, 시선이 자꾸 가는데 어떡해……."

그가 조용히 한숨을 내쉬었다. 그래, 인정하자. 그가 그녀에게 느끼는 감정은 선생이 학생에게 느끼는 사제지간의 애정이 아니었다.

※

"아저씨."
"오, 찬들이. 여울이 아직 집에 안 왔는데?"
열 시가 조금 넘은 시각, 찬들이 반찬통을 들고 이웃집인 여울의 집에 찾아갔다. 아직 미술 학원이 끝난 게 아닌지 집 안에는 그녀의 부모님밖에 보이지 않았다. 그가 여울의 아버지를 향해 빙긋 웃었다.
"어머니가 반찬 만들었다고 갖다 드리래요."
"어머, 안 그러셔도 되는데. 어머니한테 잘 먹겠다고 전해 드리렴."
여울의 어머니가 여울과 같은 다정한 미소를 띠며 반찬을 받았다.
"여울이 조금 있으면 오는데 보고 갈래? 수박 내줄게."
아주머니의 말에 찬들이 옅게 웃으며 고개를 끄덕였다. 아저씨 옆에 앉아서 함께 TV를 보다가 찬들이 힐끗 뒤로 쳐다봤다. 받은 반찬을 다른 그릇에 담는 아주머니의 모습을 확인하자 찬들이 힐끗 아저씨를 쳐다봤다.
찬들의 시선이 느껴졌는지 야구를 보던 그녀의 아버지가 어리둥절한 얼굴로 찬들을 쳐다봤다.

"왜? 아저씨한테 뭔 할 말 있냐?"

"그게……."

아저씨의 물음에 찬들이 조심스럽게 말을 꺼냈다. 아주머니에게 말씀드리자니 아주머니는 너무 여린 사람이고, 여울과 함께 말하기에는 여울은 그를 무조건 말릴 것이다. 그리고 이건 여울의 부모님이 알아야 할 문제이기도 했다.

금요일, 산산조각 난 그녀의 화구가방과 찢겨진 스케치북을 보며 찬들은 주먹을 꽉 쥐었다. 이번에야말로 사과를 받아내야겠다는 그의 다짐은 월요일에 혜림이 결석하는 바람에 무산됐다. 사과를 받지 못했다고 해서 그냥 넘어갈 생각 또한 추호도 없었지만.

"여울이가 학교에서 괴롭힘을 당해요."

"……뭐?"

"반 애들이 단체로 괴롭히는 건 아닌데, 같은 반 여자애 한 명한테 심하게 괴롭힘을 당하고 있어요. 아저씨가 생일 선물로 여울이한테 준 목걸이도 그 애가 뺏어간 거예요."

"무슨 말이냐, 그게?"

"1년 정도 됐어요. 이번엔 스케치북도 찢고, 화구박스도 망가뜨린 모양이에요. 아주머니한테 말씀 드리기에는 좀 뭐해서요……."

적잖이 충격받은 얼굴을 한 아저씨를 보며 찬들이 시무룩하게 말했다. 제가 잘못을 한 것도 아니건만 아저씨를 보기가 민망하고 미안스러웠다. 꼭 제가 제대로 지켜주지 못한 것 같아서.

"아저씨가 내일 학교에 오셔서 좀 상담해 주셨으면 해요."

"알았다. 그 여자애 이름이 뭐냐?"

"차혜림이요."

*

여울의 아버지, 송형석이 거울을 보며 옷매무새를 가다듬었다. 어젯밤 찬들이 했던 말이 자꾸 머릿속에서 맴돌았다.

"여울이가 학교에서 괴롭힘을 당해요."
"1년 정도 됐어요. 이번엔 스케치북도 찢고, 화구박스도 망가뜨린 모양이에요."
"차혜림이요."

그가 한숨을 내쉬고 꺼칠꺼칠한 얼굴을 매만졌다. 찬들의 말 때문에 어젯밤 잠도 제대로 자지 못하고 몇 번이나 몸을 뒤척였다. 찬들이 말한 여자애는 분명 백화점에 봤던 그 여자애가 틀림없었다.
그리고 그는 한눈에 알아봤다, 그 애가 그녀의 딸이라는 것을.
"……차혜림이라……."
분명 그 아이는 한성그룹의 외동딸, 차하영의 유일한 핏줄일 것이다.
거울을 보니 이상한 표정을 짓고 있는 자신이 눈에 들어왔다. 그가 조용히 눈을 감았다가 떴다. 일단은 찬들의 말처럼 학교에 가는 것이 중요했다.

옥상에 선 우진이 쓰게 웃었다. 7반 수업에 들어갔을 때 혜림은 저와 단 한 번도 눈을 마주치지 않았다.

자신이 그녀의 약점을 건드린 것 때문인지, 아니면 어른스럽지 못하게 꺼낸 자신의 마음 때문인지 모르겠다. 체한 것마냥 가슴이 답답해져 그가 쓰게 웃었다. 어제 그가 한 행동은 누가 봐도 어른스럽지 못한 것이었다.

하지만 만약 누가 후회하냐고 물어본다면 후회하지 않는다고 대답할 것이다. 다만 자신이 너무 서두른 것 같아서, 자신의 일만으로도 벅차고 힘든 아이에게 짐을 지워준 것 같아서, 그래서 미안했다. 우진은 입에 물고 있던 담배를 땅으로 떨어뜨려 발로 짓밟았다.

아스라이 꺼지는 붉은 불빛이 꼭 차혜림, 그녀 같았다. 항상 아슬아슬하고 위태로워 보인다. 아주 화려한 빛을 내뿜고 있다가도 그것이 언제라도 꺼질 것만 같아서 위태롭고 안쓰럽다. 금방이라도 쓰러질 것처럼 약하면서 끝까지 강한 척하려는 것이 사랑스럽기도 했다.

모순된 마음에 그가 다시 한 번 쓰게 웃었다. 그는 다시 담배를 입에 물다가 교내에 울리는 방송에 급하게 옥상을 빠져나왔다.

"3학년 7반 송여울, 박찬들. 2층 상담실에 담임선생님을 찾아오도록. 다시 한 번 말한다. 3학년 7반 송여울, 박찬들, 담임선생님한테 오도록."

✽

"어제 학교 왜 안 왔냐?"

입을 꾹 다물고 있는 혜림을 보며 그녀의 담임선생님이 피곤한 표정으로 묻고는 마른세수를 했다. 학교에 등교하고 나서 계속 캐물었지만 답해줄 생각이 없는 듯, 혜림은 입을 꾹 다물고 있었다.

어지간한 고집에 그녀의 담임선생님도 한숨을 푹 내쉬었다. 연락도 안 되고, 나중에는 핸드폰까지 꺼져 있어서 걱정이 이만저만이 아니었다. 밤늦게 온 혜림의 전화로 다행이라는 생각은 했지만. 여전히 입을 꾹 다문 그녀를 힐끗 보다가 그가 결석계를 내밀었다.

"말할 생각이 없나 보네. 휴, 가봐라. 어찌 됐던 너, 무단결석으로 처리될 거다. 알겠냐?"

"네."

"앞으로는 이런 일 없도록 하고."

"네."

"이만 가봐."

담임선생님에게 허리를 숙이고 돌아서려는 찰나, 행정과 선생님이 그녀의 담임선생님에게 다가왔다.

"선생님, 학부모가 찾아오셨는데요."

"누구 학부모?"

"송여울 학생 아버님이라고 하던데······."

그 말에 귀가 번쩍 뜨인 혜림이 급하게 몸을 돌렸다. 교무실에 조금 열린 틈 사이로 보이는 여울의 아버지 모습에 혜림이 비릿하게 웃었다. 아마 저 때문에 온 것이 분명할 것이다. 확신에 가까운 생각에 그녀가 흥미로운 듯 웃었다.

그녀의 눈에 가득 담긴 중년 사내의 모습을 보며 그녀가 미소 짓고는 발걸음을 멈췄다. 어차피 교무실로 불려갈 게 뻔한데 굳이 4층까지 갔다가 다시 2층으로 내려오고 싶지는 않았다. 송여울의 아버지를 만나러 가버린 담임을 기다리는 척 그녀가 서 있으면서 조금 열린 문 틈 사이로 보이는 송여울의 아버지와 그와 이야기를 나누고 있는 담임을 보았다.

인사를 가볍게 나누고 서론을 꺼내다, 여울의 아버지가 본론을 꺼냈는지 웃고 있던 담임의 얼굴이 짐짓 굳어지기 시작했다. 진지하게 그 이야기를 들으면서 고개를 몇 번 주억거린다. 이내 두 사람이 함께 교무실로 들어오면서 그와 담임선생님, 그리고 혜림의 시선이 마주쳤다.

속을 알 수 없는 여울이 아버지의 시선에 그녀가 빙긋 웃었다. 그러자 그가 흠칫하고는 시선을 돌렸다. 이례적으로 가볍게 머리를 살짝 숙이고 담임을 보자 담임이 난색을 표하며 어색하게 뒷머리를 긁적였다.

"선생님, 그럼 전 이만 가보겠습니다."

"아니, 혜림아."

"네?"

"잠시 상담실로 따라오렴."

"……네."

드디어 때가 온 건가, 올라가려는 입꼬리를 애써 참으며 겨우 무덤덤한 표정을 지었다. 1년의 오랜 기다림 끝에 결국 결실이 맺어지는 것 같아 웃음이 절로 나온다. 이것이 행복감에 젖은 미소는 확실히 아니지만. 담임이 혀로 입술을 한 번 축이고 마이크를 켰다.

"3학년 7반 송여울, 박찬들. 2층 상담실에 담임선생님을 찾아오도록. 다시 한 번 말한다. 3학년 7반 송여울, 박찬들, 담임선생님한테 오도록."

마이크를 끄고 담임이 여울의 아버지와 함께 교무실 바로 옆에 있는 상담실로 들어가더니 그에게 자리를 권했다. 그가 고맙다는 인사와 함께 자리에 앉았다. 혜림이 곧은 자세로 서서 상담실 문이 어서 열리기만을 기다렸다.
"저, 아버님…… 잘못 아신 게……."
"찬들이가 그렇게 말했습니다."
"하지만 혜림이가 그런 아이가 아니라서……. 일단 여울이랑 찬들이가 오면 이야기하죠."
담임이 난색을 표하며 뒷머리를 벅벅 긁다가 혜림을 쳐다봤다. 그 시선을 눈치챘으면서도 그녀는 모르는 척 그의 시선을 피했다. 얼마 지나지 않아 상담실 문이 조심스럽게 열리며 함께 들어오는 여울과 찬들이 눈에 들어왔다.
저를 뜨겁게 노려보는 찬들을 향해 비식 비웃어주고는 여울을 쳐다봤다. 찬들에게 이야기를 들었는지는 모르겠지만 여울 역시 긴장한 얼굴이었다. 어차피 그녀가 여울을 괴롭혔다는 사실이 알려져도 그녀에게 별 해가 될 것은 없다.

사실이 알려져도 묻혀도 상관없다. 확연히 다른 결과가 나오겠지만, 그 결과는 혜림을 충분히 흥미롭게 만들어줄 것이다. 만약 사실이 그대로 묻히고 그것이 재미없어진다면 혜림 스스로 말할 의사도 있었다.

여울이 쭈뼛쭈뼛 거리자 찬들이 여울의 손목을 세게 잡아당기며 선생님과 그녀의 아버지가 있는 곳으로 왔다.

"아, 아빠……."

"여울아."

"부르셨어요?"

여울의 아버지가 자리에서 일어나자 담임이 한숨을 푹 쉬고 진지한 눈으로 찬들과 여울, 그리고 혜림을 번갈아봤다.

"너희들, 지금 선생님이 묻는 것에 솔직하게 말해야 한다."

"네."

말한 것은 찬들뿐이었다. 혜림은 별 흥미 없다는 얼굴로 묶지 않은 머리카락을 검지로 배배 꼬며 상황을 방관했다. 그녀 또한 관계자임에도 불구하고.

"아버지가 말씀하시길, 네가 혜림이한테 괴롭힘을 당했다고 하던데, 사실이니?"

"네, 네?"

"여울아, 솔직하게 말해."

찬들이 닦달하는 목소리로 채근했다. 그에 반해 담임은 인내심 좋게 여울의 반응을 기다렸다. 그때 누군가 상담실 문을 똑똑 두드렸다. 더 이상이 올 사람이 없었기 때문에 혜림이 고개를 갸웃거리면서 문 쪽으로 시선을 던지자 문이 조용히 열렸다. 문을 열고 들어온 사람은 다름 아니라 우진이었다.

"무슨 일이야, 여 선생?"

"김 선생님 앞으로 공문 하나 내려왔던데요?"

"그래? 지금 바빠서 그런데 내 책상에 좀 올려놔 줘."

"네. 그런데 지금 무슨 일……."

"그런 게 있……. 아, 여 선생 우리 반 부담임인데다가 수업 들어오지? 그럼 애들 잘 알겠네?"

"네, 그렇죠?"

그가 떨떠름하게 대답하자 혜림의 담임이 그에게 안으로 들어오라고 손짓을 했다.

"그럼 일단 들어와 봐."

김 선생의 말에 그가 상담실 문을 조용히 닫았다. 우진이 걱정스러운 얼굴로 혜림에게 시선을 던졌다. 여우진이 저에게 시선을 주고 있다는 것을 아는데도 그녀는 우진의 고동색 눈동자와 짧게 시선을 마주하고는 시선을 피했다.

여울이 우물쭈물 거리며 혜림을 힐끗 봤다. 혜림이 비뚜름하게 입꼬리를 올리자 그 모습에 어깨를 움찔거리고는 급하게 고개를 가로저었다. 그 모습에 찬들이 허, 짧게 헛웃음을 내뱉고는 혜림을 노려보다 반론했다.

"아니에요. 차혜림이 여울이 괴롭힌 거 맞아요."

"여울이는 아니라고 하잖아, 찬들아."

상냥하게 미소 지으며 말하자 찬들이 경멸 어린 얼굴로 혜림을 쳐다봤다. 여울에게 하는 행동과는 전혀 딴판인 상냥한 미소에 실없는 웃음만이 입에서 터져 나오다 주먹을 둥글게 말고는 고개를 저었다.

"너 때문에 겁먹어서 그렇잖아. 아니에요, 선생님!"

찬들의 재빠른 부정에 담임이 난처한 얼굴을 하다 여울의 아버지를 바라본 후 조심스러운 목소리로 말을 꺼냈다.

"혜림이가 평소 하는 걸 보면 누굴 괴롭힌다거나 하는 아이는 아니거든요."

"선생님!"

"찬들이가 직접 그렇게 말했습니다."

"찬들아, 괴롭힌 게 확실해? ……장난치는 걸 오해한 건 아니고?"

담임이 진지한 얼굴로 물었다. 담임의 입장에서 또한 학교폭력은 좋은 사건이 아니었다. 학교 위신, 자신의 승진과 관련되어 있다. 그리고 바짝바짝 타는 입술을 혀로 축이며 힐끗 혜림을 봤다. 혜림은 모호한 얼굴로 이 상황을 지켜보는 방관자의 얼굴을 하고 있었다.

속으로 욕설을 내뱉은 담임은 다시 찬들을 봤다. 다른 학생이면 모르겠지만…… 차혜림은 아니다. 아니, 만약 그랬다고 해도 아니어야 한다. 잘못 건들었다간 자신뿐만이 아니라 학교 자체에도 건의가 들어올 수 있었다. 차혜림은 대한민국의 경제를 지탱한다고도 말할 수 있는 '한성그룹'의 유일한 핏줄이다.

그 '유일한 핏줄'이 험한 꼴을 당하는 걸 한성이 그저 지켜보며 방관할 턱이 없었다. 한성이 직접적으로 건의하지 않는다 하여도 한성이라는 이름에 지레 겁먹은 학교와 교육청이 분명 이 사건을 덮고 쉬쉬하려 할 게 분명하다.

담임의 얼굴에 이 일을 빨리 해결하고 싶은 마음이 그대로 드러났다. 그런 담임의 얼굴과 곤란한 듯한 우진의 얼굴을 보니 모두 혜림이 편이었다. 찬들이 입술을 짓씹으며 혜림을 쳐다보았다. 그러자 그녀의 얼굴에 작은 미소가 피어올랐다. 자신이 이겼다고 말하는 것만 같은 그 미소를 보며 찬들이 다시 한 번 침착하게 말했다.

"차혜림이 여울이 괴롭힌 거 맞아요."

"난 여울이랑 장난친 것뿐이야. 그렇지, 여울아?"

"어? 어어……."

그녀가 빙긋 웃으며 물어보자 혜림과 시선을 마주치지 못하며 여울이 고개를 푹 숙였다. 바보 같아. 그녀가 속으로 여울을 향해 비웃었다. 여울은 바보였다. 찬들과 우진은 송여울이 착하다고 말했지만, 혜림이 보기에 송여울인 착한 것이 아니라 그저 멍청한 것일 뿐이었다.

1년 동안 저를 괴롭혀 온 자신을 무너뜨릴 수 있는 순간이 지금인데도 여울은 그러지 않았다. 그러지 못한 것일 수도 있겠지만.

여울의 아버지와 혜림의 시선이 짧게 마주쳤다. 먼저 시선을 피한 것은 여울의 아버지였다. 당당해야 할 사람은 그인데도 불구하고 혜림을 껄끄러워하며 그녀와 시선을 맞추지 않으려 했다. 되려 자신이 잘못한 것처럼. 혜림의 시선을 피한 그가 말했다.

"제가 여울이에게 생일 선물로 준 목걸이가 있는데, 그 목걸이를 선생님이 교칙 위반이라고 뺏었다고 하더군요. 그 목걸이 지금

볼 수 있을까요?"

"네? 제가 압수한 적이 없습니다만……?"

이때가 기회다! 찬들의 눈이 일말의 희망으로 반짝였다. 그에 반해 혜림은 쯧, 하고 짧게 혀를 찼다. 혜림이 여울을 괴롭혔다는 결정적인 증거에 찬들이 승리감에 취한 듯 웃었다. 그런데 이내 그 표정은 쉽사리 깨졌다, 우진으로 인해.

"아, 여기 있습니다."

우진이 두 번째 서랍에서 꺼낸 여우 모양의 목걸이에 찬들의 얼굴이 사정없이 구겨졌다. 여울의 아버지의 얼굴에 미세한 변화가, 여울은 약간 놀라움에 젖은 듯 그리고 약간은 우는 듯 웃었다.

우진이 어색하게 웃으며 뒷머리를 긁적였다.

"얼마 전에 액세서리를 한 아이들을 집중 단속한다고 제가 잠시 압수했었습니다. 이것 때문에 오해가 있었던 듯하군요."

그런데 이상한 것은 웃어야 할 혜림의 표정이 미세하게 구겨졌다는 것이다. 우진이 남몰래 안도의 한숨을 내쉬다 여울에게 미안하다는 듯 슬쩍 웃어 보이며 여울의 손바닥 위에 여우 모양의 목걸이를 올려줬다. 사건이 정리되는 듯하자 담임이 안도한 기색을 여실히 드러내며 웃었다.

"역시 뭔가 오해를 하셨나 보군요. 혜림이가 그럴 애가 아니라서요. 애가 몇 번이나 모범생상을 받았는데요."

"……그런가, 보군요."

덤덤한 얼굴을 한 남자의 얼굴이 미세하게 깨졌다. 혜림이 픽 웃었다. 상황은 이렇게 정리되는 것 같았지만, 어차피 여울의 아버지는 저를 계속 의심할 것이다. 아니, 제가 송여울을 괴롭히고 있다는 사실을 확신할 것이 분명했다.

여울과 똑같은 눈을 가진 남자의 눈에는 여전히 '의심'이란 기운이 있었으니까.

"제가 소란을 일으켰군요. 죄송합니다."

"아이고, 아닙니다. 별말씀을요."

"일단 괜찮은 것 같으니 이만 가보겠습니다. 여울아, 넌 집에 가서 보자꾸나."

"으응."

"그럼 전 이만 가보겠습니다."

"제가 다음 수업이 있어서 배웅은 못해 드릴 것 같네요. 죄송합니다, 아버님."

"아니요, 괜찮습니다."

"너희들도 이만 올라가 보렴."

여울의 아버지와 담임, 그리고 찬들과 여울, 우진, 그리고 혜림이 사이좋게 교무실 밖으로 나왔다. 주변에서 여실히 들리는 '그럼 그렇지. 혜림이가 그럴 리가 없잖아'라는 선생님들의 말에 찬들이 분한 듯 이를 악물었다.

아까 전 찬들이 짓던 승리감에 젖은 미소를 이번에는 혜림이 지었다. 상냥하고 아름다운 미소였으나 그 속에 보이는 악독함에 찬들이 벌게진 눈으로 그녀를 노려보았고, 우진은 씁쓸한 얼굴로 고개를 푹 숙였다.

"모함을 할 거면 상대방을 잘 보고 했어야지. 아니면 준비를 제대로 하고 덤비던가."

"……."

"네가 똑같은 짓을 몇 번이고 해도 상황은 같을 거야. 선생님들 사이에서 나는 '착한 모범생' 이니까."

"차혜림, 너……!"

"이게 뭐야, 호기롭게 덤볐다가 결과가 무참하잖아. 얼마나 비참할까? 네가 송여울을 위해서 그렇게 싸웠는데도 송여울은 끝까지 우유부단했어. 넌 그래도 송여울을 착하다고 하고 싶니?"

눈물이 그렁그렁 맺힌 여울을 보며 그녀가 차게 웃는다.

"너 때문이잖아. 네가 있어서 너한테 정신적으로 받은……!"

"그걸 극복해야 하는 것도 본인이야. 송여울은 착한 것도, 순한 것도, 나한테 받은 정신적인 괴롭힘 때문도 아니야. 그냥 송여울은 멍청한 것뿐이지."

엄마의 사체가 눈앞에서 일순 어른거렸다. 그녀는 과거를 극복했나? 어머니의 죽음을 극복했나? 극복했다고 말하고 싶지만 자신 있게 그렇게 말하지 못했다. 그녀도 결국 약했다. 방금 한 말은 여울에게 한 것이기도 했지만, 그녀 자신에게도 한 말이었다.

결국 과거를 극복해야 하는 것도 그녀 자신이었다.

"그만하고 수업 받으러 가, 너희들."

"당신, 선생도 아니야. 여울이가 차혜림한테 어떤 꼴을 당했는지 뻔히 알면서……!"

부정할 수 없는 사실이었기 때문에 우진은 쓰게 웃었다. 눈물이 가득한 여울의 시선도 피했다. 담임이 혜림이 한성그룹의 유일한 핏줄이기 때문에 이 사건을 묻으려고 노력했다면, 그는 혜림에 대한 지극히 사적인, 개인적인 감정으로 인해 덮으려고 했다.

 찬들이 여전히 열이 뻗친 얼굴로 여울의 손목을 붙잡고 올라갔다. 혜림이 교실로 올라가는 두 사람의 모습을 보다가 몸을 팩 돌려 우진을 노려봤다.

 "넌 안 올라……."
 "왜 그러셨어요?"
 "뭘?"
 "왜 저 도와주셨냐고요. 동정해서 그러셨어요?"
 "무슨 말인지 모르겠네. 그럼 넌 내가 네가 여울이를 괴롭혔다는 걸 그 상황에서 말하길 바랐단 거냐?"
 "그거 말고 다른 거 말이에요. 여울이 목걸이."
 순간 그의 몸이 움찔하다 자연스럽게 맞받아쳤다.
 "내가 거기서 찾았……."
 "거짓말하지 마세요. 그거 선생님이 직접 사신 거잖아요."
 "……."
 "저 동정하세요? 부모 없는 애라 동정하시냐구요!"
 "동정이 아니라 걱정이었어. 솔직하게 말하자면, 너 이 시기에 학교에서 퇴학당하면……."
 "저 퇴학 안 당해요. 여기서 퇴학당할 만큼 호락호락하지 않아요. 그리고 이 학교 아니더라도 제가 갈 학교는 많아요. 선생님이 신경 쓰실 일이 아니었다고요."
 "……."

"앞으로 제 일에 신경 끄세요. 선생님에게 동정받을 만큼 저, 불쌍하고 힘든 애 아니에요."

차갑게 뒤돌아서는 혜림의 모습을 보며 우진이 젠장, 욕설을 내뱉고는 머리카락을 거칠게 쓸어 넘겼다.

※

형석이 담배를 땅에 떨어뜨리고는 구두로 자근자근 밟았다. 여울이가 우물쭈물하는 기색으로 보아 분명히 혜림이 여울을 일여 년 동안 괴롭혀 왔다는 것을 알 수 있었다. 그가 입술을 짓씹고는 마른세수를 했다.

여울의 행동에 담임도 분명 이상하단 것을 눈치챘겠지만, 그의 입장에선 어서 빨리 처리하고 싶었을 것이다. 여울을 위해서가 아니라 혜림을 위해서. 그녀가 한성그룹의 유일한 후계자이기 때문에.

여울과 찬들의 이야기를 듣는 것은 나중에 집에서 하면 된다. 그도 내심 속으론 혜림과 부딪치고 싶지 않았다. 그녀가 한성의 후계자인 것 때문이 아니라……. 그가 쓰게 웃으면서 차의 문손잡이에 손을 댔다.

"안녕하세요?"

뒤에서 들리는 익숙한 목소리에 그가 흠칫하며 뒤로 돌았다. 여름 바람에 가볍게 나부끼는 연갈색 머리카락과 눈동자 그리고 인형 같은 아름다운 외모는 하영을 떠올리기에 충분했다.

그녀가 상냥한 미소를 지으며 형석에게 슬쩍 다가갔다.

"저번에 백화점에 뵀을 때가 마지막이었으니까…… 오랜만이라면 뭐, 오랜만이죠?"

"너……."

"안 그런가요, 아저씨?"

"……."

그녀가 형석과 눈을 마주하며 입꼬리를 비뚜름하게 올렸다.

"아니, 아버지…… 라고 불러야 하나요?"

그녀가 한성의 후계자인 것 때문이 아니라 그녀는 하영과 자신 사이에서 태어난 딸이기 때문이다.

"누가 듣는다."

형석의 말에 혜림이 가볍게 어깨를 으쓱였다. 그녀 또한 더 이상 그를 향해 아버지라 부를 마음이 없었다.

"그나저나 정말 오랜만이에요, 아저씨."

하영과 똑같은 얼굴을 한 혜림은 하영과는 다르게 차가운 미소를 지으며 검지로 자신의 머리카락을 배배 꼬았다. 그가 얼핏 한숨을 쉬며 담배를 다시 입에 물었다. 피어오르는 매캐한 회색 연기 틈 사이로 보이는 혜림의 연갈색 눈동자에 그가 부담스러운 듯 시선을 피했다.

"며칠 전에 기일이었어요, 당신이 죽인 우리 엄마."

"자살이었어."

곧바로 부정하는 말에 그녀가 깔깔 웃었다. 재미있는 TV 쇼 프로그램을 보는 것처럼, 웃긴 이야기를 들은 것처럼 웃었다. 여름 하늘 위로 울리는 높고 날카로운 웃음소리는 평소 혜림이 짓는 옅은 미소와는 확연히 다른, 어쩌면 광기에 취했다고도 할 수 있는 웃음소리였다.

한참을 즐거운 듯 웃던 혜림이 갑자기 웃음을 뚝 그치고는 경멸 어린 눈으로 형석을 쳐다봤다. 말과는 다르게 형석은 그 시선을 똑바로 보지 못하고 억지로 눈을 돌렸다.

"사람을 꼭 칼로 찔러야만 죽이는 건 아니죠. 죽일 수 있는 방법은 많아요. 당신이 우리 엄마를 죽였던 것처럼."

아까와는 달리 확연히 딱딱해지는 형석의 얼굴에 혜림이 산호색 입술을 매끄럽게 끌어 올렸다. 학교 뒤편까지 들리는 수업을 알리는 종소리에도 혜림은 발걸음을 돌리지 않았다. 팔짱을 끼며 여전히 여유롭게 웃었다.

"눈치채셨겠지만, 박찬들이 말한 것처럼 여태까지 송여울 괴롭힌 거 맞아요. 화구박스도 망가뜨리고 스케치북도 몇 번 찢었죠."

"……."

"그 여잘 닮아서 그런 건지 참 바보 같아요, 송여울."

그녀가 장난스럽게 히죽 웃었다. 웃음이라고는 전혀 없는, 여전히 경멸과 혐오를 담은 눈동자였지만 그래도 억지로 웃었다. 이 순간을 얼마나 기다려 왔던가, 곪고 곪아서 썩어가는 제 속을 이렇게 터뜨리기 위해서 얼마나 오랫동안 기다리고 참아왔던가.

떨리는 손을 감추기 위해서 등 뒤로 손을 숨기고 동그랗게 말아 쥐었다. 분노인지, 동요인지 모르겠지만 손이 간헐적으로 떨려왔다. 숨기기 위해 둥글게 손을 말았지만, 손톱이 살갗을 날카롭게 파고들었다.

"걔 알아요?"

"……."

"모르죠, 송여울은? 자기가 불륜으로 태어난 아이란 거."

"사랑해서 낳은 아이야. 네가 그런 식으로 손가락질할 이유 없어."

"떳떳하세요?"

"……."

아무 말 못하는 형석을 바라보며 그녀가 비릿하게 웃었다. 저 남자에게 매달리던 어머니를 떠올리면 아직도 코끝이 찡해지고 눈두덩이가 뜨거워지는 기분이었다. 송여울은 이렇게 사랑받고 자랐다. 그건 앞으로도 마찬가지일 것이다. 저와는 전혀 다른 삶을 살아온 여울에게 느꼈던 질투와 원래라면 자신이 누려야 했던 것을 아주 당연하게 누려온 여울을 향한 분노가 가슴 깊숙한 곳부터 울컥울컥 솟아올랐다.

동요되는 감정을 들키기가 싫어 애써 그녀가 웃었다. 다행히 눈앞에 서 있는 남자는 제 감정이 어떤지도, 자신이 동요하고 있다는 것도 모르는 것 같았다. 신음 섞인 한숨을 가냘프게 내뱉었다. 가슴이 뜨겁다, 마치 불이라도 난 것처럼.

"그럼 제가 송여울에게 말해도 되겠네요? 자기가 불륜으로 태어난 거랑, 당신이랑 그 여자가 우리 엄마 죽인 거요."

순간 그의 얼굴이 딱딱하게 굳어졌다. 얼핏 차가워 보이는 그 얼굴에 알 수 없는 만족감을 느껴야 했다.

"난 건드려도 여울이랑 그 사람은 건드리지 마."

"그럼 송여울한테 사실대로 말해요. 그러면 그만둘게요."

혜림이 산뜻하게 웃으며 가볍게 어깨를 으쓱였다. 그 말에 딱딱한 표정은 더욱 딱딱해졌다. 알 수 없는 승리감과 만족감, 그리고 슬픔이 온몸을 휘감았지만 혜림은 웃었다. 슬플수록 웃어야 된다는 것을 그녀는 어머니가 돌아가시고 난 후 끊임없이 되뇌었다.

"일단 나중에 얘기하자. 내일 여섯 시에 K호텔에서 만나자."

그는 망설임 없이 등을 돌렸다. 예전 그녀와 그녀의 어머니에게 했던 것처럼.

✽

어머니가 돌아가시고 난 후부터 가졌던 궁금한 점이 있었다. 그녀의 조부모님은 그녀를 아주 예뻐해 주고 사랑해 줬지만, 그것이 진심이었을까, 하는 의심. 그녀는 할아버지와 할머니의 딸인 차하영의 딸 차혜림이기도 했지만, 한편으로는 송형석의 딸이기도 했다.

자신의 딸을 죽였다고 말할 수 있는 남자의 딸을 조부모님은 진심으로 사랑할까. 어렸을 적 그 생각은 꼬리에 꼬리를 물었다. 그게 궁금하기도 해서 몇 번이나 물어볼까 망설이기도 했지만, 할아버지와 할머니가 '알고 싶지 않은 사실'을 말할까 겁이 나서 결국엔 물어보지 못했다.

"넌 하영이의 딸이야. 그리고 이 할머니와 할아버지의 손녀야."

그런 그녀의 마음을 알기라도 하듯, 할머니와 할아버지는 몇 번이나 그 말을 혜림에게 해주고는 했다. 그것이 진심인지 아닌지는 모른다. 하지만 그녀는 진심이라고 믿고 있었다.

길게 늘어뜨린 머리카락을 쓸어 넘겼다.

호텔에 도착해서 저와 제 어머니를 버린 아버지를 기다리는 동안 지갑 속에 숨겨진 사진 한 장을 꺼냈다. 어렸을 적 찍었던 가족사진이다. 사실 가족사진이라고 하기에도 뭣한 사진이었지만. 액자 속 자신의 어머니와 그녀는 환하게 웃고 있었지만, 아버지의 표정은 담담했다. 아니, 담담이라고 하기도 애매한 표정.

그 사진을 보며 사진을 꾸깃 접었다. 송여울과 자신은 동갑이었다. 그가 맨 처음부터 송여울의 정체를 알았는지 몰랐는지는 알 수 없었다. 다만 송여울이 그와 그녀의 어머니 앞에 나타나자마자 그는 뒤도 돌아보지 않고 그녀의 어머니를 버렸었다.

그녀의 기억 속 아버지는 그리 다정한 사람이 아니었다. 그래도 자신의 몸에 흐르고 있는 피의 반은 그의 핏줄인데도 불구하고, 그 남자는 혜림에게 다정한 미소를 지어준다거나, 그 흔한 가족여행도 간 적이 없었다.

처음에야 제 아버지에게 기대를 했지만, 돌아오는 건 냉대였기에 그녀는 아버지에 대한 기대를 버렸다. 하지만 기억 속 자신의 어머니는 아버지에게 끊임없이 기대했다. 여느 부모들의 말처럼 '자식이 있으니까' 라는 말에 기대를 한 듯했다.

그와 그녀 사이에 태어난 '혜림' 이라는 딸이 있으니까 그래도 한 번쯤은 뒤돌아보겠지, 바라봐주겠지, 라는 기대. 그런 어머니의 기대를 무참히 짓밟아 버린 것도 자신의 아버지였다. 그럴 때마다 몇 번이나 좌절하고 슬퍼하면서도 또 기대하는 자신의 어머니는 바보였다.

그리고 아버지는 떠나갔다. 자신이 여덟 살이 되고, 초등학교에 입학할 무렵 저와 어머니를 버리고 떠나갔다. 아마 자신이 사랑한 여자의 딸이 '아버지 없는 딸'이라는 손가락질을 받지 않게 하기 위해 떠나갔던 것이라고, 혜림은 어렴풋이 짐작했다.

앞자리에 있는 의자 끌리는 소리에 생각에 잠겨 있던 혜림이 제 앞에 앉은 남자를 바라봤다. 다행이라면 참 다행인 것이 자신은 제 아버지와 닮지 않았다. 만약 자신이 저 남자를 닮았더라면 헤어지고 나서라도 어머니는 저를 보며 더 울었을 것이고, 자신은 아버지를 닮은 제 얼굴이 원망스러웠을 것이다.

"늦었군."

"아뇨, 제 시각에 오셨어요."

손목시계의 시침은 정확히 숫자 6을 가리키고 있었다. 호텔 내부 식당의 종업원이 종종걸음으로 두 사람의 곁으로 와서는 상냥하게 미소 띠며 말을 걸었다. 서로를 마주 보고 식사할 만큼 두 사람의 사이는 친밀하지 않았기에 형석은 커피를 주문했고, 여울은 차가운 얼음물을 주문했다.

"언제부터 여울이를 괴롭힌 거냐?"

"이 학교로 전학 왔을 때부터요."

형석이 눈을 가늘게 뜨며 그녀를 노려보듯이 쳐다봤다. 그런 시선이 아프지도 가렵지도 않은지 그녀는 어깨를 으쓱하며 가볍게 빙긋 웃었다.

"그 여자를 닮아서 그런 건지 몰라도 참 바보 같아요. 당신을 닮았더라면 저한테 이렇게까지 일방적으로 당하지는 않았을 테니까요. 아, 아닌가? 한 집안을 박살 냈으니, 멍청한 건 아니네."

"차혜림."

"저한테 뭘 듣고 싶으신 건데요? 제 생활이 어떤지 궁금해할 사람은 아니고, 그렇다고 해서 멍청하게 '한성그룹'을 상대로 소송을 거실 만큼 무모한 사람이 아닌 것도 알죠."

"……."

"아니면 여울이한테 자기가 어떻게 태어난 건지 말하지 말라는 의미로 절 만나러 온 건가요?"

"비아냥거리는 건 그만둬."

형석의 말에 혜림이 가볍게 어깨를 으쓱였다. 주문한 차가운 물과 커피가 나오자 혜림이 물을 한 모금 마셨다. 답답했던 속이 조금은 시원해지는 기분이었다.

"여울이한테 말하지 마. 괴롭히는 것도 그만두고."

"싫다면요?"

"차혜림!"

"아저씨가 저한테 그럴 권한은 없으시죠."

"여울이 아버지니까 하는 말이야."

그의 말에 물잔을 잡고 있던 혜림의 손가락이 잠시 움찔거렸다. 역시 그랬다. 몇 년 만에 제 핏줄을 보아도 저 남자는 자신과 제 어머니에게는 관심조차 없는 인물이었다. 멍청하게 무엇을 기대한 걸까.

혜림의 입가에서 실소가 터져 나왔다. 아예 기대하지 않았다는 말은 거짓말이었다. 사실 조금은, 아주 조금은 그의 말을 기대했다. 자신에게 하는 다정한 말 따위가 아니라 그녀의 어머니에 대한 다정한 말.

'기일에 못 가서 미안하다' 라던가 '다음에 묘에 찾아가마' 하는 말들. 아주 조금 남아 있던 기대는 유리 조각처럼 와장창 깨졌다. 입안이 쓰다.

"아저씨가 그렇게까지 말씀하신다면 고려해 볼게요."

순간 안도 어린 한숨이 그의 입에서 터져 나오는 걸 알고 혜림이 입가를 비뚜름하게 올렸다.

"라고 할 줄 아셨어요? 저 그만 안 둬요. 그 애랑 그 여자 때문에 우리 엄마가 죽었는데 어떻게 모른 척하고 넘어가요?"

"자살이었어!"

"칼로 사람을 찔러야만 살인이 되는 건 아니에요."

"……."

"당신이 우리 엄마랑 저에 대한 모든 사실을 송여울에게 말한다면 그만둘게요, 저도."

"차혜림……!"

"저 만났을 때 이 정도도 생각 못하셨어요?"

"……."

"저 못됐죠? 악독하죠? 뭐 이런 년이 다 있나 싶을 거예요."

"……."

"그런데 다른 사람이 저한테 손가락질하고 욕해도, 아저씨는 저한테 손가락질 못해요. 그 이유는 누구보다 아저씨가 더 잘 아시잖아요?"

얼음이 동동 들어간 물잔을 잡고 있었기에 손이 차가워졌다. 긴장감으로 쿵쿵 뛰던 심장도 다시 제 소리에 맞게 뛰고 있었다. 혜림이 빙긋 웃으며 자리에서 일어나자 형석이 혜림을 노려보았다.

"저 할 말은 다 끝났어요. 먼저 가볼게요."

뭐라고 표현하기에 어중간한 감정들이 온몸을 휩쓸고 지나간다. 슬픔이라고 하기엔 분노에 가까운, 분노라고 하기엔 슬프기도 한……. 통제가 되지 않는 감정에 아랫입술을 세게 물었지만 느껴지는 것이라고는 통증과 비릿한 피 맛뿐이다.

"혜림아, 혜림아……. 아빠는, 응? 아빠는 어디 있어?"

선명히 기억나는 어머니의 얼굴에 혜림이 눈을 질끈 감았다. 발갛게 달아오르던 눈동자와 황망한 시선, 폐인 같았던 얼굴……. 울리지 않는 전화기만을 바라보며 울렸다고 믿는 제 어머니가 가여웠다. 짜증이 났다.

떠난 사람은 떠났는데, 그 남자가 혜림과 어머니를 버리고 갔지만 그래도 혜림 자신은 그녀를 버리지 않았는데. 자신의 어머니는 떠나 버린 사람의 그림자만 뒤좇았다.

영원히 돌아오지도, 돌아보지도 않는 사람의 뒷모습을.

혜림이 한숨을 작게 내쉬었다. 보지 않기 위해 눈을 감아도, 잊기 위해 다른 일을 해도 어머니의 모습은 쉽게 잊혀지지 않았다. 악몽처럼 떠오르는 어머니의 마지막 모습에 눈시울이 뜨거워지기 시작했다.

버릇처럼 눈물을 참기 위해 주먹을 쥐었다.

아프다.

그런데 가슴이 아픈 건지 손이 아픈 건지…… 어디가 아픈 것인지 모르겠다.

✱

"차 회장님 댁 주소를? 어려울 건 없지만……."

의문스러워하는 어머니의 눈빛에 우진은 그저 미미하게 미소만 짓고 말았다. 그리고 어머니가 적어준 주소의 메모지를 받고는 커다란 저택 앞에 차를 세웠다. 한눈에 봐도 화려하고 큰 집을 바라보며 우진이 숨을 크게 들이마시고 내뱉었다.

"선생님에게 동정받을 만큼 저, 불쌍하지도, 힘든 애도 아니에요."

망설임 없이 뒤돌아서던 혜림의 얼굴이 떠오른다. 혜림은 자신의 행동을 '동정'이라 치부하였다. 그도 자신의 행동을 '동정'이라고 '어른의 비겁함'이라고 몰아세우고 싶지만, 그가 가진 감정은 동정이 아니었다.

혜림은 누군가의 동정 어린 시선을 받을 만큼 나약해 보이지 않았다. 그건 아주 오랜 시간 동안 약해 보이지 않기 위해 연습해 온 노력의 결실일 것이다. 그렇다고 해서 그녀가 약하지 않다는 것 또한 아니다.

우진이 보기에 혜림은 가면을 쓰고 있는 것만 같았다. 웃지 않는 눈과, 항상 옅은 미소를 짓고 있는 입술을 보면 그는 마음 한구석이 답답해졌다. 혜림은 항상 그런 표정이었다. 간간이 드러내는 여울을 향한 경멸과 미움만이 그녀의 감정이었지, 대외적으로 그녀가 감정을 드러내는 일은 없었다.

그랬기에 그는 그녀가 가면을 쓰고 있다고 생각했다. 쉽게 부서지지 않는 단단한 얼음으로 만든 것 같다는 생각도 들지만, 금방이라도 부서질 것 같은 유리로 만든 가면을 쓰고 있는 것도 같다고, 그렇게 생각했다.

상념에 빠져 있던 우진이 피곤한 미소를 짓다가 손을 들어 초인종을 눌렀다.

"누구세요?"

"여우진이라고 합니다. 차 회장님 뵈러 왔습니다."

"약속하셨나요?"

"네."

"잠시만 기다려 주세요."

짧은 시간 동안 기다리자, 대문이 철컥 소리를 내며 부드럽게 열렸다. 대문이 열렸을 때 등나무 꽃향기가 순간 나는 것만 같았다. 그 꽃은 이미 졌음에도 불구하고. 문을 열자 보이는 것은 널따란 정원에 초목과 꽃들이었다. 현관문으로 이어지는 곳에 벤치 하나가 눈에 들어왔다. 아마 그가 느꼈던 등나무 꽃향기의 정체가 저 벤치인 듯하다.

이렇게 넓은 정원을 관리하기란 쉽지 않을 텐데도 정원은 사람의 손길을 받아 아름답게 제 빛을 발하고 있었다.

고용인의 안내로 집 안 깊숙한 곳으로 들어갔다. 집은 넓었지만 관리하는 사람은 생각한 것보다 적었다. 역시 한성이군, 이라는 생각이 들 만큼 집은 고풍스러웠다.

"들어가세요."

고용인이 문을 열어주자 인사치레로 고개를 끄덕이고 안으로 들어갔다. 우진을 기다리고 있었는지 차 회장이 우진을 맞이했다. 차 회장이 찬찬히 우진을 살폈다. 말끔한 옷차림에 짐짓 굳은 얼굴이었다.

그가 CN그룹의 차남으로서 이곳에 온 것인지, 혜림의 선생으로 온 것인지는 잘 모르겠지만 그래도 손님이었기에 자리를 권하며 차를 냈다. 정원을 들어설 때 나던 등나무 꽃 향기가 방 안에서 다시 났다.

"등나무 꽃……."

"향기가 좋지?"

"아, 네."

"혜림이가 좋아하는 차네."

"그럼 정원에 있는 벤치도……?"

"그것도 혜림이가 어렸을 때 만든 거였어."

보랏빛 꽃잎이 눈처럼 휘날리는 벤치에 앉아 아스라이 지는 꽃잎을 보던 혜림이 떠올랐다. 혜림은 이상하게도 등나무 꽃을 좋아하는 듯했다. 아니, 좋아한다고 표현하기에는 뭔가 애매한…… 그런 느낌이었다.

그래, 미련. 뭔가 그 꽃에 미련이 있는 것만 같았다. 항상 울 것만 같은 얼굴로, 쓸쓸한 얼굴로 항상 미련이 넘치는 얼굴로 그 꽃잎을 바라보고 있었으니까. 이미 꽃은 져버렸는데 혜림은 시간이 날 때마다 그 자리에 있었다. 혜림을 찾으면 열에 아홉은 그 자리에 있었으니까.

"혜림이가 등나무 꽃을 좋아하는가 보군요."

"그렇게 보이는가?"

우진의 말에 차 회장은 우려낸 꽃잎 차를 마셨다. 입안에 달달한 차 맛이 가득 맴돈다.

"그나저나 자네가 여긴 어쩐 일인가?"

"아, 그게……."

"어려워 말고 말해보게."

인자하게 웃는 차 회장을 얼굴을 보며 어렵사리 입을 열었다.

"혜림이가 사건에 휘말렸습니다."

"사건이라니?"

"같은 반 친구를 괴롭혔다고, 그 아이 학부모님께서 직접 학교로 오시기까지 했습니다."

"그게 무슨…… 아니, 정말로 혜림이가 같은 반 친구를 괴롭힌

게 맞는 건가?"

"……네."

"일은 어떻게 됐고? 나는 혜림이한테 얘기를 못 들었네만."

"괴롭힘당한 여자아이가 아니라고는 말해서 일단락되긴 했지만, 혜림이가 괴롭힌 건 맞습니다. 제가 직접 목격했으니까요."

"학교에서…… 어떤 처벌을 내리기로 했나?"

"아무런 처벌도 없습니다."

우진의 말에 차 회장의 미간이 슬며시 좁혀졌다. 무슨 의미냐는 시선에 우진이 한참 동안 침묵을 지키다가 조심스레 입을 열었다.

"제가 모르는 척했습니다. 혜림이가 그 아이를 괴롭혔다는 걸 알면서도…… 혜림이가 그랬다고 말할 수가 없어서. 그래서 학교에서는 혜림이에게 아무런 처벌도 내리지 않을 겁니다."

그의 솔직한 말에 이번엔 차 회장이 입을 꾹 다물었다. 집 안이 적막했기에 시계 초침 소리가 유난히 크게 들렸다.

"알았네. 혜림이를 따끔하게 혼내도록 하지. 혜림이가 괴롭힌 학생 이름이 뭔지 가르쳐 줄 수 있나?"

차 회장의 물음에 잠시 망설여졌다. 얘기해도 되는 건가……. 아버지께 평소 도덕적으로 훌륭한 인품을 갖고 계신 분이라고 자주 말씀하시긴 했지만, 팔이 안으로 굽는다는 말이 괜히 있는 것은 아니니까. 우진이 잠시 망설였다.

"……송, 여울입니다."

그의 말에 차 회장이 여울의 이름을 몇 번 중얼거렸다. 어디선가 들어본 것 같은 이름에 몇 번을 중얼거리다 일순 머릿속을 지나가는 한 남자의 얼굴에 차 회장의 표정이 심상찮게 변했다. 그에 우진이 고개를 살짝 갸웃한다.

여울의 이름을 몇 번 중얼거리던 차 회장의 얼굴이 딱딱하게 굳어졌다. 우진이 맨 처음 이곳으로 왔을 때 그를 반겼던 사람 좋은 미소는 사라진 지 오래였다.

"알겠네. 말해줘서 고맙네, 우진 군."

※

숨을 크게 들이마셨다. 학원이 끝나고 집에 오는 길은 발걸음이 무거웠다. 마치 발목에 아주 크고 무거운 쇳줄을 단 것마냥 무거웠다. 집으로 돌아오는 길이 항상은 즐겁고 좋았지만 지금은 싫기 그지없다. 분명히 부모님이 학교에서 있었던 일을 물어볼 게 분명하다.

자신을 한심하다고, 멍청하다고 그러실까? 얼마나 바보 같다고 화내실까? 생각만 해도 속이 답답하고 눈물이 앞을 가린다. 여울이 입술을 잘근잘근 물었다. 혼자서 멋대로 행동한 찬들이한테 화를 내고 싶지만, 찬들이는 저를 위해서 한 일이었다.

항상 혜림에게 당하는 자신이 답답했을 것이고, 아무한테도 알리지 못하고 속앓이만 하는 자신이 안타까웠을 게 분명하다. 그렇지만 부모님에게 알리고 싶지 않았다. 바보 같기만 한 자신의 모습을 보여주고 싶지 않았다.

한 번이라도 혜림이의 괴롭힘에 싫다고 말했더라면, 크게 내 목소리를 냈었더라면 죄악감을 가진 것처럼 굴지도 않았을 텐데…….

"송여울은 끝까지 우유부단했어. 넌 그래도 송여울을 착하다고 하고 싶니?"
"송여울은 착한 것도, 순한 것도, 나한테 받은 정신적인 괴롭힘 때문도 아니야. 그냥 송여울은 멍청한 것뿐이지."

자신을 괴롭힐 때마다 혜림은 저를 비웃었다. 한 번도 제 목소리를 내지 못하고 당하기만 하는 자신을 보면서 멍청하다고, 바보 같다고 말했었다. 그래도 조금은 그 말에 반발심을 느꼈는데…… 이제는 혜림의 말처럼 자신이 꼭 바보가 된 것만 같았다.
어째서 그때 용기를 더 내지 못했을까. 혜림이가 저를 괴롭힌다고 말하지 못했을까.
그 눈동자 때문이었다. 혜림의 두 눈동자 때문에 말하지 못했었다. 혜림이의 차가운 벼 이삭 색 눈동자를 보고만 있으면 저절로 위축됐다. 더러운 벌레를 보는 것 같은 눈동자와 마주하면 할 말도 안으로 들어갔다.
"……바보."
이제는 찬들이도 제 옆을 떠나겠지. 바보 같다고, 멍청하다고 욕하겠지. 아무리 울어도 네 일을 해결해 주고, 네 편을 들어줄 사람은 없다는 혜림의 말처럼 울지 않으려고 노력했지만 눈물이 나온다.
"여울이냐?"
집 근처 공원을 지나가다 들리는 아버지의 목소리에 여울이 급히 소매로 눈물을 닦고 뒤를 돌아봤다. 담배를 피우기 위해서 잠시 나오셨는지 아버지의 손가락에 있는 담배가 눈에 들어왔다.

"아, 아빠."

"지금 학원 갔다 오냐?"

"으응······."

아래로 내려가는 시선에 억지로 고개를 올렸다. 아버지의 얼굴이 눈에 들어온다. 저와 닮은 얼굴에는 옅은 미소가 함께 맴돌고 있었다. 손가락에 있는 담배를 땅에 떨어뜨려 발로 짓밟고는 성큼성큼 이쪽으로 걸어오신다.

"학원은 다니기 괜찮고?"

"응······."

그리고 이어지는 긴 침묵.

먼저 말해야 하나? 혜림이에 대해서 먼저 말해야 할까? 그렇게 해야 할까? 먼저 고민하고 있을 때 아버지의 굳게 다문 입술이 열렸다.

"학교에서 있었던 일 말인데, 여울아."

"응······."

"엄마한테는 우선 말하지 마렴."

······왜?

속으로 모순되는 두 감정에 휩싸였다. 엄마에게는 자신의 바보 같았던 모습을 들키지 않아도 된다는 안도감과 다른 한편으로는 왜 말하지 말라고 하는 것일까 하는 것에 대한 의문이었다. 아빠가 보기에도 내가 멍청해 보였기 때문에 그런 걸까? 답답해서 그런 걸까.

"응, 알았어······."

"그리고 학교에서 있었던 일은, 그 차혜림이란 애에 대한 일은…… 아빠가 해결할게."

"어떻게?"

"그 애를 만나보든 그 애의 부모님을 만나든."

웃긴 말이다. 그 아이의 부모님을 만나다니……. 형석의 입안이 텁텁해졌다.

※

"모함을 할 거면 상대방을 잘 보고 했어야지. 아니면 준비를 제대로 하고 덤비던가."

"이게 뭐야, 호기롭게 덤볐다가 결과가 무참하잖아. 얼마나 비참할까? 네가 송여울을 위해서 그렇게 싸웠는데도 송여울은 끝까지 우유부단했어. 넌 그래도 송여울을 착하다고 하고 싶니?"

혜림의 말이 자꾸만 머릿속을 맴돈다. 찬들은 침대에 누워서 천장을 바라보며 오늘 있었던 일들을 생각했지만, 떠오르는 건 혜림의 얼굴과 말뿐이었다. 혜림의 말이 맞았다. 여울은 지나치게 착했다. 혜림의 말로 한다면 멍청했고.

그런 여울이 답답하지만 소꿉친구인 자신이 여태까지 봐왔던 여울은 착했고, 그리고 답답하고 소극적이었다. 남에게 쓴소리를 듣고, 괜한 분란을 일으킬 바에는 자신이 참고 넘어가는 편이 더 좋다고 생각하기도 했으니까.

하지만 괴롭힘은 아니었다. 혜림이 그렇게까지 괴롭히는데 여울은 울기만 하고 아무런 대응도 하지 않았었다. 저까지 몰랐더라면 일이 어떻게 됐을지 상상도 잘 안 된다.

저가 도와줬지만 여울은 역시 꿈쩍도 안 했었다. 학교 측에서도 쉬쉬하고 넘어가려고 했고. 혜림이 잘사는 집안의 아이인 것은 교내에서도 유명한 사실이니까. 사실 어느 정도까지인지는 잘 파악이 되지 않았지만, 선생님들이 한 번씩 그녀의 눈치를 볼 정도이니 말 다 했다.

우진 또한 그랬다. 뭔가 다른 선생님들과 다른 듯하면서도 아니나 다를까 똑같았다. 혜림과 혜림의 부모님 눈 밖에 나기 싫었던 거다.

"아, 짜증 나."

여울이 오기 전만 해도 혜림은 이렇게까지 악독한 애가 아니었다. 정말로 착한 아이였는데. 어딘가 차가워 보이는 아이였지만 그래도 먼저 다가온 아이를 뿌리치고 물리칠 만큼 매몰찬 아이도, 냉정한 아이도 아니었다. 여울이 경쟁이 심한 예고에서 견디다 못해 이곳으로 전학 와서 소개했을 때까지만 해도 모든 게 좋았었다.

평온했었다.

하지만 그 괴롭힘은 갑자기 시작되었다. 어느 날 갑자기 여울의 말을 무시하고, 비웃고, 괴롭혔다. 1년이라는 시간 동안 아무도 모르게, 잔인하게……. 아무리 하지 말라고, 그러지 말라고 말렸지만 듣지 않았다.

자신이 말린다면 짧게 제 눈을 보다가 시선을 피하고는 여울이를 괴롭혔었다. 그 이유는 1년이라는 시간이 지났지만 모른다, 아직까지도.

1년이라는 시간 동안 혜림은 찬들에게 이유를 말해주지 않았다.

✱

"차혜림!"

"갑자기 소리는 왜 지르고 그래요, 애 놀라게."

오랜만에 보는 할아버지의 노한 얼굴이다. 한성그룹의 회장에게 괴롭힘 이야기를 한 간 큰 선생이 있었던 걸까, 아니면 송형석 그 남자가 뻔뻔하게 낯짝을 들이민 걸까.

"오늘 선생님한테 얘기 들었다."

그 남자가 낯짝을 들이민 모양은 아닌가 보다.

어느 선생일까? 혜림이 생각하는 얼굴을 하다 푸시시, 바람 빠진 소리를 냈다. 오늘 있었던 일들을 아는 사람은 그렇게 많지는 않을 것이다. 끽해봐야 자신이 한성의 외동이라는 걸 알고 있는 교장, 교감, 담임선생님이던가…… 아니면 오지랖 넓은 그 사람일 수도 있겠다는 생각이 들었다. 벼 이삭 색 눈동자를 내리깔다가 고개를 들었다. 할머니도 아니고 할아버지가 전화하셔서 오라고 말씀하셨을 때는 조금 의외라고 생각했다.

할아버지는 항상 바쁘시고 제게 전화를 잘 하지 않는 분이시니까. 그래서 반쯤은 예상했다. 학교에서의 일이 할아버지의 귀에 들어간 것이라고. 그리고 할아버지는 제게 화를 내시고 계신다, 지금.

"반 친구를 괴롭혔다지? 요즘 학교폭력이 얼마나 사회문제로 떠오르고 있는데 그런 행동을 한 게냐."

그녀는 할아버지를 화나게 한 적이 별로 없었지만 할아버지가 이렇게까지 화를 내신다면 잘못했다는 말을 하면 끝날 일이었다. 하지만 잘못했습니다. 죄송합니다, 라고 말하고 싶지는 않았다. 그리고 만약 송여울이 제 괴롭힘을 견디다 못해 죽었다고 해도 사과의 말은 하고 싶지 않았다. 오히려 크게 웃었을 거다.

"혜림아, 정말이니? 정말로 반 친구를 괴롭혔어?"

"네."

"만약 그 애가 죽기라도 했었으면……!"

"그것밖에 안 되는 애였겠죠. 오히려 잘됐다고 생각했을 거예요."

"혜림아! 그 애는 아무런 잘못도 안 했어!"

할아버지의 말에 그녀가 미간을 살짝 좁히다가 눈을 동그랗게 떴다. '누구를' 괴롭혔는가에 대한 말은 하지 않았지만, 알고 계신다. 그렇다면 자신이 누구를 괴롭히고 있다는 걸 아시면서도 제가 잘못했다고 생각하시는 건가.

속에서 알 수 없는 감정이 울컥울컥 치밀어 오르기 시작한다. 어째서 저런 말씀을 하시는 걸까. 송여울, 그 애 때문에, 그 애를 낳은 여자 때문에 할아버지의 딸이 죽었는데도!

"……아무런 잘못도 안 했다뇨, 할아버지. 걘 태어난 게 잘못이에요."

목소리가 살짝 떨린다. 그 애가 여태까지 아무런 잘못도 안 했다고 생각하셨던 걸까, 할아버지는.

"할아버지, 걘 태어난 것부터가 잘못이었다고요. 그 애 때문에 엄마가, 엄마가 죽었어요."

"혜림아, 그건 아니야. 이건 부모님들의 일이지 그 애 때문에 그런 게······."

"그 애가 태어나서, 그 여자가 그 계집애를 데리고 그 남자 앞에 나타난 것 때문에 엄마가 죽은 거라고요."

"이게 무슨 말이에요, 여보? 무슨 말이니, 혜림아? 하영이가, 하영이가 여기서 왜 나와? 응?"

할아버지께 얘기를 못 들으셨는지 말씀하시는 할머니의 손이 떨렸다. 그 떨리는 손이 혜림의 팔뚝을 살짝 잡아 흔들자 할아버지가 애써 그 시선을 피했다. 혜림의 목소리가 떨리는 것만큼 할머니의 목소리도 흔들리기 시작했다.

무슨 말이냐고 묻고 계시지만, 누가 관련된 일인지 할머니 역시 조금은 눈치채셨을 것이다. 아니, 눈치 못 챘다고 하셔도 짐작은 하고 계실 것이다. 누가 관련되었기에 이미 고인이 된 그녀의 어머니가, 할머니의 딸인 차하영의 이름이 나오는지.

이미 시선을 피한 할아버지를 보며 혜림이 차게 웃었다. 시원한 에어컨 바람이 이제는 시원하지 않고 차가웠다. 울컥울컥 치미는 기운을 애써 가라앉히며 그녀가 숨을 들이마셨다. 마음이 조금은 차분해졌기에 그녀가 잔잔한 목소리로 말을 시작했다.

"제가 어떤 애 한 명을 괴롭혔어요, 할머니."

"혜림아."

"할아버지는 그것 때문에 저를 나무라시지만, 저는 제가 잘못했다고 생각하지 않아요. 걔가······."

"……."

"송형석과 김영인의 딸이거든요. ……저희 엄마를, 할머니와 할아버지의 딸을 죽게 만든 장본인의 딸이거든요."

"세상에, 맙소사……."

혜림의 팔뚝을 잡고 있던 할머니가 다리에 힘이 빠졌는지 차가운 대리석 바닥에 주저앉으셨지만 혜림도, 할아버지도 그 누구도 할머니를 일으킬 생각을 하지 않은 채 가만히 서 있었다.

충격받은 할머니를 짧게 바라본 다음 혜림은 할아버지를 보며 잔인하게 웃었다.

"송여울은 태어난 게 잘못이에요, 할아버지. 걔가 태어나지만 않았더라면 엄마가 정신병원 치료를 받을 일도, 환청에 시달릴 일도, 그리고 죽었을 일도 없었어요."

"……."

"김영인 그 여자가 송여울을 안고 나타나지만 않았더라면…… 엄마 안 죽었어요. ……안 죽었다고요, 자살하시지 않으셨을 거라고요."

"……."

"절 붙잡고, 하루에도 몇 번씩 저한테 전화기가 울렸다고, 그 남자 목소리가 들린다는 말은 하시지 않으셨을 거라고요."

"혜림아……."

"그렇게 허무하게 돌아가시는 않으셨을 거예요."

"그 애는 아무것도 몰랐던 것뿐이다. 그 애가 무슨 잘못이 있었겠니."

"있어요, 할아버지."

"……."

"첫째는 세상에 태어난 게 죄였고, 둘째는 그 계집의 부모가 김영인과 송형석이라는 것이고, 셋째는 아무것도 모르는 게 죄란 거예요."

"……."

"걔가 몇 번이나 물어봐요. 내가 뭘 잘못했는데 이러냐고. 그럼 전 몇 번이나 말해주고 싶어요. 너희 부모님이 바람을 피워서 낳은 게 너라고, 너네 부모님과 너 때문에 우리 엄마가 죽었다고……."

"혜림아, 하영인 이미 죽은……."

"할아버지는 그렇게 생각되세요? 엄마가 죽었다고 그렇게 쉽게 인정이 되나요?"

"……."

"대한민국에서 일어나는 그 흔한 교통사고도, 병사도 아니었어요. 자살이잖아요."

"……."

"그 남자가 너무 그리워서, 보고 싶어서 죽은 거잖아요. ……내가 있는데, 열 살 난 딸이 있는데도…… 견디지 못한 거잖아요."

"……."

"저는 용서 못하겠어요, 할아버지. 고인이라고 속으로 생각하지만 고인이 아닌 것 같은걸요."

"……."

"눈을 감아도, 눈을 떠도, 송여울 그 계집애를 볼 때마다 엄마 모습이 떠오르는걸요. 하루에도 몇 번씩 그 시절의 꿈을 꾸는걸요."

"……혜림아."

노하셨던 할아버지의 얼굴이 슬픔으로 물들었다. 죽은 딸에 대한 슬픔인 것인지, 혜림을 향한 안타까움인 것인지 모르겠지만…… 할아버지의 얼굴은 슬펐다. 목소리 역시 할머니와 마찬가지로 떨렸다.

그것을 견디기 위해서인지 할아버지가 두 손을 꽉 쥐고는 눈을 감았다. 침통한 탄식이 노년의 남자 입에서 흘러나오자 혜림이 애써 시선을 피했다.

"네가 지금 하는 행동은 네 어미와 다를 게 없어."

"……."

"하영이와 다를 게 없어, 혜림아……."

"……."

"그 남자가 네 어미를 버리고 떠난 건 맞다. 그걸 못 견뎌서 네 어미가 죽은 것도 맞아. 할아버지도 네 엄마를 그렇게 만든 그 남자가 밉다. 하지만 이건 아니야."

"……."

"넌 싫어했잖니. 하영이가 떠난 사람을 못 잊고 그렇게 그리워하고 슬퍼하는 걸 싫어했잖아."

"……."

"그런데 지금 네가 하는 행동도 하영이랑 똑같아."

"……."

"이미 죽은 네 어미를 못 잊은 거야 이해한다지만, 이미 떠난 사람은 아무리 그리워하고 슬퍼해도 돌아오지 않는다는 걸 잘 알잖니. ……이미 죽었으니……. 그리고 누군가를 미워하는 건 할아버지랑 할머니면 충분해. 너는 아파하지 않고, 누굴 미워하지 않았으면 한다."

"……엄마의 딸이라서 그런가 보죠."

"……."

혜림이 눈썹을 내리깔았다. 그녀의 내리깐 긴 눈썹이 파르르 떨리고, 애처롭게 보인다. 모습과 마찬가지로 그녀의 목소리도 애처롭게 울려 퍼진다.

"……엄마의 딸이라서 그래요……. 그래서 저는 엄마 못 잊어요. 우리 엄마 죽인 사람들, 저 용서 못해요."

"……."

"절대로…… 용서 못해요……."

혜림이 우는 것이 아님에도 불구하고 파르르 떨리는 어깨가, 떨리는 목소리가…… 마치 그녀가 우는 것처럼 느껴지게 만들었다.

4장

 여울에 대한 사건이 일어났지만, 아무 일도 없었던 것처럼 시간은 흘러갔다. 그들에 대한 일들을 신경 쓰지 않은 채 자연이라는 이름의 시간이 별 탈 없이 지나갔다. 여느 날처럼 바람이 불고, 여느 날처럼 학교에 등교하고, 여느 날처럼 수업을 듣는다.
 여울은 며칠 동안 등교하지 않다가 나타났다. 혜림과 시선을 마주할 때면 눈에 띄도록 흠칫거리기는 했으나 그 모습을 보며 혜림은 그냥 멍청하다고만 생각하고 말았다. 손가락에 낀 샤프를 빙그르르 돌렸다. 이틀 정도 결석을 했는데, 그동안 그 남자가 자신에 대한 이야기를 했을지는 의문이다.
 송형석은 차하영과 차혜림에게는 얼음처럼 차갑고 냉정했지만, 김영인과 송여울에게는 누구보다 다정하고 따뜻한 사람이었다. 그러니 말하지 않았을 것이라고 혜림은 어림짐작했다. 하지만 상관없다. 자신이 말하면 되니까.

믿지 못한다는 얼굴로, 배신감에 가득한 얼굴로 송형석을 바라보는 송여울의 얼굴 또한 궁금하다. 딸이 자신을 그렇게 보고 있다는 걸 안다면 송형석은 어떤 얼굴을 할까. 상상만 해도 즐거워서 그녀가 풋 웃었다.

그 남자는 차하영과 자신에 대해서 송여울에게 말하지 못한다. 그것이 가정을 지키기 위해서인지, 아니면 자신의 치부를 들키는 것이 싫어서인지는 잘 모르겠다. 하지만 둘 중에 그 어느 것이라도 상관없다. 하지만 그 이유가 무엇이든 어차피 송형석이 송여울에게는 절대로 말하지 못할 치부이니까.

할아버지에게 반항 아닌 반항을 하고 외갓집을 나와서는 아직도 연락하지 않았다. 할아버지 역시 제게 연락하지 않았다. 이렇게 시간을 잠시 갖는 것도 나쁘지 않다고 그녀는 짧게나마 생각했다. 할아버지도, 할머니도 잠시나마 생각을 정리하셔야 하니까.

"지금 네가 하는 행동도 하영이랑 똑같아."
"이미 죽은 네 어미를 못 잊은 거야 이해한다지만, 이미 떠난 사람은 아무리 그리워하고 슬퍼해도 돌아오지 않는다는 걸 잘 알잖니. ……이미 죽었으니……."

알고 있다. 할아버지의 말씀이 무슨 뜻인지도, 하고 싶은 말씀이 어떤 것인지도 잘 안다. 하지만 잊혀지지가 않는다. 등나무 꽃이 피면, 여름이 되면, 비가 내리면 제일 먼저 생각나는 사람이 엄마다.

 모두들 그 나약한 여자를 잊어가는데, 딸인 자신마저 잊어간다면 엄마가 너무 불쌍하다. 남편에게 버림받은 여자를 딸까지 잊으면 얼마나 비참할까……. 과거를 벗어나지 못한다고 해도, 엄마가 그 남자의 그림자를 좇은 것처럼 자신이 어미의 그림자를 좇고 있다고 말해도, 헛된 짓이라고 한다 하여도 틀린 말이 아니니까…….

 숨을 크게 내뱉었다. 조용한 침묵 속에서 바깥의 바람 소리가 들려온다. 마음이 뒤숭숭한데 밖은 참 평화롭다. 살랑살랑 불어오는 여름 바람은 습기를 담은 채 교실 안으로 들어왔다. 혜림이 조용히 자리에서 일어났다. 어차피 자습 시간이니 잠시 자리를 뜬다고 해도 이상할 게 없다.

 "선생님한테 아파서 양호실에 갔다고 해줘."

 앞에 앉은 아이의 어깨를 톡톡 두드리고는 조용히 말을 하자 아이가 별 거부 없이 알겠다고 고개를 끄덕인다. 수능이 며칠 남지 않은 시점이라 아이들 모두가 예민해 보였다. 뒷자리에 앉은 찬들을 뒤로한 채 혜림이 뒷문을 조용히 열고 나왔다.

 복도에 서자 후덥지근한 여름의 기운이 확 느껴졌다.

 더위를 먹은 걸까, 엄마의 얼굴이 잘 떠오르지 않는다. 떠오르지 않는 얼굴을 억지로 생각해 내기 위해 그녀가 손으로 제 뺨을 그리 세지 않게 내려쳤다. 뺨이 살짝 얼얼했지만 엄마의 얼굴은 여전히 어렴풋하게만 떠올랐다.

 잊으면 안 돼. 세뇌에 가까운 주문을 걸면서 발을 움직였다. 발은 항상 그녀가 가던 곳으로 걸어가고 있었다. 익숙한 뒷길을 따라가 학교 뒷산의 벤치에 도착했을 때는 누군가 먼저 자리에 앉아 있었다. 그것도 지금 현재로선 제일 만나고 싶지 않은 사람이. 칫, 짧게 혀를 차고 발걸음을 돌리려고 할 때 우진이 먼저 혜림을 발견하고는 입에 물고 있던 담배의 재를 바닥에 떨어뜨렸다.

"자습 안 하고 여기서 뭐 하고 있냐?"

"쉬러 왔어요."

"그래?"

그가 담배를 깊게 한 모금 빨아들였다가 내뱉었다. 혜림이 익숙하지 않은 담배 연기에 인상을 찡그리며 살짝 기침을 하자 아차, 하는 얼굴로 담배를 구두로 재빨리 비벼 껐다. 두 사람 사이를 맴돌던 담배 연기가 습기를 가득 담은 여름 바람을 따라 날아가기 시작하자, 들리는 것은 오직 바람 소리뿐이었다. 조금은 날카롭다고 할 수 있는 그런 바람 소리.

어색한 시간이 계속해서만 흘러갔다. 혜림의 성격이 먼저 살갑게 말을 거는 타입도 아닐뿐더러, 우진은 우진 나름대로 이 침묵이 불편했다. 그렇다고 해서 이 자리를 떠나고 싶지는 않았다. 열 살 난 꼬마 남자아이처럼 우진은 구두를 신은 발로 몇 번 장난을 치다가 벤치에 앉아 있는 혜림을 쳐다봤다.

혜림은 여전히 말라비틀어져 버린 등나무 꽃을 바라보고 있었다. 눈이 아플 정도로 많은 연자색의 꽃잎을 허망한 시선으로 좇고 있었다. 처음에는 그저 혼자 시간을 보내기 위해서라고 생각했지만, 시간이 지날수록 아닌 것 같았다. 이곳에 연보라색의 아름다운 등나무 꽃이 있어서 오는 것 같았다. 어디까지나 그 혼자만의 생각이었지만. 지금도 그랬다. 이미 져버린 꽃을 그녀는 멀거니 바라보고 있기만 했다.

생기를 잃은 벼 이삭 색의 두 눈동자가 황망하게 떨어진 말라비틀어져 버린 꽃잎을 바라보고 있었기에, 우진은 저도 모르게 말을 내뱉었다.

"등나무 꽃, 좋아해?"

말을 내뱉고 나서 아차, 했다. 혜림은 향긋한 향을 품고 있는 꽃을 좋아하는 것보다는 '미련'이 가득 담긴 눈으로 봤었기에. 이미 져버린 꽃을 미련이 가득 담긴 눈길로 보던 혜림이 무슨 말이냐는 얼굴로 그를 쳐다봤다.

오랜만에 마주한 두 눈동자는 여전히 감정이란 것을 쉬이 읽을 수 없었다. 쉽게 말을 내뱉은 자신을 질책하다가도 이렇게나마 대화를 할 수 있다는 것에 대해 안도한 그가 슬쩍 떠보는 말을 했다. 왜 그렇게 미련이 많은 눈길로 꽃을 보는지 알고 싶었다. 우진은 혜림에 대한 많은 것이 궁금했기에.

"아니, 항상 여기에 오길래……. 원룸에도 등나무 꽃 모형도 있고……."

찬 기운이 맴돌던 그녀의 집 거실이 떠오른다. 그 흔한 컴퓨터도 없는 집이었다. 3인 가족이 살기에도 꽤나 넓은 빌라의 거실이었지만 쓸쓸했다. 거실에 있는 것이라고는 소파와 텔레비전 그리고 협탁, 그게 다였다.

그리고 눈에 들어왔던 것은 협탁 위에 올려져 있는 작은 등나무 꽃. 무슨 의미라도 있는 걸까, 갑자기 드는 호기심에 그가 답을 요하는 얼굴로 그녀를 쳐다봤다.

"……."

그럼에도 그녀는 침묵했다. 알려주지 않을 생각인가. 크게 기대하지는 않았기에 그리 실망하지도 않았다.

"안 좋아해요, 그 꽃."

"어?"

빤히 바라보는 고동색 눈동자를 흘긋 쳐다보다 시선을 돌렸다. 바닥에 떨어진 연자색의 꽃잎은 사람들의 발길로 인해 많이 더러워진 상태였다. 자신은 지금 노원고등학교 벤치에 여우진과 앉아 있었지만, 여름이 만들어낸 잔상으로 자신의 옆에는 다른 사람이 한 명 더 있었다.

그건 어린 시절의 차혜림이었다. 아직은 아무것도 몰랐던, 그저 순진무구하기만 했던…… 자신의 어린 모습. 여름이 만들어낸 잔상은 떠나질 않았다. 그녀의 주위를 맴돌면서 땅에 떨어진 꽃잎을 하나씩 하나씩 주워 담고 있었다. 헛된 희망에 가득 찬 얼굴을 하고서.

눈을 꾹 감았다가 뜨자 잔상이 사라졌다. 하지만 어렸을 적 기억은 지워지지 않고 여전히 뇌리에 남아 있었다. 어렸을 적 자신은 순진했거나 혹은 멍청했다. 아니면 그 둘 다일 수도. 어렸을 적 식물도감에서 등나무 꽃잎을 소원해진 연인이나 부부의 베개 혹은 소지품에 넣어두면 관계가 회복된다는 글을 읽은 적이 있었다.

그 글에 일말의 희망을 걸고 하루는 부모님 몰래 학교를 빼먹으면서까지 꽃잎을 찾기 위해서 돌아다녔었다. 반나절을 고생해 찾아냈을 때의 기쁨을 잊을 수가 없다. 만약 지금의 차혜림이 봤더라면 '부질없는 짓이야' 하고 차갑게 내쳤겠지만.

손이 닿지 않아 새 꽃잎을 딸 수는 없었지만, 바람에 떨어진 꽃잎들 중 깨끗한 것들을 주워 집으로 들고 가서 물로 씻어내고는 부모님의 베개에 넣어뒀었다.

일주일을 기다렸지만 그녀가 기대하는 결말은 나타나지 않았다. 내심 실망을 하다가도 다시 한 번 기대를 걸어 외할아버지께 부탁을 했었다. 외가댁의 마당에 있는 등나무 꽃모종을 옮겨달라고. 할아버지는 어린 손녀의 부탁에 궁금해하면서도 쉽게 그것을 들어줬다.

새 꽃잎을 베개에 넣었지만 효과는 역시 없었다. 역시 '속설'이었던 걸까. 효과가 없다는 걸 알았으면서도 계속해서 꽃잎을 바꿔 넣었다. 꽃잎이 말라 부스러기가 되면 또 바꾸고, 바꾸고, 바꿨다. 일말의 기대를 걸고.

부모님과 어린 자신이 함께 가족 여행을 가는 그런 행복한 상상을 하며 언젠가는 그것이 실현될 거라 생각하면서. 하지만 기대는 산산조각이 났다. 제 어미가 베개 안에 넣어둔 등나무 꽃잎을 발견했다.

그때 자신의 어미는 울었다. 베개를 붙잡고 하염없이 눈물을 뚝뚝 흘렸다. 꽃잎이 가진 속설을 어머니가 알고 있었는지는 아직까지도 의문이지만, 제 행동으로 인해 어머니에게 상처를 줬다는 것만은 알 수 있었다. 그 이후로는 베개에 아무것도 넣지 않았다.

자신의 바람이 이뤄지기를 바랐지만, 어머니를 상처 주면서까지 소원을 이루고 싶지는 않았다. 그 후로도 무의미한 시간은 계속 흘렀고, 뜨겁지도 차갑지도 않은 미적지근한 관계도 여전히 지속됐다.

그 후로 남자는 떠났다. 남자는 떠났고, 여자는 울었다. 세상이 무너져라 울었다. 그 모습을 보며 자신이 이 나약한 여자를 지켜줄 것이라고 다짐했다. 여자의, 엄마의 살아가는 이유가 될 것이라고 다짐했다. 그런데 자신의 어머니는 아니었나 보다. 엄마에게는 자신이 살아갈 이유가 되지 못했나 보다.

매미와 매미 소리가 공명한다. 시끄러운 소음이 귀를 찔렀지만 혜림은 여전히 과거에서 헤어 나오지 못했다.

송형석, 그 남자는 차하영, 그 여자에게 한 번도 웃어주지 않았다. 하물며 자신에게도. 호적상으로 그 남자는 제 아버지였으며 제 어미의 남편이었는데도 그 남자는 아버지로서 남편으로서의 의무를 충실히 하지 않았다. 그는 저와 제 어미에게 애정을 주지 않은 채 묵묵히 '돈'만 벌어와 생계를 이어가게 했다. 흔한 미소도, 다정한 목소리도 들려주지 않았다.

애정을 받지 못해서일까? 혜림은 그 남자가 떠나던 날 크게 슬프지 않았다. 들었던 감정은 그저 옅은 배신감뿐이었다. 하지만 그 감정도 쉽게 사라졌다. 자신에게는 어머니가 있었으니까.

하지만 어머니의 전부는 딸인 차혜림이 아니라, 송형석 그 남자였다. 그리고 어머니는 죽었다. 흔한 교통사고도 아닌 자살이었다. 어머니의 시신을 처음 발견했을 때도 그저 황망했을 뿐이다. 자신은 어머니의 살아갈 이유가 되지 못했던 걸까? 만약 자신이 그 남자의 얼굴을 닮았더라면…… 죽지 않고 살아 계셨을까?

　어머니가 돌아가시고 나서도 시간은 흘렀다. 어머니를 떠올리면 슬프긴 하지만 처음처럼 죽을 만큼 아프지도, 슬프지도 않았다. 그저 어머니한테 자신은 그 정도 존재밖에 되지 않았구나 하는 쓸쓸함만이 가슴에서 맴돌다가 사라졌다.

　그러던 어느 날 문득 궁금해졌다.

　그 남자는 어떻게 지내고 있을까, 라는 궁금함. 사람을 시켜 사는 곳을 알아본 뒤 휴일 날 그 남자를 보러 갔다. 자신과 함께 살 때만큼 넓은 집은 아니지만 아담한 주택에 작은 마당이 있는 그런 집이었다. 자신이 살고 있는 집과는 달리 다정함과 따스함이 묻어 있는.

　한참을 남자를 기다렸을까. 가족 여행이라도 갔다 왔는지 남자와 그 남자의 아내, 그리고 남자의 딸은 웃고 있었다. 행복해 보였다. 느낀 감정의 이름은 배신과 분노였다. 자신과 송여울의 몸에 똑같은 그 남자의 피가 흐르고 있었지만 그는 자신은 사랑하지 않았다. 분노와 배신감, 슬픔이 한데 모여 폭풍우처럼 마음을 쓸기 시작했다.

　남자는 자신의 어머니를 잊었다. 그 남자 때문에 어머니가 죽었는데도 남자의 얼굴엔 슬픔의 기색이 전혀 없었다. 어머니는 죽어서도 불쌍한 여자였다.

코끝이 시큰거리고 눈이 뜨거웠다. 억지로 울음을 참으려고 하며 숨을 크게 들이마셨다.

"안 좋아해요, 등나무 꽃."

"……."

"단 한 번도 좋아했던 적 없어요."

"하지만 항상 등나무 꽃을 보고 있었잖아."

"잊지 않기 위해서 본 거예요."

"……."

그래, 잊지 않기 위해서 시시때때로 등나무 꽃을 바라봤다.

"생각 없는 제 행동 때문에 누군가에게 정말 큰 상처를 줬어요."

"……."

"제가 한 실수를 잊을까 봐, 잊지 않기 위해서 보는 거예요."

"……."

"잊지 않기 위해서……."

분위기가 무거워졌다. 괜한 이야기를 꺼냈나, 도대체 왜 이러는 걸까 싶다. 혜림이 여울이를 이유 없이 괴롭히는 것 같지는 않았다. 그녀가 말하는 이유는 '마음에 안 들어서'이지만 그녀에게 사연이, 이야기가 더 있을 것 같았다.

물론 박찬들을 좋아하기 때문이라는 시시한 이유일 것 같지도 않았다. 시시한 이유라고 생각함과 동시에 정말로 혜림이 찬들을 좋아해서 그런 게 아닐까, 하는 걱정이 들기도 했다. 하지만 이내 쓸데없는 생각이라며 자신을 질책했다.

뭔가 어머니의 죽음과 관련이 있을 거라는 생각을 해보기도 했지만 지나친 비약이란 생각에 고개를 절레절레 저었다. 아까와는 전혀 다른 깊이의 침묵과 어색함에 우진이 작은 돌을 신발의 끝으로 툭, 한 번 쳤다. 매미 소리가 유난히 시끄럽다.

혜림은 어머니의 장례식에서 눈물 한 방울도 흘리지 않았다고 했다. 겉으로는 강한 척, 괜찮은 척하고 있지만 속은 분명 곪을 대로 곪아 있을 게 분명했다. 곪은 상처는 터뜨려야만 했다. 그 과정이 비록 아픈 것이지만 그래야만 상처가 아물 수 있다.

상처가 아물고 흉터는 남겠지만…… 흉터는 시간이 흐르면 희미해지게 마련이니까.

"저 이만 가볼게요."

쉴 만큼 쉬었다는 생각에 의자에서 엉덩이를 떼었다. 너무 오랫동안 자리를 비우면 괜한 오해를 사기도 쉬우니까. 치맛자락에 붙은 먼지를 손으로 대충 털어내고 교실로 가기 위해 여우진에게 꾸벅 인사했다.

혜림이 일어나니 따라 일어난 것인지, 아니면 교무실에 같이 들어갈 생각인지 모르겠지만 그도 자리에서 일어났다. 자신을 따라 한 행동인 것 같아 혜림이 미간을 슬며시 좁히며 그를 올려다봤다.

"하실 말씀 있으세요?"

"어? 아, 그게……."

한참을 망설이는 얼굴로 멋쩍게 뒷머리를 벅벅 긁다가 검지로 볼을 긁는 우진을 보며 그녀가 답을 재촉하는 표정으로 인상을 살짝 찡그렸다.

"할 말 없으시면 가볼게요."

"아니, 그게 잠깐만!"

또 붙잡는 그의 행동에 그녀는 그에게 들릴 만큼 한숨을 내쉬고는 그가 이번에는 본론을 말하기를 차분히 기다렸다. 한참을 망설이는 기색 끝에 무겁게 닫혀 있던 그의 입술이 살짝 열리더니 나지막하게 답했다.

"……동정한 거, 아니었어."

전혀 예상치 못했던 말이었기에 벼 이삭 색 눈동자가 보기 드물게 놀람으로 커졌다. 곤란해 보이는 고동색 눈동자는 난처함만 가득한 채, 그녀와 시선을 똑바로 마주하지 못하고 있었다.

"그렇다면 다른 선생님들처럼 제 뒤에 있는 사람들이 무서우셨어요?"

"그런 것도 아니야."

그가 얼핏 한숨을 내쉰다.

"넌 고3이고, 조금 있으면 수능이 있고, 이 시기에 다른 학교로 전학을 간다는 게 너한테 안 좋을 거라 생각했었어. ……대학도 가야 하니까."

그 말은 모순이다. 괴롭힘이라든가, 왕따 사건은 제 할아버지가 원한다면야 금방 묻힐 게 분명하다. 그걸 저 남자가 모를 일이 없다. 우진을 물끄러미 바라보자 그는 혜림을 힐긋 보았다. 투명한 유리알 같은 눈동자가 올곧게 자신을 응시하고 있었다. 저런 눈동자를 보면 거짓말을 못하겠다. 사실대로 말하자, 한숨이 섞인 목소리로 말을 이었다.

"그냥 네가 이 학교를 떠나는 게 싫었을 뿐이야."

"왜요?"

"글쎄, 왜일까……."

그가 쓰게 웃는다. 그건 혜림이 처음 보는 미소였고, 학생들에게 보여주던 미소와는 전혀 다른 것이었기에 저도 모르게 가슴이 크게 두근거렸다. 어떤 것을 보고 깜짝 놀란 것처럼.

우진이 물끄러미 혜림을 바라봤다. 벼 이삭 색 눈동자와 염색을 한 것처럼 옅은 갈색 머리카락. 바비 인형처럼 예쁜 외모지만 얼굴에는 표정이 없다. 감정을 쉽게 드러내지 않는 아이다. 그랬기에 인형 같은 외모가 더더욱 인형처럼 보였다. 그녀는 분명히 사람인데도, 생동감이라는 것을 잘 느낄 수가 없었다.

'여울이처럼 웃으면 좋을 텐데.'

여울이는 울기도 많이 우는 아이였지만, 웃기도 많이 웃는 아이였다. 여울이처럼 한 번이라도 좋으니 진심을 담아 미소를 짓는다면 참 기쁠 텐데. 그것이 저를 향한 미소라면 더더욱 좋겠지만……. 그 누구라도 좋으니 그녀를 미소 짓게만 만들어준다면 그는 참 기쁠 것 같았다. 여울이를 생각하니 문득 떠오르는 궁금증에 그가 대뜸 물었다.

"그런데 여울이 목걸이를 주운 게 거짓말이라는 거, 어떻게 알았어?"

평소에 우진의 입에서 항상 나오던 송여울의 이름인데 지금 이 순간만큼은 그 이름이 싫었다. 원래 자신이 여울이를 싫어하는 것과는 전혀 다른 종류의 짜증이었다. 그래서 혜림은 저도 모르게 사실을 말해 버렸다, 퉁명스러운 목소리로.

"저한테 있으니까요."

"뭐?"

"저한테 있어요, 송여울 목걸이."

"그걸 네가 어떻게……?"

찬들이가 말하길 아무리 찾아도 안 보인다고 했었다. 한데 그 이유는 그 목걸이가 혜림의 손아귀에 있었기 때문이었던 거다. 눈앞에서 찬들이와 여울이가 헛짓거리를 하는 것을 혜림은 그저 즐기면서 바라봤다는 거다.

독하다는 생각이 무심결에 들기도 했지만 왜 이렇게까지 여울이를 미워하는 걸까, 하는 궁금증이 다시 모락모락 피어났다. 물어보고 싶지만, 물어볼 수가 없다. 물어본다고 해도 자신의 앞에 서 있는 인형 같은 여학생은 사실대로 말해주지도 않을뿐더러, 까칠한 말투로 '송여울이라서 싫은 거예요'라고 차갑게 대꾸하며 자리를 뜰 테니까.

"수능 공부는 잘하고 있냐?"

"……."

"지망 대학은 있고?"

무거운 분위기를 바꾸기 위해 대화 주제를 돌렸다. 보통의 대한민국 고3들이 가장 꺼려할 법한 주제이기도 하지만 혜림인 '보통의' 대한민국 고3이 아니니까. 그리 꺼려하는 주제가 아닐 거라는 판단하에 한 질문이었다.

하지만 그의 생각이 틀렸던 것일까, 상냥히 웃으며 묻는 우진의 물음에 그녀는 잠시 머뭇거리며 꺼려하는 기색을 살짝 드러냈다. 찰나의 순간에 느낀 감정의 이름은 '망설임'이었다. 그것도 저와는 아무런 상관도 없는 교사에게.

사실대로 말해. 저 사람은 아무 상관 없잖아?

자신을 향해 그렇게 외치지만, 여전히 고민하고 있었다. 사실을 말할까, 말하지 말까. 그녀는 한국에서 대학 진학할 생각이 전혀 없었다. 어차피 고등학교까지만 한국에서 생활하고 대학생 때부터는 엄마가 지내던 미국에서 생활할 생각이었다. 사실 좀 더 일찍 갈 수 있었지만, 갑자기 송여울이란 여자애가 눈앞에 나타나는 바람에 차질이 생긴 것이지, 유학 계획은 중학교 때부터 생각해 왔던 거였다.

"곧 있으면 수시철이잖아. 수시, 썼어?"

"안 썼어요."

"어째서? 적정으로 하나 생각해 놓지?"

숨을 크게 마시다가 내뱉었다. 어쩐지 머리가 아프다.

"혜림아?"

우진의 고동색 눈동자와 시선을 마주했다. 자신을 바라보고 있는 그 눈동자를 보니 가슴이 두근거린다. 그와 동시에 가슴이 먹먹해졌다. 말할지 말지 쉽사리 결정을 내리지 못하는 자신이 바보 같았지만, 이상하게 말하고 싶지 않았다.

말을 하면 여우진 이 사람이 엄청나게 놀란 눈으로 자신을 볼 테니까. 그리고 그 후의 이 남자의 반응을 볼 자신 또한 없었다.

무덤덤한 얼굴로 자신을 보는 것도, 축하하며 미국에서의 생활 열심히 하라며 응원해 주는 것도, 꽤 당황하는 기색으로 이것저것 물어보는 그 반응도 보고 싶지 않았다. 하지만 모순적이게도 말하고 싶었다.

 이 사람에게만은 말하고 싶었다. 몇 번을 망설이며 나지막하게 '선생님'이라고 불렀지만, 쉬는 시간을 알리는 학교 종소리에 듣지 못한 것 같았다. 한참을 어항 속에 있는 붕어마냥 입을 뻐끔거리다 결국 입을 굳게 다물었다.

 말하고 싶지 않다.

✱

 툭, 툭. 검지로 책상을 두드리는 소리가 조용한 사무실 안에 유난히 크게 퍼졌다. 현재 형석의 최대 고민이었다, 차혜림이라는 존재는. 자신과는 닮은 점이라고는 하나도 없는 얼굴이 시간이 지나감에 따라 젊었을 적 하영을 쏙 닮아가고 있었다.

 찝찝했다. 제 피의 반이 그 아이의 몸에 흐르고 있었다. 저와 닮은 구석이라고는 하나도 없었지만 자신을 차갑게 쳐다보며 조소하던 모습은 10년 전의 자신이 하영을 보고 있는 것처럼 보여서 일말의 죄책감을 느낀 것 같기도 했다.

 그 두 사람을 차갑게 외면하고 사랑하는 이들에게 돌아갔을 때, 드디어 원래 자신의 자리를 찾았다는 만족감과 기쁨을 느꼈다. 하지만 행복한 순간순간마다 두 사람이 떠올랐다. 그런 찝찝함을 근

10년에 가까운 생활 동안 느껴야만 했다.

하지만 한 번이라도 봐야겠다는 생각은 하지 못했다. 그저 문득문득 떠올렸을 뿐, 최대한 잊으려고 노력했다. 하영과 혜림은 그에게 있어 작은 가시 같은 존재였다. 너무 작아서 빼기 힘들지만, 그대로 놔두기에는 계속 거슬리고 아프게 만드는 뺄 수도, 가만히 내버려 둘 수도 없어서 그저 머뭇머뭇하고 있는 사이 결국 큰 상처로 변하는, 작은 가시 같은 그런 존재였다.

그리고 그 작은 가시는 결국 상처가 되어 돌아오고 있는 중이었다. 자신의 '딸'에게.

"엄마한테 말하지 마렴."

작은 가시와도 같은 존재였지만 그런 존재를 영인에게 들키고 싶지는 않았다. 그걸 알리고 싶지 않았지만.

"그럼 송여울한테 사실대로 말해요."

그러지 못한다는 것을 알고 있기에 한 말이라는 것도 안다. 그 아이는 '차혜림'이란 존재가 그에게 어떤 존재인지 굉장히 잘 알고 있었다.

한참을 책상을 두드리다가 책상 위에 올려둔 캘린더에 시선을 던졌다. 며칠 전이 7월 15일이었다. 차하영의 기일. 딱히 묘에 찾아가지는 않았다. 찾아갈 이유도 없을뿐더러 찾아가서도 안 된다고 생각했었다.

　버리다시피 그 여자의 곁을 떠났는데 자신이 무슨 자격으로 그 묘에 찾아간단 말인가. 오히려 찾아가지 않는 것이 하영과 혜림, 그리고 혜림의 조부모님에 대한 예의라고 생각했다.

　이것저것 겹치는 사건들에 머리가 아프다. 지끈거리는 머리에 관자놀이를 꾹꾹 누르다가 마른세수를 했다. 까끌까끌한 수염의 감촉이 손바닥에서 그대로 느껴졌다.

　두 손으로 턱을 쓸어내리면서 무거운 한숨을 내쉬자, 손바닥에서 뜨거운 무언가가 그대로 느껴졌다. 찬들이에게 차혜림에 대한 이야기를 들었을 때 몇 톤짜리 망치로 뒤통수를 크게 한 대 얻어맞은 느낌이었다. 그만큼 충격이었다. 자신에 대한 원망과 미움을 그대로 여울이에게 표현할 줄은 생각도 하지 못했었기 때문이다.

　혜림은 절대로 그만둘 생각이 없어 보였다. 학교폭력이라며 일이 크게 벌어져도 말이다. 상처받을 사람이 자신이라는 걸 알면서도 끝을 보는 면은 차하영을 닮은 걸까. 차하영은 한성의 외동딸이라고 하기에는 너무 나약했다. 그리고 이기적이었다.

　근 20년 전 정략적으로 올렸던 결혼식이 회색빛으로 퇴색되어 영화 필름처럼 차르륵 스쳐 지나간다. 근 20년 전 차하영은 자신을 향해 사랑한다고 말했었다. 하지만 형석이 보기에는 그건 사랑이 아니라 집착일 뿐이었다. 하영과 형석 두 사람을 지치고 힘들게 만드는 그런 집착. 솔직하게 말하자면 하영과의 사이에서 아이를 가질 생각은 없었다.

　사랑하지 않았기에 안지 않았다. 자신의 집안이 일어나기 시작한다면, 그때가 되면 억지로 한 결혼 생활에 종지부를 찍을 생각이었다. 상대방의 일방적인 강요로 한 결혼에 이혼 도장을 찍고 영인에게 돌아갈 생각이었다. 그러나 술에 취해 저지른 단 하룻밤의 실수로 아이가, 혜림이 생길 줄은 꿈에도 생각하지 못했다.

혜림은 열 달을 채 채우지 못하고 태어난 미숙아였다. 눈도 제대로 뜨지 못하며 살려고 노력하는 갓 태어난 아이에게 느낀 감정은 부성애가 아니었다. 그랬기에 태어난 아이의 얼굴을 제대로 보지도 않고 시선을 돌렸다.

미숙아였던 아기는 자라기 시작했다. 시간이 지날수록 건강을 되찾아 말을 하기 시작하고, 걸어 다니기 시작했다. 간혹 자신을 향해 팔을 벌리며 '빠, 빠'라고 말할 때에도 단 한 번도 안아주지 않았다.

아이는 아무런 잘못이 없다며 어른스럽게 행동하려 했지만 그러질 못했다. 한 번이라도 안아주려고 노력했지만 번번이 실패. 차하영을 닮은 벼 이삭 색 눈동자를 보면 드는 거부감에 냉정하게도 9년이란 시간 동안 한 번도 안아주지 못했다. 그가 떠나기 전까지는 혜림의 성이 '송'이었다. 자신의 아이였으면서도, 그는 온전하게 아버지로서 정을 주지 못했다.

"젠장."

만약 조금이라도 애정을 쏟았더라면, 어른스럽게 굴었더라면 일이 이렇게까지 복잡해지지는 않았을 것이라는 생각이 든다.

"……후회는 아무리 빨라도 늦은 법인 건가."

나지막하게 중얼거리며 전화번호부를 뒤적여 오랜만에 보는 번호를 몇 번이나 망설이다가 통화버튼을 꾹 눌렀다.

뚜르르르……. 오늘따라 통화연결음이 너무 길었다. 전화를 받지 못할 만큼 바쁜 것인지, 아니면 자신의 전화를 피하는 것인지 알 도리가 없다. 만약 피하는 것이라고 해도 할 말이 없다.

그들에게 있어 송형석은 자신들의 고명딸을 죽인 살인자나 다름없을 테니까.

역시 받지 않으려나, 반쯤 포기하고 종료버튼을 누르려고 할 때, 건너편에서 전화를 받는 소리가 선명하게 들렸다.

전화를 받았음에도 수화기 건너편의 상대방은 아무런 말이 없었다. 그 흔한 여보세요, 라는 말도 하지 않은 채 형석이 먼저 말을 하기만을 기다리는 것 같았다. 먼저 말을 해야 하는 걸까, 잡고 있는 스마트폰에 힘이 절로 들어갔다.

"송형석입니다, 어르신."

〈……말하게.〉

"염치없는 말이지만, 아이들의 일로 잠시 뵙고 싶습니다."

✱

복도에서 우연히 찬들과 마주쳤다. 점심시간, 뙤약볕 아래에서 농구를 하고 왔는지 목에는 수건을 두른 채 얼굴을 닦고 있었다. 두 사람은 1년 전만 해도 남들이 말하는 친구라는 사이였다. 물론 그런 관계가 송여울이 전학 오고 나서부터 달라졌지만.

송여울이 없기 때문인지 항상 노려보던 그 시선이 조금은 약해진 채로 약간 난색을 표하는 찬들에 비해 혜림의 얼굴은 여전히 무덤덤했다. 복도에는 많은 학생들이 부산스럽게 움직였지만 두 사람은 한 발자국도 움직이지 않은 채 그 자리에 서 있었다. 한곳에 뿌리를 내린 커다란 나무처럼.

먼저 움직인 사람은 혜림이었다. 당황해하고 있는 찬들의 시선을 외면한 채 그 곁을 지나치기 위해서 발을 바지런히 움직였다. 멍청하게 그 모습을 보던 까무잡잡한 피부를 가진 찬들이 퍼뜩 정신을 차리고는 혜림의 뒤를 따라 움직였다.

'왜 따라오는 거지?'

속으로 내심 당황한 혜림이 발을 빨리 움직였다. 혜림의 발걸음이 조금 빨라지자 뒤따라오는 찬들의 발걸음도 속력을 내기 시작한다. 도망치는 것처럼 보여서 싫지만 찬들과 말을 섞는 건 더 싫다.

쯧, 짧게 혀를 차고 거의 뛰다시피 걷기 시작했을 때, 뒤따라오는 찬들도 거의 뜀박질을 하다시피 걸으면서 소녀의 어깨를 잡았다. 왜소한 어깨가 손에 잡힌다. 날씬한 편에 속하는 여울이보다 훨씬 더 얇은 느낌이다. 혜림의 어깨에 손을 올린 찬들이 퍼뜩 손을 내렸다.

더위 때문에 그런 걸까, 손바닥이 타는 듯이 뜨겁다.

"왜."

약간 가쁜 숨을 내쉬며 차갑게 말을 내뱉자, 제 어깨를 잡은 오른손을 몇 번 쥐락펴락하다 혜림의 팔목을 잡았다.

"할 말 있어서 붙잡은 거 아냐?"

"어? 어어."

딱히 할 말은 없었다. 그냥 복도에서 우연찮게 마주쳤을 때, 마치 1년 전으로 돌아간 것만 같은 기분이 들어서 찬들은 순간 자신도 모르게 손을 들어 웃으며 '혜림아' 하고 부를 뻔했었다. 혜림이 시선을 피하지만 않았더라면.

그 순간 환상에서 깨어났다. 1년 전이랑은 다르다. 그때와는 많이 달라져 버렸다. 무표정하지만 옅게 미소 지을 때도 있던 혜림은 이제 잘 웃지도 않았고, 웃는다고 하더라도 거의 조소에 가까운 표정뿐이었다.

"여울이."

익숙하게 그 이름을 내뱉자 혜림의 어깨가 허상이라는 생각이 들 정도로 미세하게, 아주 미세하게 떨렸다.

"송여울 안 괴롭혔어, 오늘."

'그 말이 아니야' 하며 그가 고개를 절레절레 흔들었다.

"혜림아."

"왜."

"왜 이렇게 변했어?"

"……"

변한 건 없다. 자신은 변하지도 달라지지도 않았다. 아주 오래 전부터 이런 사람이었다. 그저 이런 모습을 드러낼 사건이 없었을 뿐이었다. 그리고 송여울은 아주 어렸을 적부터 그녀가 쌓아온 것을 터뜨리기 좋은 총알받이가 되었을 뿐이다. 게다가 이 정도의 분풀이는 당연히 받아들여야 한다고 생각했다.

송여울과 김영인으로 인해 누군가는 죽었고, 자신과 외조부모님은 소중한 사람을 잃었다.

"1년 전으로 돌아가자. 돌아가고 싶어."

바보 같은 놈.

입술을 질끈 깨물었다. 자신이 뭐가 예쁘다고 찬들이 이런 말까지 하는지 모르겠다. 박찬들이 미련할 정도로 착하다는 걸 알고 있었다. 그랬기에 자신이 송여울에게 모질게 구는 이유를 말하지 않았다. 말한다며 박찬들은 혜림과 여울 사이에서 갈팡질팡했을 테니까.

이러지도 저러지도 못하면서 슬픈 눈으로 자신을 보는 찬들을 볼 바에야, 그냥 찬들의 기억 속에 자신이 '아주 못된 계집'이라고만 기억되길 바랐다. 어쩌면 찬들에게 그녀가 할 수 있는 유일한 배려이기도 했다. 혜림이 살짝 시선을 내리깔았다. 마음이 착잡해져 오기 시작했다. 이래서 찬들과는 말을 섞고 싶지 않았다. 송여울에 대한 죄책감은 하나도 없지만, 찬들에 대한 미안함은…… 남아 있으니까.

"네가."

"……"

"송여울 곁에 있는 이상 우리는 옛날로 못 돌아가. 그리고 예전으로 돌아간다고 해도, 예전 같지 않을 거야."

"……"

"그건 너도 나도 아주 잘 알고 있는 사실이잖아."

그 말을 인정하는 걸까, 찬들이 입을 꾹 다문다. 도서실로 향하는 복도는 사람들이 적어서 한산했다. 열린 창문으로 들어오는 아이들의 웃음소리와 이야기 소리가 귀에 들어온다. 시끄러워, 무의식중으로 그렇게 생각하다 제 손목을 붙잡고 있는 찬들의 손을 본다.

굳은살이 많이 박힌 손을 조금은 애달프게 바라봤다. 부질없는 생각이라는 것을 알지만, 송여울만 나타나지 않았더라면 찬들과는 정말로 좋은 친구가 됐을 것이라고, 유일하게 마음을 열 수 있는 친구가 됐을 것이라는 생각을 몇 번이나 한다. 그만큼 착하고 좋은 아이이지만…… 찬들에게는 자신보다 송여울이 더 소중할 게 분명했다. 유치한 편 가르기라고 해도 좋다. 그렇다고 해서 그녀가 상처를 받는 것도 아니다. 그녀도 그게 당연한 것이라고 생각하고 있으니까.

물에 젖은 솜마냥 몸도 마음도 무겁다. 착잡해지는 마음을 애써 외면했다. 물에 뜨기 위해 몸에 힘을 빼는 것처럼, 혜림의 손목을 잡고 있던 찬들의 손에서 서서히 힘이 빠지기 시작했다. 스르륵, 놓아버릴 듯 말 듯한 단단한 손을 보며 그녀가 차갑게 손을 내쳤다.

찬들이 냉정해지지 못한다면 자신이 냉정해지면 된다. 미련이란 이름의 감정은 어떤 것을 버리지 못하기 때문에 생기는 감정이니까, 저가 냉정하게 굴고 그를 버린다면 찬들도 그만 포기하고 말 거다. 날카로운 마찰음에 찬들의 진한 고동색 눈동자에 당황함이 한껏 물들었다.

"네 친구는 내가 아니라, 송여울이야."

"……"

"그러니까 넌 송여울이나 신경 써. 나 같은 애는 신경 쓰지 말고."

찬들이 만졌던 손목 부위를 손으로 살살 문지르며 혜림이 그 자리를 떠났다. 계단을 급하게 내려와 도서실을 향해 거의 뛰다시피 걷기 시작했다. 뒤에서 자신을 빤히 바라보고 있을 찬들의 시선이 느껴졌지만, 애써 뒤돌아보지 않고 걸었다.

하아……. 도서실로 들어서자 차가운 에어컨 바람이 피부를 감싸 안았다. 일순 드는 한기에 팔뚝에 소름이 오소소 돋아서 손바닥으로 슥슥 문질렀다. 의외로 도서실에는 사람이 없었다. 있는 사람이라고는 사서 선생님 한 명뿐 학생들은 없었다.

구석진 곳에 앉아서 불을 하나 켰다. 익숙한 자리에 불이 켜지고 의자를 꺼내서 엉덩이를 붙였다. 약하게 부는 에어컨 바람이 머리카락을 살랑살랑 건들이기 시작했다. 문제집을 펼쳐 놓고도 한동안 풀지 못한 채 샤프로 문제집만 톡톡 두드렸다.

운동장에서 놀고 있는 학생들의 목소리가 유난히 크게 5층 도서실에까지 들려왔다. 이 시간 송여울은 별관 쪽에 있는 미술실에서 열심히 그림을 그리고 있을 게 분명했다.

여울의 행동은 눈에 선명하게 들어온다. 하고 있는 생각, 지금 하고 있을 행동 같은 것들 말이다. 송여울은 생각을 읽기 쉬운 계집이니까. 그렇지만 지금 이 순간에는 여울을 괴롭히고 싶지 않았다. 자신이 여울을 괴롭혔다는 것 때문에 선생님이 요즘 저를 주의 깊게 살펴본다는 것 때문도 있고, 찬들이 신경 쓰이는 것 때문도 있었다.

문득 7월 15일 찾아갔던 묘에 놔두고 온 액자가 떠올랐다. 흔한 가족사진도 없는 집이었기에 지갑에서 몰래 빼내간 가족사진에 자신의 얼굴과 어머니의 젊었을 적 얼굴을 오려 붙였다.

부질없는 짓이라고, 한심한 짓거리라는 것을 알고 있음에도 그렇게 할 수밖에 없었다. 변명에 가까운 말이었지만, 어머니께 특별한 선물이라도 해주고 싶었다. 어머니를 위한 선물이었지만, 비참했다.

어째서 타인의 가족사진에 어머니의 얼굴을 붙여줬어야만 하는 걸까. 아무에게도 들키고 싶지 않은 일이다. 특히 송형석에게는 더더욱. 비참함과 분한 감정이 혼란스럽게 뒤섞였다. 어쩌면 부러워한 것일 수도 있다. 여울의 가족을 부러워한 것이기보다는 온전한 자신만의 '가족'을 갖고 있는 이들이 부러웠다.

여울은 자신이 가지지 못한 것들을 많이 가지고 있었다. 가족, 친구, 무조건적인 애정과 따스한 어머니의 사랑. 그녀가 항상 갈망했음에도 가지지 못했던 것들만을 가졌다. 주먹이 동그랗게 말리면서 손에 힘이 들어간다.

"혜림아, 혜림아……."

황폐해진 눈동자가 떠오르고, 제대로 정돈되지 않은 머리를 한 채 전화만을 하염없이 바라보는 여자가 떠오른다. 남자가 떠나고 나서 여자는 혜림을 똑바로 바라보지 않았다. 혜림을 바라보면서도 혜림의 뒤에 있는 그 남자를 찾았다.

그러면서 울었다. 왜 그 남자를 닮지 않고 자신을 닮았냐며 어린아이의 어깨를 붙잡고 하염없이 울었다. 목이 갈라져서 그 남자의 이름을 부르는 여자를 혜림은 그저 멍청히 내려다보며 미안하다는 말밖에 할 수 없었다.

"……미안해."
"왜, 왜 날 닮아서……! 네가 날 닮았기 때문에……!"
"엄마, 미안해……. 내가 엄말 닮아서 미안해……. 내가 아빠 몫까지 열심히 할게. 그러니까……."

제발 정신 차려줘.
여자는 미친 것만 같았다. 여자가 하는 일이라고는 울고 화를 내고, 정신 나간 여자처럼 환청을 듣는 것뿐이었다. 그리고 여자만이 웃고 있는 결혼식 사진을 몇 번이나 그리운 표정으로 찾는 일뿐이었다.
결국 여자는 끝까지 과거에만 얽매여 있다가 죽었다. 아직까지도 그 기억은 생생하다. 차가운 문손잡이를 돌려 문을 열었을 때 느꼈던 역한 냄새가 코끝을 찔렀다. 목을 매단 채 여자는 죽어 있었다. 땅바닥에는 원래라면 손에 꼭 쥐고 있었을 남자의 독사진이 있었다.
죽었다는 걸 판단하기까지는 시간이 아주 오래 걸렸다. 그냥 황망히 어미의 시신을 보는 것밖에 할 수가 없었다. 유서 같은 것은 없었다. 유서라고 불릴 만한 것은 남자의 독사진 뒤에 쓰인 '사랑해' 라는 글자뿐이었다.

남기고 가는 딸을 향한 말도 없었다. 여자의 인생엔 오직 그 남자뿐이었다. 그 남자만이 삶의 중심이었다.

어머니가 송형석 그 남자에게 가졌던 감정의 이름이 정말 '사랑' 이었을까. 그건 '사랑' 을 빙자한 '집착' 이 아니었을까…….

어머니의 영정사진을 보며 혜림은 울지 않았다. 손을 끝까지 꾹 쥔 채 눈물을 참았다. 어쩌면 잘됐다고, 현실을 인정하지 못한 채 현재의 슬픈 삶을 살 바에는 차라리 잘됐었다고 생각했다, 못되게도.

어쩌면 열 살, 그 어린 나이에 지쳤던 것일 수도 있다. 여자의 슬픔에, 집착에.

그 흔한 가족사진 한 장 없던 가정에 어머니는 가족사진을 갖고 싶어 했다. 그랬기에 저도 모르게 한 일이었다. 미술실에서 송여울의 지갑을 몰래 본 후 화목한 가족사진을 꺼낸 것도, 가져온 것도 모두 우발적인 일이었다.

집으로 그 사진을 들고 가 한참을 바라보다가 서랍에 넣어뒀다 어머니의 기일 전날에 다시 꺼냈다. 어머니가 활짝 웃던, 가장 아름다웠을 적의 사진을 꺼내 잘라 붙이고, 자신의 유년 시절의 사진을 오려 붙였다.

이상하고 어색한 사진이었지만 그래도 '가족사진' 이라 불렀다. 어머니의 미련을 이런 식으로나마 풀어드리고 싶었다. 자신은 비참하지만 어머니는 기뻐하실 테니까. 약간은 꾸깃한 사진을 깨끗하게 펴서 작은 액자에 넣고 어머니의 묘의 옆에 올려뒀다.

"미안해."

"……여보, 여보……."

"미안해, 엄마……."

"여보, 어디 있어……."

"엄마, 미안해……. 내가 아빠 몫까지 할 테니까, 제발…… 울지 마……."

어쩐지 눈물이 날 것만 같다.

"앉게."

차 회장의 등장에 송형석이 자리에서 엉덩이를 주춤하며 뗐다가 다시 붙였다. 종업원이 아이스 아메리카노를 두 잔을 가져오자, 목이 타는지 그가 아메리카노를 벌컥벌컥 들이켰다. 하지만 아메리카노를 마심과 동시에 이야기도 절로 삼켜지는 것 같았다.

"그 아이가……."

"……."

"여울이를, 그러니까……."

"자네 딸을 괴롭힌다는 말을 하고 싶겠지."

차 회장이 앞에 놓인 아메리카노를 한 모금 마셨다. 살짝 쓴맛이 느껴진다. 차 회장의 말에 형석이 아무런 말도 하지 않았다. 여울이는 자신의 딸이 맞았고…… 차혜림, 그 아이를 뭐라고 지칭해야 할지를 모르겠으니까.

혜림이라고 지칭하기에는 형석과 혜림의 사이는 멀었다. 혜림이 열 살도 채 되지 않았을 때 형석은 혜림을 버리고 그 집을 나섰으니까. 살갑게 혜림이라고 부를 자격이 되지 않았다. 그렇다고 생판 남인 것처럼 딱딱하게 부르기에는 묘한 위화감이 있었다.

어찌 됐던 그 아이의 몸에 흐르는 피의 반은 자신의 피니까.

달각, 커피잔을 내려놓는 소리가 유난히 선명하다. 들리는 소리라고는 에어컨이 가동되는 소리와 소곤거리는 사람들의 목소리뿐. 긴장으로 인해 형석이 침을 꼴깍 삼켰다.

눈앞에 있는 노인은 하영과 자신의 결혼을 반대했던 사람이었다. 드라마에서 공공연하게 나오는 '신분의 차이' 때문이 아니라 하영과 자신의 결말이 뻔히 보였기 때문이리라. 처음 만났을 때 차 회장은 형석에게 '하영일 사랑하나?'라고 물었었다. 굉장히 차가운 눈으로.

그리고 그 물음에 형석은 제대로 답하지 못했었다.

"부모한테 말하고 싶었겠지만, 아이 부모가 이미 세상에 없는 사람일세."

하영이가 죽은 건 자네 때문이야.

차 회장이 이렇게 말하는 것처럼 들렸다. 10년 전에는 느끼지 못했던 죄책감일까, 아니면 이것 역시 그를 괴롭혔던 '찝찝함'일까.

"그 여울이란 아이를 괴롭히는 걸 그만두라고 말하고 싶겠지."

"네."

"나도 그렇게 말했네."

"……뭐라고 하던가요?"

"싫다고 하더군."

차 회장이 쓰게 웃는다. 울 것 같은 얼굴이지만 결코 눈물을 보이지 않던 자신의 손녀가 안쓰럽고 불쌍했다. 어쩌면 이미 죽어버린 자신의 딸보다 더. 누군가는 혜림일 보면서 강하다고 말했고 누군가는 독하다고 말했다.

혜림인 강해지기 위해서 스스로 독해졌다. 아마 그 아이가 스스로 강해져야 하겠다고 생각하게 된 계기는 하영이의 죽음이었을 것이다. 어미의 장례식 때 혜림이는 끝까지 울지 않았다. 울음을 참으려고 입술을 세게 짓누르고 손톱이 손바닥을 파고들 정도로 주먹을 꾹 세게 쥐고 있었다.

"이미 죽은 사람을 그리워하는 건, 하영이가 했던 행동과 다를 바 없으니 그만두라고 말했더니……."

"……."

"자신은 제 어미 딸이라며 그만두지 못하겠다고 하더군."

"말리지 않을 생각이십니까?"

어쩐지 힐난하는 말투가 됐다고 아차 싶었지만, 차 회장은 별 신경 쓰지 않는 듯했다.

"말린다고 해서 그 아이가 말을 들을 것도 아니니."

"……."

"굳이 말리지는 않을 생각이네."

"회장님."

"자네 딸만 가여운가?"

"……."

"자네 딸보다 혜림인 더 가여워. 여울이라고 했나? 자네 딸은 아무것도 모르니 차라리 다행이지, 혜림인 모든 걸 알고 있어. 그 어린것이 모든 걸 다 알면서도 9년을 참았어."

"……."

"더 이상 참아야 하나?"

"……회장님, 살아 있는 사람은 살아야 하지 않습니까."

어쩜 이리 이기적일까, 자신이 이리도 이기적인 사람이었는가. 자신에게 느껴지는 혐오감에 그리고 여울이를 위해서라는 부성애에 형석이 눈을 질끈 감았다. 그 모습에 차 회장이 한쪽 입꼬리를 올렸다.

9년이 지난 세월에 어른이기에 괜찮다고 생각했다. 상처가 조금은 아물었다고 생각했었다. 하지만 전혀 아물지 않았다. 아니, 상처는 아물었다 하더라도 흉터는 계속 남아 있었다. 조금쯤 희미해졌을 것이라 생각했던 흉터는 전혀 희미해지지 않은 채 여전히 차 회장의 가슴에 남아 있었다.

"살아야 하는 사람은 살아야 하니까……."

"……."

"하영이를 버리고, 혼자 살았나?"

"……."

"그 조그만 핏덩이에게 '애정' 한 번 쏟지도 않고, 버리고 가니 살 만해졌는가?"

"……."

"혜림이가 그만두지 않겠다고 한다면 나 역시 굳이 말릴 생각은 없네."

그 말에 심장이 제 것이 아닌 것처럼 두근두근 뛰기 시작했다. 손에 절로 식은땀이 모인다. 하지만 자신과 반대로 차 회장은 평온해 보였다.

"이번에도 혜림이가 참아야 한다면."

"……."

"내 손녀딸이, 혜림이가……."

적막감이 흐른다. 입술이 바짝바짝 마르는지 형석이 마른침을 삼키며 혀로 입술을 핥았다. 제 앞에서 긴장하는 형석의 모습이 퍽 웃겨 차 회장이 싸늘하게 웃으며 대꾸한다.

"너무 불쌍하지 않은가."

형석의 입매가 굳어졌다. 입을 굳게 다문 채 커피잔만 손으로 만지작거리고 있는 형석을 보며 차 회장이 차갑게 말했다.

"자네가 그렇게 떠나고 나서 내가 왜 자네 일을, 가정을 건드리지 않았는지 생각해 봤는가?"

아무 말도 하지 못하는 형석을 보며 차 회장이 비릿하게 웃었다. 하영이가 그렇게 사랑했었기에 가만히 있었다. 딸아이가 죽고 난 후에는 혜림이를 생각해서 송형석에게 손도 대지 않았다. 어미까지 죽은 마당에 아비라는 남자까지 건드릴 수는 없었다. 차 회장이 눈을 꾹 감았다가 떴다.

"만약, 혜림이가 그만두길 원한다면 내가 아닌 혜림이한테 부탁하게."

"……."

"그 아이가 들어줄지는 의문이지만."

할 말이 끝났다는 듯 의자 밀리는 소리와 함께 차 회장이 자리에서 일어났다.

송형석은 그런 차 회장을 따라 일어날 생각도 못하고 멍청하게 커피잔만 내려다보고 있었다. 어쩌면 기대를 하고 있었던 것인지도 모른다. 차 회장은 현명하고 똑똑한 사람이니까 일이 수월하게 풀어질 수도 있을 것이라는 일말의 기대.

하지만 그 일말의 기대는 차 회장의 싸늘한 눈빛과 함께 산산조각으로 부서졌다. 아무리 현명하고 똑똑한 사람이라고 하더라도, 사랑하는 딸을 죽게 만든 남자를 용서할 수는 없는 노릇이다. 10년 전의 일이 이렇게 자신에게 되돌아오는 건가 싶어 형석이 눈을 꾹 감았다.

눈을 감자 보이는 것은 아무것도 없었다. 희미하게 들어오는 불빛도 없었고, 그저 캄캄한 어둠만이 보일 뿐이었다. 그것이 꼭 그의 앞길 같았다. 희미한 불빛이라도 보이면 방향이라도 잡을 텐데, 미약한 불빛도 보이지 않으니 자신이 도대체 어디서부터 어떻게 일을 풀어야 할지 도통 감이 잡히지 않았다.

마른세수를 하다 두 손으로 얼굴을 덮었다. 괜히 일을 키웠다가는 형석이 불리해진다. 한성그룹을 건드려서 일이 좋게 끝날 것 같지는 않으니까. 무조건 일이 커지기 전에 마무리 지어야만 했다. 하지만 어떻게?

"당신이 우리 엄마랑 저에 대한 모든 사실을 송여울에게 말한다면 그만둘게요, 저도."

저를 또렷이 보던 벼 이삭 색 눈동자가 떠올랐다. 그와 동시에 귓가에 혜림의 목소리가 들려왔다. 그 말은 분명히 진심일 것이다. 아마 며칠 안에 저가 사실대로 여울이에게 말하지 않는다면, 어쩌면…… 그 아이가 직접 모든 사실을 여울이에게 말할 수도 있었다.

테이블 위에 올려둔 핸드폰으로 시선을 던졌다. 다시 한 번 그 아이에게 연락을 해볼까 하며 망설이다 결국 테이블 아래로 손을 떨어뜨렸다. 도무지 다시 연락할 용기가 나지 않는다. 여울이에게 사실대로 말할 용기 또한 나지 않는다.

자신이 이렇게 비겁하고 이기적인 사람이었나. 자신에게 드는 혐오감에 닫힌 입술 사이로 무거운 한숨이 흘러나왔다.

바깥에서 투둑투둑, 하고 떨어지는 빗방울 소리에 고개를 살짝 들어 창밖으로 시선을 던졌다. 갑자기 내리는 비에 사람들이 우왕좌왕하며 뛰어가는 모습이 눈에 들어온다. 그리고 투명한 유리창에 떨어지는 빗줄기도.

"……장마군."

계절은 벌써 여름 중순이 되어 있었다.

*

장마 기간이었기에 비는 며칠 동안 계속해서 내렸다. 습기를 가득 담은 여름 바람은 싫다. 소나기도, 장마도 싫다. 그냥 여름이란 것 자체가 싫었다. 여름이 되면 돌아가신 어머니가 떠오르니까. 창가 자리에 앉아 내리는 빗줄기를 멍하니 쳐다봤다.

하늘에 구멍이라도 뚫린 듯 내리는 빗줄기는 유난히 거셌고, 내리는 비는 멈출 생각을 하지 않았다. 장마가 언제 끝난다고 했지? 아침에 얼핏 봤던 예쁘장한 얼굴의 기상 캐스터의 말이 잘 기억나지 않았다. 샤프심으로 책 귀퉁이를 툭툭 치다가 책상 위에 올려둔 캘린더를 봤다.

곧 있으면 수능이다. 그전에 여름방학이 오겠지만 대한민국의 수험생에게 여름방학이란 건 그다지 즐거운 이벤트는 아니니까. 방학이 돼봤자, 아이들은 학교에 나와서 공부를 해야 했다. 캘린더를 보다 교실 안을 쭉 훑었다. 수능이 얼마 남지 않았음에도 교실 안은 시끌벅적했다. 몇 개월 후면 수능인 게 믿어지지 않을 정도로. 물론 혜림이 속한 반뿐만이 아니라 거의 3학년 모든 반에 속하는 얘기였다. 비가 와서 그런 걸까, 여느 날보다 교실이 더 시끄러운 것 같다. 습기를 머금었기 때문일까, 아이들의 웃음소리와 목소리가 유난히 크게 울린다.

반복적으로 지속되는 일상은 지루할 정도로 평온했다. 이어지는 평온함 뒤에 숨겨진 권태라는 감정이 서서히 얼굴을 드러내기 시작했을 때, 혜림의 두 눈동자가 반짝였다. 한동안 송여울에게 다가가지 않았고, 그렇기에 송여울 역시 평온했다. 혜림이 괴롭히지 않아서라는 이유도 있겠지만, 집에는 아무런 일도 없는 것처럼 보였다.

송형석 그 남자는 아직 송여울에게 차하영이란 여자에 대해 말도 꺼내지 못했을 게 분명하다. 며칠의 유예 기간을 주고 있지만 만약 송형석이 끝까지 말을 하지 못한다면 자신이 직접 얘기할 거다. 꼭 지금 이 순간이 아니라도, 언젠가는 송여울에게 자신이 직접 말할 생각이었다.

너랑 너희 엄마, 아빠 때문에 우리 엄마가 죽었어.

라고.

자신과 자신의 부모님 때문에 그녀의 엄마가 죽었다는 걸 알게 되면 송여울은 어떤 표정을 지을까? 울까? 아니면 절망할까? 그것도 아니면 멍청하게 자신을 바라보고만 있을까? 사실 어떤 반응을 보여도 혜림에게는 꽤 재밌는 사건이 아닐 수 없었다. 송여울은 자신의 말에 크게 동요할 게 분명하니까.

송형석은 끝까지 부정했다. 자신 때문에 한 사람이 죽었다는 것을. 끝까지 자살이라며 바락바락 우기던 형석의 얼굴이 떠올랐다. 죄책감에서 벗어나고 싶어서 그렇게 말했던 건지, 아니면 살인자라는 오명을 벗고 싶어서 그랬는지 이유는 잘 모르겠지만 자살이라고 말하던 그 남자의 얼굴은 보기 흉했다.

복잡한 감정을 띠는 눈동자와 도망치고 싶어 하는 기색을 여실히 드러냈던 그 모습은 어린 혜림이 보기에도 충분히 흉하다고 생각됐다. 자신의 어머니는 왜 그렇게 형편없는 남자를 사랑한 건지 아직도 이해가 가지 않는다.

"이 녀석들! 종이 쳤는데도 아직도 떠들고 있어? 너희들 고3

맞냐!"

 교재로 앞문을 툭툭 치며 들어오는 우진 덕에 소란스러움이 잠시 사그라졌지만, 아이들은 그저 배시시 웃으면서 다시 떠들었다. 빗소리 때문에 목소리가 묻혀서 그런지 아이들이 더 목소리를 높이며 떠들었다.

 "어이! 조용히 하고! 수업하자!"
 "쌤! 비도 오는데 무서운 얘기 해요!"
 "첫사랑, 첫사랑 얘기 해주세요!"

 짓궂은 남학생 두 명이 목소리를 높이자, 아이들이 자연스럽게 '오오~' 하고 분위기를 몰아갔다. 반 아이들의 태도에 우진이 어이없다는 얼굴로 혀를 끌끌 찼다.

 "너희들, 며칠 후면 수능이다?"
 "아직 백 일 넘게 남았어요!"
 "곧 있으면 백 일이야, 이것들아. 쓸데없는 소리 하지 말고 교과서 145쪽 펴라."
 "쌤, 알고 보면 모태솔로 아녜요?"

 어떤 애가 킥킥 웃으며 장난스럽게 물어보자 여자애들이 '설마' 하고 웅성거렸다. 유달리 집중이 안 되자 그가 한숨을 푹 내쉬었다.

 여우진의 연애담이라니, 조금 궁금하긴 하다. 손가락 사이에 있는 샤프를 빙그르르 돌리며 그를 바라보자 그는 여전히 난색을 띠며 아이들을 집중시키기에 바빴다.

 여우진은 자신보다 여덟 살이나 많은 스물일곱 살이었다. 꽤 젊은 나이게 한 번에 임용고시에 합격해서 선생님이 된 것도 능력이 좋다고 할 법한 일이었고, 우진이 학교에 항상 입고 오는 옷들이 명품인 것을 보면 집도 꽤 잘사는 것 같았다. 그런 남자가 태어나서 이십칠 년간 한 번도 연애를 해보지 못했다는 건 어불성설이다.

"조용, 조용히 하자, 얘들아! 딴 반 수업한다!"

"조용히 할 테니까 첫사랑 얘기 해주세요!"

우진은 난처해 죽을 지경이었다. 오늘따라 아이들을 집중시키기도 어려웠고, 뭣 때문인지 몰라도 제 첫사랑 얘기에 죽어라 매달리고 있는 반 아이들을 보며 내심 한 대 꽉 쥐어박고 싶었다. 게다가 평소라면 반이 시끄럽든 말든 조용히 문제를 풀고 있을 혜림도 오늘은 평소와 다른 표정으로, 조금은 웃음기가 있는 얼굴로 턱을 괸 채 자신 쪽으로 보고 있었다.

혜림까지 호기심이 동한 얼굴이라니. 그가 속으로 한숨을 내쉬며 첫사랑에 대해 생각했다. 이십칠 년간 단 한 번도 연애를 해보지 않았다면 거짓말이다. 하지만 크게 '사랑'이라는 감정을 겪으며 아파한 적도 없었다. 스물일곱이나 먹었지만 아직 사랑에 대해서 모르기도 했다. 그저 누군가 고백을 한다면 이것저것 재보고 고백을 받아들이고 남들이 한 번쯤 다 한다는 연애를 했다.

"첫사랑 얘기 해주세요!"

아무리 조용히 시키려고 해도 조용해지지 않는 반 아이들을 보며 우진이 크게 한숨을 내쉬었다. 첫사랑이라고 할 만한 것은 없었기에 첫 연애 때 이야기를 하고 대충 넘어가야겠다며 우진이 입을 열었다.

"대학교 1학년 때 같은 과 동기였어."

"예뻤어요?"

"그래."

"사귀었어요?"

"그래."

우진이 설렁설렁 대답했다. 먼저 고백한 건 그 여학생이었다. 그것도 축제 때. 별 관심 없었지만, 꽤 생김이 반반하고 성격도 좋아서 사귀었다. 그런 마음으로 사귀었기 때문에 오래가지 못하고 금방 헤어졌지만.

"쌤, 이상형은 누구예요!? 좋아하는 연예인!"

"딱히 없다."

"에이, 뭐예요, 그게~"

아이들이 그래도 웃으면서 말하자, 교탁 앞자리에 있는 남학생이 묻는다.

"그럼 뭐, 좋아하는 스타일은 있으세요?"

"음……."

이상형이라…… 딱히 생각해 보지 않았다. 곰곰이 생각하다 생각이 나는 대로 떠올렸다.

"긴 생머리에."

"쌤은 청순가련형 좋아하네요."

"시끄러워, 임마."

교재로 남학생의 머리를 한 대 툭 치며 웃다가 말을 이었다.

"긴 생머리에, 책을 많이 읽는 사람이었으면 좋겠고, 쌍꺼풀 있는 사람. 쌤이 쌍꺼풀이 없잖아."

"또요?"

"차분하고 단정한 분위기를 내는 사람이면 좋지. 예쁘면 더 좋고."

그가 개구지게 씩 웃는다.

"음, 그리고 약간은 차가운 사람이 좋겠다."

"왜요?"

자신이 차가운 사람을 유일하게 따뜻하게, 뜨겁게 만들어주는 사람이 되길 원하니까. 입속에서만 맴도는 말을 차마 하지 못하고 그저 웃는 것으로 마무리했다. 아이들도 딱히 궁금하지는 않는지 그 말의 의미를 더 이상 묻지 않았다.

"쌤, 대학 가면 진짜 애인 생겨요?"

"아니."

"쌤은 생겼잖아요."

"난 예외지. 모든 일엔 예외가 있는 법이잖아."

주위에서 우우— 야유 어린 목소리가 울렸지만, 우진이 가볍게 어깨를 으쓱였다. 틀린 말은 아니니까.

"우리 엄만 대학 가면 여친 생기니까 그때 가서 연애하라던데."

"대학 가면 생길 것 같죠? 안 생겨요, ASKY란 말이 괜히 있겠냐?"

"그래도 생길 놈은 생기더라."

"쌤처럼?"

"그렇겠지?"

그가 다시 한 번 개구지게 웃었다. 웃으며 이야기를 하다 창가 자리 쪽으로 시선을 던졌다. 초반에만 해도 이야기에 흥미를 보이는 것처럼 굴던 혜림은 다시 문제를 풀고 있었다. 귀 옆으로 흘러내리는 긴 생머리를 단정하게 귀 뒤로 넘기면서.

긴 생머리에 쌍꺼풀이 있고 차분하고 단정한 분위기를 내는 조금은 차갑다고 생각되는 사람. 어쩐지 방금 자신이 말한 모든 사항에 혜림이 속하는 것 같았다. 그렇게 생각하자 순간 얼굴이 홧하고 달아올랐다. 학생을 상대로 이런 감정을 품고 있다는 것도 말이 안 되는 일인데 제 모든 이상형에 혜림이 속했다. 원래 자신의 이상형은 이렇지 않았다.

감이 잡히지가 않았다. 원래의 이상형에 혜림이 딱 맞는 것인지 아니면 혜림에게 이런 감정을 품고 나서 이상형이 바뀌었지. 달아오르는 얼굴을 애써 식히기 위해 손부채질을 하다 교재를 펼쳤다. 계속 연애 쪽으로 이야기가 이어진다면 꽁꽁 숨겨왔던 이야기를 술술 말할 것만 같았다.

"이제 됐으니까 모두 교재 펴. 145쪽, 저번에 2번 해석하다가 말았지? 오늘 23일이니까 23번 읽고 해석해 봐라. 아래서 둘째 줄 끝부분부터."

23번 아이가 일어나서 익숙하게 문장을 읽어가기 시작했다. 반 아이들 모두 책에 시선을 주고 있었지만, 여울 혼자만 우진을 보며 아까 전 그가 말했던 이상형을 찬찬히 떠올렸다.

긴 생머리에 쌍꺼풀이 있고 약간은 차갑다고 생각되는 이미지 그리고 차분하고 단정한 분위기를 내는……. 여울이 무의식적으로 떠오르는 얼굴에 고개를 휘휘 저었다. 말도 안 된다. 여우진 선생님은 말 그대로 선생님이고, 자신이 떠올린 사람은 학생이다.

하지만 우진이 말하는 이상형에 어째선지 떠오르는 사람은 우진의 이상형에 그대로 속하는 사람이었다.

"여우진 선생님한테 너는 그저 평범한 학생일 뿐이겠지만."

떠오른 여학생, 혜림이 자신에게 그렇게 말했다. 그 말이 사실이었기에 부정하지 못했다. 자신을 학생이 아닌 여자로 봐주길 원했지만 선생님이었기에 그럴 수 없다는 걸 알고 거의 포기한 상태였다. 그저 가망 없는 짝사랑쯤으로.

혜림이 말한 것은 자신에게만 포함된 것이 아니라 노원고등학교에 다니는 모든 여학생들에게 포함되는 이야기가 틀림없으니까. 우진에게 있어 자신도 학생이지만, 다른 여학생들도 학생일 것이고, 혜림도 다른 아이들과 다를 바 없는 학생일 테니까.

그렇게 자기 위안을 했었다. 하지만 지금은 조금 불안하다. 혜림은 학생이지만 선생님의 눈에 여자로 보일까 봐. 조금은 조마조마한 눈으로 우진을 바라보고 있는데, 그의 시선이 오른쪽 창가 자리로 향했다. 중간 자리에 앉아 있었기에 뒤에 있는 누군가에게 시선을 줬는지는 모르겠지만 여울은 우진이 보고 있는 사람이 혜림이라는 것을 알아챘다. 그리고 곧 붉어지는 그의 얼굴에 가슴에 몇 톤짜리 바위가 쿵 하고 떨어지는 기분이었다.

어째서, 왜? 왜 하필 혜림이지? 자신이 그렇게 바라고 바라던 사람의 눈길이 왜 자신이 아닌 혜림이에게 닿는 거지? 혜림이도 자신과 다를 바 없는 노원고등학교의 여학생일 뿐인데 왜 자신은 학생이고, 혜림인 여자지? 울컥하고 치솟는 마음에 입술을 질끈 물었다.

지금 자신의 모습이 추할 것이라는 걸 분명 알면서도 마음이 진정되지 않았다. 체육대회 때가 떠올랐다. 두 사람이 다정히 이야기를 나누는 모습이 아직도 뇌리에 선명하다. 그때부터였을까? 그때도 우진은 즐거운 표정과 다정한 눈빛으로 혜림을 바라봤다.

왜 계속해서 혜림이에게만 시선을 주는 걸까? 관심을 가지는 걸까? 차혜림은 가해자고 자신은 피해자인데, 혜림에게 괴롭힘당한 사람은 오히려 자신인데 왜 제게는 눈곱만큼의 관심도 주지 않는 걸까. 뭐가 다르기에 자신은 학생이고 혜림은 여자일까.

눈물이 가득 맺히려는 걸 애써 참으면서 여울이 고개를 푹 숙였다. 여울의 짝이 흘긋 여울을 봤다가 고개를 돌렸다. 누가 콕 지정해서 직접적으로 여울을 왕따시킨 건 아니었다. 반에서 인기가 많은 혜림이 처음 여울이에게 관심을 가졌을 때는 반 아이들도 이것저것 물어보며 여울이에게 다가갔다. 하지만 혜림이 어느새 그녀를 외면하고 차갑게 대하자 반 아이들도 하나둘씩 여울의 곁을 떠났다.

지금 여울의 곁에 남아 있는 사람은 박찬들 단 한 명뿐이었다.

'도대체 나한테 왜 그러는 거지?'

아무리 물어봐도 혜림인 대답해 주지 않았다. 그저 비릿하게 웃으면서 '네가 송여울이기 때문에' 라고만 대답했다. 저도 모르게 혜림에게 실수라도 했었나, 곰곰이 생각해 봐도 딱히 떠오르는 게 없었다. 책상 밑, 무릎 위에 가지런히 올려둔 손이 둥글게 말리면서 절로 힘이 들어갔다.

눈이 자꾸 시큰거린다. 그동안 혜림에게 당했던 갖가지 괴롭힘과 우진의 시선이 제게 닿지 않는다는 것 때문에 코가 시리고 눈이 시큰거린다.

"툭하면 우는 것 좀 고쳐."

차가운 목소리가 귓가에 울린다.
"여울아? 어디 아프니?"
바로 위에서 들리는 다정한 목소리에 그녀가 퍼뜩 고개를 들었다. 한 손에는 교재를 든 채 조금은 놀란 얼굴을 한 남자가 저를 바라보고 있었다. 진한 고동색의 다정한 눈동자가 자신을, 차혜림이 아닌 송여울을 바라보고 있었다. 그것도 걱정스러움을 가득 담은 채로. 서로의 모순된 감정이 뒤섞여 마음에 폭풍처럼 휘몰아친다.

하나는 저를 걱정해 주고 있는 그 시선이 너무 다정하고 좋아서. 또 하나는 제게 말을 걸어준 것이 너무 기쁜 마음과 저를 바라보는 눈동자가 자신을 걱정해 주는 그 마음이 '선생님이 학생에게 당연히 해야 할 의무'라는 것이 너무 비참하고 슬퍼서 결국 참았던 눈물이 볼을 타고 흘러내렸다.

"여울아, 여울아? 왜 그래? 많이 아파? 양호실 갈래?"
"아…… 니요. 괜찮아요."

씩씩한 목소리로 말했지만, 그 말을 믿지 않는지 우진이 주위를 휙휙 둘러보다 찬들을 지목했다.

"찬들아, 너 여울이 양호실 좀 데려다 주고 와라."

"네."

찬들이 자리에서 일어나려는 걸 여울이 고개를 휘휘 저었다.

"괜찮아요. 혼자 갈 수 있어요. 혼, 혼자 갔다 올게요."

찬들을 더 이상 걱정시킬 순 없다. 이런 한심한 이유로 운다는 것 또한 들키고 싶지 않았다. 여울이 손등으로 흐르는 눈물을 슥슥 닦아내고는 자리에서 일어나 조용히 뒷문으로 나갔다.

수업 시간에 갑자기 우는 여울 때문에 반 분위기는 순식간에 산만해졌다. 비도 내리고, 여울이 이유를 알 수 없는 눈물을 보이고. 빗소리 때문에 유난히 울리는 소음을 진정시키기 위해 꽤 애를 먹었다. 하지만 수업은 계속 어수선한 분위기에서 진행되었다. 수업을 하는 삼십 분 내내 여울인 교실 안으로 들어오지 않았고, 역시나 어수선한 분위기에서 수업이 끝났다. 쉬는 시간이 되자 여울이 갑자기 운 것이 아이들의 대화 주제로 올라오는 듯했으나, 별 관심이 없었는지 금방 잊혀졌다.

"차혜림."

찬들이 검지로 그녀의 책상을 톡톡 쳤다. 음악을 듣고 있던 혜림이 귀에 꽂고 있는 이어폰을 빼고 몸을 뒤로 쭉 빼 의자에 편하게 기댔다.

"여울이한테."

"오늘 아무 짓도 안 했어."

"……."

"넌 송여울이 울면 당연히 내가 무슨 짓을 했을 거라고 생각하더라?"

오늘 하루, 아니, 오늘 하루뿐만 아니라 요 며칠 동안 혜림은 여울에게 손 하나 까딱하지 않았다. 그랬기에 혜림도 오늘 여울이 우는 이유를 잘 몰랐다. 그저 여울이 우진 때문에 울었다는 것을 어림짐작만 할 뿐.

"그러면 여울이가 왜."

왜 그러는 거야, 라고 물으려는 뒷말을 그녀가 싹둑 잘랐다.

"대답은 나도 몰라. 나도 송여울이 왜 우는지 몰라. 내가 24시간 내내 걔만 보고 있는 줄 아니?"

혜림의 표정이 짜증스럽다는 듯 구겨졌다. 그 표정에 찬들이 머쓱한 표정으로 뒷머리만 슬슬 긁었다. 귀에서 뺐던 이어폰을 다시 꽂았다. 익숙한 팝송이 귀에 들어온다. 근 1년 동안 여울을 괴롭혔다. 그리고 그 1년 동안 찬들은 보모 역할을 자처하며 여울을 꼭 챙겼다. 그랬기에 여울인 박찬들이 눈에 들어오지 않으면 은근히 불안해했다. 그 모습이 혜림의 눈에는 한심하기 그지없었다. 여울이 혼자서 할 수 없는 건 아무것도 없었다. 어떻게 자라면 저렇게 의존적으로 행동할 수 있을까, 하는 생각이 들 정도로.

찬들이 보기에는 그녀가 여울이에게 심한 말만 퍼부은 것처럼 보이겠지만, 혜림은 여울을 보고 느낀 그대로 사실대로 말한 것뿐이었다. 혼자서 할 수 있는 건 아무것도 없고 꼭 누군가에게 도움을 받아야만 무언가를 할 수 있었다. 아마 송여울도 그 사실을 잘 알았기에 아무런 말도 하지 못하고 그저 멍청하게 울기만 하면서 제 말에 반박하지 않았던 것이리라.

습기를 담은 여름 바람이 바깥에서 거세게 분다. 거센 바람이 창문에 꽤 세게 부딪치면서 큰 소리를 내자 그녀의 어깨가 순간 흠칫했다.

"넌 언제까지 송여울 보모 노릇 할 거야?"

찬들을 보지 않은 채 창밖을 보며 말을 이었다. 그녀의 앞에 서 있는 찬들은 아무런 말도 하지 않았다.

"네가 평생 동안 송여울 보살필 거 아니면 적당히 해."

"……네가 신경 쓸 필요 없어."

"그렇긴 하지."

그 말에 가볍게 어깨를 으쓱이며 바람 빠진 웃음소리를 냈다. 누구나 충고 어린 말은 듣기 싫어한다. 찬들도 마찬가지였다. 근 1년 동안 찬들은 여울의 보모 노릇을 자처하며 혜림을 말렸다.

그동안 혜림은 찬들에게 자신이 여울을 괴롭히는 이유를 말하지 않았다. 그리고 찬들 역시 혜림에게 물어보지 않았다.

✽

새벽 다섯 시. 빗소리에 눈이 떠졌다. 비는 며칠간 맑은 날씨를 보이더니 잠들기 전 하늘에 구름이 꾸역꾸역 몰려오고 있는 걸 봤었는데 결국 비가 내리고 있었다. 계속해서 내리는 비 때문에 몸이 나른하다. 몸을 일으켜 침대 헤드에 몸을 기대고 있다가 협탁 위에 스탠드를 켰다.

반짝거리는 불빛에 눈이 순간 따가웠다. 몇 초 동안 눈을 제대로 뜨지 못하고 희미하게 감고 있다 빛에 익숙해져서 다시 눈을 떴다. 더러운 책상이 먼저 눈에 들어왔다. 영어가 빼곡한 서류 정리를 다 하지 못하고 그냥 자버렸다. 그리고 눈에 들어온 것은 협탁 위에 올려둔 요즘 읽고 있는 책이었다.

언제쯤 다 읽을 수 있을까. 책갈피가 끼워진 곳을 펼쳤다. 책의 구절이 눈에 들어온다. 눈이 뻑뻑해 몇 줄 제대로 읽지도 못한 채 다시 책을 덮었다. 이렇게 꾸물거리다 보니 벌써 십 분이 흘렀다. 작게 하품을 한 번하고 침대에서 빠져나와 욕실로 향했다.

샤워기를 틀어 욕조에 물을 받기 시작하면서 주방으로 들어갔다. 컵에 차가운 물 한 잔을 가득 따라 벌컥벌컥 마시니 배에서 꼬르륵거리는 소리가 들렸다. 배고파, 조용히 중얼거리며 냉장고를 열자 보이는 건 계란과 식빵 그리고 몇 가지 반찬들뿐. 텅텅 빈 냉장고를 보며 작게 한숨을 내쉬고는 힘없이 냉장고 문을 닫았다.

재료 좀 사둘걸. 투덜거리다 식빵을 토스트기에 넣고, 계란을 꺼내 프라이팬에 기름을 두르고 계란을 깨뜨렸다. 지글지글 거리는 소리가, 기름 냄새가 배를 더 허기지게 만들었다. 계란이 적당히 익자 토스트기에 계란을 올리고 케첩을 대충 뿌렸다. 맛있는 걸 먹고 싶다기보다는 허기진 배를 채우자는 욕구가 더 컸다. 한참을 주방에서 움직였을까, 욕실 쪽에서 물이 떨어지는 소리가 나기 시작했다. 급한 마음에 뚜껑도 채 닫지 않고 그대로 내버려 두고 욕실로 들어갔다.

"앗, 뜨거."

샤워기를 급하게 끄고 욕조에 손을 살짝 담갔다가 금방 손을 빼냈다. 물이 뜨겁다. 살짝 얼얼한 손끝으로 귓불을 잡았다.

"후……."

뜨겁다. 물이 너무 뜨거웠기에 바로 샤워하는 건 무리라는 생각에 슬리퍼를 질질 끌며 욕실 밖으로 나와 다시 주방으로 들어가 아직 식지 않은 토스트를 바라봤다. 토스트기에 잘 구워진 빵과 그 위에 올린 계란 프라이, 그리고 성의 없이 대충 뿌려진 케첩까지. 정말 맛없어 보이는 토스트였다. 손으로 한 번 뒤적거리며 인상을 살짝 찡그렸다.

"……좀 성의 있게 만들걸 그랬나."

성의 있게 만들고 싶어도 재료가 없었지만. 기름기가 손에 덕지덕지 묻었지만 신경 쓰지 않고 한입 베어 물었다. 계란에 소금을 뿌리지 않았기에 조금 계란은 조금 싱거웠다. 한참을 입에서 오물오물 씹다가 꿀꺽 삼켰다. 충분히 씹었음에도 불구하고 목에 뭔가가 막힌 느낌이 들었다.

다시 한 번 토스트의 귀퉁이를 베어 물고는 오물오물. 맛이 없다. 성의 없게 만들어서 그런가, 아니면 손재주가 없어서 그런가. 하긴 어렸을 때부터 할머니가 보내주신 반찬이나 사 먹는 반찬에 익숙해져 있어서 직접 해 먹을 시간도, 여력도 없었다.

"밥 먹고 싶어."

반도 채 먹지 않고 대충 만든 토스트를 그릇 위에 내려놨다. 이런 맛없는 토스트가 아니라 밥이 먹고 싶었다. 다른 집에서 흔히 먹는 된장찌개, 김, 김치, 계란 프라이, 이런 소소한 밥이 먹고 싶었다.

기름이 묻은 손을 닦을 생각도 하지 않고 손을 아래로 떨어뜨렸다. 힘없이 식탁 위로 떨어진 손을 보다 눈을 조용히 감았다. 그녀 혼자만 있는 주방인데도 달그락달그락 거리는 소리가 들려왔다. 감았던 눈을 뜨고 소리가 나는 쪽을 보자 익숙한 뒷모습의 여자가 설거지를 하고 약간 서투른 듯하지만 조금은 익숙해진 손길로 전기밥솥의 스위치를 눌렀다.

약간 어색하게 여자를 부르려고 할 때, 신기루는 순식간에 사라졌다. 허탈함에 헛웃음을 터뜨리고는 고개를 푹 숙였다.

어렸을 때 어머니가 해주던 밥은 맛이 없었다. 항상 먹을 때마다 목이 턱턱 막혔다. 한성의 외동딸로 손에 물 한 방울 묻히지 않고 자랐으니 요리가 생소할 수밖에 없었으니까. 그렇지만 항상 노력했다. 노력의 결과로 어머니의 요리 솜씨가 웬만한 프로 요리사의 솜씨에 가까워졌지만 그래도 밥은 맛이 없었다.

항상 목에서 턱턱 막히고 밥을 한 숟갈 떠먹고 물을 마셔야만 했다. 기억 속 어머니가 해주신 반찬은 맛있었다. 하지만 함께하는 분위기가 무거웠다. 식사 시간은 항상 조용했고, 수저 움직이는 소리만 났다. 남자는 어머니가 해주는 음식을 항상 남겼다. 그리고 가족이 함께 식사하는 시간은 오직 아침뿐이었다.

"진짜 맛없네."

토스트를 음식물 쓰레기통에 내다 버리고는 싱크대에서 손을 대충 헹구고 주방을 나섰다. 리모컨을 들고 TV를 켜고 익숙하게 공중파 방송을 틀었다. 아침 연예 뉴스가 끝날 때쯤, 하단에 오늘의 날씨가 나왔다. 아침에 구름이 끼다 저녁에 비가 올 예정이니 우산을 챙기시길 바랍니다……. 지금이 아침인지 새벽인지 구분은 잘 가지 않지만 바깥은 여전히 비가 내리고 있었다.

아나운서가 웃으며 이야기하는 게 보기 싫어 리모컨을 들어 전원버튼을 꾹 눌렀다. 팟— 하는 소리와 함께 TV가 순식간에 암흑으로 물들었다. 여름이라 해가 길어졌다 하지만 새벽 다섯 시의 하늘은 아직도 어슴푸레했다. 커튼 사이로 희미하게 보이는 여명이 서서히 아침이 오고 있다는 것을 알 수 있게 해줬다. 멍청하게 그 모습을 보다 이내 욕실 안으로 들어갔다.

하늘은 그래도 여전히 흐렸다. 그녀의 마음처럼.

※

여름방학이 다가왔다. 그 말은 즉, 대한민국 고3에게는 수시를 쓸 기간이 다가왔다는 뜻이기도 했다. 번호 순대로 아이들이 선생님과 상담을 하고 지망하는 대학에 대해서 이야기를 하기 시작했다. 몇몇 아이들은 울면서 들어왔고, 몇몇 아이들은 풀 죽은 얼굴로, 몇몇 아이들은 웃으면서 들어왔다. 웃으면서 들어오는 아이들은 아주 극소수였고, 대부분은 풀 죽은 얼굴에 속했다.

혜림에게 있어서 수시는 먼 나라 이야기였다. 수시를 쓸 생각은 당연히 없었고, 대학은 한국에 있는 대학이 아니라 영국 쪽에 있는 대학에 갈 생각이었으니까. 다만 아직 그 누구에게도 말하지 않았을 뿐이었다.

담임선생님이 물어보면 어떻게 대답해야 하나 싶기도 하고, 그것보다 더 그녀의 신경을 거슬리게 하는 것은 담임의 옆자리에 앉아 있는 우진이였다. 어차피 뒷 번호이기에 아직 시간이 남아 있긴 하지만 그렇게 많이 남은 것도 아니었다.

열어둔 문 사이로 주룩주룩 내리는 비가 급식실 안으로 들어오고 있었다. 기상 캐스터의 말처럼 일곱 시에서 열 시 사이로는 비가 내리지 않다가 점심시간이 되자 그대로 쏟아져 내렸다. 보통 점심시간에는 끼니를 걸렀지만 오늘은 밥이 먹고 싶었기에 급식판을 들고 줄을 서서 기다렸다.

수저를 챙기고, 급식판을 들고 순서가 되기를 기다리는데 뒤에서 누군가 어깨를 툭툭 쳤다. 기척에 뒤를 돌아보니 반장이다. 서글서글한 성격의 반장이 꽤나 놀랍다는 활짝 웃으며 반갑게 말을 걸었다.

"혜림아, 밥 먹어?"

"아, 응."

"혼자?"

"응."

혜림의 말에 반장이 놀란 듯 눈을 크게 뜨다가 이내 주위를 획획 둘러보고는 조금 조심스럽게 물었다.

"같이 먹는 애는?"

"없는데."

항상 혼자인 게 익숙했다. 밥을 먹는 것도, 잠을 자는 것도. 누군가는 혼자 있는 것이 부끄럽고 외롭다고 하지만 그녀는 이미 혼자 있는 것에 익숙해져 버렸다. 그것이 부끄러운 것인지도, 외로운 것인지 모를 만큼.

멀뚱멀뚱한 표정으로 서 있자, 반장이 조금 황당하다는 기색을 하고는 이내 배시시 웃었다. 순수한 여고생의 미소에 그녀가 살짝 움찔했다.

"그러면 같이 먹을래?"

"네가 같이 먹는 친구는?"

"다들 간부회의 때문에 먼저 먹고 가서 나도 혼자 먹어야 하거든."

은근 풀 죽은 기색에 들리지 않게 혼자 웃고는 고개를 끄덕였다. 하루쯤은 같이 먹어도 상관없을 것이리라. 혜림의 앞에 있는 아이가 급식을 받자, 혜림도 밥, 반찬, 국 순서대로 천천히 급식을 받았다.

아침에 먹었던 토스트는 이미 소화되고 배가 꼬르륵거렸다. 몰려오는 허기짐에 그녀가 침을 꼴깍 삼키고는 자리를 찾기 위해 주위를 휘휘 둘러보는데 요령 좋게 자리를 잡은 반장이 혜림을 불렀다. 순간 멍청하게 자리에 서 있던 혜림이 반장의 맞은편에 가 앉았다.

"으아, 배고프다. 잘 먹겠습니다!"

반장이 먼저 국을 한입 떠먹자, 혜림도 천천히 국을 입에 넣었다. 그렇게 맛있다고는 할 수 없었지만 못 먹을 정도는 아니었다. 그녀는 맛을 음미하기보다는 몰려오는 허기짐을 어서 빨리 달래고 싶었으니까.

두 사람은 밥만 먹었다. 혜림은 누군가와 함께 먹는 게 생소했기에 굳이 먼저 말을 걸 필요성도, 이야기를 하면서 밥을 먹을 생각도 하지 못했다. 그리고 남들이 그렇게 먹는다고 생각도 하지 못했고, 그게 평범한 여고생이라는 것도 알지 못했다. 그랬기에 혜림이 먼저 말을 꺼내지는 않았다. 간간이 반장이 이야기를 하고 혜림인 고개를 끄덕이면서 맞장구를 치는, 그런 식의 대화가 이어졌다.

"오늘 수시 상담했거든. 완전 서울에 있는 대학은 간당간당하다고 하더라. 넌 아직 상담 안 했지?"

"응."

"경기도권에 있는 대학이라도 들었으면 좋겠다, 아휴. 넌 어디 쓸 거야?"

"어?"

"어? 는 무슨, 어? 야. 대학 말이야, 대학."

꽤나 얼이 빠진 것처럼 보이는 혜림의 행동에 반장이 피시시 바람 빠진 웃음소리를 내며 햄을 하나 찍어 입에 쏙 넣었다. 눈앞에 있는 아이는 분명히 원하는 대학에 갈 수 있을 것이다. 성적도 항상 상위권을 유지하고 있고, 반장이 본 혜림의 모습은 항상 단정히 앉아서 열심히 공부를 하고 있는 모습뿐이었으니까.

답을 기다리고 있는 반장의 얼굴이 심히 부담스럽게 혜림이 젓가락으로 국을 휘휘 저으며 아무런 말도 안 했다.

"딱히 정해놓은 대학 없어?"

"수시로 안 갈 생각이거든."

거짓말은 아니었다. 유학에 대해 모르는 반장은 그저 혜림이 정시로 대학을 간다고 생각하고는 고개를 살짝 끄덕였다.

"그래도 안전빵으로 적정 하나 쓰는 게 좋지 않을까? 뭐, 내 앞가림도 힘들지만. 그럼 과는 정했어?"

"응."

"무슨 과? 나는 영문학과로 갈 생각인데."

"나는 경제나 경영."

어찌 됐든 한성을 물려받을 사람은 자신밖에 없으니까 지금부터 공부해야만 했다. 물론 지금부터 본격적으로 시작해도 살짝 늦은 감이 없지 않아 있긴 하지만, 그래도 틈틈이 공부를 해왔으니까 그리 어렵지만은 않을 거라고 생각했다.

"대기업에 취직할 생각이야?"

그 물음에 혜림은 그냥 고개를 살짝 주억거리는 걸로 끝을 냈다. 자신이 부모님이 두 분 다 안 계신다는 것과 자신이 한성의 외손녀라는 건 3년 동안 담임이었던 선생님과 교장과 교감 선생님밖에 모른다. 부모님에 대한 얘기는 할아버지가 학교에 전화를 해서 신신당부를 한 상황이었고, 그저 그녀가 어느 기업의 딸이라는 소문만 살짝 퍼졌을 뿐 그게 한성이라고 아는 사람은 극소수였다.

"좋겠다, 성적이 돼서. 아, 진짜 대학 생각만 하면 골치 아프다니까. 너희 부모님은 그런 거 없어? 대학에 대한 압박감 같은 거."

"없어."

"아, 하긴 네가 잘하고 있으니까 그럴 수도 있겠다."

"딱히 그런 건 아닌데."

혜림의 부정에도 반장은 그저 부럽다는 듯이 웃었다. 그러면서 구구절절 자기 이야기를 늘어놓았다. 부모님은 경제학과로 갔으면 좋겠다고 하는데, 자신은 영문과로 가서 번역 쪽 일을 하고 싶다는 누구나 나눌 법한 그런 이야기들.

전혀 공감할 수 없는 이야기였기에 혜림은 그저 고개만 살짝 끄덕였다. 할아버지와 할머니는 굳이 자신이 경제나 경영학과로 가길 원하는 눈치는 아니었다. 자신이 원하기만 한다면 꼭 경제나 경영이 아니어도 상관없다는 투로 말씀하셨다. 다른 과를 가도 경영에 대해서는 충분히 공부할 수 있으니까.

한참을 일방적인 대화가 이어져 나가고 있는데, 그때 치마 주머니에 넣어둔 핸드폰이 지이잉— 울렸다.

"잠시만."

이 시각에 연락 올 사람이 없었기에 궁금한 얼굴로 문자를 확인했을 때, 저장되어 있지 않은 번호의 문자가 떴다.

〈일곱 시에 P카페에서 오늘 좀 만났으면 좋겠구나.〉

번호가 저장되어 있지 않아도 바로 누군지 알 수 있었다. 혜림의 한쪽 입술이 비뚜름하게 올라갔다. 마음을 굳힌 건지, 아니면 비굴하게 제게 부탁을 할 건지 모르겠지만 어느 쪽이라도 상관없었다. 어느 쪽이라도 혜림이 강자의 위치에 있다는 것은 변하지 않았고, 혜림의 심사가 조금이라도 비틀린다면 그 영향이 바로 여울이에게 갈 것이라는 송형석은 알고 있었다.

멍청한 사람이기도 하지만 똑똑한 사람이기도 하니까.

'재밌게 되겠어.'

비틀리며 올라가는 입꼬리를 애써 내리려고 노력했지만, 제 뜻대로 되지 않았다. 일곱 시에는 보충수업이 있지만, 담임한테 말하고 빼달라고 할 생각이었다. 처음에는 안 된다고 하겠지만 재차 부탁드린다고 말하면 별수 없이 조퇴증을 끊어줄 거라는 걸 혜림은 잘 알고 있었다.

"저기, 미안한데."

"어?"

"나 먼저 올라가 볼게."

반장이 무어라 대답하기도 전에 그녀는 급하게 배식판을 들고 자리를 떴다. 웃으면서 자리를 뜨는 혜림을 반장은 멋쩍게 뒷머리를 긁적이며 멍청하게 바라볼 뿐이었다.

먹다 남긴 음식들을 대충 버리고는 혜림이 별관 쪽으로 걸어갔다. 별관 쪽 복도에 있는 창문에 빗줄기가 창문에 투둑투둑 무거운 소리를 내며 떨어졌다. 바깥에서 내리는 빗줄기는 점점 더 거세졌다. 마치 하늘에 구멍이라도 뚫린 것처럼.

거세지는 빗줄기와 비례되게 몸이 나른하고 무겁지만 발걸음만은 경쾌하다. 아무도 없는 복도를 가벼운 발걸음으로 총총 걸어가다 아무도 없는 3층 복도 구석에 있는 제2미술실 문을 열었다. 실기 준비 중인지 앞치마를 입은 채 열심히 그림을 그리고 있는 여울의 뒷모습이 보였다.

피식피식 흘러나오는 웃음을 억지로 참으며 그녀가 일부러 발소리를 내며 여울이 있는 쪽으로 다가갔다.

"찬들아, 왔…… 혜림아?"

찬들이라고 생각했었는지 환하게 웃으며 뒤를 돌아보던 여울의 표정이 단박에 굳었다. 두려움에 덜덜 떠는 모습이 퍽 웃기다. 비 때문에 더 차분해진 머리카락을 귀 뒤로 살짝 넘기고는 여울의 뒤로 보이는 스케치북에 힐끗 시선을 던지자, 여울이 급하게 몸으로 스케치북을 가렸다.

그 모습이 가소로워 그녀가 비뚜름하게 웃었다. 여울이 스케치북에 뭘 그렸는지는 관심이 없다. 그리고 지금 그녀의 목적은 여울이 그린 스케치북이 아니라, 하나의 정보를 통보하러 온 것뿐이었다.

"무슨 일이야?"

"할 말이 있어서."

그 말에 여울의 몸이 뻣뻣하게 긴장됐다. 항상 다정하고 상냥한 목소리지만 혜림이 하는 말은 항상 독한 말이었고, 하는 행동 역시 독하고 모진 행동이었다.

"오늘 저녁에 너희 아버지 만나러 가."

"뭐?"

여울의 눈동자가 커졌다. 순박한 소마냥 예쁜 눈동자가 끔뻑거리자 혜림은 그 모습을 바보 같다고 비웃고는 또박또박 천천히 다시 말했다.

"너희 아버지 만나러 간다고."

"왜? 우리 아빨 혜림이 네가 왜?"

"너희 아버지가 만나자고 했거든."

"거짓말하지 마!"

날카롭게 외치는 목소리에 혜림이 귀가 아픈 듯 인상을 찡그렸다. 처음으로 여울이 혜림이에게 화를 내고 있었다. 하지만 혜림의 눈에는 그런 소녀의 감정이 같잖아 보였다. 그 모습에 옅게 웃었다. 문자를 보여주면 금방 끝날 일이지만 혜림은 굳이 그러고 싶지 않았다.

"믿기 싫으면 믿지 마. 그런데 너희 아버지가 아무 말씀 안 하시든?"

"무슨, 말이 하고 싶은 건데?"

혜림이 앞에서 당당해지자고 맹세했었다. 하지만 나른한 암사자와 같은 표정을 짓고 있는, 투명한 유리알처럼 예쁜 연갈색 눈동자에 가득 담긴 혐오와 경멸이라는 감정 앞에서는 절로 몸이 위축되었다. 떨리는 목소리를 애써 가다듬었지만 몸에 힘이 들어가는 건 어쩔 수 없다.

호기심이 동한 것인지는 모르겠지만 여울을 보며 그저 알 듯 말 듯한 미소를 띠며 가볍게 어깨를 으쓱였다. 이렇게 말하면 궁금해서라도 송형석에게 물어보겠지. 즐거운 듯 미소를 지으며 혜림이 요염한 표정을 지었다.

"뭐, 너희 아버지가 오늘내일 내로 말씀해 주실 거야. 나 만나고 난 후에."

"……."

"말 안 해주실 수도 있겠지만, 궁금하면 네가 직접 물어봐."

불안에 떨고 있는 여울과는 다르게 혜림은 활짝 웃고 있었다.

✱

보충수업 1교시는 담당 선생님의 부재로 인한 자습이었다. 혜림은 통 집중하지 못했다. 째깍째깍 움직이고 있는 분침을 빤히 바라보며 어서 빨리 자습시간 끝나기를 바라던 혜림이 대각선 자리에 있는 여울 쪽으로 시선을 던졌지만, 여울인 자리에 없었다.

여울은 지금 담임선생님과 진학 상담을 하고 있는 중이었다.

초조한 건지, 긴장을 하는 건지 무의식적으로 샤프심 끝으로 문제집을 툭툭 쳤다. 문제집에 시선을 던지지 않고 계속 시계만을 쳐다봤다. 초침이 한 바퀴를 돌고 두 바퀴째 돌기 시작했다. 초침이 한 바퀴, 두 바퀴씩 돌 때마다 분침은 서서히 6 자에 가까워졌다. 두 바퀴를 다 돌고, 딱 5초를 더 가자 분침이 정확히 6을 가리키면서 수업이 끝남을 알렸다.

수업이 끝남과 동시에 혜림이 누구보다도 먼저 일어나서 교실을 빠져나왔다. 입꼬리가 씰룩씰룩 움직이면서 자꾸 위로 향하려 하는 것을 억지로 내리며 표정 관리를 하려고 했지만 마음처럼 잘 되지 않았다. 꼭대기 층에 있는 3학년 교실에서 4층으로 내려가 조금 더 걸어가자 교무실이 눈에 들어왔다. 교복 블라우스의 끝을 손으로 한 번 잡아당기고는 기세 좋게 문을 열어젖혔다.

교실과는 다르게 시원한 에어컨 바람이 맨살에 닿았다. 살짝 소름이 돋는 걸 손으로 문지르고는 담임이 있는 쪽으로 걸어가자, 상담이 아직 끝나지 않았는지 여울과 이야기를 하고 있는 선생님이 눈에 들어오고, 그다음에는 빈자리인 우진의 자리가 눈에 들어왔다.

벌써 퇴근한 걸까 아니면 잠시 자리를 비운 걸까. 꼬리에 꼬리를 무는 궁금증에 혜림이 급하게 고개를 저었다. 자신이 우진에 대해 생각할 이유는 없다. 이야기를 하고 있던 선생님이 혜림을 발견했는지 눈이 살짝 떠졌다.

"무슨 일이냐, 혜림아?"

"조퇴증 좀 끊어주시면 안 될까요?"

"외출증도 아니고? 왜?"

혜림이 담임의 맞은편에 앉아 있는 여울을 힐끗 쳐다봤다.

"여울이 아버님이 저를 만나고 싶어 하세요."

"여울이 아버님이?"

전혀 예상치 못한 말에 눈이 동그랗게 커졌다. 사실이었기에 혜림은 고개를 주억거렸다.

"저번 사건에 대해서 더 하시고 싶은 말씀이 있으신가 봐요."

"아. 아아, 그, 그래. 끊어주마."

사실 이렇게 말할 생각은 없었지만, 효과는 좋았다. 구겨질 대로 구겨진 여울의 얼굴을 볼 수 있고, 담임은 별말 없이 조퇴증을 끊어줬으니까. 속으로 킥킥 웃으며 담임선생님이 건네는 조퇴증을 받고는 가방끈을 다시 잡아당겼다.

 어쩐지 여울의 눈치를 보고 있는 담임의 모습이 퍽 웃겼다. 발갛게 일어나는 여울의 눈을 보며 코웃음을 치고는 예의 바르게 인사를 하고 교무실을 나왔다. 신발과 우산, 챙길 것들은 다 챙기고 나왔기에 바로 3층으로 내려갔다. 혜림이 교무실을 나오고 나서 얼마 지나지 않아 뒤따라 나오는 여울의 목소리가 들려왔다.

 쿡, 웃고는 경쾌한 발걸음으로 계단을 내려오고 나가기 위해서 우산을 펼쳤다. 하얀 우산 위로 빗방울이 거세게 내리쳤다. 비 오는 날 바깥을 돌아다니는 건 딱 질색이다. 비는 옷과 가방, 그리고 신발을 쉽게 적시니까. 들릴락 말락 한 한숨을 내쉬고는 발을 앞으로 내딛었다.

 내리치는 비에 생긴 물웅덩이를 이리저리 피하며 힘들게 교문 앞에 도착했다. 택시를 타고 갈까, 생각하면서 교문을 나서는데 빗소리에 묻혀 희미한 목소리가 뒤에서 들려왔다. 그 소리가 안 들렸던 건지, 아니면 무시를 하는 건지 모르겠지만 혜림은 차도 쪽으로 걸어갔다. 노원고등학교는 가게와 차가 주변에 많았기에 조금만 걸어가면 바로 택시를 잡을 수 있었으니까.

 "……혜림, 차혜림!"
 택시를 잡으려고 횡단보도를 건너려고 할 때 귀에 꽂히는 여자의 목소리에 혜림이 짜증 어린 표정으로 뒤를 돌아봤다. 뛰어오고 있는 사람은 송여울이었다. 비가 거세게 내리는데 우산도 쓰지 않고, 신발도 갈아 신지 않은 채로 열심히 뛰어오고 있는 송여울.

대꾸해 줄 필요가 없을 것 같아 잠시 보다가 다시 횡단보도 쪽으로 걸어갔다. 아니, 걸어가려고 했다. 자신의 손을 잡아채는 송여울이 아니었더라면.

"이거 놔."

냉랭한 말투에도 불구하고 여울은 혜림의 손을 놓지 않았다. 여울은 여울 나름대로 급박해 보였다. 내리는 비를 고스란히 맞으면서 가쁜 숨을 내쉬고 있었다.

"너, 진짜 우리 아빠 만나러 가?"

"그래."

"거짓말, 거짓말이지?"

"이런 걸로 거짓말 안 해. 내가 왜 거짓말하겠어?"

"뭐 때문에 만나는데!"

"뭐 때문이겠어? 너 때문에 만나는 거겠지."

"왜, 왜 나 때문인데? 네가, 네가 나 괴롭힌 거잖아. 그러면 너 때문에……."

"아니."

혜림이 활짝 웃었다. 이내 여울이 알아들을 수 있게끔 또박또박 말을 내뱉는다.

"너 때문에 만나는 거 맞아."

"그게 무슨……."

"내가 너희 아버지 약점 잡고 있거든."

"나 괴롭히는 걸로 부족해? 왜 우리 아빠까지 그래! 네가 뭔데! 왜 자꾸 날 괴롭히는 건데! 왜 자꾸 괴롭히냐구, 네가 뭔데!"

빗소리에서도 선명하게 들리는 고함 소리에 그녀가 인상을 살짝 찡그렸다. 네가 뭔데? 그 말이 귓가를 자꾸 윙윙하고 맴돈다. 자신은 그럴 권한이 있다고 생각했다. 활짝 웃던 얼굴이 냉랭하게 굳어지면서 여울의 손을 내쳤다.

비에 젖은 손목을 닦을 생각도 하지 않은 채, 여울을 노려봤다. 말하지 않으려고 했지만 이렇게까지 궁금해한다면 말해주는 수밖에. 그리고 어차피 송형석은 백날이 가도 차혜림과 차하영의 존재에 대해서 말하지 않을 테니까.

"네가 송여울이라서 괴롭히는 거야."

"도대체 그 말이 무슨!"

"네가 '송' 여울이라서 괴롭히는 거라고. 너 모르지? 네가 어떻게 태어났는지."

"무슨 말인데, 그게."

"너, 불륜으로 태어났어. 너희 엄마랑 너희 아빠가 사랑해서 태어난 게 너라고 생각하지? 근데 그 사랑이 남들이 손가락질하고 욕하는 불륜이야."

"거짓말하지 마! 말이 안 되잖아! 왜 우리 엄마, 아빠가 불륜으로 날 낳아! 그리고 그걸 네가 어떻게 아는데, 남인 네가 어떻게 아냐고! 거짓말하지 마!"

"하, 거짓말? 남?"

혜림의 코웃음에 비에 젖은 여울이 순간 움찔거렸다. 그건 '남'인 사람이 짓기에는 너무도 많은 걸 알고 있는 표정이었다. 그녀가 하는 말이 거짓말일 것이라고 생각했지만, 이상하게도 그녀가 곧 할 말을 듣고 싶지 않았다. 그 말이 '진실'일 것 같기에.

"어쩌지? 난 '남'이 아니거든."

"그게 무슨……."

"너네 아버지가 나에 대해서 말 안 하든? 자기가 사람을 죽였다고."

"사, 사람을 죽였, 다니. 그럴 리가……. 누구를, 누구를 죽였는데?"

"우리 엄마."

"……."

"내 엄마. 너랑 너희 엄마, 아빠 때문에 죽은, 우리 엄마."

"……."

"웃긴 사실 하나 알려줄까?"

"……."

"너희 아버지가 너희 엄마랑 결혼하기 전에 결혼했던 사람이 차하영."

"……."

"바로 우리 엄마야."

"거짓, 거짓말……."

넋을 놓고 있는 여울을 보며 혜림이 비뚜름하게 입꼬리를 올렸다. 애써 노력했던 감정이 바닥으로 떨어졌다. 저조해지는 기분은 멍청하게 넋을 놓은 여울을 보며 더더욱 저조해졌다. 약속 시각은 일곱 시였지만 시간은 벌써 여섯 시 오십 분이었다.

"거짓말하지 마! 어째서, 어째서 아빠가……."

"궁금하면 물어볼래?"

"혜림아, 말도, 너랑 내가……."

여울의 말은 자꾸 뚝뚝 끊겼다. 오랫동안 비를 맞았는지 혈색이 좋아 보이던 붉은 입술이 이미 꽃창포의 꽃잎처럼 푸르스름하게 변한 지 오래였다.

"너희 아버지가 나랑 우리 엄말 버렸기 때문에 아쉽게도 내 성(姓)은 송이 아니라 차씨야. 그리고 안 믿겨지겠지만 너랑 나랑 몸에 흐르는 피의 반은 같아. 불쾌하지만 말이야."

"거짓말, 거짓말하지 마!"

날카로운 고성이 빗속에서 크게 울렸다가 이내 빗소리에 묻혔다.

"안 믿겨지면 물어봐. 안 그래도 이것 때문에 너희 아버지랑 만나러 가니까."

여울이 멍청하게 뒷걸음질을 쳤다. 눈물인지 빗방울인지 모를 물줄기가 여울의 볼을 타고 흘러내린다.

뒷걸음질을 계속해서 치는 여울을 보다 뒤에 있는 횡단보도를 쳐다봤다. 횡단보도의 전등은 붉은색이었다. 부러 그러는 것인지 모르겠지만 혜림은 계속해서 그녀를 구석으로 밀어붙였다.

"물어보러 가, 송여울."

"말도, 안 돼……."

"그리고 마음껏 원망해."

그녀의 입술이 비뚜름하게 올라간다. 뒷걸음질을 치던 여울이 몸을 팩 돌리고는 혜림의 말처럼 사실을 확인하러 가기 위한 것인지 아니면 도망치기 위한 것인지 횡단보도 쪽으로 뛰어갔다. 그리고 여전히 횡단보도의 색은 붉은색이었고, 차들은 여전히 움직인다. 혜림의 입술은 위로 향한 채 내려오지 않는다.

 도망가는 것처럼 보이는 여울의 뒷모습을 한참 바라보고 있을 때 차가 여울이 있는 쪽으로 달려왔다. 그 모습을 바라보고 있으면서도 그녀는 여울을 굳이 부르지 않았다. 이내 운전자가 밟는 브레이크 소리가 찢어질 듯한 소음을 냈다. 어두운 빗속에서 쾅, 하는 소리와 함께 무언가가 부딪친다. 마치 영화의 한 장면처럼 슬로우 모션으로 움직이는 것을 혜림은 무감각한 눈으로 바라봤다. 여울의 몸이 공중에 붕 뜨다가 이내 아스팔트 바닥 위로 보기 흉하게 떨어졌다.

 혜림이 천천히 눈을 감았다가 떴다. 흐르는 빗물 사이에 검붉은 무언가가 섞여 있다. 알게 모르게 느껴지는 희열감에 혜림이 오싹하게 웃는다.

 "여울아!"

 그런데 어째서 이 자리에 여우진이 나타나는 걸까.

5장

　야근도 없었고, 공문 처리도 다 했다. 일찍 약속이 있다는 핑계를 대며 퇴근하려는 찰나 창밖으로 하얀 우산을 쓰고 가는 여학생의 뒷모습이 보였다. 포니테일로 묶은 머리카락과 익숙한 가방. 그리고 익숙한 걸음걸이. 한눈에 차혜림이라는 걸 알아봤다.

　몸이 안 좋아서 조퇴하는 걸까? 비도 오는데 태워다 줄까. 하지만 선생님이라는 직분 때문에 한참을 망설이고 있는 찰나 혜림의 뒷모습은 저만큼 멀어져 버렸다. 쯧, 짧게 혀를 차고 주차장으로 가서 차 문을 열었다. 젖은 옷이 오늘따라 더 축축하게 느껴진다. 익숙하게 시동을 걸고, 엑셀을 밟자 차의 엔진 소리가 조용히 들리기 시작했다. 핸들을 움직이고 교문을 나서자 이미 갔을 것이라고 생각했던 혜림은 교문 근처에 있는 교차로에서 여울과 이야기를 하고 있는 중이었다.

아니, 이야기를 나누는 것이 아니었다. 혼자 하얀 우산을 쓴 혜림과 비에 맞으면서 무어라 고함을 지르는 여울. 항상 당하기만 하던 여울의 모습이 아니었다. 놀람, 경악, 절망, 여러 가지 표정이 뒤섞여 날카롭게 고함을 치는 소리가 빗소리 사이로 어렴풋이 들린다.

'도대체 무슨 일이지?'

핸들에서 손을 떼지 않은 채 우진이 두 사람을 지켜봤다. 혜림이 무어라 말을 하자, 여울이 놀란 듯 뒷걸음질을 치기 시작했다. 차가 지나다니는 교차로 쪽으로. 혜림은 그걸 보고 있으면서도 아무런 행동도 취하지 않고 한 발자국 앞으로 걸어가 또 무어라 말하자, 여울이 몸을 팩 돌려 건너편 횡단보도로 뛰기 시작했다.

횡단보도의 불이 '빨간색' 임에도 불구하고.

도망치듯이 뛰어가는 그 뒷모습에 우진이 놀라 급하게 차에서 내렸다. 그리고 돌진해 오는 차가 빗속에서 뛰어든 여울을 보고 급하게 브레이크를 밟았는지 날카로운 소리가 빗속에서도 유난히 선명하게 들렸다.

쾅! 하고 들이받는 소리가 둔탁하게 들리고 여울의 몸이 공중을 붕 떴다가 이내 차가운 아스팔트 바닥으로 추락했다.

"여울아!"

놀란 우진이 급하게 사고 현장으로 뛰어갔다. 눈앞에서 교통사고를 당하는 걸 직접 보고 있으면서도 혜림의 표정은 변하지 않았다. 여전히 무덤덤한 얼굴이었기에 순간적으로 소름이 끼쳤다.

"여울아, 송여울!"

우진이 급하게 여울의 어깨를 흔들었다. 주변에서 깍깍거리는 비명 소리가 함께 들려오고, 어디선가 119 부르는 소리도 들려왔다. 119가 곧 온답니다! 한 남자가 그렇게 말하자 우진이 당황한 기색이 역력한 얼굴로 비에 젖은 머리칼을 쓸어 넘기고 뒤에 서 있는 혜림을 바라봤다.

하얀 우산을 쓴 채 죽은 것처럼 누워 있는 여울을 바라보는 눈동자가 차갑다. 그 눈동자에는 여전히 '감정'이 보이지 않았다. 당황함도, 놀람도, 슬픔도, 그 어느 감정도 비추지 않는 유리알 같은 벼 이삭 색 눈동자가 공허하게 여울을 바라보고 있었다. 그러다 이내 그녀의 입꼬리가 비뚜름하게 올라간다.

'조소'였다. 비웃음이 확연하게 드러나는 그 표정에 우진이 저도 모르게 침을 꼴깍 삼켰다. 여울에 대한 증오가 이 정도였나? 짐작도 가지 않을 정도의 감정에 우진이 마른침을 삼켰다.

도저히 열아홉 살 여고생이 가질 만한 깊이의 감정이 아니다. 금방 온다는 남자의 말대로 요란한 소리를 내며 구급차가 등장했다. 빗물에 섞여 흐르는 검붉은 피가 아스팔트 바닥을 완전히 물들이고, 구급대원은 당황하지 않고 여울을 차에 태웠다. 우진이 여울의 부담임이라며 차에 올라탔고, 혜림은 그때까지도 한 발자국도 움직이지 않았다.

그 모습을 보며 우진이 그녀의 팔을 잡아당겼다.

"너도 타."

벼 이삭 색 눈동자가 흔들림 없이 우진을 바라보다 이내 가볍게 고개를 끄덕였다. 날카로운 소리를 내며 속도를 올리는 앰뷸런스 안에는 파리한 안색으로 누워 있는 여울과 그걸 굳은 얼굴로 지켜

보며 담임선생님과 여울이의 부모님에게 연락을 하는 우진을 힐끗 쳐다봤다.

파리한 안색에 피를 흘리는 여울을 보면서도 혜림은 눈 하나 깜짝하지 않았다. 쨍 하고 굳은 분위기 속에서 앰뷸런스 속도를 내며 병원으로 향했다.

평상시와 다름없는 담담한 얼굴을 한 혜림을 우진이 굳은 기색으로 쳐다봤다.

"혜림아, 너……."

"제가 민 거 아니에요."

"……"

"혼자 가다가 재수 없게 치인 거죠."

"차혜림."

이름을 부르는 나지막한 목소리가 들림과 동시에 앰뷸런스가 멈춰 섰다. 다른 사람이라면 저가 밀었든, 아니든 별로 신경도 쓰지 않았을 텐데, 우진이 그런 오해를 하는 건 별로 보고 싶지 않았다. 수술실로 들어가는 여울을 보며 혜림 역시 앰뷸런스에서 내렸다.

얼마 지나지 않아 부산스럽게 여울이의 부모님과 어찌 된 일인지 찬들까지 함께 나타났다. 급박하게 돌아가는 상황에도 혜림은 표정 하나 바꾸지 않고 하얀 우산에 묻은 물기를 털어내고 곱게 우산을 접었다.

"차혜림, 너!"

혜림에게 득달같이 달려든 사람은 역시 찬들이었다. 멱살이라도 잡을 기세에 우진이 찬들이를 저지했다.

"네가 어떻게 이래! 차혜림, 네가 사람이라면 어떻게 이래!"
"하?"
악에 받친 말투와 목소리에 혜림이 차게 웃었다. 어처구니없다는 표정에 찬들의 눈이 시뻘겋게 달아올랐다. 파란불이 켜진 '수술 중'이라는 글자를 형석이 아직도 받아들이지 못한다는 얼굴로 멍청하게 쳐다보며 서 있었다. 찬들이 잡았던 옷의 물기를 대충 털어내고는 혜림이 미간을 좁혔다.
"누가 들으면 내가 걜 차도 쪽으로 민 줄 알겠네."
"차혜림!"
"미안하지만 난 송여울한테 손 하나 안 댔어."
"넌 보고 있었을 거 아냐! 왜 안 말렸는데, 왜!"
"내가 말려야 할 이유가 있어? 난 걔 싫어한다니까."
귀찮은 일에 휘말린 듯한 얼굴을 한 혜림의 표정을 보자, 찬들의 몸이 부들부들 떨렸다. 그래도 좋은 애라고 생각했다. 자신이 노력하면, 부탁하면 변할 수 있을 것이라 생각했다. 일말의 '희망'을 갖고 있었다.
하지만 그건 온전히 찬들의 착각이었다. 혜림은 변할 생각도, 마음도 없었다. 그저 변화시키기 위해 노력하고 있는 자신을 보며 비웃을 뿐이었다. 멍청하게 수술 중이라는 글자를 보던 형석이 어색하게 고개를 돌렸다. 마치 삐그덕삐그덕 소리가 나는 녹슨 로봇 기계처럼.
"무슨, 무슨, 말을 한 거냐, 차혜림. 여울이한테 무슨 말을 한 거냐!"

"사실."

"차혜림!"

"그리고 진실. 시간이 지나도 당신이 송여울한테 말할 것 같지가 않아서. 그리고 송여울이 알고 싶어 하길래, 말해줬어요."

"차혜림!"

"그렇게 고함지르지 마요, 귀 안 먹었으니까."

"여보, 이게, 이게, 이게 무슨······."

영인의 얼굴은 말 그대로 눈물범벅이었다. 안으로 들어가고 싶지만 막는 사람들로 인해 안으로 들어가지 못한 채 죽을 것만 같은 얼굴로 수술실을 보고 있는 여울의 어머니를 보며 혜림이 차게 웃었다. 김영인 저 여자에게도 말하지 않았다. 아니, 말하지 못한 게 사실이겠지.

"저 아이가, 저 아이한테 왜 여울이는, 우리 여울이······."

"여보, 괜찮아. 여울이 살 수 있어."

"죽으면 좋을 텐데."

예상치 못한 한마디였다. 적어도 생각이 있는 사람이라면 하지 말아야 할 말이었다. 그 말에 눈물이 가득한 영인의 두 눈이 동그랗게 떠졌다. 김영인이 가진 감정은 놀람이었다. 어디까지나 김영인은 혜림일 제 딸의 친구라고 생각했었기에. 그리고 형석과 찬들이 드러낸 감정은 분노였다. 우진이 드러낸 감정은 당혹스러움이다.

"도가 지나치잖아!"

"진심이야."

"여보, 저, 저 애가 왜 우리 여울이한테, 그런 말을, 아니, 쟤는 여울이 친구…….."

"웃기지 마요. 전 송여울이랑 친구 아니에요, 아줌마."

"애, 애……. 너, 누구니, 누구길래 여기까지 와서 여울이한테……!"

"아줌마, 나 기억 안 나요?"

"뭐?"

"나 보면 떠오르는 사람 없어요?"

그 말에 영인의 눈이 가늘게 떠졌다. 긴 생머리를 포니테일로 묶은 머리와 벼 이삭 색 눈동자. 바비 인형처럼 예쁘고 눈에 띄는 미인. 떠오를 듯 말 듯한 얼굴이다. 떠오를 것 같지만 쉽사리 떠오르지 않는지 영인이 마른침만 꼴깍 삼켰다.

그 모습에 혜림이 웃었다. 저를 한눈에 못 알아볼 때부터 알아봤다. 저 여자는 한 여자를 죽여놓고 10년 동안 편하게 살았다. 제 어미를 '기억'조차 하지 못한다. 영인이 그제야 떠오를 것 같아 조심스럽게 입을 여는 순간 수술실에서 간호사가 나왔다.

"여기 O형 있으세요? O형이신 분 수혈 좀 해주세요. 지금 대형 사고가 나서 환자들이 많이 들어오는 바람에 혈액이 모자라요. 보호자 되시는 분, 혈액형이 어떻게 되세요?"

"B형입니다만."

"무, 무슨 일 있어요? 여울이, 여울이 수술……."

"수술은 잘 진행되고 있어요. 근데 출혈이 너무 심해서요. O형이신 분 없으세요?"

"찬들아 너 혈액형이……?"

"전 AB형이에요. 선생님은요?"

"난 B형……."

우진의 시선이 혜림이에게 닿았다. 간호사와 모두의 시선이 혜림에게 닿았다. 혜림의 입이 열리기만을 기다리고 있다. 소란스러운 복도에서 초침 소리가 유난히 선명하게 울린다. 그녀의 산호색 입술이 천천히 열리기 시작한다.

"O형인데요."

"수혈 좀 부탁드릴게요!"

간호사가 안도의 한숨을 내쉬면서 혜림의 팔을 잡아끌자, 그녀가 인상을 찡그리면서 차갑게 자신의 팔을 붙잡고 있는 간호사의 손을 내쳤다. 차갑게 내쳐진 제 손을 보며 간호사가 어안이 벙벙한 얼굴을 한다. 복도에 울린 그 마찰음에 모두의 시선이 역시 혜림에게 닿았다.

바깥에서 쏟아지는 빗줄기 소리는 이제 귀에 들어오지 않았다. 그저 음소거가 된 영화의 한 장면을 보는 것처럼 비현실적인 이 상황을 그저 멍청하게 바라보고 있었다. 혜림의 행동을 이해하기까지 꽤 오랜 시간이 걸렸다.

"수혈 안 할 거예요."

"차혜림!"

"혜림아!"

"아이러니하네요."

형석의 고함에 혜림이 비릿하게 웃었다. 이 상황이 정말 재밌는 듯 팔짱을 끼고는 쿡쿡거리며 나지막하게 웃는 모습에, 사람들은 알 수 없는 오싹함을 느껴야만 했다.

"송여울을 제일 미워하고 있는 제가, 송여울을 살릴 수 있는 유일한 사람이라니."

상황을 지켜보던 우진이 참다못해 손을 들어 혜림의 뺨을 내려쳤다. 우진이 이렇게 행동할 줄은 몰랐는지 찬들이 멍청하게 눈을 껌뻑였다.

조금 놀란 듯 저를 지켜보는 사람들의 시선을 아랑곳하지 않았다. 그는 화가 난 기색이었다. 여울이 아무리 싫다고 하더라도, 이건 아니다. '정도'가 있어야 하는 거지, 눈앞에 있는 작은 소녀는 정도를 지나쳤다. 사람이 아무리 싫다고 하더라도 이렇게 긴박한 상황에 웃으면서 말하는 것도 예의가 아니었다.

"사람 목숨 갖고 장난치는 거 아니야, 차혜림."

"……."

아프다고 생각하지는 않았다. 아프지 않았다. 우진에게 맞은 뺨이 얼얼해지면서 화끈거리지만 아프다고는 생각하지 않았다. 이상하게도 아픈 곳은 가슴이었다. 왼쪽으로 돌아갔던 고개를 천천히 돌렸다. 환상이 보이는 것 같다.

긴박한 분위기의 수술실의 복도가 아니라 한적하고 사람이 없는, 그때의 병원 복도와 같았다. 의자에는 아홉 살 난 혜림이 앉아서 다리를 흔들며 어머니를 기다리고 있는 모습이 눈에 들어왔다. 선명히 보이는 환상에 혜림이 눈을 꾹 감았다가 떴다.

환상은 신기루처럼 사라졌다. 보이는 것은 어린 혜림이 아니라 눈물범벅인 김영인과 혼란스러운 감정을 그대로 드러내고 있는 송형석이다. 여긴 그때의 병원 복도가 아니라는 것을 알면서도 마치 어머니가 다녔던 정신과 병원의 복도의 그곳처럼 느껴졌다.

"장난으로 보여요?"

"혜림아."

"장난으로 보이냐고 묻잖아요!"

난생처음 보는 혜림의 모습이었다. 울 것처럼 두 눈을 시뻘겋게 물든 채 고함을 지르는 모습은 찬들도, 형석도, 영인도, 우진도 생소한 것이었다. 부르르 떨리는 손을 들키지 않기 위해 주먹을 꽉 쥐고 혜림이 처음으로 제 감정을 드러내며 형석을 향해 온갖 원망과 분노를 퍼부었다.

근 10년간 참아왔던 감정들이었다. 그리고 10년 전에도 항상 참아왔던 감정이었다. 단정하게 포니테일로 깔끔하게 묶은 머리는 이제 흐트러진 채로 있었다.

"장난치는 거 아니에요. 진심이야. 당신이 우리 엄마 죽였는데, 우리 엄마 버리고 죽였는데 내가 왜! 내가 왜 송여울 살려야 돼! 우리 엄마 죽인 새끼 딸을 내가 왜 살려줘야 하는데! 내가 왜!"

"혜림아."

"송여울은 잘못 없는 것 같지? 아니, 송여울도 공범이야. 송형석 당신만 우리 엄마 죽인 게 아니라, 김영인 저 여자랑 송여울 그 계집애도 공범이라고! 당신이 송여울 안고 저 남자 앞에 나타나지만 않았더라면 우리 엄마 쇼크 먹을 일도 없었고, 자살할 일도 없었어!"

"여보, 저게 무슨……?"

"아줌만 나 기억 안 나지? 내가 누군지 말해줘?"

"무슨……."

"차혜림!"

"나 차하영 딸이야. 차하영 딸 차혜림."

"맙소사……."

"당신네 가족이 죽인 차하영 딸이라고!"

"여, 여보! 당신은 알고 있었어요? 얘가 누구인지?!"

"나는 저 계집애 살릴 생각 없어. 당신이 우리 엄마 버리고 간 순간부터 당신은 내 아버지도 아니었으니까. 남보다 더한 게 우리 사인데, 내가 왜 당신을 도와줘야 되는데? 난 저년 죽었으면 좋겠다고 진심으로 빌고 있는데, 내가 왜! 당신을 위해서! 당신 딸을 위해서 도와줘야 되는데!"

"……."

"당신, 우리 엄마 생각한 적 없지? 우리 엄마가 얼마나 비참하게 죽었는지 모르지? 열 살짜리가 엄마 시신을 처음으로 보면서 한 생각이 뭐였을 것 같아? 아버지라는 작자 때문에 엄마가 죽었는데! 당신은 내가 멀쩡하게 살 거라고 생각했어!? 내가 멀쩡하게 당신 딸 마주할 줄 알았냐고!"

"혜림아, 부타, 부탁……."

"부탁하지 마! 나는 저년이 죽기만을 항상 바래왔으니까!"

"차라리 나한테 그래. 내가 죄인인데 왜 아무 죄 없는 애한테……"

"하? 당신 딸이 죄가 없어? 당신 딸은 태어난 게 죈데, 왜 아무 죄가 없어? 그리고 송여울한테 죄가 없어도 난 송여울 안 도와줘.

당신을 괴롭히라고? 아니, 나한테 제일 소중했던 사람이 우리 엄마였으니까, 당신도 똑같이 당신한테 소중한 사람이 없어져야 내 기분 알지. 똑같이 당해. 똑같이 겪어."

이 상황이 이해가 되지 않았다. 우진도, 영인도, 찬들도. 눈에 보이는 것도 적막한 복도를 소란스럽게 만들고 있는 건 드물게 제 감정을 표현하면서 광기 어린 표정을 하고 있는 혜림이 한 사람뿐이었다.

상황이 이해 가지 않았다. 혜림의 어머니의 죽음에 왜 여울과 여울의 부모님이 연관됐는지 정리가 되지 않았다. 다만 우진의 눈에 보이는 것은 금방이라도 울 것 같은 혜림의 표정이었다. 금방이라도 부서질 것 같은, 그녀가 갖고 있는 견고한 얼음성에 금이 가는 모습이 눈에 확연히 들어왔다.

금방이라도 눈물을 뚝뚝 흘릴 것 같지만 혜림은 울지 않았다. 그것이 강함인지, 독한 것인지 모르겠지만 그 순간에도 우진은 혜림이 안쓰러워 보였다. 품에 안고 마음껏 울라고, 마음껏 소리치라고 말해주고 싶었다. 손을 뻗으려고 할 때 혜림이 숨을 크게 들이마시고는 내뱉었다. 내뱉는 숨소리가 가냘프게 떨린다.

"추한 모습 보였네요, 이런 모습 보이고 싶지 않았는데."

제 입술을 짓씹었다. 쇼크로 복도에서 흉하게 주저앉은 영인을 보며 혜림이 입꼬리를 올렸다. 웃는 것임에도 불구하고 전혀 웃는 것처럼 보이지 않았다.

"입장을 바꿔볼까요? 만약에 저 수술실에 송여울이 아니라 제가 들어가 있어도 당신은 '내 딸을 살려줘'라고 말할까요? 전혀 아니야. 당신은 나를 딸로 생각하지 않잖아요. 나도 당신 아버지라고 생각 안 해요. 그러니까 혹시라도 나한테 '핏줄의 정' 운운하면서 도와달라고 하지 마요. 역겨우니까."

혜림이 눈을 살짝 내리깔았다. 덜덜 떨고 있는 김영인의 모습이 퍽 웃기다.

"한 사람 인생 송두리째 흔들어놓고, 한 사람을 죽여놓고 편하게, 행복하게 잘살 수 있을 거라 생각했어요?"

"……!"

"인과응보잖아요."

"…….'

"어떤 식으로든 돌아오게 돼 있어요. 당신들이 나랑 똑같은 걸 경험했으면 좋겠네요. 자신의 전부였던 사람의 죽음이 어떤 건지."

"…….'

"이번에 겪었으면 좋겠네요."

벽에 기댔던 우산은 미끄러져서 복도에 추하게 널브러져 있었다. 하얀 우산을 손으로 집고는 혜림이 망설임 없이 발걸음을 돌렸다. 그 모습에 형석이 급하게 따라가며 혜림의 팔을 붙잡았다.

"부탁, 부탁하마. 이렇게 부탁하마."

"부탁하지 마요. 들어줄 생각도 없으니까, 서로 진 빼지 말아요."

"혜림아, 제발……."

보기 흉하게 팔을 붙잡아 애걸복걸하고 있는 형석을 바라보다 혜림이 멍청한 눈빛으로 앞을 바라봤다. 어머니가 떠올랐다. 입에서 자꾸만 엄마, 라는 단어가 맴돌았다. 엄마, 보고 싶어. 엄마, 살지 그랬어. 엄마, 왜 죽은 거야. 엄마, 내가 싫었던 거야?

엄마, 내가 엄마의 힘이 돼주지 못했어?

멍청하게 허공을 보고 있던 혜림이 뭔가에 홀린 듯 입술을 달싹였다. 처음에는 아주 작은 목소리였기에 알아듣지 못했지만, 이내 혜림이 천천히, 그러나 알아들을 수 있을 만한 크기의 목소리로 말을 내뱉었다.

"제 부탁을 들어주면 들어드릴게요."

"뭐든지, 뭐든지 들어줄게! 말만 하렴."

"우리 엄마."

"……."

"우리 엄마 살려줘요."

"……."

"그러면 저도 송여울 도와줄게요."

혜림의 팔을 붙잡고 있던 형석의 손에서 힘이 스르륵 빠져나갔다. 그녀는 황망히 그 손길을 내쳤다. 자신은 사람들이 흔히 말하는 '모성애'를 모른다. '부성애' 또한 모른다. 아버지란 남자는 저의 행복을 위해 아내와 자식을 버렸고, 어머니란 여자는 아버지란 남자가 전부였다.

그 세상에는 송형석만 있었고, 그 사이에서 태어난 딸은 안중에도 없었다. 자식은, 딸은 그저 허울 좋은 명분에 불과했다. 송형석을 붙잡을 수 있는 유일한 무기였다. 그래서 그녀는 부모님이 있는 온전한 가정이 부러웠다. 제 모든 것을 앗아가 그것을 가진 송여울이 미웠다.

자신은 아버지의 정도, 어미의 정도 어느 것도 느껴보지 못했는데. 이렇게 온전하게 다른 사람들과 살 수 있던 것은 외조부와 외조모의 사랑 때문이지만……. 그래도 어머니의 사랑이 어떤 것인지 알고 싶었다. 모든 걸 내줘도 아깝지 않을 사랑이란 걸 받아보고 싶었다.

외할머니와 외할아버지가 아닌 부모님에게서.

흔한 가족사진도 찍어보고 싶었고, 부부싸움을 하는 모습을 울면서 말려보고도 싶었고, 함께 가족 여행을 가보고 싶기도 했다. 그건 아주 사소한 소망이었다. 함께 동물원에 가보고 싶었다. 양손에 부모님의 손을 잡고 행복하게 웃으면서.

다 부질없는 소망이라고 혜림은 저를 향해 비웃으면서 형석을 바라본다. 자신의 팔을 붙잡고 애걸하던 모습이 퍽 우습고 역겹다. 자신 역시 저 남자의 피가 흐르고 있는데 어쩜 이렇게 다를까. 송여울은 송형석이 사랑하는 여자의 딸이라서 그런 걸까, 사랑하지 않은 차하영의 딸에게는 그 흔한 정(情)조차 주기 싫었던 걸까.

조금은 애달픈 미소였다. 혜림은 마른세수를 하고는 산호색 입술이 천천히 움직였다. 숨이 뜻대로 잘 내쉬어지지 않는다. 심장은 빠른 속도로 계속해서 뛰고 있었다.

"협상, 결렬이네요."

형석을 향해 차게 웃으며 자신을 멍하게 바라보고 있는 중년 남자를 한 번 쳐다보고는 그녀는 망설임 없이 등을 돌렸다. 뒤에서 울부짖는 여자와 남자의 소리가 들려왔지만, 신경 쓰지 않았다. 인과응보. 그것이 적절한 단어니까.

복도에 널브러진 하얀 우산을 잡고 병원을 나서는 혜림의 뒷모습을 멍하게 바라보다 먼저 정신을 차린 사람은 다름 아닌 우진이었다. 그가 급하게 혜림이 걸어간 길을 뒤따라 걸어갔다. 평일임에도 많은 사람들이 병원 안을 북적이고 있었다.

아무리 찾아도 혜림의 뒷모습이 보이지 않는다. 포니테일 머리도, 단정한 걸음걸이도, 항상 먼 곳을 바라보던 시선도, 그 어느 것도 눈에 띄지 않았다. 섣불리 움직이지도 못한 채 발만 동동 굴리고 있을 때, 혜림의 뒷모습이 눈에 들어왔다. 우진의 진한 고동색 눈동자 안에 들어오는 혜림의 뒷모습에 급하게 그가 발을 움직였다. 거의 뛰다시피 한지라 그녀에게 가는 길에 환자, 평범한 일반인도, 간호사들의 어깨를 부딪쳤지만 우진은 흔한 사과도 하지 않고 뛰어가 혜림의 어깨를 붙잡았다.

"차혜림!"

울고 있을 것이라 생각했다. 하지만……

"그 열 살짜리 꼬마는 안 울더라."

우연찮게 그의 형이 하던 말이 머릿속을 지나갔다. 9년 전 혜림이 이랬을까. 울고 싶어도 억지로 눈물을 참으면서 앞만을 바라봤을까. 평소에도 붉다고 생각하던 혜림의 입술이 지금은 유난히 더 붉었다. 아까 전에도 이로 입술을 잘근잘근 물더니, 입술에 상처도 살짝 보인다.

"왜요."

혜림이 토해내듯이 말을 내뱉었다. 당장 집으로 돌아가고 싶었다. 병원도 싫었고, 이곳에 있는 송형석도, 송여울도, 김영인도 싫었다. 그저 집으로 가서 따뜻한 우유를 마시고 잠을 자고 싶었다. 그런데 왜 그 누구도 아닌 여우진이 자신을 막는 걸까.

순간 아까 전 그에게 맞았던 뺨이 화끈거리는 것만 같았다. 제 어깨를 붙잡고 있는 큰 손을 차갑게 내쳤다. 날카로운 마찰음이 울린다.

"너……."

"뭐가 궁금해서 오신 건데요?"

지긋지긋하다. 어머니가 돌아가시고 난 후, 자신의 어머니의 죽음은 한동안 좋은 가십거리였다. 그와 동시에 송형석의 이야기도 좋은 가십거리였다. 한 남자를 사랑한 여자가 누군가에는 즐거운 이야깃거리밖에 되지 않았다. 여우진도 마찬가지일까, 자신의 어머니와 송형석에 대한 이야기가 그저 호기심거리밖에 되지 않은 걸까.

"……괜찮, 아?"

한참을 망설이던 그가 어렵사리 내뱉은 말은 제 호기심을 채우기 위한 물음이 아니었다. 순수하게 자신, '차혜림'을 걱정하는 물음이었다. 예상하지 못한 말이었기에 그녀는 멍청히 눈만 동그랗게 떴다. 만약 여우진이 어떻게 된 거냐고 물었다면 그 순간, 혜림은 아무런 미련 없이 그를 무시하고 돌아갔을 것이다. 하지만 이런 말을 들었을 때를 대비한 행동과 말은 생각해 보지도 않았다.

그리고 이런 말을 들은 적도 없었다. 그녀의 어미와 그녀의 아버지에 대한 이야기를 들은 누군가는 항상 호기심이 가득한 눈을 하고 있었을 뿐. 그리고 그 눈으로, 그런 행동으로 혜림을 계속 상처만 줬었다.

그 순간 울고 싶어졌다. 어린아이처럼 소리 내며 펑펑 울면서 그의 품에 안기고 싶었다. 그렇다면 다정한 목소리로 자신을 위로해 줄까, 그 큰 손으로 제 머리를 쓰다듬으면서 마음 또한 보듬어 줄까. 코끝이 시큰거리면서 눈물이 나오려는 것을 애써 참았다. 울음을 참기 위해 주먹을 꾹 쥐자, 손톱이 살갗을 파고들기 시작했다. 목이 따끔따끔해지기 시작했다. 그냥 울어버릴까. 이제 눈물을 참는 것도, 화를 참는 것도 너무 힘든데, 모든 걸 다 내려놓고 다 털어버릴까. 하지만 그렇게 하기에는 자신의 분노는 그리 작은 것도 얄팍한 것도 아니었다.

"……신경 쓰지 마세요."

목소리가 크게 흔들렸다. 애잔한 목소리가 빗속에서도 유난히 선명하게 그의 귓가에 꽂혔다.

"신경, 안 쓰셔도 돼요……. 이런 거, 익숙, 하니까……."

"익숙해지지 마."

푹 숙였던 고개를 들었다. 흔들림 없는 진한 고동색 눈동자가 자신을 안타까운듯이 바라보고 있었다. 저를 올곧게 바라보고 있는 고동색 눈동자에서 시선을 뗄 수가 없다. 도망치고 싶은 마음을, 숨고 싶은 마음을 다 보는 것만 같아서 시선을 피하고 싶지만 피할 수가 없었다.

아래로 떨어뜨린 손을 들어 그녀의 어깨를 꾹 잡았다. 블라우스 사이로 우진의 온기가 그대로 느껴졌다.

"그런 거에 익숙해지지 마."

"······."

결국 참지 못한 눈물이 그렁그렁 맺혔다. 어깨를 꾹 누르는 우진의 손에, 그의 목소리에 절로 힘이 들어갔다.

"그건 아픈 거야. 무감각해지지 마. 네가 익숙해질 필요도, 익숙해져서도 안 되는 것들이야."

오히려 저보다 더 울 것 같은 얼굴을 하고서 바라보는 우진을 향해 그녀가 알 수 없는 표정을 지었다. 맺힌 눈물이 들키기 싫어 붙잡힌 손을 쳐내고는 몸을 팩 돌렸다.

"신경 쓰지······."

"신경 쓰지 마세요, 라고 말하는 건 그만둬. 애처럼 꽁꽁 숨기려는 것도 그만둬."

"······."

"신경 쓰지 않을 수가 없다, 차혜림."

"······."

"혼자서 그렇게 위태위태하게 서 있는데 어떻게 신경을 안 써. 혼자서 그렇게 참고만 있는데 어떻게 그냥 지나쳐."

"······송여울한테나 가보세요."

나지막하게 말하고는 하얀 우산을 펼쳤다. 평소라면 비에 젖지 않게끔 조심조심 걸었겠지만 뒤에서 여우진이 계속 보고 있다는 생각에 자꾸만 발이 빨리 움직이게끔 만들었다. 참방참방 튀는 물이 종아리에 달라붙고, 교복 치마에 달라붙는다.

하얀색 우산을 쓰고 있지만 비가 블라우스를 적시고 팔뚝을 적신다. 한참을 뛰다시피 걸었을까, 뒤를 돌아보니 더 이상 병원 건물의 모습도, 우진의 모습도 보이지 않았다. 손에 힘이 빠진다. 자연스럽게 손에 들린 하얀 우산도 땅으로 추락하고, 비를 막아줄 것이 사라지자 비는 그대로 혜림의 머리와 어깨, 옷, 몸을 적셨다.

"……흑."

9년이다. 9년간 참아왔던 눈물이 터졌다. 참았던 눈물이 터졌지만 저를 달래주는 사람은 아무도 없었다. 주위에는 아무도 없었다. 터져 나오려는 눈물을 애써 삼키려고 했지만 삼켜지지가 않아 끅끅거리는 소리만이 맴돌다가 결국 그것들을 입 밖으로 토해냈다. 그리고 그녀는 울었다. 빗속에서 길을 잃은 어린아이처럼 한참을 서럽게 소리 내어 울었다.

"엄마, 엄마아……."

엄마를 외치면서 주위를 둘러봐도 찾는 사람은 없다. 당연히 없을 것이라고 생각하지만 그래도 무슨 미련인지 계속해서 엄마를 불렀다. 어미를 잃은 새는 몸을 덜덜 떨며 한참을 방황했다. 익숙해졌다고 생각한 것들이었는데, 애써 익숙해지자고 결심한 것들이었는데 여우진은 혜림이 감추려고만 했던 것들을 아무렇지도 않게 건드렸다.

익숙해지지 말라고 했던 우진의 목소리가 귓가를 맴돈다. 거세게 내리는 빗소리도 들리지 않고 오직 그 목소리만 계속해서 윙윙……. 우진도 저를 당연히 못된 계집이라고 하며 손가락질할 줄 알았다. 하지만 그러지 않았다. 송여울이 사고를 당한 상황에서도 그가 걱정한 사람은 송여울이 아니라 차혜림, 자신이었다.

그 관심이, 걱정이 무조건적이고 따스해서 더 눈물이 나온다. 마치 어렸을 적 어미에게 갈구하던 애정과 비슷했다. 하지만 확연히 다르다. 우진이 제게 향한 감정과 자신이 우진을 보는 감정은 부모에게 바라는 애정과는 확연히 다른 것이었다.

감정에 대한 혼란스러움과 송형석에 대한 애증, 수술을 받고 있는 송여울에 대한 증오가 실타래처럼 설키고 엉켰다.

빗물인지 눈물인지 알 수 없는 것이 그녀의 두 볼을 타고 흘러내렸다. 눈물과 빗물이 섞여 시야가 제대로 보이지 않기 시작했다. 여름이지만 억수같이 쏟아지는 장대비 속에 오랫동안 서 있으면 추워지게 마련이다. 그랬기에 혜림의 입술이 서서히 파랗게 질려가기 시작했다. 주인의 말을 듣지 않은 채 몸도 추위를 느껴 덜덜 떨리기 시작했지만, 혜림은 한참을 빗속에서 외로이 서 있었다. 쏟아져 내리는 비가 아프게 몸을 때린다.

바깥의 비는 세상에 있는 모든 것들을 씻어 내리기라도 하려는 것처럼 멈출 생각도 하지 않고 계속 내리고 있었다. 여름의 비는 더위를 한껏 날려 버릴 정도로 시원하지만 차갑기만 하다. 그게 곧 오는 가을 때문인지 아니면 마음 때문인지 모르겠다.

우진의 머릿속에는 혜림의 우는 모습이, 여울의 부모님을 향해 고함을 치는 모습이 자꾸만 오버랩됐다. 모든 걸 참고 있는 얼굴이라고 생각했었는데 혜림의 고통과 아픔은 우진이 생각하는 것 그 이상인 모양이었다. 비에 맞은 채 축축하게 젖은 옷을 갈아입을 생각도 하지 않고 현관문 앞에 멍청하게 서 있기만 했다.

"우진아?"

주방 안쪽에서 나오는 사람은 다름 아니라 다경이었다. 비에 젖은 생쥐마냥 쫄딱 젖은 제 아들의 모습을 보더니 놀란 얼굴을 하고는 급하게 그의 앞으로 왔다.

황망한 눈빛으로 자신도 제대로 보지 않고 있는 아들을 보며 다경이 놀란 얼굴로 우진의 얼굴을 잡고 자신과 시선을 마주치게 했다. 비에 젖었기 때문인 걸까, 아니면 아까 전의 그 일 때문인 걸까 우진의 얼굴이 유난히 창백했다.

이러다 감기라도 걸리는 건 아닐까 싶어서 급하게 손을 끌어당기자 평소에는 꿈쩍도 하지 않던 우진이 힘없이 다경의 손에 이끌려 제 방 안으로 겨우 들어갔다. 다행이라면 다행인 것이 지금 집에는 우진과 다경을 제외하고는 아무도 없었다.

바닥에서 물이 뚝뚝 떨어지는 소리가 밖에서 들리는 빗소리에 묻혔다. 아무런 말도 하지 않고 멍하니 서 있기만 하는 우진의 모습이 이상했기에 한참을 안절부절못하는 얼굴로 이유를 물었지만 그는 굳게 입을 다물고 있었다. 윤 여사는 우진이 입을 열기까지 한참을 기다렸다.

"……혜림이, 어머니."

"하영이?"

"어머니 성함이 하영이에요?"

"그래."

유난히 다정한 어머니의 목소리였다. 그가 숙이고 있던 고개를 들어 천천히 어머니를 마주했다. 혜림이 혼자 산다는 건 알았다. 그녀의 어머니가 자살했었다는 것도 알았다. 하지만 그런 이유 때문일 줄은 생각하지도 못했다. 여울이를 향한 미움이 그가 생각한 것 이상이어서, 여태까지 자신을 억눌러 온 증오에…… 순간 목이 턱 하고 막혀왔다.

자신과 어머니를 버린 아버지. 그 아버지 때문에 죽은 어머니. 모든 원흉은 아버지라고 생각해도 이상함이 없었다. 그리고 자신의 아버지의 나이가 같은 딸. 어머니만 다른 자신과는 달리 행복한 가정에서 부족함 없이 자라온 여울이를 보며 혜림인 도대체 무슨 생각을 했을까. 그 미움이 너무도 당연한 것이라고 받아들여졌다.

"자살, 이라고 하셨잖아요."

"……"

"오늘 혜림이 생부를, 우연치 않게 만났어요. 혜림이 아버지 딸이, 그러니까 이복 자매가 오늘 사고를 당해서……"

말에 두서가 없었지만 그 말을 알아들었는지 다경이 작게 고개를 끄덕였다. 무슨 이야기를 하고 싶은지 그리고 지금 이 순간 무슨 이야기를 해야 하는지 알 것 같았다.

"솔직히 상상도 안 가요. 혜림이가 얼마나 아팠을지, 얼마나 울었을지, 또 얼마나 참았을지…… 상상이 안 가요."

큰 숨을 토해냈다. 많이 아팠을 것이다. 아니, 많이 아플 것이다. 지금 이 순간에도 그 아인 혼자서 울고 또 상처받았을 것이다.

"……혜림이 엄마랑 나는 유학 시절에 만났었어. 언니, 동생 하면서 잘 지냈었지. 그땐 유학이란 게 아주 특수한 케이스였고, 같은 동양인 특히 한국인은 만나기 어려웠으니까 서로를 의지하면서 영국에서 잘 지냈었어. 그러다가……."

다경이 잠시 말을 끊었다. 시간이 마치 과거 저편으로 돌아간 듯했다. 처음으로 하영과 형석이 만났던 그 순간으로.

"영국에서 혜림이 생부를 만났어. 영국에서 셋이 곧잘 지내다가 집안 사정 때문에 혜림이 생부가 먼저 귀국하고, 그다음으로 나랑 하영이가 같이 한국으로 돌아왔었지."

그때 차라리 그 남자를 만나지 않았더라면 하는 마음이 들었다. 아니면 친구로 지내지 말았어야 한다는 생각 같은 것들. 여러 가지 감정이 교차됐다. 하영이가 형석에게 한 행동은 너무 비겁했고, 형석이 하영이에게 한 행동은 너무 모질었다.

"그때 생부의 집안 사정이 너무 안 좋았어. 부모님도 아프셔서 돈이 아주 많이 필요한 상황이었거든."

숨을 들이켰다. 하영과 형석의 얘기는 아침 드라마에나 나올 법한 이야기였다. 하지만 드라마와는 다르게 무조건적인 악인은 없었다. 차하영은 그냥 사랑에 눈먼 불쌍한, 그리고 이기적인 여자였다.

"뭐, 어쩌면 흔한 얘기야. 생부는 돈이 필요했고, 하영인 그 남자가 필요했고."

"……"

"그런 이야기. 그런데 그때 이미 그 남자는 사랑하는 여자가 있었고……"

"……"

그 여자가 여울의 어머니일 것이다. 여울과 닮은 조용한 분위기를 가진. 이야기의 끝을 흐린 다경이 작게 한숨을 내쉬었다. 그들이 세대에서 끝나길 원했던 이야기였다. 하지만 혼자 남은 사람의 마음은 다경이 생각한 것 이상으로 슬픈 거였다.

울고 있진 않지만 발갛게 일어난 우진의 눈을 보며 다경이 쓰게 웃고는 차가워진 그의 손을 꼭 잡았다. 차가움이 금세 전이되었지만 반대로 우진의 손은 차츰 따뜻해지기 시작했다.

"혜림이한테 잘해줘. 누구보다 아픈 애야. 부모 없이 혼자서 모든 걸 10년 가까이 견뎌낸 애야. 잘 보듬어주렴."

바깥의 비는 그칠 생각을 하지 않은 채 여전히 내리고 있었다.

※

캄캄한 밤이었다. 아니, 밤이라고 하기에도 어려운 시간의 새벽. 밤의 거리를 비추던 네온사인의 화려한 불빛들도 죽고, 오직 거리를 비추는 것이라고는 별과 달밖에 없는 그런 시간이었다. 그런 새벽에 한 여자가 하얀 우산을 들고 거리를 걷고 있었다.

장마가 끝날 기미가 보이는 것인지 이 시간에 비는 거의 다 멎은 상태였다. 내리는 것은 그냥 맞아도 그렇게 큰 영향이 없는 보슬비만이 하늘에서 내리고 있었다. 구태여 우산이 필요한 것은 아니었지만 여자는 그래도 하얀 우산을 쓰고 발을 움직이고 있었다. 샤워를 막 하고 나왔는지 약간은 물기가 있는 머리카락이 인상적이었다.

덥지만 비로 인해 시원해진 여름바람이 불었다. 그 여름바람은 여자의 치맛자락을 희롱하고 목덜미를 희롱하다가 어느 순간 사라졌다. 장마로 인해 생긴 물웅덩이를 밟자 참방, 하는 소리가 조용한 새벽 거리에 울린다.

한참을 걸었을까, 여자가 도착한 곳은 병원이었다. 조용한 새벽 거리보다 활동적이고 조금은 소란스러운 병원. 익숙하게 우산에 묻은 물기를 털어내고 고이 접은 후 엘리베이터 앞으로 다가가 버튼을 꾹 누르자 조용히 열린다. 새벽의 병원은 뭔가 오싹하지만 여자는 신경 쓰지 않는 듯했다.

멍하니 앞을 바라보자, 엘리베이터에 비친 제 얼굴이 보인다. 곱디고운 한 여학생의 얼굴이. 어미를 닮은 한 여학생의 얼굴이. 엘리베이터에 비친 제 얼굴이 보기 싫다고 생각한 순간 띵, 하는 소리와 함께 문이 열렸다. 중환자실의 병원이어서 그런지 몰라도 5층의 복도는 한산했다. 타박타박, 여자의 발걸음 소리가 유난히 크게 울린다. 익숙한 발걸음으로 걸음을 멈춰 서자, 야근을 하던 여자 간호사가 여자를 기다리고 있었는지 위에 옷을 하나 입히고 손에는 장갑과 마스크를 건넸다. 원래라면 입장이 불가능한 시각임에도 불구하고 그녀는 특별히 예외였다.

간호사가 문을 열어주고 여자와 함께 들어가려고 하자, 그녀가 간호사의 행동을 손으로 제지했다.

"혼자 들어갈 거예요."

"하지만……."

"곧 나올 거니까 걱정 마세요."

"……그러면 기기들은 만지시면 안 되고요, 꼭 10분 내로 나오셔야 합니다."

간호사의 말에 혜림이 고개를 끄덕였다. 여자, 혜림이 중환자실로 들어가자 이내 문이 조용하게 닫혔다. 여름인데도 불구하고 병실 안에는 가습기가 틀어져 있었다. 조금 더 깊숙이 안으로 들어가자 여울이 눈을 감고 새근새근 잘도 자고 있었다.

할아버지를 통해 듣기로는 수술은 성공적이었다고 한다. 그 말을 들었을 때 자신은 아쉽다고 생각할 줄 알았는데 아무런 감정도 들지 않았다. 그저 먼 친척의 사고 얘기를 들은 것마냥 그러려니 넘어가고는 전화를 끊었다. 곤히 자고 있는 여울의 모습을 보며 그녀가 고개를 살짝 기울였다.

퍽 편하게 자고 있는 모습이 얄밉다. 싫다. 땅으로 향해 있던 손을 올려 여울의 목으로 가져갔다. 죽기를 바랐는데 왜 살았니. 왜 산 거야. 그냥 죽으면 좋잖아. 못된 생각이 머릿속을 스쳐 지나간다. 지금이라도 산소호흡기를 떼고 송여울의 목숨을 연명하게 만들고 있는 장치들을 다 떼버리면 여울은 손도 쓰지 못하고 죽을 것이다.

손으로 여울의 목덜미를 꾹 누르다가 혜림이 차게 웃고는 손을 떨어뜨렸다.

"……나한테 왜 그러냐고 했지?"

"……."

"말했다시피 네가 송여울이기 때문이었어. 네 어미가 너를 안고 그 남자 앞에 나타나지 않았더라면 엄마가 그렇게 힘들어하지도, 죽지도 않았을 거니까. 너희 가족이 나타남과 동시에 우리 엄마는 모든 걸 뺏겨 버렸으니까."

혜림이 엷게 한숨을 내쉬었다.

"네가 나를 향해 모든 걸 다 가졌다고 한 적이 있었는데, 난 아무것도 가지지 못했어. 내가 원하는 것들은 네가 다 앗아갔잖아."

"……."

"가족, 가정, 부모, 편안함과 안락함……."

"……."

"네가 내게 다 가졌다고 하는 건 내 외적인 요소들뿐이고, 내가 노력해서 얻은 것뿐이야."

한성그룹과 성적은 그저 차혜림을 표현하기 위한 수단밖에 되지 않았다. 그리고 성적은 혜림의 머리가 선천적으로 타고난 것이 아니라 공부를 하면서 실력이 는 것뿐이었다.

"내가 갖고 싶어 했던 건, 네가 다 가진 것들이고……."

사실 그 여자와 송여울이 나타나지 않았더라면 어떻게 됐을지 모른다. 생각하기에는 그래도 송형석은 저와 제 어미에게 따스한 시선을 주지 않았을 것이다.

"네가 내게서 다 앗아간 것들이잖아."

"……."

"네가 정말 밉고 싫어. 네 아비도, 네 어미도 싫어. 이 감정은 평생 갈 거야."

혜림이 차가운 시선으로 여울을 한 번 내려다보고는 몸을 돌렸다. 학교는 그만둘 생각이다. 어차피 송여울의 사고 소식이 돌면 제게도 별로 안 좋은 영향이 미칠 게 분명했기에, 미뤘던 유학을 가는 것뿐이다.

마음에 걸리는 것이라면…… 여우진 그 사람뿐. 십 분도 채 되지 않아 중환자실을 나와서 마스크와 장갑, 위에 걸친 옷을 벗고는 간호사에게 넘겼다.

……여우진에게 말해야 하나?

하지만 자신이 떠난다고 해서 아무런 반응이 없으면 어쩌지? 저 자신도 알 수 없는 불안한 감정이 마음을 휩쓸었다. 잡념이 서서히 커지기 시작하자 얄팍한 한숨을 내쉬고 마른세수를 하며 감정을 다스리기 위해 노력했다.

하지만 이상하게도 사라지지가 않는다, 여우진의 얼굴이. 여우진의 목소리가 뇌리에서 사라지지 않고 자꾸만 맴돈다. 초조한 마음에 주먹을 꾹 쥐다 하얀 우산을 펼쳤다.

가슴이 체한 것처럼 울렁울렁 거린다. 숨을 크게 들이마셨다가 주먹으로 가슴께를 두드리지만 가슴은 여전히 울렁거렸다. 괜히 울고 싶어졌다. 만약에 여우진이 아무런 표정 없이 잘 가라고만 하면 어쩌지? 섭섭한 기색도 보이지 않고, 제 아비가 어미를 차가운 시선으로 봤듯이, 여우진이 그런 시선을 자신을 본다고 생각하면…….

견디지 못할 것이다.

"……이런 거 싫다, 정말."

그럼에도 불구하고 송여울이 죽기를 바란다는 말을 한 것을 후회하지는 않는다. 그럼에도 송여울이 다친 것은 제 탓이 아니라고 말하고 싶다. 자신의 이기적인 감정에 혐오감이 든다.

저를 향해 비웃듯이 웃고는 그녀가 거리를 걸었다. 병원에 올 때까지만 해도 내렸던 보슬비는 이미 멎어 있었다.

장마가 끝이 나려고 한다.

송여울의 교통사고 소식은 그리 큰 이슈가 되지는 못했다. 아이들의 입방아에 조금 오르내리다가 말았는데, 그때 혜림과 같이 있었다는 것을 아는 사람은 없었다. 다행이라면 다행인 상황이었다. 병원에는 그 이후로 한 번도 간 적이 없었지만 송여울의 소식은 할아버지를 통해 간간이 듣고 있었다.

며칠 전에 눈을 떴다느니, 그런 별 시답잖은 얘기들을. 송여울이 어떤 시선으로 송형석을 바라보고 있는지 살짝 궁금하기는 했지만 그 호기심이 그리 오래가지는 않았다. 뭔가 울고 난 후 마음이 한결 가벼워지기도 했다.

그렇게 방학이 시작되었다. 그리고 여름방학의 시작으로 혜림은 노원고등학교를 그만둘 생각이었다. 그건 아주 오래전부터 결심한 것 중 하나니까.

숨을 크게 들이마셨다가 교무실 문을 열었다. 많은 선생님들이 이미 퇴근을 한 상황이었다. 제 담임의 자리로 가자, 담임이 꽤 바쁜지 산만하게 움직이고 있는 모습이 눈에 들어왔다.

"선생님."

"어. 혜림아. 왜?"

"드릴 말씀이 있어서 왔는데요."

"응응, 뭔데."

일이 바쁜지 노트북에서 시선을 떼지 못하다가 아무 말 하지 않고 계속 그를 빤히 바라보자 그제야 돋보기안경을 벗고는 혜림에게 자리에 앉을 것을 권했다.

"뭔데? 방학 보충수업 빼달라는 거냐?"

"아니요."

"그럼?"

"그러니까……."

혜림이 슬쩍 옆자리에 시선을 던졌다. 여우진은 없다. 다행이라면 다행인 상황에 속으로 한숨을 삼키고는 덤덤히 말했다.

"유학 가요, 저."

"응? 갑자기 유학이라니?"

"오래전부터 생각해 왔던 거예요. 날짜랑 다 잡혀졌어요."

"언제 가는데?"

"한 달 후에요. 유학 준비 마저 끝내려면 방학 동안 못 나올 것 같아요."

"방학 기간에 가는 거냐? 방학에 가서 아예 안 돌아오는 거냐?"

"한동안은 못 돌아올 것 같아요."

꽤 오랫동안. 혜림이 뒷말을 조용히 중얼거렸다. 갑자기 나온 얘기에 담임은 여전히 어안이 벙벙한 얼굴이다.

"반 아이들한테 인사도 안 하고 그냥 가게?"

그 말에 그녀가 조용히 고개를 끄덕였다. 그건 좀 아닌 듯싶었지만, 본인이 원한다고 하니 별수 없는 일이었다. 담임이 조용히 고개를 끄덕였다.

"아이고, 덕분에 일이 느는구나. 진작에 좀 말하지."

"죄송합니다."

"어디로 유학 간다고?"

"영국이요."

"그래, 알겠다. 가기 전에 연락하거라. 찬들이 넌 웬일이냐?"

혜림이 슬쩍 시선을 뒤로 돌렸다. 꽤 놀란 얼굴을 한 채 저를 보고 있는 박찬들을 향해 짧게 혀를 차고는 가볍게 대답했다.

"네. 그럼 전 이만 가보겠습니다."

"어, 응. 그래. 찬들이 넌 무슨 일이냐?"

"아, 이거 선생님이 걷어오라는 것들이요."

담임과 이야기를 나누는 찬들을 없는 사람 취급하며 혜림이 자리에서 일어나서는 선생님께 허리를 꾸벅 숙여 보였다.

방학은 시작되었고, 모든 게 끝나고 그녀는 떠나야 할 사람이 된다. 마음에 걸리는 건 역시 여우진, 단 한 사람뿐. 바짝바짝 마르는 입술을 혀로 대충 핥고는 조용히 고개를 숙이고는 교무실을 나섰다.

문을 닫으면서 '이만 가보겠습니다' 하는 서두르는 듯한 박찬들의 목소리가 들렸지만 신경 쓰지 않았다. 자신이 유학을 가는 건 박찬들과는 상관없는 일이었고, 자신은 찬들에게 있어서 못된 사람일 뿐이었다.

"차혜림!"

꽤 다급하게 그녀의 이름을 부르면서 손목을 잡는 찬들이 답답해 혜림이 손을 뿌리치고는 날카로운 시선으로 찬들을 봤다.

"왜."

"너 유학 가?"

"그래."

"언제?"

"다 들었잖아."

"가, 갑자기 왜? 여울이, 여울이 때문에 그런 거냐?"

"송여울 다친 게 내 탓도 아닌데 내가 왜? 유학은 전부터 생각하고 있던 거였어. 다만……"

송여울 때문에 미뤄졌을 뿐이지. 혜림은 그 말을 현명하게 입 밖으로 내뱉지는 않았다. 침묵을 유지하던 찬들이 굳은 표정으로 그녀를 내려다봤다. 머리가 두 개 정도 차이가 나서 찬들을 올려다봐야 하는 것이 꽤 불편했지만, 그녀는 아랑곳하지 않고 올려다봤다.

"왜 말 안 했어?"

"뭘?"

"여울이 부모님이랑 너희 어머니 관계……"

"네가 알았으면, 어떻게 했을 건데?"

"……"

"이러지도 저러지도 못할 너한테 괜히 혼란 줄 이유는 없어. 그리고 무슨 자랑스러운 일이라고 그걸 남한테 떠벌리고 다녀?"

"그래도 친구, 잖아……."

"친구였잖아겠지."

그녀가 팔을 꼰 채로 시선을 내리깔았다. 도대체 제게 무슨 미련이 있어서 이다지도 여리게 구는 건가. 한때 친구였던 이를 향한 동정인가, 아니면 그 이상의 감정인 건가……. 잘 모르겠다. 그저 조금은 잔잔해진 마음이 찬들로 인해 파문이 일어났다는 것 정도만 확실히 알 수 있었다.

"말해줬으면 좋았잖아."

"네가 나한테 한 번이라도 물어본 적 있어?"

"……."

"왜 괴롭히는지, 송여울이 무슨 실수라도 했는지 나한테 물어본 적 있어?"

"……."

"가정사 이야기를 묻지도 않았는데 시시콜콜 얘기해 줄 필요가 없었을 뿐이야."

"그러면, 넌 내가 물었으면 말해줬을 거야?"

"……."

대답하기 어려운 문제라며 혜림이 쓰게 웃었다. 쓰디쓴 차를 한 잔을 마신 것처럼 입안이 떫다.

"……글쎄."

찬들의 물음에 혜림은 답하지 못했다.

*

 유학 준비는 착실히 진행됐다. 한 명이 살기엔 넓었던 집은 가구들과 필요 없는 것들을 다 빼고 나니 더 넓어 보였다. 동그랗게 말아 묶은 머리를 한 혜림이 집 안을 한 번 둘러봤다. 거실에 차지하고 있던 TV도, 협탁도, 소파들도 다 빼놓은 상황이었다. 집에 있는 것들이라고는 박스뿐이었다. 나머지 옷들을 정리해 청테이프로 둘둘 말고 끝내자 편하게 바닥에 털썩 주저앉았다.

 달력을 보니 학교를 가지 않은 지 일주일째 되는 날이었다. 그리고 그 일주일 동안 혜림은 단 한 번도 여울을 찾아가지 않았다. 찾아가야 할 이유도 느끼지 못했다. 누군가가 죄책감도 들지 않느냐, 라고 묻는다면 혜림은 고개를 끄덕이며 들지 않는다고 대답할 것이다. 그건 몇 년이 지나도 절대로 변하지 않을 감정이었다. 그날의 일을 후회하지는 않는다.

 그때 박스 위에 올려둔 핸드폰이 지이잉— 하고 울렸다. 핸드폰 번호도 바꿨기 때문에 전화를 올 사람은 정해져 있었다. 아마 외조부모님들일 것이다.

 "여보세요?"

 〈혜림아, 할미다.〉

 "네."

 〈준비는 다 됐니? 사람 없어도 돼?〉

 "짐도 별로 없어서 괜찮아요. 그리고 대충 다 끝냈어요. 이제 방만 정리하면 돼요."

〈학교에는 말했고?〉

"떠나기 하루 전쯤에 연락하라고 하시던데요."

연락할 생각은 없지만. 묶었던 머리가 활동으로 인해 느슨해지자 왼손으로 고무줄을 풀었다. 가슴께를 조금 넘는 머리가 물결처럼 흐르며 찰랑인다.

〈그 사람한테 연락이 왔단다.〉

"……."

할머니가 그 사람이라고 지칭할 사람은 단 한 사람밖에 없었다. 송형석, 그 남자.

〈너랑 연락이 안 돼서 여기로 전화를 했단다. 너랑 만나보고 싶다던데 괜찮겠니?〉

"상관없어요."

〈혜림아, 싫으면 안 만나도 돼. 굳이 네가 그럴 필욘 없어.〉

"아뇨, 정말 괜찮아요."

근심 가득한 할머니를 달래며 전화를 끊었다. 날짜는 다음 주 일요일로 잡았다. 송형석이 무슨 말을 할까 궁금하다. 저를 향해 원망 어린 말을 하려나 아니면 욕을 하려나……. 악연(惡緣)인 자신과 굳이 이렇게 만나려고 하는 이유를 잘 모르겠다.

그는 그녀에게 아비로서 행동을 취하지도 않았고, 의무를 다하지도 않았다. 중요한 건 그가 그녀를 딸로 생각하지 않는다는 점이었다. 그녀 역시 그의 딸로서 해야 할 행동들을 하지 않았고, 그를 아비로 생각하지도 않았다. 서로가 마찬가지였다. 이 악연은

끊으려고 해도 도무지 끊어지지 않을 것 같다며 혜림이 박스를 들고는 현관문 쪽에 놔뒀다.

"끊어지지 않는다면, 그냥 내버려 두면 좋으련만."

유학은 원래부터 계획해 왔던 것이긴 했지만 지금 그녀에게 있어서는 '도피'이기도 했다. 마음이 한결 가벼워진 상태에서 다시 한 번 송여울과 김영인, 송형석을 만난다면 분노가 다시 들끓을 것 같았고 또다시 추한 모습을 보일 것 같았다. 이제 그만두고 싶었지만······. 아직 그녀는 어려서 그만두는 방법도, 용서를 구하는 방법도, 용서를 하는 방법도 몰랐다.

솔직하게 말하자면 용서를 하고 싶지도, 용서를 구하고 싶지도 않다. 전보다 가벼워졌다고 해서 송형석에 대한 원망과 분노가 사라진 것은 아니니까. 갈증에 주방으로 들어가 냉장고 문을 열려고 할 때, 냉장고 문에 붙여둔 포스트잇이 눈에 들어왔다.

익숙한 번호다. 차마 핸드폰에 저장하지는 못하고, 그렇다고 해서 버리지도 못한 번호를 포스트잇에 적어 냉장고에 붙여놨다. 미련과도 같은 행동이라고 생각한다. 우진에 대한 미련이기도 하고, 자신에 대한 미련이기도 했다. 또한 스스로가 미련스럽다고 생각도 했다. 전화를 걸고 싶으면, 문자를 하고 싶으면 하면 되는데 차마 하지 못했다. 그렇기에 우진에게 유학을 간다는 말 또한 하지 못하고 속앓이만 하고 있었다.

포스트잇에 적어둔 핸드폰 번호를 입으로 중얼중얼 거리다 슬쩍 주머니에 넣은 핸드폰을 꺼냈다.

"······해볼까, 연락."

차마 용기가 나지 않지만 그래도 해야 한다고 생각했다. 그래도 노원고등학교에서 그나마 제게 가장 신경을 써준 사람은 우진이었으니까. 얼굴을 보며 이야기하면 그래도 미련이 조금은 사라질까 봐……. 이야기하지 못하고 영국에서 후회할 바에야 차라리 그냥 말하고 후회하는 것이 훨씬 낫다고 생각했다.

익숙하게 패턴을 풀고 문자 아이콘을 눌렀다. 조금 서투른 손길로 우진의 번호를 입력했지만, 내용은 쉽사리 입력하지 못하고 망설여졌다. 내용을 보내지 못하고 한참을 망설이다 잠시 후 그녀가 눈을 꾹 감고 문자를 입력했다.

〈차혜림이에요. 이번 주 일요일에 뵙고 싶은데, 시간 되세요?〉

곧바로 전송버튼을 꾹 눌렀다. 보내고 나니 어쩐지 후회가 된다. 괜히 보냈나, 라고 생각할 즈음 핸드폰이 지이잉— 울렸다. 보낸 문자에 대한 답장이라고 생각했는데, 그게 아니라 전화였다.

선명하게 보이는 우진의 번호에 혜림이 숨을 크게 훅 들이마시다 어쩔 줄 모르는 얼굴을 했다. 어떻게 하지? 받아야 되나? 받지 말까? 받지 않으면 계속 전화 올 것 같은데. 발만 동동 굴리며 고민하는 사이 전화가 뚝, 끊겼다.

아, 뭔가 아쉬운 느낌이 든다. 왠지 속이 텅, 비는 느낌에 오른손으로 배를 살살 문질렀다. 그러다 다시 핸드폰이 지이잉— 울렸다. 전화를 받지 않으면 받을 때까지 전화할 기세에 어쩐지 식은땀이 나는 것만 같다.

"⋯⋯여보세요?"

〈여보세요? 차혜림? 너 왜 번호 바꿨어? 너 학교는 왜 안 나오는데?〉

전화를 받자마자 다다다 쏘아붙이는 우진의 태도가 퍽 웃기고, 저를 걱정하는 모습이 꽤 사랑스럽고 기분이 좋아져서 혜림의 입가에 옅은 미소가 떠올랐다. 그건 찬들이나 여울, 그리고 우진에게 항상 보여주던 미소와는 확연히 다른 것이었다.

〈여보세요? 차혜림? 혜림아? 뭐야, 끊겼나?〉

"안 끊겼어요."

〈아, 너 왜 번호 바꿨어? 학교는? 그리고 이번 주 일요일에 만나자는 말은 또 뭔데?〉

"드릴 말씀이 있어요. 선생님한테는 말씀드려야 할 것 같아서요."

〈무슨, 말인데?〉

그의 목소리가 짐짓 심각해졌다. 그 목소리에 그녀가 낮게 웃고는 조용히 대답한다.

"⋯⋯ 그건 만나서 말씀드릴게요. 저번에 소풍 갔던 곳에서 뵐게요."

우진의 말을 듣기도 전에 혜림이 먼저 전화를 끊었다. 어쩐지 손에 땀이 찬다. 그러다 혜림의 시선이 닿은 곳은 옷가지들을 정리해 둔 박스였다. 이미 청테이프로 꽁꽁 봉해둔 상황이었지만 커터 칼을 들어 흠집을 냈다. 일요일 날 입고 갈 옷을 찾기 위해서. 이별의 말을 전하려 하는 상황이지만 어쩐지 첫 데이트에 마냥 들뜬 여자가 된 것만 같았다.

＊

"그게, 무슨 말이야?"

 찬들의 말에 여울의 눈이 동그랗게 떠졌다. 상태가 점차 호전되어 중환자실에서 일반 병실로 옮긴 여울이 찬들이 사온 음료수를 마시며 물었다.

"말 그대로야."

"혜림이가 유학 가? 정말로?"

 여울의 눈동자가 혼란스럽다. 원망이나 증오 같은 것은 보이지 않는 눈동자에는 그저 순수하게 '혼란스러움'만 가득 담겨 있었다. 어떻게 반응해야 하지? 라는 생각보다는 어째서? 갑자기 왜? 라는 생각만 들었다.

"예전부터 계획해 왔던 거래. 그리고 그걸 지금 가는 것뿐이고."

 그렇게 말하던 찬들이 힐끗 형석을 쳐다봤다. 웬만해서는 형석 앞에서 혜림에 대한 이야기를 하지 않으려고 했다. 하지만 학교 얘기를 듣고 싶어 하는 여울이에게 마땅히 할 얘기가 없어 혜림에 대한 이야기를 꺼냈고, 형석의 반응은 싸했다.

 다행이라면 다행인 것이 이 자리에 여울의 어머니가 없다는 사실이었다. 딱딱하게 굳은 형석의 표정을 보며 찬들이 어렴풋이 한숨을 내쉬었다. 역시 괜히 말했나.

"어디로 유학 간다는 말은 없었어?"

"응. 그나저나 몸은 괜찮아?"

유학에 대한 이야기는 담임선생님 한 사람에게만 하고 다른 사람에게는 하고 싶어 하는 것 같진 않았다. 하물며 여우진 선생님에게도 하지 않은 것 같았는데……. 선생님은 이 사실을 알까? 가슴에서 모락모락 피어나는 호기심을 애써 구겨 넣으며 사온 음료수 병을 작은 냉장고에 넣었다.

"언제 돌아온다는 말 같은 건, 없었어?"

"응. 꽤 오래 있을 거라고만 들었어."

여울이 앉아 있는 형석을 힐끗 쳐다봤다. 처음으로 눈을 떴을 때 본 사람은 형석이었다. 아버지의 얼굴을 보며 어떤 감정을 가졌는지 기억은 잘 나지 않았다. 다만 형석은 여울을 어색해했다. 정작 본인은 아무렇지도 않았는데…….

정말로 아무렇지 않다는 건 거짓말이겠지만, 그렇다고 해서 자신의 아버지가 죄인마냥 제 시선을 피하고 어색해하는 것도 이상하다고 생각했다. 사고를 당한 것은 혜림 때문도 아니고, 아버지 때문도 아니고 어디까지나 본인의 부주의였다.

아마, 여울이 입 밖으로 '괜찮아요'라고 말해도 형석은 그 말을 믿지 않을 것이다. 괜히 어색해지고, 괜한 말을 꺼낼 바에는 차라리 그냥 가만히 있어야겠다고 생각했다. 시간이 약이라고, 세월이 해결해 줄 것이라고, 그렇게 저를 달래면서.

아버지를 바라보던 시선을 천천히 창밖으로 돌렸다. 장마가 끝이 나서 그런지 날씨가 유독 화창하다. 푸르른 하늘이 유난히 눈이 부시다. 병원에 입원해 있는 동안 꽤 많은 생각을 했다. 혜림과 혜림의 어머니에 대해서. 아버지가 사실대로 말씀해 주시지도 않앉고, 혜림도 일부분만 얘기했지만 알 수 있었다.

자신의 몸에 흐르는 피의 반은 혜림과 같은 피라는 것과 아버지가 자신과 어머니를 선택하고 혜림과 혜림의 어머니를 냉정하게 버렸다는 것을. 그리고 그것 때문에 혜림의 어머니가 돌아가셨다는 것을. 혜림의 어머니가 돌아가신 것이 어쩐지 자신의 탓인 것만 같았다.

하지만 여울의 탓은 아니다. 어쩌면 이 모든 사건에서 여울과 혜림은 그저 피해자일 뿐이었다. 그랬기에 딱히 혜림일 원망하거나 하지는 않았다.

원망을 하지는 않지만 그렇다고 해서 호의적인 감정을 갖고 있지도 않았다. 시간이 지나도 두 사람은 여전히 불편한 관계일 것이다. 절대로 변하지 않을 그런 관계. 혜림이 저를 미워하는 이유를 알고 나니 어쩐지 마음이 편해져서 여울의 입가에 옅은 미소가 걸렸다. 오히려 후련해진 듯한 미소에 의문스러운 사람은 오히려 찬들이었다.

"여울아?"

"응."

"어떻게 생각해?"

"뭘?"

"혜림이……."

"딱히 아무런 생각도 안 해. 아마 혜림이가 영국으로 가는 건……."

새롭게 시작할 출발점이라고 생각해. 여울은 그 말을 입 밖으로 내뱉지는 않았다. 그저 옅게, 조용히 미소 지을 뿐이었다.

✱

 아침 일찍 일어나 샤워를 하고 저가 제일 아끼는 옷을 꺼내 입고 모처럼 예쁘게 꾸몄다. 송형석과의 만남 때문이 아니라, 송형석과의 만남 뒤에 있을 여우진과의 만남 때문에. 그리 높지 않은 굽의 구두가 유난히 마음에 든다. 하얀 원피스에 작은 숄더백을 멘 혜림이 카페 안으로 들어섰다.

 일순 카페 안에 있는 모든 사람의 시선이 그녀에게 닿았지만, 아랑곳하지 않고 넓은 카페 홀을 눈으로 훑었다. 송형석은 아직 오지 않은 듯, 천천히 발을 움직여 구석진 창가 자리에 엉덩이를 붙였다. 숄더백을 옆 의자에 놔두고는 손목시계를 봤다. 시각은 한 시 사십 분. 약속 시각보다 이십 분이나 일찍 와버렸다.

 "주문 도와드리겠습니다."

 메뉴판을 내미는 종업원의 얼굴을 한 번 쳐다보고 메뉴판을 한 번 보고는 '아이스티로 한 잔 주세요'라고 가볍게 대답했다. 종업원이 고개를 끄덕이고 시야에서 사라지자 턱을 괸 채 바깥을 바라봤다. 여름의 끝자락이었지만 날은 여전히 더웠다. 멍하니 바깥을 보다 숄더백에 있는 지갑을 꺼냈다. 딱히 송형석에게 할 말은 없지만 주고 싶은 것은 있었다. 하나는 작은 선물 상자에 담은 송여울의 여우 목걸이와 다른 하나는 손을 많이 탄 젊었을 적 송형석의 사진이다. 사진의 뒤편에 어머니의 글씨로 쓰인 '사랑해'란 글자가 눈에 들어온다. 어머니가 죽는 그 순간까지 손에 들고 있던 사진이었다.

어미의 유일한 유품이라고 불릴 만한 것이었지만 어째 주인은 자신이 아닌 듯했다. 아니, 주인은 자신이 아니었다. 착잡한 마음에 혀로 입술을 축이고는 사진을 다시 지갑에 넣었다. 건네줄 것은 이 두 가지가 전부다.

분침이 조금 더 움직이고 나자, 카페의 문에 달린 방울 소리가 선명하게 들려왔다. 자연스럽게 시선을 문으로 향하자 살짝 땀을 흘리고 있는 송형석이 주위를 휙휙 둘러보며 그녀를 찾고 있었다. 이내 그녀를 발견했는지 굳은 얼굴을 하고는 그녀의 맞은편에 와서 의자를 꺼냈다. 의자의 다리와 바닥의 마찰음이 시끄럽다.

"늦었구나."

"아니요, 제가 일찍 온 거였어요."

자리에 앉고 나서 두 사람은 한참 동안 말이 없었다. 이런 어색함과 침묵을 즐기는 듯, 그녀는 무덤덤한 시선으로 얼음이 가득 들어간 아이스티 잔을 손으로 어루만졌다. 침묵을 이기지 못하고 먼저 입을 연 사람은 역시 송형석이었다.

"유학 간다고 들었다."

"네."

"……미안하다."

예상치 못한 말이었기에 잔을 잡고 있던 혜림의 손이 순간 움찔거렸다. 죄책감 때문일까, 송형석은 혜림의 얼굴을 똑바로 보지 못하고 있었다.

"아버지로서 너에게 못할 짓을 했다. 어렸던 너한테 냉정하게 굴었던 것도, 네 어미에게 냉정하게 군 것도 미안하구나."

그래 봤자 이미 죽어버린 사람이다. 돌아오지 못할 사람. 사과해도 늦은 상황이다.

"어미 일은 미안······."

"미안해할 필요 없어요."

그가 말을 온전히 하지 못하게 그녀가 냉큼 그의 말을 잘랐다.

"······."

"미안하다고 하지 마세요. 당신 때문에 엄마가 죽은 건 변하지 않는 사실이니까."

"······."

그가 침통한 얼굴로 고개를 푹 숙였다.

"나는 당신 절대로 용서 못해요."

"······."

"용서할 마음도 없어요. 그쪽도 마찬가지잖아요. 내가 그쪽이 사랑해 마지않는 딸을 죽일 수도 있었고, 또 죽었으면 좋겠다고 말했으니까 ······내가 밉잖아요."

그 말을 인정하기라도 하는 걸까, 형석은 침묵을 유지했다. 아무런 말도 하지 않았다. 그녀는 그것을 긍정의 의미로 받아들였다.

"서로 용서하지 마요. 나는 당신에게 용서 빌 생각도 없고, 그때 송여울이 죽었으면 좋겠다고 한 말, 진심이었으니까. 그러니까 당신도 나한테 용서 구하지 말아요. 그냥 평생 안 보고 살아요. 서로가 서로의 눈에 밟히지 않게, 그렇게요."

그녀의 목소리는 의외로 담담했다. 용서하지 않겠다는 말도, 용서를 빌 생각이 없다는 말도, 서로를 용서하지 말자는 말도 덤덤하게 하루 일상을 이야기하는 것처럼. 살짝 갈증이 나서 아이스티를 한 모금 마셨다. 달짝지근한 복숭아 향이 입안에 가득 맴돌았다. 아이스티는 시원했지만, 갈증은 해소되지 않았다.

"그리고 드릴 게 있어요. 이건 제가 송여울에게서 뺏은 목걸이에요."

혜림이 건넨 작은 상자를 송형석은 열지도 만지지도 않았다. 그저 묵묵히 바라봤다. 그리고 다음으로 꺼낸 건 송형석의 젊었을 적의 사진이었다.

"돌아가실 때, 유서로 딱히 남기신 건 없어요. 오직 그 사진 하나만 돌아가실 때까지 쥐고 있었어요."

"⋯⋯."

"전 엄마 딸이지만, 그 주인은 제가 아닌 것 같아서요."

"⋯⋯."

젊었을 적 자신을 보며 형석이 천천히 사진을 뒤집었다. 하영의 글씨체로 또박또박 적혀 있는 것은 '사랑해'라는 한 단어였다. 순간 눈물이 왈칵 쏟아질 것 같았다. 눈이 발개지고 코가 시리다. 울지 않기 위해 주먹을 꽉 쥐었지만 앞이 뿌옇다. 부정하려고 했지만 그래, 자신이 차하영을 죽였다. 차하영은 저 때문에 죽은 거다.

사람을 꼭 칼로 찔러야만 죽이는 게 아니라는 혜림의 말처럼 그는 간접적으로 하영을 죽여 버렸다. 그리고 제 피가 흐르는 혜림을 버렸다. 눈물이 나오려는 것을 억지로 참기 위해 입술을 깨물었다.

"할 말도 끝났고, 돌려 드릴 것도 더 이상 없네요."

"……."

"그쪽과는 더 이상 마주치지 않았으면 해요."

"……."

"두 번 다시 만나지 말아요. 우연히 길에서도 마주치지 말아요."

자신의 말이 다 끝났기에 자리에서 일어났다. 주문한 아이스티의 반도 마시지 못한 채 혜림은 카페를 나섰다. 더 이상 미련을 갖지 말자. 용서도 하지 말고, 구차하게 용서를 빌지도 말자. 자신은 드라마나 영화 속 주인공처럼 선한 인물이 아니니까.

송형석이라는 남자를 이해하고 싶지도, 이해할 수도 없으니까. 용서할 수 없다는 걸 알면서도 마음이 개운하다. 발걸음이 한결 가볍다.

✽

유원지의 정문에서 우진이 초조하게 혜림을 기다렸다. 약속 시각이 다 되어감에도 혜림의 머리카락 한 올도 보이지 않았다. 초조한 표정으로 왔다 갔다를 반복하고 있는 사이 낮은 굽의 베이지색 구두가 시야에 들어왔다.

어라? 땅을 보던 우진이 고개를 번쩍 들자 평소와는 다르게 하얀 원피스에 숄더백을 멘 채 저를 보고 있는 혜림이 눈에 보인다. 여전히 무표정이지만 전과는 다른 느낌이다.

"뭐 하세요?"

"뭐 하긴, 너 기다리고 있었지. 그런데 너 왜 번호 바꿨어?"

"아아……."

"그리고 할 얘기는 또 뭐고? 학교는 왜 안 나와?"

"천천히 하나씩 물어보세요. 숨넘어가겠네."

혜림이 옅게 미소 짓자 우진의 얼굴이 홧 하고 달아올랐다. 역시 뭔가 다르다. 평소와 다름없는 무표정한 얼굴도, 옅은 미소도 학교에서 보던 것과는 확연히 달랐다. 학교가 아닌 바깥에서 보고 있어서 그런 걸까. 저를 선생님이라고 타이르면서도 자꾸만 가슴이 두근거렸다.

"우선 안에 들어가죠."

재빠르게 자유이용권을 두 장 끊은 혜림이 턱짓으로 유원지 안을 가리켰다. 놀이기구를 탈 것 같지 않은데, 도대체 무슨 바람이 불어서 이러는 걸까. 그리고 우진의 예상대로 혜림은 놀이기구가 있는 곳이 아닌 동물원 쪽으로 걸어갔다.

일요일이라서 그런지 많은 가족들이 있었고, 연인들도 많았다. 두 사람이 다정하게 손을 잡거나 팔짱을 끼고 걷는 것은 아니지만 함께 걷는 것만으로도 연인으로 보일 게 분명하다. 쑥스러운 기분에 검지로 콧등을 슬쩍 긁었다. 소풍 때 제대로 보지 못했던 것들을 천천히 보기라도 하려는지 혜림은 호랑이, 사자, 기린, 토끼, 말 등등을 우진과 함께 봤다.

혜림이 할 말을 기다리며 걷는 동안 두 사람이 마지막으로 도착한 곳은 코끼리 앞이었다. 문득 느껴지는 기시감에 그가 팔짱을 끼고 서로 코를 비비고 있는 코끼리를 보다가 혜림을 힐긋 쳐다봤다. 평소와는 다르게 살짝 웨이브 진 연한 갈색의 머리카락이 부드럽게 휘날렸다.

"코끼리가 이야길 나누고 있네요."

"어?"

혜림이 할 말은 아니었기에 우진이 저도 모르게 풋 하고 웃었다. 이 말은 분명 저가 소풍 때 했던 말이다.

"그러게. 이야길 나누고 있네."

가볍게 장단을 맞춰주는 그가 웃겨 그녀도 나지막한 웃음소리를 냈다. 살짝 망설이는 건지 산호색 입술이 오물오물 움직였다. 그녀가 말하기를 그는 차분히 기다렸고, 드디어 그녀가 입을 열었다. 이야기를 시작했지만 그녀의 시선은 여전히 코끼리를 향했다.

"예전에 동물원에 참 와보고 싶었어요."

"한 번도 와본 적 없어?"

"저번에 학교에서 왔던 게 처음이라고 말하면, 믿으시겠어요?"

"아……."

"엄마, 아빠랑 손잡고 와보고 싶었어요. 남들처럼 평범하게."

"……."

"하지만 그럴 수는 없었죠. 아버지라 불리는 남자는 아내랑 자식을 버렸고, 그것 때문에 여자는 너무 약해졌었거든요."

순간 여울과 여울의 아버지의 얼굴이 머릿속을 스쳐 지나갔다. 알고 싶지만 물어볼 수 없는 이야기이기도 했다.

"엄마가 정말 약해졌을 때도 동물원에 가고 싶었어요. 특히 코끼리를 보고 싶어 했어요. 분위기가 평화롭다 보니까, 엄마도 보면 좀 좋아하시지 않을까…… 생각했죠."

"혜림아."

"네."

"나한테 그걸 말해주는 이유가 뭐니?"

"싫으세요?"

"아니, 너에 대한 거라면 알고 싶어. 하지만 굳이 상처를 들쑤시면서까지 알고 싶지는 않아."

"별로 그렇다 할 얘기는 아니에요. 드라마에서나 볼 법한 얘기죠. 여자가 남자를 사랑했는데, 남자는 다른 여자를 사랑했어요. 하지만 여자는 재력을 이용해서 남자와 정략적으로 결혼을 했고, 사랑하지 않는 여자와 사는 게 힘들던 남자는 결국 그 여자와 자식을 버리고 사랑하는 여자에게로 갔다. 그게 끝이에요."

"……"

"평범해지고 싶었지만, 평범해지지 못했으니까……. 아참, 저번에 등나무 꽃 좋아하냐고 물어보셨죠?"

"별로 안 좋아한다고 했지."

"네. 등나무 꽃 속설에 그 꽃잎을 말려서 베개에 넣거나 갖고 다니면 소원해진 부부나 연인 관계가 회복된다는 속설이 있거든요. 그래서 어린 마음에 몇 번 시도해 봤던 게 전부였어요."

그 순간 우진은 뭔가 이상하다는 걸 느꼈다. 항상 우진이 알고 싶어 했던 것을 혜림이 말해주고 있지만 개운하다거나 시원한 느낌은 아니었다. 오히려 불안했다. 어째서 이 아이가 모든 걸 제게 말해주는 걸까, 왜? 항상 숨겨왔던 것들인데.

"혜림……."

"선생님."

코끼리를 보고 있던 벼 이삭 색 눈동자가 그제야 진고동색의 눈동자를 가진 남자의 눈을 똑바로 쳐다봤다. 가슴이 쿵, 쿵, 쿵, 엇박자로 조금 빠르게 뛴다. 그 소리가 제게도 들린다.

"저 유학 가요."

"……뭐?"

망치로 머리를 한 대 꽝! 하고 맞은 기분이다. 유학? 갑자기 왜? 머릿속을 정리하려 했지만 마음처럼 쉽게 되지 않는다. 오히려 정리할수록 더욱 복잡해지기만 했다.

"유학 가요, 영국으로. 언제 돌아올지는 확실하지 않고요."

"갑자기, 갑자기 왜?"

"갑자기가 아니라 오래전부터 생각했던 거였어요."

우진은 자신이 멍청한 표정을 짓고 있다는 것도 자각하지 못한 채 멍하니 입을 벌렸다. 혜림은 여전히 무표정한 얼굴이었다.

"다른 사람은 몰라도, 선생님한테는 말씀 드려야 할 것 같았어요."

"……왜?"

"잘 모르겠지만, 그렇게 해야 할 것 같았어요."

몇 번을 눈만 깜빡였다. 여울이랑 계속해서 생활한다는 건 혜림이에게도 여울이에게도 나쁘다는 것을 안다. 어쩌면 눈앞에 있는 아이가 영국으로 간다는 것은 모든 걸 새롭게 시작할 기회가 생긴다는 것과 마찬가지였다. 응원해 줘야 한다고 생각했다. 그녀가 조금 더 넓은 시야를 가진다는 것을 기뻐하고, 축복해 줘야만 하는데도 그러지 못하겠다.

그러지 못하는 이유는 제 이기심 때문이었다. 보내줘야 한다는 것을 알면서도 보내주고 싶지 않고, 계속해서 제 옆에 있어주길 원하니까. 아니, 꼭 옆이 아니더라도 제 눈앞에 있기를 원하니까. 항상 얼굴을 보고 싶고, 대화를 나누고 싶으니까. 복잡한 마음에 큰 손으로 얼굴을 덮었다. 웃으면서 축하해 주고 싶지만 마음처럼 그렇게 되지 않는다. 제 욕심이, 흉한 이기심 얼굴에 드러날 것 같아서 고개를 푹 숙이고 얼굴을 가렸다.

"영국에 가서 어떻게 할 생각인데?"

웅얼거리는 목소리인데도 불구하고 혜림은 그 말을 똑똑히 알아들었다.

"엄마가 다니셨던 대학에서 공부를 할 생각이에요. 그리고 방학이 되면……."

"……."

"여행을 가고 싶어요. 여행도 가고, 봉사도 할 생각이에요."

"……."

"지금처럼 갇혀 사는 게 아니라, 음, 뭐라고 해야 할진 모르겠지만 많은 사람들을 만나 얘기하고 경험하고 싶어요."

"한국에서는 그게 안 될 것 같아?"

"힘들 것 같아요."

바로 나오는 대답에 우진이 쓰게 웃었다. 이미 마음을 굳혔다면 막을 수도, 방해할 수도 없다. 좋아하지만, 보내고 싶지는 않지만 원한다면 보내줘야 한다. 아직 그녀는 어리고, 변할 기회를 접해야 하니까.

"하지만 한국으로 돌아올 거예요, 언제가 될지는 모르겠지만."
"……"
"선생님."
"……"
"……많이 보고 싶을 것 같아요."
"보고 싶을 것 같은 건 뭐야. 보고 싶으면 보고 싶은 거지."
피식, 바람 빠진 웃음소리에 무거워진 분위기가 느슨하게 풀어졌다.
"그런데 나도 보고 싶을 것 같아, 아주 많이."
"……"
"기다리고 있을게. 꼭 돌아와. 언제까지고 기다리고 있을게."
그때는 스스로를 가두고 있던 네 얼음궁이 따스한 볕에 조금은 녹아져 있었으면 좋겠다. 우진이 슬며시 웃으며 큰 손을 그녀의 머리 위에 턱 하고 올렸다. 익숙지 않은 스킨십이지만 그녀도 나쁘지는 않은 듯 싱긋 웃었다.
활짝 웃는 것은 아니지만 처음으로 보는 미소였다. 그리고 자신으로 인해 짓는 미소에 가슴이 거세게 뛰었다.
"반드시 돌아올 테니까 기다려 주세요."

에필로그

"진짜 그만둘 생각이야?"

"네."

문학 선생의 말에 우진이 슬쩍 웃었다. 학교생활은 더 이상 할 수가 없을 것 같았다. 누가 힘들게 하느냐, 아니면 아이들이 말을 안 듣는 거냐, 걱정이 가득 담긴 목소리로 이것저것 물어보며 챙기는 말에 우진은 그 어느 것도 아니라며 고개를 가로저었다.

"그냥 더 이상 견디지 못할 것 같아서요."

"도대체 뭘?"

물어보다가 이내 떠오르는 게 있는지 문학 선생님의 표정이 살짝 일그러졌다. 아무래도 그때 떠돌던 소문이 그렇게 만든 것 같았다. 확실히 1년 전 이맘때 그 아이가 영국으로 떠나면서 우진과 그 애가 놀이공원에서 단둘이 있는 걸 본 사람이 있었고, 두 사람의 이야기가 급속히 노원고등학교에 퍼지기 시작했다. 그건 로맨틱한 이야기가 되기도 했고, 때로는 사람들이 욕하면서 보는 막장 드라마가 되기도 했었다. 확실히 매듭을 지었어야 했지만 당사자 중 한 명이 영국으로 떠나면서 그 이야기는 흐지부지 끝났었다. 그런 문학 선생님의 생각을 눈치챘는지 우진이 고개를 저으면서 웃었다.

"그 소문 때문에 관두는 게 아니에요. 그러면 1년 전에 관뒀어야죠."

"그럼 고3 담임이 힘들어서 그래?"

"제가 좀 지친 것 같아요. 그래서 쉬려고요."

"직장은?"

"그것도 차차 생각해 봐야죠."

그녀가 이곳을 떠난 지 1년이 됐다. 가을이 끝나고 겨울이 준비되는 과정에서 그는 결심을 했다. 한 번은 영국에 가볼까 하는 생각과 한 번은 잊어볼까 하는 결심도 했었다. 잊는다는 의미는 그녀의 존재를 지우는 것이 아니라 그녀에게 품고 있는 마음을 지워보려고 했었다.

하지만 그것도 상상 이상으로 힘이 들었다. 학교에 있으면 모든 게 다 혜림과 연관된 곳이었다. 도서관도 학교 뒷산 벤치도 교실도 미술실도. 그가 쓰게 웃었다. 지우지 못하고 잊지 못하고 있지만 이 상황에서 더 아프고 싶지는 않았다.

멍청하게 그녀가 있던 곳을 눈으로 좇고 싶지는 않았다. 그랬기에 그는 그녀와 함께 지냈던 이곳을 떠나려고 마음먹었다. 지워지지 않는다면 그리움이 더 짙어지는 것만은 막자고, 그러면 더 이상 아프지는 않을 것이라고 결정을 내렸다.

쉬는 시간이 끝났음을 알리는 종이 치고 수업이 있는 문학 선생은 한 번 더 생각해 보라는 말과 함께 교과서를 들고는 교무실을 나섰다. 모두가 사라지고 나서 그가 서랍 속에서 사진을 한 장 꺼냈다.

혜림과 함께 찍은 사진은 작년 놀이공원에 가서 찍었던 이 단체 사진 한 장뿐이었다. 우진이 따스함이 가득한 눈빛으로 사진 속에 있는 그녀를 향해 중얼거렸다.

"벌써 1년이다."

귓가에서 소란스러움이 멀어진다.

"보고 싶다, 정말로."

그 말을 전해주기라도 하려는 듯 살짝 열린 창문 틈 사이로 작은 바람이 들어와 그 말을 싣고는 멀리 날아가기 시작했다.

2부

프롤로그

[크리스마스에 만날까?]

화려한 샹들리에가 있고, 음악이 있고, 많은 사람들이 있는 파티 홀 구석진 곳에 연갈색 머리의 여자가 홀로 서 있었다. 그 모습에 금발에 푸른 눈의 남자가 슬그머니 그 옆에 다가가서는 혜림의 어깨에 자연스럽게 팔을 두르면서 물었다. 사람들이 한가득 모여 있는 홀에서는 혜림이 학교생활을 하면서 친분을 쌓았던 몇몇 인물들이 이야기를 나누고 있었다. 남자의 물음에 혜림은 아무런 말도 하지 않다가 가볍게 남자의 팔을 치웠다.

[약속 있어.]

[무슨 약속?]

끈질기게 물어보는 남자의 말을 한 귀로 듣고 한 귀로 흘리고는 웨이터가 건네는 와인잔을 받아 들었다. 멀찍이 창밖으로 보이는 건 까만 하늘에서 내리는 하얀 눈. 완벽한 흑백의 조화를 멍청하게 바라보았다.

영국의 12월 24일, 크리스마스이브는 지독하게 추웠다. 싸늘한 기온도 그랬고, 허전한 그녀의 마음이 한몫했다. 홀 안에는 익숙한 크리스마스 캐럴이 울려 퍼졌다. 손에 들고 있던 와인을 홀짝 마시자 포도향이 입안에서 가득 맴돈다.

서울에도 눈이 내리고 있을까. 그 사람도 눈을 보고 있을까……. 만약 보고 있다면 누구와 보고 있을까. 그에 대한 생각이 머릿속을 차지하기 시작했다.

자신의 옆에 있으면서도 다른 생각을 하고 있는 그녀가 마음에 들지 않는 듯 리안이 불퉁한 얼굴을 하고는 그녀의 앞에 딱 섰다.

[혜림!]

[어?]

[내일 무슨 약속이 있는데 남자친구랑 만나는 걸 거절해?]

[교수님 도와드리기로 했어.]

[하루쯤은 안 해도 되지 않아? 1년에 한 번 있는 크리스마스야!]

화가 난 목소리에 그녀의 얼굴 위로 짜증이 설핏 지나갔다. 원래라면 이 파티에도 올 생각이 없었는데 리안이 '우린 사귀는 사이니까'라는 말을 해서 어쩔 수 없이 온 자리였다. 게다가 실상 두 사람이 온전하게 마음이 맞아서 만나기 시작한 것도 아니었다.

유난스럽게 구는 리안에게 슬슬 짜증이 나기 시작했다. 그런 그녀의 마음을 아는지 모르는지, 리안은 내일에 대한 이야기를 하며 자꾸 그녀를 보챘다. 그녀가 살짝 한숨을 쉬고는 걸음을 옮기자 그 역시 그녀의 뒤를 졸졸 쫓았다.

테라스 쪽으로 나가자 찬바람이 몸을 휘감았다. 오래 있을 생각은 없고, 할 말만 하고 바로 나갈 생각이긴 하지만. 밤하늘에 박힌 별이 눈에 가려 잘 보이지 않았다. 사실 별이 떠 있긴 한 건지 의문이기도 했다.

테라스에 나와서도 아무런 말을 하지 않는 혜림을 보며 리안이 고개를 갸웃했다. 어딘가 멍하니 보는 듯한 연한 갈색 눈동자에 처음 봤을 때부터 흥미를 느꼈었다. 시간이 지나면 제게 어떠한 감정을 보여줄 것이라 생각했지만 그건 리안의 오만이었다. 시간이 지나도 그녀는 딱히 변하지 않았다.

[우리 그만하자.]

[뭐? 지금 뭐라고 말했어?]

그녀는 멍청이, 얼간이를 싫어했는데, 눈앞에 있는 여학생들 사이에서 백마 탄 기사 같은 존재의 리안은 딱 그런 존재였다. 바보와 이야기를 하는 건 딱 질색이지만 그녀는 천천히 다시 한 번 그 말을 되뇌었다. 리안은 준수한 얼굴에 비해 꽤 멍청한 얼굴을 한 채 그녀를 보고 있었다.

[우리 그만하자고.]

[갑자기 왜?]

[갑자기가 아닌데.]

그녀가 천천히 숨을 골랐다. 폐부를 찌르는 찬 공기에 속이 아프다.

[나한테 사귀자고 했을 때 네가 했던 말 기억나? '우린 서로에게 관심이 없으니까 좋은 파트너가 될 것 같지 않아?'라고 말했었잖아.]

[그랬지.]

[그런데 지금의 넌 그때 같지는 않거든. 네가 변한 그 시점에서부터 우리 계약은 끝이지.]

그 말에 어안이 벙벙했다. 3년의 시간이면 사람의 마음이 충분히 변할 시간이라고 생각했다. 학생들 사이에서 견고한 얼음 궁전을 세워 벽을 친 그 동양인 차혜림이라고 해도 말이다. 그리고 그럴 거라는 자신도 있었다.

하지만 3년이라는 공들인 시간에 비해 결말은 아주 형편없었다. 3년 전과 별다른 점이 없는 담담한 눈동자로, 자신의 제안에 승낙했던 그 얼굴 그대로 자신을 차고 있었다. 한참을 리안이 바람 빠진 웃음소리를 내자 그녀가 어깨를 가볍게 으쓱였다.

[그래, 내가 그렇게 말했었지.]

쓸쓸함이 가득 담긴 에메랄드색 눈동자에도 혜림은 흔들림이 없었다. 리안이 보통 이런 눈빛을 하면 다른 여학생들은 우수에 젖은 눈동자라며 함께 슬퍼해 주고는 했지만 혜림은 보통 여학생이 아니었다.

[그런데 3년이야. 그러면 충분히 변할 수 있는 시간 아니야?]

[변할 수 있지.]

[그럼……]

[하지만 난 아니야.]

단박에 이어지는 말에 리안이 입을 꾹 다물었다. 자신은 3년 내내 혜림의 가장 가까운 이성 친구였지만, 혜림은 항상 멀리 있는 것처럼 느껴졌다. 바로 지금처럼. 혜림은 그의 바로 앞, 이곳 영국에 있는데도 금방 사라질 것처럼 굴었다.

[변하는 마음도 있지만, 변하지 않는 마음도 있어. 그리고 난 변하는 것보다 변하지 않는 걸 선택한 것뿐이고.]

[그래. 넌 이만큼 시간이 흘렀는데 변한 게 하나도 없네.]

이번에 꿀 먹은 벙어리가 된 사람은 혜림이었다. 비꼬기 위해서 한 말이라는 건 알지만 막상 변한 게 없다는 말을 들으니 조금 씁쓸한 기분이 드는 것도 사실이었다. 물론 리안이 지금 화가 나서 마음대로 내뱉는 말이라는 것 정도는 알고 있었지만.

그 말에 긍정도 부정도 하지 않은 혜림이 홀 안으로 가기 위해서 리안의 몸을 살짝 쳤다. 파티를 썩 좋아하는 편도 아니었고, 리안에게 할 말은 끝났으니 이제 집으로 돌아갈 차례다. 들려오는 음악 소리에 몇몇 커플이 음악에 맞춰 춤을 추고 있었다. 분위기는 뜨겁게 달아오르고 주위는 소란스러웠다. 친구인 레이첼을 찾기 위해서 한참 홀 안을 돌아다니던 혜림이 짧은 머리를 한 여자의 어깨를 잡았다.

[레이첼.]

[응? 왜?]

손에 와인잔을 들고 웃고 있던 레이첼이 그녀를 보고 잠시 구석진 곳으로 자리를 옮겼다. 그리고는 에메랄드색 눈동자로 주위를 슬쩍 훑어보는 폼이 원래라면 혜림의 옆에 있어야 할 리안을 찾고 있는 것처럼 보였다.

[없어, 리안.]

[왜?]

[찼어.]

[크리스마스이브에?]

[내일 만나자고 해서 찼어.]

[내일 할 일도 없으면서 왜? 너도 참 별난 애다.]

리안과의 관계를 알고 있는 유일한 사람이었음에도 불구하고 리안을 걷어차 버린 혜림이 이해가 되지 않는지 못마땅한 얼굴로 고개를 절레절레 흔들었다. 그 모습에 그녀가 살짝 웃었다.

[할 일 없긴. 영화 볼 거야. 그리고 나 이만 집에 가려고.]

[늦었는데……. 나중에 같이 가자, 애들하고 같이.]

[택시 타고 갈게. 그리고 좀 피곤해.]

6년이란 시간 동안 타국에 있으면서 유일하게 마음을 터놓은 상대가 바로 레이첼이었다. 약간 못마땅한 얼굴을 하고 있는 친구의 어깨를 툭툭 치면서 웃어주고는 걸어둔 외투를 걸치고 파티 홀을 벗어났다.

내부의 뜨거운 공기에 비해 바깥의 공기는 확실하게 차가웠다. 차가운 공기가 얼굴에 닿자 멍했던 머리가 순식간에 깨끗해지는 느낌이 들었다. 숨을 크게 마셨다가 내뱉자 희뿌연 입김이 생겼다가 공중에서 아스라이 사라진다.

우산 위로 쌓이는 눈을 보다가 런던의 야경을 한 번 보고 거리를 지나다니는 사람들을 바라봤다. 지금의 한국은 크리스마스 아침일 것이다. 눈은 내리고 있을까. 시간이 정말 오래 지났으니 그의 곁에 누가 있어도 이상할 건 없을 것이다. 입안이 쓰고 마음이 답답하다.

그녀는 6년의 시간 동안 여우진이라는 존재를 단 한 번도 잊은 적이 없는데, 그도 자신과 마찬가지일까. 변한 게 하나도 없다는 리안의 말이 순간 귓가를 윙윙 맴돌았다. 변하길 원했다. 그의 옆에 섰을 때, 어울리는 사람이 되기 위해서 노력했는데 지금 그의 옆에 서면 그와 잘 어울릴까?

그 의문에 답을 내릴 수는 없다. 그걸 판단하는 건 자신이 아니라 타인이었기에. 손끝이 빨갛다. 손도 얼음장처럼 차가워지고 몸도 차가워진다. 마음 역시 차가워질까 그녀가 손에 가슴을 댔다. 안정적으로 뛰는 고동 소리가 손바닥으로 느껴졌다. 그를 생각하면 조금 더 빨라진다.

"진짜 곧 6년이네."

몇 시간 후면 크리스마스이고, 거기서 또 며칠만 더 있으면 새해다. 그러면 정말 영국에 온 지 6년이 된다. 학생에서 성인이 되고, 소녀에서 여자가 될 충분한 시간이었다. 6년을 타국에서 생활한 거라면 충분하다.

가야겠다는 생각 역시 들었다. 긴 시간 동안 이곳에 있었지만 그래도 고향은 아니었으니 쉽게 마음을 붙일 수가 없었다. 그리고 한국에서 자신을 기다리고 있을 사람들 역시 보고 싶었다. 게다가 그와 했던 약속 역시 이제 지킬 때가 왔다. 꼭 한국으로 돌아갈 것이라는 그 약속을.
 "……보고 싶어요, 선생님."
 내가 당신을 그리워하는 만큼 당신 역시 나를 그리워하고 있을까요.

1장

"진짜 오랜만이네."

선글라스를 쓴 채로 차 안에서 대로변의 풍경을 보고 있던 여자가 저도 모르게 내뱉은 말이었다. 6년 가까이 타국 생활을 하다가 돌아와서 그런지 모든 것들이 많이 바뀌어져 있었다. 익숙하면서도 익숙하지 않은 그런 기분이었다. 얼마 있다가 차가 부드럽게 멈추고 기사가 백미러를 통해 '도착했습니다.'라고 말하자 여자가 살며시 미소를 짓는다.

"수고하셨어요."

생각도 하지 못했던 대답이었기 때문에 정장을 입고 있던 기사가 적잖게 놀란 표정을 지었다. 기사가 알고 있는 그녀는 이런 흔한 말조차 하지 않던 사람이었다. 당황한 기사를 보면서 혜림이 작게 웃음을 터뜨리고는 차에서 내렸다.

시야를 어둡게 만들고 있던 선글라스를 벗자 까만색이던 세상이 다채로운 색으로 보이기 시작했다. 대저택 앞에서 혜림이 옷매무새를 다시 한 번 가다듬었다. 아주 오랜만이어서 그런 걸까, 집에 들어가는 것만으로도 굉장히 떨렸다. 길고 늘씬한 손가락으로 초인종을 누르자 단단해 보이던 철문이 소리를 내며 열렸다.

 집 안으로 들어서자 정원은 크게 변하지 않았다. 어렸을 적 혜림이 할아버지에게 부탁해서 만들었던 등나무 벤치는 여전히 자신의 자리를 지키며 등나무 꽃을 활짝 피웠고, 안에 심어놓은 몇 그루의 벚나무에는 꽃이 활짝 피어 있어 지금 계절이 봄이라는 것을 확실히 알 수 있게 해주고 있었다.

 바짝바짝 마르는 입술을 혀로 한 번 축이고 그녀가 문을 열었다. 집의 내부는 마지막에 봤던 것과 크게 다르지 않았다. 안에는 자신을 기다리고 있던 할머니와 할아버지의 모습에 혜림이 처음으로 활짝 웃었다.

 "어서 오렴."

 "다녀왔습니다."

 "왜 이렇게 오랜만이야. 영국에 있는 동안 한 번도 안 오고. 할머니 많이 섭섭했어."

 혜림의 할머니가 그녀를 가볍게 안아주었다. 따뜻한 품과 할머니에게서 나던 특유의 체향이 그녀를 안도하게 만들었다. 이제 타국 생활을 끝내고, 정말 집으로 왔다는 걸 실감하는 순간이었다.

 6년 만에 뵙는 할아버지를 향해서도 그녀가 꾸벅 인사를 하자,

할아버지가 그녀의 손을 꼭 잡고는 거실 소파로 데려가 그녀를 앉혔다. 고등학교 3학년 말에 유학 간 후로 근 6년 만이다. 6년의 세월 동안 자신의 손녀는 굉장히 많이 변한 듯했다.

차갑기만 하던 표정에는 작게나마 표정이 살아났고, 분위기 자체도 많이 바뀌어 있었다. 주위를 두르고 있던 얼음벽은 녹아 사라져 버렸다. 할아버지가 연하게 웃는다.

"이제 아예 오는 거냐?"

"네."

"그동안 수고 많았다."

"어쩜 한 번을 안 찾아오니."

"죄송해요. 이제는 한국에 계속 있을 테니까 걱정 안 하셔도 돼요."

"일은?"

"당신은 왜 지금 그런 얘기를 해요."

할머니가 옆에 앉아서 면박을 주자 할아버지가 움찔하며 괜한 헛기침을 한 번했다. 익숙한 듯 그녀가 연하게 웃었다. 할머니의 면박에도 할아버지는 계속해서 말을 이었다.

"할아버지가 하고 싶은 말은 네가 우리 때문에 억지로 회사에 들어올 필요는 없다고 말하고 싶은 게다. 영국에서 6년 동안 생활을 했으면 그만큼 네가 얻은 것도 있고, 적성에 맞는 것도 찾았겠지. 네가 하고 싶은 걸 하면 돼."

다정하고 따뜻한 목소리에 가슴이 뭉클해졌다. 어머니가 생활한 영국에서 6년이란 오랜 시간 동안 생활했지만 그래도 온전하게 정을 붙이지는 못했다. 낯선 땅에 낯선 이와 함께 산다는 것은 그녀가 생각한 것 이상으로 힘든 일이었다.

전과 다름없이 따뜻한 시선으로 자신을 봐주는 할아버지를 향해 그녀가 눈을 곱게 접었다. 어딘지 모르게 죽은 딸의 미소와 닮아서 가슴 한구석이 시큰거렸다. 혜림이는 자랄수록 하영이를 닮아가고 있었다. 십대였던 시절도, 이십대인 지금도.

"괜찮아요, 할아버지. 회사에 들어가고 싶어요. 제 적성이랑 맞는걸요."

"진심이냐?"

"네."

"그래. 네가 그렇다고 말하니까 자리는 이번 주 내로 만들어두마. 바로 들어갈 수 있게끔."

할아버지 말에 그녀가 고개를 살짝 주억거렸다. 마당에 있는 등나무 꽃 특유의 달큰한 냄새가 코를 찔렀다. 사실 아직도 이 집의 마당에 등나무 벤치가 있을 줄은 생각도 하지 못했었다. 자신이 영국으로 떠났을 때 할아버지는 가장 먼저 등나무를 벤치를 없앴을 거라 생각했기에 아직까지도 제자리를 지키고 있는 등나무를 보며 살짝 당황하기는 했었다.

다만 전과 다른 점이 있다면 이제는 그 나무를 미련이 가득한 눈길로 보지 않는다는 점, 슬프게 바라보지 않는다는 점이었다. 그날의 일은 타국에서 생활함과 동시에 많이 희석되었다. 가슴에 영원히 아물 것 같지 않던 상처는 새살이 돋아나기 시작했고 큰 통증을 주지는 않았다.

그 점에 대해서 후련하다고 생각하면서도 이렇게 쉽게 잊어가도 되나, 더 이상 아파하지 않아도 되나, 누군가를 상처 주지 않아도 되는 건가라는 생각이 머릿속을 맴돌았다. 상처가 아물어갈수록 엄마에게는 미안한 감정이 생겨났다. 숨을 크게 한 번 들이쉬었다가 내뱉자 그녀의 할머니가 고개를 갸웃했다. 그 모습에 혜림이 아무것도 아니라는 의미로 살짝 고개를 내젓고는 목을 좌우로 한 번 꺾었다.

"할머니랑 할아버지는 잘 지내셨어요?"
"평소랑 다를 게 뭐 있겠어."

할머니의 말씀이 제대로 들리지 않는다. 비행기에서 몇 시간씩 있었더니 피곤이 쌓인 듯했다. 열 몇 시간씩 있으면서 잠을 제대로 잔 것도 아니니 아무렇지 않은 척하고 있었지만 잠이 계속해서 몰려오기 시작했고, 서서히 무거워지는 눈꺼풀을 혜림이 손등으로 한 번 비비며 억지로 잠을 몰아내려고 애쓰자 옆에 앉아 있는 그녀의 할머니가 작은 웃음을 터뜨렸다.

"피곤할 테니까 오늘은 이만 올라가서 자렴. 시차 적응도 해야지."

"그래도…… 오랜만에 왔는걸요, 집에."

잠기운이 가득한 목소리로 말해봤자 설득력은 제로에 가까웠다. 제대로 된 모습을 보여 드리고 싶었는데, 시차 때문에 눈이 자꾸 감겼다. 확실히 지금 영국 시간은 모두가 잠든 새벽일 테니까. 결국 피곤함을 이기지 못한 혜림이 마른세수를 한 번 하면서 소파에서 일어났다.

부스럭거리는 소리가 신경에 거슬리고 입고 있는 옷이 무겁다. 바깥에 있을 때는 느끼지 못했는데 온기가 가득한 집 안으로 오니 잠이 파도처럼 몰려왔다. 그녀가 입을 가린 채 작게 하품을 했다.

"그럼 저 우선 한숨 잘게요."

"그러렴."

할머니가 인자한 미소를 짓자 혜림 역시 따라 한 번 웃고는 자신이 썼던 2층 방으로 올라가려고 했다. 캐리어를 들고 가려고 현관문 쪽을 보니 이미 고용인 중 한 사람이 캐리어를 위로 들고 올라간 모양이었다. 올라가려는데 뭐가 떠올랐는지 할아버지가 그녀에게 대뜸 물었다.

"네가 한국에 온다는 거 아는 사람은 우리 말고 더 없느냐?"

"네."

"그래……."

말끝을 흐리는 할아버지를 아리송한 얼굴을 보았다. 뭔가 하실 말씀이 더 있으신 것처럼 보였지만 한참을 머뭇거리던 차 회장은 알았다며 그녀를 2층으로 올려 보냈다. 평소 그녀가 알고 있는 할아버지답지 않은 모습에 어리둥절한 얼굴을 하다 뒷목을 한 번 쓸어내리고는 2층으로 올라갔다.

우선 쌓인 피로를 푸는 것이 우선이었다. 신고 있는 슬리퍼를 질질 끌며 2층으로 올라가서 바로 옆에 있는 방문을 열었다. 한국에 있을 때 그녀가 이 커다란 저택에 머물 때마다 쓰던 방이었다. 하루도 빠짐없이 청소를 했는지 방은 떠날 때와 별 차이 없이 깔끔한 상태를 유지하고 있었다.

다만 책이 가득 꽂혀 있던 책장에 책이 조금 없어졌고, 옷장 안에 옷은 캐리어에서 꺼낸 옷밖에 없었고 책상 하나와 침대 하나가 끝이었다. 창문 안으로 들어오는 햇빛을 블라인드로 가리고는 침대에 엉덩이를 붙였다. 입고 있는 블라우스 단추를 풀고, 스타킹을 벗었다. 가슴을 살짝 덮고 있는 머리를 검은색 머리끈으로 대충 묶어 올리고는 책상 위에 올려둔 다이어리에 손을 댔다.

영국에서 생활하면서 생긴 습관 중 하나는 매일 일기를 쓰는 거였다. 하루에 있었던 일들과 그녀가 느꼈던 감정들, 생각들을 솔직하게 가감 없이 다이어리에 빼곡하게 써 내려갔었다. 한국어로 적혀 있는 일기를 보다가 다이어리 마지막장에 끼워둔 사진 하나를 꺼냈다.

학생이라면 누구나 찍었을 법한, 흔한 단체 사진이었다. 문득 우진에게 했던 말이 떠올라서 그녀는 푸시시 바람 빠지는 웃음소리를 냈다. 그때 그녀는 그에게 자신은 사진을 보면서 과거를 추억하는 사람이 아니라고 말했었는데, 정말 사람 일은 어떻게 될지 모를 일이었다. 그녀가 지금 사진을 보며 과거를 추억하고 있으니까.

단체 사진 가장자리 쪽에 서 있는 우진의 얼굴을 손으로 한 번 쓸었다. 6년 전 그날, 동물원에서 했던 말을 곱씹으며 영국에서 그를 만날 순간만을 기다렸었다. 그 역시 자신을 보고 싶어 할 거라고 말했다. 끝까지 기다리겠다는 말 역시 했다. 반드시 한국으로 돌아오겠다는 그와의 약속을 그녀는 잊지 않고 지켰다.

그는 아직도 자신을 기다리고 있을까. 그 말이 그 순간 감정에 따라 내뱉은 선의의 거짓말이었던 건 아닐까, 아니면 자신과는 다르게 그는 그녀를 보고 싶어 하지 않아 했을까. 그것도 아니라면…… 아주 최악의 상황이겠지만 그가 자신을 잊었거나……. 좋지 않은 생각에 그녀가 고개를 휘휘 내젓고는 머리를 베개에 묻었다. 사진 속 우진을 보며 그녀가 연하게 미소 지으며 눈을 깜빡였다.

몰려오는 수마에 그녀의 눈꺼풀이 아주 천천히 떴다 감았다를 몇 번 반복하다 완전하게 감겼다. 현실과 수면의 경계에 있는 그녀가 살짝 눈을 뜨며 흐릿하게 보이는 사진 속 우진의 얼굴을 보며 중얼거렸다. 보고 싶으니까 꿈에라도 나와 줬으면……. 그녀가 조용히 중얼거리다 눈을 꾹 감았다. 손에는 여전히 그와 그녀가 함께 찍은 단체 사진을 들고 있는 채였다.

"혜림인?"

늦은 시각, 2층에서 내려오는 아내를 바라보며 차 회장이 물었다.

"자고 있어요. 많이 피곤했나 봐요."

그녀가 소녀같이 낭랑한 목소리로 말했다. 차 회장은 읽고 있던 신문을 반으로 접고는 탁자 위로 신문을 턱 하고 던졌다.

"그러게. 한동안은 푹 쉬게 해야겠어."

"그 사람한테는 연락할 거예요?"

"연락해야지."

차 회장이 묘한 웃음을 흘렸다. 떠났던 그날의 기점으로 꽤나 지속적으로 차 회장 내외를 찾아온 사람이 있었다. 혜림의 선생이었던 우진인데, 제 손녀딸에게 퍽 많은 관심을 보이던 그이기에 아주 당연한 듯 언급을 했다.

사실 한국으로 들어오게 되면 그 사람도 당연히 알 줄 알았지만 혜림은 의외로 아무런 말도 하지 않았던 듯했다. 하긴 자신들에게도 한국에 오기 일주일 전에 대뜸 전화해서는 돌아오겠다고 했으니까. 차 회장이 낮게 웃었다.

혜림이 한국에 도착했다는 걸 그 사내가 알면 어떤 표정을 지을까 퍽 궁금하다. 반으로 접어서 테이블 위로 던져 놨던 신문을 차 회장이 다시 가져와서는 펼쳤다. 1면에는 차 회장 내외에게도, 그리고 혜림에게도 아주 익숙한 얼굴의 사람이 실려 있었다.

귀를 약간 덮고 있던 머리를 단정하게 자르고 말끔한 양복을 입은 채 그의 형과 아버지와 함께 서 있는 사진이었다.

"혜림이가 이걸 보면 어떻게 반응할까요?"

"글쎄. 당신은 윤 여사한테 전화 안 해?"

"어머, 내 정신 좀 봐. 근데 난 당신 말 믿고 전화하는 거니까 나중에 혜림이가 뭐라고 말하면 난 모르는 척할 거예요."

짓궂게 웃으면서 말하던 그녀의 할머니가 전화기를 들어 익숙한 듯 번호를 꾹꾹 누르고 통화버튼을 가볍게 터치했다. 연결 소리가 조용한 거실 안에 선명하게 울려 퍼졌다. 차 회장은 아무런 표정 없이 신문을 넘겼다. 건너편에서 누군가 전화 받는 소리가 들리고 익숙한 윤 여사의 목소리에 혜림의 할머니가 말을 잇기 시작했다.

"망할!"

서류 더미에 갇힌 우진이 거칠게 욕설을 내뱉고는 머리를 쓸어넘겼다. 앞에 있는 서류들을 짜증이 섞인 눈으로 한 번 훑어본 그는 속으로 신혼여행을 떠난 그의 형을 저주했다. 무슨 신혼여행을 2개월이나 가냐고. 아주 작정하고 쉬러 간 형의 행동에 그가 속으로 저주를 내뱉었다.

자신이 월차 좀 쓰겠다, 연차 좀 쓰겠다고 말할 때마다 바쁘다고 온갖 퇴짜란 퇴짜는 다 놓은 주제에 자기는 결혼했다고, 신혼여행이라는 핑계를 대며 아무리 해도 빠져나갈 수 없는 일의 수렁에서 꼬리 자르고 아예 도망을 가버렸다.

CN그룹의 부사장인 그의 형이 자리를 비우자, 일은 자연스럽게 이사인 우진 쪽으로 몰렸다. 사실 부사장의 일, 이사의 일은 딱딱 나뉘어져 있었지만 여우같이 내빼는 데는 머리 좋은 제 형은 부사장에 대한 권한을 제 쪽으로 다 물려주고는 팔자 좋게 쉬러 갔다.

신혼은 좋다 이거다. 결혼을 했으니까 알콩달콩하게 형수랑 사는 것도 중요하지. 우진이 화나는 것은 신혼여행 때문이 아니라 부사장이 해야 할 일을 이사인 자신에게 다 몰아주고는 일주일이면 충분한 신혼여행을 아예 두 달로 잡고는 한국을 훌쩍 떠났다는 점이었다.

서류를 훑어보다가 마지막으로 보이는 서류에 서명을 하고 우진이 의자에 편하게 몸을 기대고는 책상 위에 있는 캘린더를 쳐다봤다. 벌써 6년이다. 세월 한 번 빠르다고 그는 생각했다.

떠나는 사람을 붙잡지도 못하고 그렇게 떠나보낸 후 그는 1년 더 교사 생활을 하고는 그만뒀다. 교사를 그만둘 때 그의 아버지가 '근성 없는 놈'이라고 한마디 했지만, 우진은 그저 사람 좋게 웃기만 하고는 꽤 오랫동안 백수로 지냈다.

교사 생활이 질린 것도, 자신과 적성이 맞지 않은 것도 아니었다. 다만 학교에 있으면 혜림이 그리워졌기 때문이다. 도서실이든, 미술실이든, 아니면 학교 뒷산 벤치든, 혜림이 떠오르지 않는 곳이 없었다. 그럴수록 그리움은 짙어졌고, 결국 일상생활을 제대로 하지 못할 정도가 되었다.

툭하면 혜림이 생활했던 반에서 넋을 놓고 혜림이 있던 곳을 보기도 했으니 말 다 했다. 그렇게 생활하면 안 되겠다는 걸 깨닫고 학교를 그만뒀다. 그만두고 나서 모아둔 돈으로 영국으로 갈까도 생각했지만 용기가 없었다. 1년이 지난 시점에서 그녀는 더 이상 자신의 학생이 아니었다. 그 생각을 하자마자 가는 발걸음이 망설여졌다. 그 망설임이 이어지고 이어지다가 결국 6년이란 세월이 흘렀다. 유일하게 그녀의 이야기를 들을 수 있는 곳은 차 회장 댁이었기에 그는 CN그룹과 한성의 친분을 유지한다는 명목하에 지속적으로 혜림의 조부모를 찾아갔고, 그때마다 그는 혜림의 소식을 들을 수 있었다.

"아니지, 아니지. 그래도 중간엔 꽤 용기를 냈다고."

미간을 찌푸린 우진이 짜증스럽게 말했다. 자신도 충분히 노력했다며 고개를 크게 끄덕였다. 하지만 자기 합리화에 지나지 않는 말이라는 것을 알기에 자신이 더 한심하게 느껴져 머리를 거칠게 한 번 휘저었다. 사실 도중에 마음을 굳게 먹고 영국으로 가려고 했을 때는 망할 일 때문에 붙잡혀서는 제대로 쉬지도 못하고 일만 했었다. 부사장인 형이 동생인 자신을 부려먹을 대로 부려먹으니 제대로 쉴 수가 없었다.

피곤한 얼굴로 마른세수를 하며 기지개를 한 번 쭉 켰다. 몸이 찌뿌듯하다. 쭉 폈던 팔을 아래로 떨어뜨리고 등받이에 기댔던 등을 일으키고는 옷걸이에 걸린 정장을 걸쳤다. 아직 해야 할 일이 조금 남아 있기는 했지만 계속 있다가는 아무래도 집에 돌아가지 못할 것 같은 예감이 들었기 때문이다.

피곤한 얼굴로 문을 열자 아직 퇴근하지 못한 비서가 자리에서 일어났다. 비서를 향해 우진이 살짝 미안한 듯 웃었다.

"오늘은 이만 퇴근하세요."

"아직 일이 남아 있는……."

"회사에서 굳이 밤새면서 남아 있고 싶으면 말리지 않겠지만."

"아, 아닙니다."

"그럼 저 먼저 퇴근합니다."

"들어가세요."

인사를 꾸벅하는 비서를 뒤로한 채 나와서는 엘리베이터 버튼을 꾹 눌렀다. 이내 띵 소리와 함께 엘리베이터 문이 부드럽게 열렸다. B2를 누르고 닫힘 버튼을 누르고 문이 닫히자 그가 편하게 엘리베이터에 등을 기댔다. 천천히 눈을 감자 또다시 혜림의 모습이 당연한 자연의 이치처럼 머릿속으로 몰려오기 시작했다.

6년이다. 고등학교 3학년 말에 떠난 뒤 6년이면 혜림은 지금 스물다섯 살일 것이다. 어른스러워진 차혜림이라……. 상상을 해보지만 잘 그려지지 않는다. 그의 기억 속 혜림은 여전히 벼 이삭 색 말간 눈동자에 가슴께를 덮을까 말까 한 생머리를 갖고 있는 단정한 학생이었다.

학생이지만 투명한 유리알 같은 눈동자와 눈이 마주치면 간혹 숨을 제대로 쉬지 못할 때도 있었다. 신화 속에 나오는 메두사를 본다면 그런 느낌일까 싶기도 했다. 그의 머릿속에서 아직 앳된 혜림이 화장을 하고, 구두를 신고 예쁘게 꾸미고는 남자친구를 향해 웃는다. 어째 손에 힘이 들어가기 시작했다.

답답해진 기분에 그가 인상을 찡그리더니 목을 꽉 조이고 있던 넥타이를 거칠게 풀며 차에 탔다. 왜 이렇게 답답하지. 스물다섯 살이면 아직 젊은 나이고, 남자도 만나고 남자친구를 사귈 나이이다. 그런데 그런 생각을 하면 마음 한구석에 돌덩이가 내려앉은 것마냥 무겁다. 상상 속 혜림은 전과는 달리 그에게 환한 미소를 보여준다.

"중증이네."

버릇처럼 핸드폰에 있는 날짜를 쳐다봤다. 오랜 시간이 흘렀으니까 약속을 지킬 때가 됐다. 형만 돌아온다면 그때는 정말로 월

차를 내고 영국으로 떠나야겠다고 마음먹었다. 시간이 지날수록 그리움은 연해지는 것이 아니라 점차 진해졌으니까.

엘리베이터에서 내린 그는 곧장 차가 세워져 있는 곳으로 향했다. 들고 있던 가방을 보조석에 아무렇게나 던져 버린 뒤 시동을 켰다.

부드럽게 차를 몰아 집으로 향했다. 얼굴 쪽으로 몰리는 화기에 창문을 열자 밤바람이 얼굴에 닿았다. 어두컴컴한 거리에는 혜림의 나이대로 보이는 커플들이 지나다녔다. 20분 정도 차를 몰자 집 앞에 도착했다. 거실을 밝히고 있는 불에 그가 잠깐 갸우뚱하면서 신고 있던 검은 구두를 벗었다.

"다녀왔……."

윤 여사가 아들을 발견하고는 조용히 하라는 제스처를 취하고는 전화를 계속 이어가기 시작했다.

"어머, 도착했다고요? 네. 아, 그러면 저야 좋죠. 오랜만에 보는 거니까."

누구지? 궁금증에 미간을 살짝 접고는 정장을 벗고 소파에 옷을 대충 걸쳤다. 윤 여사는 한참을 까르르 웃으면서 이야기를 이어갔다. 전화가 꽤 오랫동안 이어질 것 같아 방에 들어가려는데 그의 어머니가 손짓으로 그를 잡았다.

피곤해서 좀 쉬고 싶은데. 피곤함이 가득한 얼굴로 소파에 등을 기대자 태화가 주방에서 얼굴을 빼꼼 내밀었다.

"오빠 왔어?"

상투적인 말과 함께 한 손에는 물이 반쯤 담긴 컵을 든 채 주방에서 나왔다.

"나도 물 좀."

자리에 앉아서 늘어지듯 말을 하자 태화가 입술을 삐죽거리면서 다시 주방 안으로 들어갔다. 컵에 물 따르는 소리가 멀리서 들려왔다.

"네, 그러면 약속 시간이랑 날짜 잡으시면 저한테 말씀해 주세요. 네, 저는 언제든지 상관없으니까요. 네, 네, 그럼 들어가세요."

전화를 끊는 동시에 태화가 주방에서 물을 담은 컵을 우진에게 내밀었다.

"누구야?"

"누구신데 그렇게 즐겁게 통화를 하세요?"

"응? 아, 너희도 아는 분."

다경이 호호 웃으면서 우진의 맞은편에 앉았다.

"한성의 차 회장님 손녀딸이 영국에 갔다고 했잖니. 아, 우진이 넌 알고 있었겠다."

"아, 예."

예상치도 못하게 나오는 혜림의 이야기에 그의 어깨가 자신도 모르게 움찔거렸다. 애써 평정심을 유지하며 어머니의 말을 기다리고 있는데, 우진의 여동생인 태화가 소파에 앉으면서 얘기에 끼어들었다.

"근데 그 손녀가 왜?"

"한국에 돌아왔대."

"……한국에 왔, 어요?"

떨리는 목소리를 애써 감추려고 했지만 마음처럼 쉽게 되지는 않았다.

"그래."

"쉬러 온 건가?"

"아니. 아예 온 거라고 하더라. 그래서 이번 주에 같이 저녁 먹기로 했어."

"근데 엄마가 그 자리에 왜 가?"

태화가 어처구니없다는 듯이 물을 홀짝이며 묻자 윤 여사가 밉지 않은 듯 자신의 딸을 흘겨봤다. 그 흘김에도 태화는 어깨만 살짝 으쓱일 뿐이었다.

"엄마랑 하영이, 그러니까 혜림이 엄마랑 친했거든. 그리고 여사님도 같이 식사하면 좋겠다고 말했으니까. 태화 너도 갈래?"

"내가 그 자릴 왜 가."

"우진이 너는? 넌 가는 게 어떠니? 넌 혜림이 반에 부담임도 했었다며?"

"아……."

그랬죠, 그가 작게 대꾸하며 고개를 주억거렸다. 한국에 왔구나. 가슴 한구석을 가득 채우는 희열감에 들뜨기 시작했다. 자신과 같은 곳에 있다는 생각에, 그리고 우연이라도 다시 볼 수 있을 거라는 생각에 자신도 모르게 자꾸 입꼬리가 위로 올라갔다.

들키고 싶지 않은 마음에 큰 손으로 입가를 가렸다. 이상하게 자꾸 웃음이 흘러나온다. 기대와 기쁨, 그리고 알 수 없는 긴장감 때문에 심장이 평소 제 기능보다 더 빨리 뛰었다. 계속 이 자리에 있다가는 정말로 바보같이 웃음만 실실 나올 것 같아서 우진이 자리에서 벌떡 일어났다.

"저 피곤하니까 먼저 일어날게요."

"그러렴."

큰 보폭으로 성큼성큼 2층으로 올라가서 방 안으로 슥 들어갔다. 입가를 가리고 있던 손을 내렸다. 혼자 있으니 조금 긴장이 풀렸다. 입고 있던 정장을 옷걸이에 대충 걸고는 책상 바로 앞에 고정해 둔 단체 사진 몇 장에 시선이 갔다.

그중 우진이 시선을 고정한 단체 사진은 6년 전 놀이공원에서 찍었던 사진이었다. 자신의 반대편 가장자리 쪽에 서 있는 스키니 차림의 혜림의 얼굴이 눈에 들어왔다. 사진인데도 불구하고 웃지 않은 채 무표정한 얼굴로 찍힌 혜림이 눈에 들어왔다.

엄지로 사진을 한 번 쓸어내리며 그가 부드럽게 웃었다.

"6년 만이네……."

조금은 괜찮아졌다고 생각했던 그리움이 치솟아올랐다. 많이 변했을까? 어떻게 변했을까? 이제는 전과 다르게 진심으로 웃는 모습일까? 그가 상상했던 그대로의 모습일까? 우진의 눈매가 부드럽게 휜다.

"……보고 싶네."

부드러운 목소리가 방 안을 가득 메웠다. 그는 여전히 그리운 눈빛으로 그 사진을 바라보고만 있었다.

＊

 '노원고등학교'라는 팻말이 눈에 들어왔다. 백을 잡고 있던 손을 가슴 부근으로 갖다 대자 심장이 평소와는 다른 빠른 속도로 뛰고 있었다. 6년 만이지? 어떻게 말해야 하지? 오랜만이에요, 보고 싶었어요? 어떤 말을 해야 하지? 웃어야 하나?

 2층 교무실을 이어주는 계단 옆에 걸려 있는 거울 앞에 서서 한참 옷차림을 점검했다. 원피스와 핑크 롱가디건을 입은 차혜림이 눈에 들어왔다. 웨이브 진 머리를 한참을 매만졌다. 묶어도 보고, 풀어도 보고, 거울 앞에서 서성거리며 웃는 연습까지 하는데 주위에 있는 몇몇 학생이 어리둥절한 얼굴로 혜림을 힐끗 보고 지나갔다.

 괜히 멋쩍은 기분에 뒷목을 쓸고는 교무실 앞으로 걸어갔다. 2층 교무실에 있는지 확실하지는 않지만, 노원고등학교는 사립학교라 전근 같은 건 없으니 그는 여전히 학교 있을 것이다. 왜 이렇게 떨리지? 눈을 질끈 감았다가 창문 너머로 우진의 얼굴을 찾았다.

 바로 앞에 있는 선생님들의 얼굴은 보이지만 구석 쪽까지는 제대로 보이지 않았다. 까치발을 들고 한참을 교무실 앞에서 서성거리다가 문을 살짝 열자 선생님들의 시선이 혜림 쪽으로 몰렸다. 사복을 입고 있는 예쁜 여성의 등장에 조금 당황한 듯싶었다.

 "아, 안녕하세요."

 혜림이 약간 민망한 듯이 웃으며 꾸벅 인사를 했다. 처음 보는 사람의 얼굴에 선생님들의 시선이 약간 아리송하게 변했다.

"은사님 뵈러 와서······."

우물쭈물하며 내뱉는 말에 그제야 알겠다는 표정을 하며 그들이 고개를 끄덕였다. 점심 식사 시간이었으니 점심을 드시러 가는 길인 모양이다. 혜림이 문 앞에서 살짝 비켜서자 선생님들이 앞에서 나오고 그 틈 사이로 교무실 안으로 들어갔다.

다른 사람들의 시선도 신경 쓰지 않고 6년 전에 우진이 앉아 있던 자리로 살금살금 걸어갔다. 몸에 힘을 빼고 싶었지만 좀처럼 빠지지가 않는다. 손에 땀이 고이는 걸 애써 모르는 척하고 그가 앉던 곳에 도착했을 때 낯선 사람이 앉아 있었다.

"아······."

실망감이 온몸을 휘감았다. 기분도 낼 겸 해서 화장까지 예쁘게 했는데. 마른세수를 하려고 손을 들었다가 떨어뜨렸다. 사립학교라서 전근을 갈 리가 없는데, 다른 교무실에 계시는 건가? 어리둥절한 얼굴로 몸을 돌렸을 때 익숙한 얼굴과 맞닥뜨렸다.

"선, 생님?"

"······누구?"

그녀의 3학년 때 담임선생님이었다. 눈을 가름하게 뜨며 혜림을 보던 문학 선생님의 눈이 크게 떠졌다.

"그, 누구냐, 그······."

"저 혜림입니다, 차혜림이요, 선생님."

"아! 그래, 혜림이. 그 영국 간, 맞지?"

"네."

"어이구, 한국에 온 거냐? 언제 온 거냐?"

그녀의 선생님은 전과 다름없이 같은 자리였다. 의자에 앉으며 혜림이에게 의자를 권했다. 그녀 역시 따라 의자에 앉았다.

"한국 언제 온 거냐? 아예 온 거야?"

"이틀 전에 왔어요. 영국 생활 정리하고 아예 들어왔고요."

"아이고……. 그래, 많이 변했네, 혜림이. 진짜 예뻐졌어. 영국 생활은 어땠어?"

"뭐, 그저 그랬죠. 별 탈 없이 지냈고……."

그녀가 머뭇머뭇 거리면서 선생님 옆자리를 힐끗 쳐다봤다. 원래 우진이 앉아 있던 자리는 나이가 지긋한 여자 선생님이 자리를 지키고 있었다.

"근데 여우진 선생님은 어떻게 지내세요?"

"여 선생?"

"네. 영어 선생님이셨는데."

"여 선생은 학교 그만뒀지."

"……그만, 두셨어요?"

"그래. 너 영국 가고 나서 1년 후에 그만뒀지."

"아……."

인상을 살짝 찌푸리다가 고개를 끄덕였다. 어디로 갔는지 알고 싶은데 선생님도 아는 것 같지는 않았다. 실망감이 바다의 파도처럼 몰려왔다. 예쁘게 꾸몄는데 왠지 괜한 짓을 한 것 같기도 하고 이렇게 영영 헤어지게 되나 싶기도 했다. 한숨이 자꾸 나오려는 걸 꾹 삼켰다. 학교에 찾아온 목적이 사라졌으니 자리에서 일어나도 됐지만 또 이렇게 쉽게 가는 것은 예의가 아닌 것 같아서 한참을 이런저런 얘기를 나눴다.

대체로 혜림이 지내던 영국 생활에 대한 이야기였다. 그녀가 다녔던 학교에 대한 얘기를 하기도 했고, 생활에 대한 얘기도 했다. 억지웃음을 지으면서 이야기를 하고 있는데 손에 들려 있던 핸드폰이 지이잉— 하고 울렸다.

화면을 보자 '할머니'라는 이름이 눈에 들어왔다. 잠시 망설이면서 선생님을 보자 선생님이 인자하게 '선생님도 이제 곧 수업이어서. 한국 온 지 얼마 안 됐을 테니까 너도 푹 쉬고 하렴' 라는 말을 끝으로 혜림이 인사를 하고는 교무실을 나왔다. 가볍게 터치를 하고는 핸드폰을 귀에 갖다 대고는 계단을 내려오기 시작했다.

"여보세요?"

〈여보세요? 혜림아?〉

"네, 할머니."

〈밖이니? 지금 누구 만나고 있어?〉

"아뇨, 만날 분 만나고 이제 나왔어요. 무슨 일 있으세요?"

〈아니, 아니, 그런 건 아니고. 오늘 저녁에 시간 있니? 너 영국에서 돌아온 기념으로 오늘 외식하려고 하는데, 시간 괜찮지?〉

"그럼요. 요즘 하는 일도 없는걸요."

〈지금 오늘 옷 예쁘게 차려입고 있니?〉

"깔끔하게 입고 있어요."

〈그럼 지금 CN백화점 레스토랑으로 오렴.〉

"지금요?"

조금 당황한 듯한 목소리에 수화기 너머 할머니의 목소리가 살짝 머뭇거리는 것처럼 들려왔다.

〈지금 안 되니?〉

"아뇨, 안 될 건 없지만……."

혜림이 시각을 확인했다. 지금 네 시 오십 분이다. 집으로 가서 씻고 준비해서 CN으로 가면 빠듯할 시간이었다. 예쁘게 차려입고 있던 옷을 힐끗 보고는 한숨을 내쉬며 고개를 끄덕였다. 우진에게 보여주려고 입었던 옷이지만, 그래도 간만에 차려입었으니 이대로 벗기에는 조금 아쉬웠다.

"알겠어요. 그럼 지금 바로 CN백화점으로 갈게요."

〈그래. 할머니랑 할아버지는 먼저 가 있을게.〉

"네."

전화를 끊고 택시를 타기 위해서 사거리 쪽으로 나가다 익숙한 횡단보도에서 그녀가 발걸음을 순간 멈칫했다. 여기서 송여울이 교통사고를 당했었는데……. 그때 내리던 빗소리가 선명하게 귓가에 울리고 송여울의 고함 소리가 귓가에 울렸다.

6년이 지난 지금의 송여울은 어떻게 되었을까 하는 궁금증이 일어났다. 송형석, 그 남자랑 행복하게 살고 있을 생각을 하니 배알이 꼬이는 기분이 들었지만 전만큼 불쾌감은 들지 않았다. 시간이 약이라는 말이 어쩐지 절실하게 이해가 됐다. 정말로 시간이 흐르면서 기억도, 상처도, 아픔도 서서히 아문다는 말이 와 닿았다.

사고가 났던 곳을 빤히 바라보다가 손을 뻗어 달려오는 택시를 잡아탔다.

"CN백화점으로 가주세요."

말이 끝남과 동시에 택시가 속도를 내며 CN백화점 쪽으로 가기 시작했다.

"지금 오고 있는 중이래요?"

"응? 그렇겠지? 근데 넌 뭐가 그렇게 급하니? 약속이라도 있어?"

"아뇨, 그런 건 아닌데……."

그가 뒷말을 흐리면서 어색하게 웃었다. 왜 이렇게 오지 않는 걸까. 그의 모든 신경이 입구 쪽으로 몰렸다. 째깍째깍 소리를 내며 움직이는 초침 소리마저 신경 쓰인다.

예상한 시간보다 혜림이 꽤 늦게 도착하자 우진이 초조해지기 시작했다. 오는 길에 사고라도 났나? 별의별 생각이 다 들면서 시선이 자꾸만 혜림이 들어올 입구 쪽으로 돌아갔다. 우진과 한성의 내외가 앉아 있는 룸은 VIP 고객 전용 룸이라 들어오는 사람을 확인할 수 없는 위치에 있음에도 자꾸만 시선이 그 쪽으로 가는 것은 어쩔 수가 없었다.

손목시계를 힐끗 보고 있는데 멀찍이서 뚜벅거리는 발걸음 소리와 또각거리는 구두 소리가 함께 들려왔다. 구두 소리가 가까워짐에 따라 우진의 심장이 사람들이 들을까 겁날 정도로 크게 뛰기 시작했다.

밖에서 레스토랑의 웨이터가 '이쪽입니다' 라는 말을 하자 익숙한 목소리가 들려왔다. 잠시 후 문이 열리고 여자가 안으로 들어왔다. 마지막으로 봤을 때 가슴께를 덮었던 긴 생머리는 물결이 흐르는 것처럼 부드러운 웨이브로 변해 있었고, 분위기가 많이 부드러워지고, 좀 더 성숙해져 있었다.

그녀의 모습에 그는 자신도 모르게 숨을 훅 하고 들이켰다. 우진이 상상했던 것보다 훨씬 더 몇 배는 아름다워진 얼굴이었다. 혜림이 저랬었나? 묘한 기분이 들었다. 소녀였던 아이가 어느 순간 여자로 성큼 다가올 때만큼 당황스러운 것은 없다. 게다가 변한 그 모습에 심장이 제 것이 아닌 것처럼 거세게 뛰자 자신도 당황스러웠다.

안에는 하얀 꽃무늬 원피스와 핑크 롱가디건, 그리고 전에는 신지 않던 구두와 얼굴에 옅게 한 화장까지. 정말 여자의 모습을 한 채로 그에게 다가왔다. 시선을 살짝 내리깔고 있던 혜림이 꾸벅 인사를 하며 고개를 들었을 때 우진과 시선이 마주쳤다.

유리알처럼 투명한 벼 이삭 색 눈동자는 변하지 않았다. 헤어나올 수 없는 눈동자를 보며 그가 마른침을 꼴깍 삼켰다. 6년은 그가 생각한 것 이상으로 긴 시간이었다. 소녀가 여자로 변할 만큼의 충분하고도 아주 긴 시간.

그녀 역시 그를 알아봤는지 약간 놀란 눈을 한 채 한참을 멍하니 그 자리에 서 있었다. 자신이 이곳에 있을 줄은 몰랐다는 얼굴이다. 한참 동안 그 자리에 못 박힌 듯 서 있다가 이내 퍼뜩 정신을 차리고는 우진의 바로 맞은편 의자에 앉았다. 또각거리는 구두

소리가 유난히 선명하게 울렸다.

당황스러움이 아직도 가시지 않은 듯 여전히 넋이 나간 얼굴이었다. 거의 처음 보다시피 하는 그 얼굴에 우진이 피식 웃었다. 그와 동시에 긴장이 서서히 풀리기 시작했다.

"어머, 혜림이 정말 예뻐졌네."

"감사합니다."

"영국에 있다 왔다고 했지? 영국 생활은 어땠니?"

"괜찮았어요."

윤 여사에게 인사를 하고는 간간이 미소를 지어가며 그 말에 대답했다. 우진의 시선은 여전히 혜림에게 못 박힌 듯 박혀 있다. 자신 쪽으로 오지 않는 눈빛에 야속하다고 생각하다가도 막상 그 시선이 이쪽으로 닿으면 무심결에 그 시선을 피할 것만 같았다.

당황스럽다. 여자로 변한 혜림이 당황스러웠고, 그것을 자연스럽게 받아들이지 못하는 그 자신도 당황스러웠다. 한 여사와 이야기를 하던 혜림이 간혹 웃음을 터뜨릴 때면 우진 역시 기분 좋게 그녀를 따라 웃었다. 정말 많이 변했다. 이렇게 웃을 줄도 알게 된 걸 보면. 긴장과 초조함이 사라지자 가슴 한구석에 간질거림으로 가득 메워진다.

"우진이랑은 오랜만이지?"

"네, 6년만이네요."

그에게 한 번도 시선을 주지 않았던 혜림이 그제야 우진에게 시선을 줬다. 학생 때 봐왔던 모습이 아니었다. 약간 길었던 머리를 단정하게 자르고 말끔한 양복 차림이다. 조금 더 남자다워진 모습이다. 변함없는 모습인 것 같다가도 문득 거리감이 느껴졌다.

"안녕하셨어요?"

"그래, 오랜만이네."

"그러게요."

그 말을 하다가 이야기가 뚝 끊겼다. 생각했던 것만큼 말이 자연스럽게 오가지 않았다. 그를 보면 아주 환하게 웃어줘야지 하고 생각했는데, 막상 이런 식으로 그를 만나게 되니 어떻게 해야 할지 도무지 감이 잡히지 않았다. 짓고 있는 미소는 어색하고 딱딱하게만 느껴졌다.

"요즘 학교는 어때요?"

방금 전까지만 해도 학교에 갔다 왔었는데 그녀는 모르는 척 그렇게 말을 걸었다. 그를 보기 위해 학교까지 갔다가 이곳에 왔다는 걸 말하고 싶지는 않았다. 그녀가 묻자 우진이 그 물음에 다정한 목소리로 말했다.

"그만뒀어, 학교."

"그만두셨구나……."

그녀가 작게 고개를 끄덕였다. 물어보고 싶은 것들이 많았다. 자신이 보고 싶지 않았냐는 말이라던가, 왜 영국으로 한 번도 오지 않았냐는 말 같은 것들. 영국에 오는 게 힘들었으면 메일이라도 한 번쯤 보내주지 그랬냐는 말이 턱까지 차올랐지만 말하지 못하고 음식을 먹으면서 그 말도 함께 먹었다.

고등학교 시절 송여울이 여우진을 보면서 느꼈던 감정이 이런 것이었을까. 같이 있는 것만으로도 기쁘고, 가슴을 간질이고, 눈물이 날 것 같았다. 변한 것 없는 진한 고동색 눈동자와 시선이 마주쳐 그녀가 연하게 웃어 보이자, 그도 그녀를 따라 웃었다.

"못 본 6년 동안 더 예뻐졌네."

"감사합니다."

상투적인 말이라는 걸 알면서도 그 칭찬 한마디에 가슴이 제 것이 아닌 것처럼 자꾸 뛴다. 웃음이 자꾸 피어오르는데 대화를 이어갈 말은 도통 떠오르지 않는다. 말보다 웃음이 계속 나는 건 정말 생소한 경험이었다. 그에게 할 말이 떠오르지 않고 웃음만 나온다면 활짝 웃자, 아주 예쁘게. 눈앞에 있는 그가 당황해하고, 부끄러워할 만큼 아주 예쁘게 웃어야겠다는 생각이 들었다.

우진은 혜림이 웃을 때마다 심장이 덜컹 내려앉는 감정을 느껴야만 했다. 예전에 혜림이 웃을 때는 눈은 웃지 않았는데, 지금 눈을 살짝 휘며 웃는 모습은 정말로 가슴을 두근거리게 할 만큼 사랑스럽고 예쁜 모습이었다. 정말 많이 변한 것 같아서 무슨 말을 꺼내야 할지를 모르겠다. 고등학교 시절 차혜림을 생각하며 말을 해야 할지, 아니면 자신의 눈앞에 있는 이십대 성인인 차혜림에 대해 이야기를 해야 할지.

"혜림인 날이 갈수록 하영일 닮아가네요."

"딸이니까요."

"진짜 하영이랑 똑같지?"

차하영을 기억하고 있는 두 사람은 그녀를 보며 그녀의 엄마에 대한 이야기를 꺼내다가 이야기의 화제를 다시 그녀 쪽으로 돌렸다.

"지금 혜림이 나이가……."

"스물다섯이에요."

"어머, 그래? 진짜 꽃다운 나이네."

그 말에 혜림은 아무런 말도 하지 않고 그냥 웃기만 했다.

"영국에 있는 동안 남자친구는 사귀었고?"

"아, 그게……."

그 얘기에 혜림이 잠깐 멈칫하다가 우진을 쳐다봤다. 아무렇지도 않은 그의 얼굴에 내심 섭섭한 건 어쩔 수 없는 일이었다. 난처한 기색을 띠며 제대로 답을 못하고 있는 혜림을 보곤 그녀의 할머니와 윤 여사가 까르르 기분 좋게 웃었다.

"그럼 지금 사귀는 남자친구는 있고?"

스테이크를 자르던 우진의 손이 멈칫했다. 그 물음에 한동안 그녀는 굉장히 망설이는 기색을 보였는데, 답을 하기까지 그 1초가 마치 1년과 같았다. 초조하게 그에 대한 답을 기다리는데 혜림이 고개를 살짝 내저었다.

"아니요."

"너처럼 예쁜 앨 남자들이 가만뒀다는 말이야?"

"별로 안 예뻐요, 저."

"얘가, 하영이가 영국에 있을 때 얼마나 인기가 많았는데. 남자친구 없으면 아줌마가 괜찮은 사람 소개시켜 줄까?"

"그건 좀……."

"애가 당황해하잖아요, 그만하세요."

퍽 차가운 목소리와 함께 우진이 자신의 어머니를 제지했다. 너무 차갑게 말했나 싶어서 아차, 하는 마음에 시치미를 뚝 떼고는 그녀 쪽으로 보자 혜림인 조금 당황스러운 듯, 혹은 난처한 얼굴로 그를 바라보고 있었다. 괜히 다운되는 분위기를 모면하기 위해서 그가 약간 굳은 듯한 얼굴로 억지로 웃으며 물었다.

"한국에 아예 온 거라면 취직해야겠네."

"그렇죠."

"적성이라던가, 하고 싶은 일은 있고?"

"경영 쪽 일이 제 적성이랑 맞기도 해서, 할아버지 회사에 들어가려고요."

"자리는 있어요?"

"혜림이 한 명 들일 자리는 있지."

우진의 물음에 차 회장이 껄껄 웃었다. 아마 회장의 손녀딸이니 이사 자리에 앉을 게 눈에 보였다. 한성이랑 CN의 사이는 대외적으로나 대내적으로나 좋은 관계를 유지하고 있었기 때문에 일적으로 오다가다 얼굴을 볼 기회가 있을 거다.

혜림에 관한 이야기, 우진에 관한 이야기, CN과 한성에 관한 이야기를 하며 분위기는 점점 무르익어 갔다. 식사를 하면서 같이 곁들어진 와인 몇 잔 때문에 그런지 혜림의 두 볼이 약간 발갛게 물들었다. 그가 피식 웃었다.

확실히 마신 와인 때문에 머리가 살짝 어지러웠다. 게다가 구두를 신고 계속 돌아다녀서 그런지 발도 아프고, 몸도 피곤하기도 했다. 집으로 돌아가서 자고 싶은 마음이 간절했지만, 자리에 우진이 있어서 차마 일어서지도 못하고 자리에 앉아 계속 이야기를 듣고 있었다.

불과 몇 시간 전까지만 해도 괜히 차려입었다고 생각했는데……. 술 때문에 바짝 긴장됐던 몸이 풀리면서 그녀가 배시시 웃었다. 기분이 좋아지자 웃음은 자연스럽게 흘러나왔다.

"혜림아?"

"네?"

이름을 부르는 목소리에 그녀가 깜짝 놀라며 눈을 동그랗게 떴다. 뭐가 이상한지 미간을 슬쩍 좁히는데 뭔가 실수라도 했나 싶어서 조마조마한 기분으로 그를 똑바로 쳐다봤다. 와인도 같이 마셨는데 우진은 별반 차이가 없는 얼굴이었다.

"왜 그러세요?"

발갛게 물든 얼굴이 옆으로 살짝 기운다. 우진이 보기에 혜림은 술을 잘 마시지 못하는 것 같았다. 와인을 많이 마신 것도 아닌데 취한 듯해 보이니 말이다.

"괜찮아?"

"뭐가요?"

어른들이 다 함께 계시는 자리라 취하지 않았냐고 묻기에는 좀 애매모호했다. 속으로 한숨을 내쉬고 한참을 머뭇머뭇 거리는데 혜림의 눈이 반달로 곱게 접혔다. 자신은 이러지도 저러지도 못하고 있는데 저렇게 예쁘게 웃을 건 또 뭐람.

혜림이 눈을 예쁘게 휘자 야속하기도 한 반면 기쁘기도 했다.

우진이 한참을 망설이고 있는데 그 속내를 알아차리기라도 한 것인지 의자 뒤에 놔뒀던 핸드백을 챙기고는 자리에서 일어났다. 윤 여사와 차 회장 내외가 이야기를 나누다가 혜림이 일어나자 고개를 돌렸다.

"말씀 나누시는 중에 죄송한데, 제가 몸이 좀 안 좋아서 먼저 들어가 봐도 될까요?"

"그래, 그러렴. 엊그제 귀국한 애를 너무 오래 붙잡아뒀네."

다경이 웃으며 고개를 끄덕이자 혜림의 할머니 역시 고개를 끄덕였다. 먼저 가도 된다는 제스처에 그녀가 꾸벅 인사를 했다.

"혜림아, 어떻게 갈 거니?"

"택시 탈 생각이에요."

"그러지 말고. 우진아, 네가 혜림이를 데려다 주렴. 괜찮지?"

갑작스런 어머니의 제안에 두 사람이 시선이 순간 얽혔다. 혜림이 별달리 싫은 내색을 하지 않자 우진이 고개를 끄덕이고는 자리에서 일어났다.

"네, 그럴게요."

"혜림아, 우진이 차 타고 들어가렴."

"괜찮은데……."

"그럼 우진 군, 부탁 좀 할게요."

혜림이가 짓는 예의 그 미소처럼 그녀의 할머니가 비슷하게 우아하게 미소 지었다. 세월의 흔적이 얼굴에 보이긴 하지만 저 미소를 보니 영락없는 가족이다. 웃는 얼굴이 닮았다. 우진이 가볍게 인사하고는 혜림과 그 자리를 벗어났다.

 레스토랑 입구까지 가는 동안 두 사람은 특별히 말을 나누지는 않았고, 발만 맞춰 걸었다. 보폭이 넓은 우진이 구두를 신은 혜림을 배려하여 속도를 늦춰가면서 천천히 말이다. 레스토랑 문을 열고 빠져나오자 시원한 바람이 뺨에 닿는다.

 와인 때문에 상기된 두 뺨에 닿는 바람이 시원하다. 두 손으로 볼을 감싸며 걷자 그 모습을 보던 우진이 피식 바람 빠지는 소리를 내며 엘리베이터 버튼을 꾹 누르자 엘리베이터 문이 부드럽게 열렸다. B1을 누르고, 닫힘 버튼을 연달아 누르자 문이 금세 닫혔다. 엘리베이터 안에는 혜림과 우진, 단둘밖에 없었다.

 "와인에 취한 거야?"

 "분위기에 취한 거죠."

 "분위기에?"

 "네, 즐겁네요."

 그렇게 말하며 그녀가 희미하게 웃었다. 6년 전, 고등학교 시절과는 다른 모습이 낯설다. 닫힌 문을 보고 있던 혜림이 몸을 돌려 벽에 등을 기대고는 우진을 쳐다봤다. 교사 시절에 살짝 길었던 머리를 자르고 나니 더 준수하고 말끔해진 얼굴이다. 그녀의 부드럽게 웃었다.

 "왜 학교 그만두셨어요, 선생님?"

 "왜일 것 같은데?"

 "모르니까 묻는 거잖아요."

 "글쎄다."

솔직하게 말하기에는 조금 쑥스러웠다. 학교에선 항상 네가 있던 곳에 시선이 가고, 너랑 함께 있던 곳에 찾아갔다고. 그리움밖에 없는 곳에서 계속 있으면 아무것도 하지 못할 것 같았다고. 평소의 여우진답지 않은 멍청한 모습이 되는 것 같아서, 그리움이 짙어져서 그래서 그만뒀다고 말할 수는 없지 않은가.

성인이 되고 여자가 됐지만 한때 자신의 제자였던 여자에게 말할 수는 없었다. 그리고 그는 혜림이 떠난 6년의 시간이라면 자신의 마음이 꽤 정리될 것이라고 생각했다. 학교에 있을 때는 지워지지 않던 마음이었지만 CN에서 일하고 나서는 그 마음이 전보다는 덜했으니까.

그런 식으로 천천히 지워져 나갈 마음일 줄 알았는데 아닌 모양이다. 차혜림에 대한 소식을 듣고 또 직접 이런 식으로 얼굴을 보니까…… 괜찮아졌다고 생각한 마음이 다시 요동치기 시작했다.

"그리고 이제 선생님 아니라니까."

"그럼 뭐라고 불러요?"

"그러게. 뭐라고 불러야 되지?"

혜림이 검지로 입술을 한 번 쓱 훑었다. 그 모습이 퍽 요염해서 시선을 거두지 못하고 우진이 빤히 그녀를 바라봤다. 검지로 입술을 쓰다듬다가 산호색의 입술이 천천히 열렸다. 듣기 좋은 낭랑한 목소리가 엘리베이터 안에 살짝 울렸다.

"우진 씨."

그 말은 우진의 가슴을 울리게 만들기에 충분했다. 퍽 맹랑한 말에 우진이 멍청한 표정을 지었다. 그 얼굴에도 혜림은 낯빛 하나 변하지 않은 채 눈웃음을 지으며 말을 마저 이었다.

"……라고 부를까요?"

그 말과 동시에 띵! 하는 소리와 함께 엘리베이터 문이 열렸다. 문이 열렸음에도 불구하고 우진과 혜림, 두 사람 다 엘리베이터에서 내릴 생각을 하지 않은 채 서로를 바라봤다. 두 사람의 시선이 허공에서 얽혔다.

6년이란 시간 동안 많이 변했다고 생각했는데 변하지 않은 부분을 찾아냈다. 고등학교 3학년 때처럼 도전적인 말투에서 느껴지는 기시감에 우진이 풋, 웃고는 그녀의 이마에 가볍게 딱밤을 먹였다.

"까불긴."

"선생님으로 부르니까 선생님이 아니라고 하셔서 그렇잖아요."

그녀가 입술을 살짝 삐죽이고는 한 발자국 내딛었다. 성큼성큼 걸어가던 우진이 차에 타자, 혜림도 그를 따라 조수석 문을 열고 탔다. 차 문을 닫자 전과 다름없이 혜림에게서 나는 로즈마리 향이 코를 찔러 왔다. 변하지 않은 한 부분을 또 찾았다.

그가 자연스럽게 시동을 걸고 운전대를 잡았다.

"저희 집 아세요?"

"알아."

"흐음……."

고개를 작게 주억거리고는 시선을 창밖으로 던졌다. 어둠이 내려앉은 길거리에는 화려한 네온사인들과 오렌지색 가로등이 거리를 밝히고 있었다. 바쁘게 움직이는 사람들 중에는 교복을 입은 학생들도 있었고, 커플도 있었고, 퇴근을 하는 회사원들도 보였다.

안개가 살짝 낀 영국의 거리가 아니라 한국, 서울의 거리다. 사실 아직도 잘 모르겠다. 한국을 그리워한 것인지 아니면 우진을 그리워한 것인지. 아마도 후자일 것 같지만. 우진이 보지 못하게 고개를 반대편으로 돌리고는 그녀가 부드럽게 웃었다.

차 안이 따뜻한데다가 와인까지 몇 잔 마시니 잠기운이 슬슬 몰려왔다. 눈꺼풀이 감기려는 걸 꾹 참으며 혜림이 차창을 살짝 내렸다. 귓가를 때리는 날카로운 바람 소리와 차들의 경적 소리가 귀에 꽂혔다.

"영국 생활은 어땠어?"

"지낼 만했어요. 생각한 것만큼 인종 차별이 심하지도 않았고……."

"그래? 남자친구는?"

"없어요. 한국에 와야 하잖아요."

그가 내심 안도의 한숨을 내쉬었다.

"선생님은 어떠셨어요?"

"음?"

"6년 동안 어떻게 지냈어요?"

"흠……. 학교 그만두고, 아버지 회사에 들어가고…… 일하는 중이지. 형이 신혼여행 가서 요즘 바쁘게 보내는 중."

"저도 할아버지 회사로 들어가니까 일 때문이라도 오다가다 만나겠네요."

 내뱉는 말에 옅은 웃음기가 섞여 있었다. 그걸 눈치챘는지 우진 역시 부드럽게 웃었다. 딱히 대답을 하지는 않았지만 침묵이 곧 긍정을 의미하고 있었다. 눈을 질끈 감았다가 떴다. 잠이 자꾸 몰려오는 걸 애써 물리쳤다.

 "결혼은 하셨어요?"

 "아직."

 다행이다. 그녀가 속으로 중얼거렸다.

 "약혼은요?"

 "그것도 아직."

 "의외네요."

 "뭐가?"

 "보통 이쪽 세계에 살면 결혼이든 약혼이든…… 다 빠르잖아요."

 "너도 약혼 안 했잖아."

 "저는 특수 케이스니까요."

 담담하게 내뱉는 말에 그가 살짝 흠칫했다. 쭉 직진을 하다가 그가 운전대를 왼쪽으로 돌렸다.

 "선생님도 언젠가는 누군가랑 결혼하겠죠."

 "너도 그렇겠지."

 "전 조금 겁나는데."

 "뭐가?"

 "버림받을까 봐요. 엄마처럼 될까 그게 좀 겁나네요. 괜찮은 줄 알았는데……."

여울의 아버지랑 이야기를 나눌 때처럼 악에 받친 말투도, 그렇다고 모든 걸 다 포기한 듯한 황망한 목소리도 아니었다. 그냥 평소 자신이 갖고 있던 생각을 얘기하는 것처럼, 날씨를 얘기하는 것처럼 굉장히 담담한 말투였다. 담담한 어투와는 어울리지 않는 말이었지만.

"왜 네가 버림받을 거라 생각하는데? 오히려 널 만나는 남자는 네가 자신을 버릴까 봐 걱정하고 있을 수도 있잖아."

"그런가요?"

그녀가 가볍게 턱을 괴고는 웃었다. 핸드백 안에 있던 핸드폰이 메시지가 왔다는 알람 소리를 냈다. 주섬주섬 핸드폰을 꺼내 이 시간에 보낼 사람이 없는데, 생각하면서 그녀가 메일을 보낸 이를 확인했다.

레이첼이다. 메일을 확인하지 않고 레이첼의 이름만 빤히 바라보고 있자, 우진이 운전을 하다가 살짝 그녀의 핸드폰으로 시선을 던졌다. 딱히 이상한 점은 없어 보이는데 혜림의 표정이 넋이 나간 것처럼 보였다.

"문자? 누군데?"

"네. 친구요."

"영국에서 사귄?"

"네. 나중에 집에 가서 확인해 봐야겠네요."

핸드폰을 무음모드로 바꾸고는 다시 핸드백 안에 넣었다. 그에게 물어보고 싶은 것들이 아주 많다. 무엇부터 물어야 할까, 고민하면서 그녀가 머리를 한 번 쓸어 넘겼다. 단둘이 있는 것만으로도 몸에 절로 힘이 들어갔다. 나직이 한숨을 쉬다가 곁눈질로 우진을 쳐다봤다.

고등학교 때는 인정하기 싫었지만 지금은 인정할 수밖에 없다. 여우진이라는 남자는 굉장히 멋진 남자다. 과거에도 그랬고, 지금도 그렇고. 아직까지 혼자라는 것에 묘한 안도감이 들면서도 언제라도 자신의 곁을 떠날 수 있다고 생각하니 마음이 급했다.

"여자친구 있으세요?"

"없는데."

다행이라는 생각과 동시에 의아함이 들었다. 그의 주위에 있는 여자들은 다 눈이 삐었나? 왜 이런 남자를 가만히 두고 있지? 그래도 자신에게는 다행이었기에 그녀의 입가에 묘한 미소가 맴돌았다.

"넌 내가 혼자인 게 좋은가 보네."

"좋으실 대로 생각하세요."

그녀가 피식 웃으며 다시 창밖으로 시선을 던졌다. 고요한 침묵이 내려앉았다. 잠시 후 차가 부드럽게 멈췄다.

"다 왔네."

아쉽게도. 그가 아쉬운 마음을 애써 숨기며 덤덤하게 말했다. 조수석에 앉아 있던 혜림이 차 문을 열자, 우진 역시 차 문을 열고는 그녀를 따라 내렸다.

"태워다 주셔서 감사해요."

"그래."

"오늘 만나서 좋았어요."

그 말에 그는 아무런 말도 하지 않았다. 정확하게 말하자면 어떤 말을 해야 할지 몰랐기 때문이다. 혜림이 부드러운 미소를 지었다.

"혜림아."

"네?"

"……많이 변했네."

"6년이나 흘렀으니까요. 변하기에 충분한 시간이죠."

"하긴."

납득한 얼굴이었다. 봄이라지만 밤은 조금 쌀쌀했다. 그녀가 백을 다시 한 번 고쳐 메고는 웃었다.

"나중에 또 뵐게요."

"그래. 들어가."

"선생님 가시는 거 보고요."

"차 있으니까 괜찮아. 먼저 들어가."

발걸음이 쉽게 떨어지지 않았다. 한참을 머뭇머뭇 거리던 혜림이 아쉬운 얼굴로 대문 쪽으로 걸어갔다.

"혜림아."

"네?"

대문 손잡이를 잡고 있는 채로 몸을 돌렸다. 그가 마른침을 한 번 삼키고는 최대한 여유를 가장해서 웃었다.

"번호 안 바뀌었어."

그 말을 살짝 고개를 갸웃했다.

"아직까지 옛날 번호 쓰고 있으니까……."

듣기 좋은 낮은 목소리가 아무도 없는 골목에 나지막하게 퍼져 나갔다. 그 말에 그녀가 눈을 잠시 크게 떴다. 다시 연락하라는 말과 다를 바 없는 말이었지만, 그래도 그가 다시 한 번 확인시켜 주면 좋겠다고 생각할 때쯤이었다.

"언제든지 연락해라. 이제부터 자주 볼 거니까."

그 말에 혜림이 기쁜 얼굴로 고개를 크게 끄덕였다. 우진 역시 그를 따라 웃으며 '어서 들어가'라는 기분 좋은 부추김에 그제야 안으로 들어갔다. 혜림은 현관 쪽으로 걸어가지 않고 안쪽에서 그가 갈 때까지 기다렸다. 바로 갈 것이라고 예상했는데 의외로 우진은 바로 떠나지 않았다. 한 십 분 정도가 지나서야 차 문을 열고 닫는 소리가 들렸다.

차에서 나는 엔진 소리가 멀어져서야 그녀는 편하게 집 안으로 들어갔다. 와인 몇 잔 때문에 취한 건 아니었다. 다만 분위기에 취했고, 오랜만에 우진을 만난 것이 그녀의 마음을 놓게 만들었다. 기분이 좋다 보니 생각한 것보다 와인을 많이 마셨고. 딱히 추태를 부린 건 없건만 괜히 부끄러워졌다.

방 안으로 들어가서 가방을 침대 위에 던지고 노트북을 켰다. 옷을 벗은 뒤 거울 앞에 섰다. 거울에 비친 혜림의 얼굴은 옅게 한 화장 때문에 더 예뻤다. 앳된 기가 사라지고 성숙한 얼굴을 손으로 한 번 만졌다.

변한 자신을 보며 우진은 어떤 생각을 했을까. 여자로 바라보고 있을까 아니면 여전히 맹랑한 꼬마라고 생각하고 있을까. 복잡한 심경에 화장을 지우고 길게 늘인 머리를 높게 묶고는 편한 원피스로 갈아입었다. 노트북에 불이 들어오자 마우스로 인터넷을 클릭했다.

"뭐 때문에 메일을 보낸 거지?"

그에게 문자라고 말했었지만 아까 전에 온 것은 문자가 아니라 메일이었다. 한국으로 간다는 걸 아는 몇 명 안 되는 사람 중 하나인데. 익숙하게 아이디와 비밀번호를 치고는 새로 온 메일 한 통을 클릭했다. 장문의 영어가 눈에 들어왔다.

서두는 평범한 안부 인사와 한국에 잘 도착했냐는 물음이었고, 다음은 교수님이 너를 되게 보고 싶어 하신다는 말이었다. 그 대목에서 그녀가 살짝 웃었다. 하긴 대학뿐만 아니라 대학원 진학까지 했기 때문에 그녀를 가르쳤던 교수님은 혜림이 한국으로 돌아간다는 생각보다는 영국에 남아서 교수를 할 거라고 생각하셨던 분이었으니까.

다음은 한국에 가면 만나고 싶은 사람은 만났냐는 물음이었다. 레이첼답지 않게 서두가 꽤 길어서 의아할 법했지만 혜림은 별 신경 쓰지 않으며 편지를 계속해서 읽어 내려갔다. 서두가 긴 것에 비해 본론은 짧았다.

―나한테 와서 네가 어디로 갔냐고 물어보길래 말은 하지 않았는데……. 교수님한테 가서 물어봤나 봐.

"이런."
그 대목에서 그녀가 혀를 한 번 찼다.

―리안이 네가 한국으로 돌아간 걸 알았어. 그리고 지금 그는 한국에 가겠다고 난리야.

"정말."
그녀가 신경질적으로 머리를 헝클었다. 이래서 몇 사람에게만 얘기하고 한국으로 온 건데. 혜림은 곧바로 레이첼이 보낸 메일에 대한 답을 쓰기 시작했다. 리안이 온다는 걸 알려줘서 고맙다는 말을 대충 쓰고는 보내기를 클릭했다.

리안은 그녀가 영국에 있던 시절 딱 한 번 사귀었던 남자친구였다. 그것도 꽤 오랫동안. 혜림에게는 첫 남자친구이기도 했지만, 사람들이 흔히 말하는 연애 감정을 갖고 만나는 관계는 아니었다.

자신들에게 접근하는 사람들을 차단하기 위한 목적이 통해서 만나는 관계였다. 처음에 사귀는 척하자며 그 제안을 해온 사람은 리안이었다. 혜림은 그에게 별로 관심이 없었고, 그 역시 혜림에게는 관심이 없는 것처럼 보였다. 하지만 사람 일이라는 게 어떻게 될지 모른다고, 어느 순간부터 리안은 혜림에게 관심을 보이기 시작했다.

그리고 그가 관심을 보이기 시작한 그 순간부터 그들이 맺은 동맹 관계는 끊어졌던 것이다. 조금 피곤한 얼굴을 하고는 침대에 벌러덩 누웠다. 리안이 진짜로 한국에 오는 건 아니겠지, 하는 생각을 하며 그녀가 천천히 눈을 감았다.

눈을 감자 떠오르는 사람은 영국에서 사귄 친구들이 아닌 오늘 본 우진이었다. 선명하게 그려지는 얼굴에 눈을 감고 있으면서도 혜림의 입가에 미소가 떠올랐다.

"조금 더 일찍 들어올걸 그랬나……."

생각보다 긴 시간이 걸렸지만 그녀는 6년 동안 변하기 위해서 필사적이었다. 공부도 착실히 하면서 방학 동안에는 봉사 활동과 여행을 주로 다녔다. 냉소밖에 지을 줄 몰랐던 표정이 점차 변해 갔다. 다시 만날 그날에 그를 향해 활짝 웃을 수 있도록.

감았던 눈이 이제는 떠지지 않은 채 방 안에는 고른 숨소리만 맴돌았다. 그녀의 입가는 여전히 옅은 미소가 그려져 있었다.

차를 운전하던 그가 움찔했다. 차 안에서 은은하게 퍼지는 로즈마리 향은 혜림이 불과 몇 분 전까지만 해도 차 안에 있었다는 걸 증명했다. 그래서일까, 집에 도착했음에도 불구하고 우진은 차에서 내리지 않고 한동안 운전석에 가만히 앉아 있었다.

변한 것 같으면서도 변하지 않았다. 운전대에 그가 머리를 기댔다. 눈은 웃지 않던 아이였는데 이제는 초승달처럼 휘는 웃음을 짓는다. 그 모습이 보기 좋다고 생각하면서도 다른 사람을 향해 그렇게 웃을 거라 생각하니 가슴이 답답하다.

"우진 씨."

달콤한 목소리가 귀에 울린다. 엘리베이터 안에서 제 이름을 말하던 그녀의 목소리가 반복적으로 재생되었다. 요염하게 짓는 미소하며 유혹하는 것만 같은 목소리. 그가 한숨을 크게 내쉬었다.

방금 전과 같은 상황이 다시 오게 된다면 그 유혹을 다시 이길 자신이 없었다. 한심한 모습이라는 생각에 그가 운전대에 기댔던 머리를 들어 몇 번 쿵쿵 찧었다. 또 한 번 자신의 이름을 그렇게 다정하게, 유혹적으로 불러준다면 그때 자신은 어떻게 해야 할까…….

더 이상 자신은 선생님이 아니고, 그녀는 더 이상 학생이 아니라는 것에 안도감을 느끼면서도 그것이 죄책감이 되어 가슴을 쿡쿡 찌른다.

"미치겠네, 진짜."

그렇다고 해서 그녀가 다른 남자에게 그런다고 생각하면 눈이 확 돌 것 같으니. 이도 저도 아니니까 더 화가 난다. 로즈마리 향이 가득한 차 안에 더 있으면 진짜 미칠 것 같은 기분에 그가 급하게 차 문을 열었다. 시원한 바람이 뺨에 닿자 정신이 좀 돌아오는 기분이었다.

"후."

터덜터덜한 발걸음으로 집 안으로 들어가니 태화가 거실에서 TV를 보고 있었다. 신발장에는 어머니가 신고 나갔던 구두가 가지런히 놓여 있었다.

"오빠 왔어?"

"어."

"우진이 왔니?"

"네."

"혜림인 잘 데려다 주고 왔고?"

아들인 자신보다 혜림일 챙기는 상황이 우스워 그가 웃으며 고개를 끄덕였다.

"기어이 그 자리에 오빠가 갔어?"

"그래, 인마."

아프지 않게끔 태화의 머리에 딱밤을 먹이고는 편하게 소파에 몸을 기댔다.

"혜림이 미인이지?"

"그러게요."

그가 가볍게 고개를 끄덕였다. 태화는 혜림일 본 적이 별로 없었기에 얼굴을 떠올리기 위해 노력했다. 한 번 보긴 했는데 기억이 가물가물했다.

"제 엄마를 쏙 빼닮았어. 하영이가 이십대였을 때 그랬는데."

"그렇게 예뻐?"

"사진 보여줄까?"

태화가 대답하기도 전에 다경이 지갑 안에서 영국 유학 시절 때 하영과 함께 찍은 사진을 내밀었다. 혜림과는 다르게 단발머리에 화장기가 없는 청초한 얼굴이 눈에 들어온다.

"자기 엄마 닮아서 그렇게 예쁜 거야. 애가 인기도 많을 텐데 왜 남자친구가 없을까?"

윤 여사가 이해가 안 된다는 얼굴로 골똘히 머리를 굴렸다. 하영이 그 나이였을 때는 굉장히 인기가 많았다. 영국 유학 시절에 만났던 하영은 동양, 서양을 떠나서 남학생들의 마돈나였다.

물론 그 많은 구애에도 송형석 그 남자 한 명에게 빠져서 구애를 다 물리친 여자지만. 송형석을 생각하자 입안이 텁텁해졌다. 하영이가 행복한 결혼 생활을 하지 못했다는 걸 안다. 그랬기에 혜림이는 그 누구보다 사랑받으면서 행복한 결혼을 하길 원했다.

"내가 자리라도 한 번 놔줘야 하나."

"괜한 참견이에요, 어머니."

"얘는."

우진의 면박에 다경이 밉지 않게 웃었다.

"혜림이가 예뻤던 게 정말 엄말 닮아서였네요."

그가 윤 여사에게 사진을 다시 돌려줬다. 사진을 받은 윤 여사가 지갑에 다시 사진을 꽂았다. 사진 속에는 옅게 웃고 있는 하영과 환하게 웃고 있는 다경이 그대로 찍혀 있었다. 그리웠던 시절을 생각하며 그녀가 고개를 끄덕였다.

"데려다 주는데 혜림이가 별말 안 하던?"

"별말은 없었고……. 한성에서 일하니까 오다가다 얼굴 몇 번 마주칠 거라는 것 정도만 얘기했어요."

"만나면 잘해줘."

"알았어요."

며칠 내로 다시 만날 것이라는 생각에 그가 슬쩍 웃음을 흘렸다. 헤어진 지 얼마 되지도 않았지만 또다시 그립다.

*

분위기가 어색하다. 왜 이런 자리에 자신이 있어야 하는지도 모르겠고, 연신 미소가 가득한 얼굴로 자신을 보고 있는 CN의 사장님 역시 부담스러웠다. 그녀가 여 사장을 향해 어색하게 웃다가 시선을 우진 쪽으로 돌렸다.

"손녀가 예뻐서 아주 기쁘시겠습니다, 차 회장님."

"그러는 여 이사야말로 아주 준수합니다."

오고 가는 덕담마저도 부담스럽다. 할아버지를 뵈려고 회사에 온 것뿐이었는데 졸지에 할아버지와 함께 식사 자리에 참여하게 될 줄은 생각도 못했다. 옷차림이 깔끔해서 그나마 다행이었지, 그렇지 않았으면 여태껏 유지하던 침착함마저 잃었을 것이다.

다음 주부터 출근이어서 할아버지께 이것저것 여쭤보려고 했더니 집에 돌아가서 여쭤봐야 할 것 같았다. 그녀가 어색한 웃음을 지으면서 조용히 입을 다물었다. 오가는 일 이야기가 자꾸 어색했다.

"혜림 양은 이 자리가 어색한가 보군. 내가 너무 눈치 없게 군 것 같네."

"아닙니다."

혜림이 어색하지 않게 웃고는 자리를 지켰다.

"차 회장님께 듣기로는 월요일부터 출근한다고 하던데……."

"네. 배운 것들을 써야 할 때죠."

"회사는 다르지만, 뭐 힘들거나 의논할 일 있으면 부족하지만 우리 아들한테 해도 된다네. 차 이사보다 먼저 일하기 시작했으니까 도움될 만한 것들이 좀 있을 게야."

"도와주신다면 저야 감사하죠."

"일 이야기는 우리 늙은이들끼리 하기로 하고 젊은 사람들은 보내서 자기들끼리 이야기하게 합시다."

"그게 좋겠군요."

할아버지의 말에 여 회장이 호탕하게 웃으며 우진을 거의 쫓아내듯이 하고 그녀의 할아버지 역시 그녀에게 눈짓으로 나가라는 신호를 보냈다. 나가기도, 그렇다고 해서 나가지 않기도 민망한 상황이어서 눈치를 계속 보다가 우진이 슬쩍 그녀의 어깨에 팔을 둘러 그녀와 함께 나갔다.

어른들 사이에 계속 있었던지라 숨이 갑갑했는데 지금에서야 좀 살 것 같은 기분이 들었다. 그녀가 숨을 힘겹게 내쉬고는 그를 올려다봤다.

"한데 선생님이 여긴 어쩐 일이세요?"

"나는 아버지 비서 역할로 왔지. 한데 다음 주부터 출근이라고?"

"다음 주라고 해봤자 이틀 후면 출근이에요."

그녀가 약간 긴장된다는 얼굴로 웃으면서 일식집 밖으로 나섰다. 정말 가도 되는 걸까, 하는 생각이 들다가 주차장에서 있을 할 아버지의 비서를 떠올리고는 가볍게 일식집을 나섰다. 모처럼 한국에 도착해서 시내를 거닐고 있으니까 어디론가 가고 싶기도 했다.

"어디로 갈 생각이야?"

"집으로 돌아가긴 아쉬워서 좀 돌아다니다가 집에 들어가려고요. 선생님은요? 약속 있으세요?"

"나도 딱히."

사실 회사로 들어가서 일을 해야 했지만 입 밖으로는 전혀 다른 말이 튀어나왔다. 사실 이렇게 같이 있는 것만으로도 좋아서 혜림이 발을 움직이자 냉큼 그녀의 옆자리를 꿰차고는 같이 걷기 시작했다.

거리에 활짝 핀 벚꽃들이 눈에 들어왔다. 바람이 한 번 불 때마다 벚꽃 잎들이 바람에 따라 하늘하늘 날리는데, 마치 봄에 내리는 눈을 보는 기분이 들었다. 휴일이어서 그런지 길에는 사람들이 꽤 많이 보였다. 특히 한 손에는 사진기랑 도시락 통을 든 연인들이 거리를 꽉 메우고 있었다.

그러다 문득 든 생각이 자신도 이 사람과 있으면 영락없는 연인 사이로 보일까 하는 궁금증이었다. 그리고 그녀는 속으로 내심 그러길 바랐다. 희미하게 웃으면서 천천히 길을 걷자 그 역시 아무 말 없이 그녀의 옆을 지키고 있었다.

"도시락 싸왔으면 좋았을 것 같아요. 그러면 꽃구경 가기 좋았을 텐데."

"사진기랑 같이?"

"그렇죠."

그녀가 배시시 웃었다. 확실히 지금은 벚꽃 구경이 절정을 이루는 때라 사람들이 유난히 더 많았다. 번화가로 갈수록 연인들과 가족 단위들의 사람들이 보이기 시작하고 복잡한 길에서 사람들이 그녀의 어깨를 세게 치고 지나가기도 했고, 아이들이 종종 뛰어다니고 있기도 했다.

사람들이 모인 곳이면 으레 그렇듯 거리에 줄줄이 늘어서 있는 포장마차들이 눈에 들어왔다. 아이들 손에 솜사탕이며, 떡볶이 컵이며 들려 있다 했더니 저 포장마차들 때문에 그런 모양이다.

혜림이 포장마차에 시선을 주고 있는데 갑자기 우진이 그녀의 어깨에 팔을 두르고는 제 쪽으로 끌어당겼다. 꽤 많은 무리의 사람들이 혜림의 옆으로 스쳐 지나갔다. 품에 안겨 있는 것도 아닌데 마치 품에 안겨 있는 것 같은 기분이 들었다.

우진에게서 나는 시원한 향이 코를 자극했다. 시끄러운 사람들의 목소리와 아기들의 목소리, 그리고 차가 지나가는 소리와 같은 소음들은 귓가에서 점차 멀어져 갔다. 들리는 건 두근두근 뛰고 있는 누군가의 심장 소리뿐이다. 그 소리는 그녀의 것 같기도 했고 그의 것 같기도 했다.

"조심해. 사람들 많아서 부딪치기 쉬워."

"감사, 합니다."

품에서 멀어지자 어쩐지 붉어지는 얼굴에 그녀가 몸을 팩 돌리고는 손 부채질을 했다. 날씨는 정말 따뜻한 봄 날씨인데 그녀가 느끼는 체감 온도는 초여름 같았다. 그 모습을 뒤에서 보던 우진이 피식 웃더니 그녀를 안았던 제 팔을 한 번 바라봤다.

제 품에 쏙 들어오는 체구였다. 6년 전에도 가녀린 체구였는데 지금도 별다른 것 같지 않았다. 제대로 안 챙겨 먹나 하는 걱정이 또 들었다. 그러다가 고등학생 때처럼 또 쓰러지진 않을까 걱정이 되기 시작했다. 손목도 자신이 힘만 주면 뚝 하고 부러질 것 같아 걱정이 이만저만이 아니다.

"혜림아, 점심 먹었어?"

"아침은 먹었어요."

"점심 말이야."

"지금 점심시간인데요."

"아, 맞네. 그럼 우리도 점심 먹으러 갈래? 뭐 먹고 싶은 거라도 있어?"

"딱히 지금 먹고 싶은 건 없는데……."

이내 뭔가 떠올랐다는 듯 그녀가 내심 장난스럽게 씩 웃었다.

"저 먹고 싶은 건 없는데 하고 싶은 건 있어요."

"뭔데?"

먼저 하고 싶은 게 있다고 말하는 성격이 아니었기에 우진 역시 말만 하면 다 들어줄 기세로 물어보았다. 혜림이 개구지게 웃었다.

"꽃구경이요. 배는 별로 안 고프거든요."

"꽃구경? 그게 하고 싶어?"

"네. 한 번도 해본 적 없거든요."

한국에 있을 때는 심적으로 그런 걸 즐길 여유가 되지 않았고, 영국에 있을 때는 한국에서처럼 벚꽃을 쉽게 보기 어려웠다. 딱히 나쁜 건 없어서 그도 좋다고 고개를 끄덕였다. 근처 편의점에서 물 한 병과 초콜릿을 사고는 꽃구경을 하기 좋은 자리의 벤치 쪽으로 성큼 걸어갔다.

"꽃구경이라니, 진짜 오랜만이네."

"그래요?"

"대학 신입생 때 한 번하고는 안 했거든."

"아……."

혜림이 초콜릿 봉지를 꺼내며 한 조각을 손가락으로 뜯었다. 날씨가 따뜻했기 때문에 초콜릿이 금방 녹아서 손에 묻어났다.

"달다."

"초콜릿?"

"네. 드세요."

혜림이 이번에는 초콜릿 한 조각을 뜯어서 그의 입에 갖다 댔다. 레이첼과 있을 때 했던 행동이 무의식으로 나온 것이었는데 우진이 그녀의 손목을 잡고 그녀의 손에 들린 초콜릿 한 조각을 냉큼 입에 받아 넣었다.

순간 엄지에 살짝 닿는 혀의 느낌이 너무 생소하고 야릇한 기분이 들었다. 그리고 살짝 닿는 그의 입술까지. 살짝 닿았을 뿐인데 선명한 촉감에 그녀가 자신도 모르게 손을 빼고는 뒤로 숨겼다. 그 행동에 우진이 눈을 활처럼 예쁘게 휜 채 웃으며 그녀를 내려다봤다. 자신이 너무 유별나게 한 행동이라고 생각했는데 우진이 이렇게 웃으니 또 그가 일부러 자신을 놀리려고 한 행동 같기도 했다. 빨개진 얼굴을 그가 모르는 척하며 자연스럽게 손을 이마에 올렸다.

"열 있어? 얼굴 되게 빨개."

"아, 저, 그러니까……."

"집에 갈까?"

"……아뇨."

그래도 단둘이 있는 순간이 좋아서 그녀가 고개를 푹 숙였다. 우진의 손에서 놀아난 기분이 들어 초콜릿 한 조각을 떼고 입에 넣으려는데 아까 전 엄지에 닿았던 혀의 감촉이 다시 떠올랐다. 자신이 이상한 것 같기도 하고 아닌 것 같기도 하고.

"하아……."

그녀가 한숨을 푹 내쉬면서 손에 쥔 초콜릿은 아예 먹을 생각을 하지 않자 또 장난기가 발동한 그가 다시 그녀의 손목을 잡고는 조금 전 했던 것처럼 그녀의 손에 들린 초콜릿을 제 입안에 쏙 넣었다.

"지, 지금, 뭐 하시는……!"

"너 초콜릿 안 먹는 것 같아서. 꽃구경도 안 하고……. 진짜 어디 아픈 거 아니지?"

지금 그것보다 더한 것이 눈앞에 있는지라 활짝 핀 벚꽃은 더 이상 안중에도 없었다. 그녀는 새빨개진 얼굴로 그를 바라보고 있었고, 그는 능청스럽게 아무렇지 않은 얼굴로 그녀를 바라보고 있었다.

"머리 헝클어졌어."

꽃향기를 가득 머금은 바람이 그녀의 머리카락을 살짝 휘젓고 가자 그가 손가락으로 그녀의 머리를 빗어 내렸다.

결 좋은 머리카락이 손가락 사이로 부드럽게 빠져나간다. 한마디라도 할 줄 알았던 혜림은 아무런 말도 하지 않은 채 그가 하는 대로 가만히 있었다.

"이제 됐다."

"……"

"예쁘네."

그가 6년 전 그때처럼 장난스럽게 웃으며 그녀를 보고 있었다. 다시 한 번 심장이 뛰기 시작했다.

2장

요 이틀 동안 잠을 제대로 자지 못했다. 다정하게 웃던 우진의 얼굴이 정말 눈앞에서 아른거려서 한참을 뒤척이다가 겨우 잠이 들어서 아침도 먹는 둥 마는 둥 하고는 회사로 왔다.

지금은 점심시간이어서 그런지 1층 로비 쪽에 꽤 많은 사람들이 모여 있었다. 딱히 점심 생각이 있어서 로비 쪽으로 간 건 아니었지만 머리도 식힐 겸, 회사 구조도 알고 싶어서 자신이 있던 사무실에서 로비로 내려왔는데 그건 잘못된 선택인 것 같았다.

로비에 서 있는 자신에게 닿는 시선이 꽤나 따갑다. 호기심이 섞인 눈초리와 그 가운데 섞인 질투와 같은 감정들이 몸에 와 닿으니 온몸이 따끔거리는 느낌이 들었다. 동물원에 있는 원숭이처럼 구경거리가 된 느낌이 굉장히 불쾌해서 어쩌다 피난처로 들어온 곳이 여자 화장실이었다.

"피곤해."

부정적인 시선을 받는 것도 피곤하고, 온몸에 들어간 긴장을 늦출 수가 없어서 더 피곤했다. 한숨을 푹 쉬고 바깥으로 나가려는데 여자 화장실로 누가 들어오는 소리에 손잡이를 잡은 손이 멈칫했다. 원래라면 당당하게 나갔겠지만 바깥에서 하이톤의 목소리가 새로 온 이사에 대해서 이야기를 하고 있으니 이야기의 주인공인 자신이 쉽게 나갈 수 없는 노릇이었다.

"봤어?"

"어. 머리부터 발끝까지 다 명품이더라."

들리는 말에 자신도 모르게 혜림이 제 몸을 한 번 쭉 훑어보고는 바깥의 대화에 다시 집중하기 시작했다.

"좋겠다. 누군 언제 잘릴지 모르는 계약직 신센데, 누군 할아버지 잘 만나서 바로 이사 되고."

주위에서 그 말에 맞장구를 친다. 부러움과 질투가 섞인 목소리였다. 비꼼이 가득한 말이었지만 딱히 반박할 말은 찾지 못했다. 할아버지를 잘 만난 것도 사실이었고, 그 사실이 이사 직에 바로 앉을 수 있게 만들기도 했으니까.

이 상황에서 그녀가 할 수 있는 대처는 확실한 실적을 올리는 것과 그냥 무시하는 것 정도밖에 없었다. 회장의 손녀딸이라는 타이틀로 낙하산으로 이사 자리에 앉았으니 사람들의 시선이 달갑지 않으리라는 건 당연히 알고 있었는데…… 할아버지까지 안 좋은 시선으로 보는 것 같아 속이 답답했다.

"부모도 스펙이라는 말이 괜히 있는 게 아녔어."

"솔직히 말이 돼? 많아봐야 스물일곱, 여덟 정도로 되어 보이던데, 아무것도 모르는 새파랗게 어린 여잘 이사 자리에 앉힌다는 게."

"누가 뭐래니. 할 줄 아는 건 아무것도 없고 그냥 앉으라고 하니까 앉은 거겠지."

깔깔 웃는 여자들의 목소리가 점점 멀어지기 시작했다. 고작 화장실 안에 몇 분 있었을 뿐인데 10년은 훌쩍 지난 느낌이 든다. 피곤한 기색을 숨기지 않은 채 주머니에서 핸드폰을 꺼냈다. 곧 있으면 점심시간이 끝날 시각이었고, 그와 동시에 그녀는 할아버지를 뵈러 가야 하는데 이렇게 못난 얼굴로 뵈러 가고 싶진 않았다.

핸드폰을 만지작거리다가 전화부를 살짝 누르고는 우진의 번호를 찾았다. '여우진 선생님'이라고 저장되어 있는 번호를 한참을 보면서 통화버튼을 누를까 말까 고민하기 시작했다. 이내 결심을 한 듯 숨을 한 번 크게 들이마시고는 통화버튼을 꾹 누르고 전화기를 귀에 갖다 댔다. 신호음이 가는 소리가 들리고 얼마 지나지 않아 신호음이 끊기고 귓가에서 익숙한 남자의 목소리가 들렸.

〈여보세요?〉

"아, 저……."

〈혜림이?〉

"네. 지금 바쁘세요?"

〈아니, 괜찮아. 안 그래도 오늘 한성에 갈 거라서 연락하려고 했었는데 먼저 했네.〉

나지막하게 웃는 목소리에 기분이 좋아져서 그녀 역시 빙그레 웃으면서 화장실 칸에서 나왔다. 세면대 앞에 커다란 거울에는 방금 전의 못난 모습은 사라지고 사랑스러운 여자의 모습이 비치고 있었다. 이 남자랑 연관되면 자신은 이런 얼굴을 하고 있다는 사실에 내심 놀라웠다.

〈무슨 일 있어?〉

"네? 아뇨, 딱히……."

〈목소리가 안 좋은 것 같은데.〉

손가락으로 머리를 배배 꼬다가 작게 한숨을 내쉬었다. 어떻게 목소리만으로 자신의 기분을 알아채는 걸까. 놀랍기도 하고 알아줘서 기쁘기도 했다.

"아무 일도 없었어요."

〈정말?〉

"정말이요."

이런 사소한 것에서부터 기대기 시작하면 나중에 그녀 자신이 정말 힘들 때는 기댈 수 없을 것 같아서 말하지 않기로 결심했다. 그녀가 낙하산으로 이사 자리에 앉은 건 사실이었으니까. 유치한 뒷담화에 발끈해서 고자질하는 어린애가 되고 싶지는 않았다.

정말로 실적을 쌓고 능력을 보여줘서 이런 말을 듣지 않도록 그녀가 노력하는 수밖에 없었다. 그렇게 다짐하면서 그녀가 작게 숨을 들이마셨다. 그를 안심시키기 위해서 스스로를 다잡으면서.

"정말 괜찮아요. 아무 일도 없었어요. 그냥…… 첫 출근이라서 조금 설레기도 하고, 긴장되기도 하고, 실수할까 봐 걱정될 뿐이에요."

〈첫 출근에는 누구나 그런 걱정들을 해. 괜찮아.〉

"괜찮겠죠?"

〈그럼. 그냥 네가 할 수 있는 일들, 해야 할 일들만 묵묵히 하면 돼.〉
　우진의 말이 정답이었다. 지금 그녀가 할 수 있는 것들을, 해야 할 것들을 차근차근히 풀어 나가면 이런 뒷담화도 사라지겠지. 그런 생각을 하면서 그녀가 작게 웃고는 마치 우진이 바로 앞에서 보고 있는 것처럼 작게 고개를 끄덕였다.
　"그러네요. 맞는 것 같아요."
　〈네 감정이 지금 어떤지 잘 알 것 같다. 나도 처음엔 그랬으니까.〉
　그러고 보니 그랬다. 우진 역시 CN그룹 여 회장의 둘째 아들이었고 교사 일을 하다가 그곳으로 들어간 것이니 주위 사람들이 안 좋게 생각하고도 남을 것이었다. 하지만 지금 그 문제로 딱히 트러블이 있는 것 같지는 않고, 할아버지에게 듣기로는 우진 역시 매사 일을 꼼꼼하게 잘 처리한다고 들었으니까.
　알게 모르게 드는 동질감에 고개를 끄덕이다가 손목시계를 봤다. 할아버지를 만날 시간이 훌쩍 가까워져 있었다.
　"저 이만 끊을게요. 할아버지 뵈러 가야 돼서요."
　〈그래.〉
　혜림이 먼저 전화를 끊고는 거울을 봤다. 고작 몇 분 통화를 했다고 얼굴이 발갛게 달아오른 꼴이 퍽 우습다. 이 모습을 레이첼이 본다면 아마 공포 영화를 본 것처럼 엄청 놀랄 것이라는 생각에 그녀가 살짝 웃고는 머리를 다시 한 번 손보고는 화장실을 나와 엘리베이터 앞에 섰다.
　몇몇 여사원들과 남사원이 그녀를 알아보며 고개를 숙이자 그녀가 그에 답이라도 하는 것처럼 고개를 끄덕이고는 엘리베이터에 탄 뒤 할아버지가 계신 층을 가늘고 긴 손가락으로 꾹 눌렀다. 같이 탄 몇몇 사원들이 먼저 내리고 엘리베이터에 혼자 남아서 통유리로 된 엘리베이터 바깥 풍경을 바라봤다.

생각했던 것보다 높아서 순간 현기증이 났다. 고개를 살짝 흔들고 편하게 등을 기대고 있을 때 엘리베이터 문이 열렸고, 그녀가 발을 내딛었다.

세미 정장을 입고 핀으로 단정하게 머리를 고정한 비서가 혜림을 발견하곤 자리에서 일어나더니 노크를 두어 번한 뒤 회장실 문을 열어주었다. 집에 계실 때처럼 편한 옷차림이 아닌 정장 차림의 할아버지 모습은 꽤나 새로웠다.

"부르셨어요?"

"회사는 어떻더냐."

"괜찮아요."

아까 전 화장실에서 들었던 뒷담화는 금세 지워 버리고 명쾌하게 대꾸했다. 의자에 앉아 있던 그가 자리에서 일어나 소파에 앉았다. 그녀에게도 소파를 권하자 혜림 역시 차 회장의 옆자리에 앉았다.

"그래, 괜찮다니 다행이구나. 네가 적응 못할까 봐 꽤 걱정했는데, 생각보다 잘 적응하는 것 같구나."

차 회장의 말을 혜림은 묵묵히 듣고 있었다.

"CN 쪽이랑 이번에 계약할 건이 하나 있는 거 알고 있지?"

"네. 며칠 전에 서류로 봤어요."

"오늘 그 회의가 있으니까 그 자리에 네가 나가거라."

"제가요?"

"그래. 너도 슬슬 준비를 해야지. 그 정도는 네가 할 수 있을 거야."

그 말에 혜림이 머리를 재빨리 굴렸다. 할아버지가 나가지 않으니 CN 쪽 회장이 직접 나올 일은 없다. 그렇다고 해서 윤 여사가 나올 일은 없을 거고, 딸인 태화는 회사 일에 참여하지 않고 있었다. 그렇다는 말은 여 회장의 첫째 아들이나 둘째 아들이 나온다는 말인데…….

첫째 아들은 얼마 전에 결혼해서 현재 신혼여행 중이니 나오지 못할 것이고, 그렇다면 둘째 아들인 우진이 나올 것이다. 그리고 아까 전 통화로 분명히 오늘 한성에 온다고 말했으니 확실히 그가 이곳에 올 것이다.

환해지는 혜림의 얼굴을 보며 차 회장이 숨죽여 웃었다.

이럴 때 자신의 손녀딸은 정말 어린아이 같았다. 속에 있는 감정을 잘 드러내지 않는 편이었는데 그와 관련된 일은 의외로 얼굴에 감정을 금방 드러냈다. 그리고 6년 전에도 그를 잘 따랐고, 그 역시 혜림이를 아꼈으니 좋은 감정이 생기는 건 어쩌면 당연한 것이라고 생각했다. 그 감정이 신뢰이든 아니면 다른 감정이든. 확연하게 변하는 손녀의 얼굴을 차 회장은 애써 모르는 척했다.

"계약이 오늘 아닌가요?"

"그래. 오늘 2시에 CN 쪽에서 오기로 했다."

"알겠습니다."

"계약 끝나면 같이 식사라도 하는 게 어떻겠니?"

"그럴 시간이 생기면요."

괜히 속이 뜨끔거리는 걸 그녀가 애써 숨겼다. 그때 그렇게 헤어지고 나서 일주일 만이다. 처음은 선생님과 제자로 만났었는데, 이번에는 회사 일로 만나다니. 관계는 확실히 변하기 시작했다. 그리고 그녀는 그것보다 조금 더 진전된 관계를 원했다.

할아버지에게 꾸벅 인사를 하며 회장실을 나왔다. 벽에 걸린 시계를 보니 열두 시 삼십 분이었다. 모두들 한창 점심 식사 중일 때여서 그런지 회사 안이 한산했다. 원래라면 혜림도 점심을 먹어야 하겠지만 입이 짧은 편에 속하고, 식사를 제때 챙겨 먹는 타입이 아니다 보니 역시 점심은 스킵이었다.

운동 겸 해서 엘리베이터 대신 계단으로 자신이 일하는 곳으로 향해 갔다. 높은 하이힐의 굽 소리가 크게 울린다. 두 시가 되려면 아직 시간이 남았는데 가슴이 벌써부터 선득거리기 시작했다. 자신이 어린왕자를 기다리는 여우가 된 느낌이었다.

실없이 나오는 웃음을 애써 삼키고는 그녀가 도착한 곳의 문을 열었다. 그녀의 비서도 점심을 먹으러 갔는지 보이지 않는 상태였다. 아직 시간이 남아 있으니까……. 이사실 문을 열고 들어가 자리에 앉고는 마우스를 몇 번 움직이자 새까맣던 화면이 밝아졌다.

딱히 할 게 있었던 건 아니기 때문에 레이첼이 보내온 메일을 읽기 시작했다. 처음 보냈던 장문의 메일과는 달리 이번 메일은 꽤 짧았다. 만나고 싶다는 사람을 만나서 다행이라는 말과 함께 '리안이네 전화번호를 알려달래' 라는 마지막 문장이 눈에 들어왔다.

그와 동시에 그녀의 인상이 확 찡그려졌다. 영국에서 6년 동안 지낸 세월 가운데 한동안 리안과 손을 잡았던 게 문제라면 문제였다. 영국에서 생활한 지 얼마 되지 않았을 때는 제게 별 관심이 없어 보였는데…… 도대체 어떤 점이 그의 흥미를 자극했는지 모르겠다.

다경이 한 말처럼 하영을 쏙 빼닮은 혜림은 꽤가 아니라 아주 예쁜 편에 속했기 때문에 영국에서 생활하던 당시 남학생들에게 인기가 많았다. 게다가 그때는 한국을 떠난 지 얼마 되지 않았던 시점이라 모두에게 쌀쌀맞은 편이었다.

그럼에도 불구하고 대학에 진학하면서부터 남학생들에게 틈틈이 고백을 받기 시작했다. 정중히 거절하면 그대로 물러나는 남자가 있는 반면, 계속해서 그녀에게 대시해 오는 남자들도 꽤 있었다. 그런 생활에 어느 정도 지쳐 갈 때쯤 리안이 그녀 앞에 나타났다.

혜림이 남학생들의 마돈나였다면, 리안은 여학생들의 왕자님이었다. 성별만 바뀐 채 두 사람의 상황은 거의 똑같았고, 그 상황에 질릴 대로 질린 리안이 혜림에게 '진드기처럼 달라붙는 상대를 떼어내기 위해서 사귀는 척하는 게 어때? 우린 서로한테 관심이 없으니까 꽤 괜찮은 조건 아니야?'라고 유들유들하게 웃으면서 제안을 했다.

그녀에게도 나쁠 것 없는 제안이었기 때문에 혜림은 별다른 거부 없이 그가 내민 손을 잡았다. 그리고 근 3년 동안 두 사람은 다른 학생들 앞에서 사귀는 척을 했다. 리안과 그녀의 사이를 제대로 알고 있는 사람은 레이첼뿐이었고.

좁혀진 미간이 도무지 펴지지 않았다. 한국으로 와봤자 리안이 할 수 있는 건 아무것도 없다. 그녀가 어디에서 생활하는지, 어디에서 일하는지 모르기 때문에 자신을 찾을 수 없을 것이라는 안일한 생각을 하며 스스로를 달래고는 간단한 답문과 함께 인터넷 창을 꺼버렸다.

시각이 한 시가 조금 지나기 시작하자 문밖으로 사람들이 들어오는 소리가 들렸다. 지루하던 시간이 지나고 본격적으로 업무를 시작할 시각이 되자 그녀가 이사실 밖으로 나갔다. 자리에 앉으려던 비서가 혜림을 보자 자리에서 벌떡 일어났다.

"필요한 거 있으신가요?"
"두 시에 CN 쪽 사람이 올 거예요. 미리 준비하고 있어주세요."
"알겠습니다."

문을 닫고 안으로 들어온 혜림은 책상에 앉아 손가락 사이에 펜을 끼운 채 빙그르르 돌리며 서류를 읽어 나갔다.

오래전부터 한성과 CN은 서로 협력 관계에 있었기 때문에 이번 CN백화점 건설에 대한 한성의 이야기가 있었다. 이대로 진행돼도 나쁠 것 없는 이야기였기에 혜림이 읽고는 서류를 다시 파일에 꽂았다.

시간이 빨리 지나지 않는다고 생각할 때 바깥에서 들리는 노크 소리에 그녀가 차분하게 '들어오세요.'라고 말하자 정장 차림의 예쁜 비서가 안으로 들어왔다. 조금은 난처한 얼굴이었기에 그녀가 어리둥절한 얼굴로 쳐다봤다.

"무슨 일이죠?"
"그게, CN 쪽에서 약속 시각보다 일찍 도착할 것 같다고 연락

왔습니다."

"언제쯤 도착할 것 같다는 말은 없던가요?"

"예정보다 삼십 분 정도 일찍 도착하신답니다."

"알겠습니다. 준비해 주세요. 준비된 회의실 있죠?"

"네."

비서가 꾸벅 인사를 하고는 이사실에서 나섰다. 거의 한 시에 가까운 시각이었기에 얼마 있지 않으면 우진이 도착한다. 자리에서 일어나 근처에 걸어둔 벽거울 쪽으로 걸어갔다. 웨이브 진 연갈색 머리에 옅게 한 화장. 정장 차림의 치마와 높은 구두. 어디를 봐도 유능해 보이는 커리어 우먼의 모습이었다.

거울 속 비치는 자신을 보며 그녀가 한 번 생긋 웃었다. 어디 모난 점은 없는지 다시 확인하고 책상 위에 올려둔 파일을 챙겼다. 매일 사적으로 만나다가 일로 만나려고 하니 어딘가 어색했다. 호칭을 어떻게 해야 하나 생각하면서 문손잡이를 돌렸다.

회의실로 갈 준비를 하면서 비서 한 명이 따라 일어났다. 그녀가 머무는 층수의 회의실 쪽으로 걸어갔다. 아무도 없는 복도에 또각거리는 구두 소리가 날카롭게 울리고 넓디넓은 회의실 문을 열었다. 원래라면 주주들이 꽉 차 있어야 할 회의실이지만 오늘은 텅텅 비어 있었다.

"녹차 준비해 주세요."

"네."

의자에 앉아서 미팅 준비를 하며 귀 뒤로 머리카락을 넘겼다. 의자에 앉아서 서류를 보고 있다가 문이 열리는 소리에 혜림이 자리에서 일어났다. 정장 차림의 우진이 안으로 들어오자 그녀가 빙긋 웃었다.

할아버지를 만날 것이라 예상했었는지 회의실 안에 있는 혜림을 보며 그가 의아해했다. 입가에는 여전히 미소를 매단 채 그녀가 손을 내밀었다.

"오늘 회장님 대신에서 참석한 차혜림이라고 합니다. 만나서 반갑습니다, 여우진 이사님."

내미는 혜림의 손을 보던 우진이 피식 웃고는 그 손을 마주 잡았다. 학생 시절에는 그녀의 손을 잡는 것조차 망설여졌는데 지금은 이렇게 아무렇지도 않게 맞잡을 수 있구나. 학생과 선생님이라는 벽이 점차 허물어져 가는 걸 느꼈다. 그의 눈앞에 있는 여자는 이제 학생 차혜림이 아니라 여자 차혜림이었다.

그리고 지금은 자신과 동등하게 일 얘기를 할 수 있는 아주 똑똑하고 멋진 여자였다. 맞잡은 손을 우진이 가볍게 위아래로 흔들었다.

"CN의 여우진이라고 합니다. 반갑습니다, 차혜림 이사님."

"저도 만나서 반갑습니다. 앉으세요."

자리를 가리키자 그가 성큼성큼 걸어가서 그녀의 맞은편 의자에 앉았다. 비서 두 명을 대동하고 그와 그녀가 이번 계약 건에 대한 이야기를 나누기 시작했다. 실상은 거의 다 끝난 이야기였고 계약서에 서로 사인만 하면 되는 상황이었기에 회의는 그렇게 길지는 않았다.

우진의 손에 있던 계약서가 혜림의 손으로 넘어오고, 혜림의 손에 있던 계약서가 우진의 손으로 넘어갔다. 서명란에 두 사람 다 사인을 하고는 다시 계약서를 교환했다. 미팅이 끝났을 때는 두 시가 조금 넘은 시각이었다.

생각한 것만큼 그렇게 오래 시간이 걸리지 않았다. 이렇게 헤어지는 게 내심 아쉬웠지만 붙잡을 만한 이유가 없었다. 우진이 입술을 잘근 씹으면서 발걸음을 억지로 떼려는데, 그의 속마음을 읽기라도 했는지 혜림이 낭랑한 목소리로 물었다.

"점심 식사 하셨어요?"

"아니요, 아직."

"저도 아직 식사 전이거든요. 시간 되신다면 같이 점심이라도 하실래요?"

옅은 웃음이 섞인 초대에 그가 기분 좋게 고개를 끄덕였다.

"저야 영광이죠."

퍽 과장스러운 목소리에 그녀가 작은 웃음을 터뜨리고는 회의실에서 나갔다. 따라오려는 비서들을 먼저 돌려보내고 한 공간에서 단둘이 남아 있는 느낌은 참 오묘했다.

사제지간의 사이가 아니라 다른 인연으로 만나니까 더욱더. 마땅히 할 말을 찾지 못해서 특별히 이야기를 나누지는 못했지만 분위기가 어색하거나 그러지는 않았다. 잠시 후 주차장에 내려오자 문 바로 옆에 우진의 차가 주차되어 있었다.

혜림이 익숙하게 조수석 문을 열고 탔다.

자신의 공간에 익숙한 여자라……. 묘한 만족감에 그가 웃고는 운전석에 앉았다.

"생각해 놓은 곳이라도 있으세요?"

"한성 근처 호텔 안에 있는 레스토랑이 괜찮아요."

"알겠습니다."

그가 운전대를 잡았다.

"차 이사님은 굉장히 유능하신 것 같네요."

"별말씀을요."

장난하다시피 계속 차 이사로 대하는 우진의 장난에 그녀가 맞장구를 쳤다. 이 놀이가 재밌는지 그가 웃었다. 울림이 있는 듣기 좋은 웃음소리다.

"미인이신데다가 유능하시기까지 하니 주위에서 인기가 많겠어요."

"별로 그렇지도 않아요."

"남자친구 없으세요?"

"아쉽게도 없네요. 물어보시는 이유를 물어봐도 될까요?"

그녀가 능청스럽게 두 눈을 반짝이며 우진의 옆모습을 보았다. 그 말에 그는 가볍게 어깨를 으쓱이며 웃을 뿐, 아무런 말도 하지 않았다. 그 모습에 괜한 기대감이 들었다가 마음이 시들해졌다. 장난을 끝낼 생각인지 그가 그녀의 이름을 부르려는 찰나, 그녀가 대뜸 말을 이었다.

"여 이사님도 유능하신데다가 외모까지 준수하시니 여성분들에게 인기가 많을 것 같아요. 여자친구는 있으세요?"

"마찬가지로 혼자네요."

"그러면."

빨간불에 걸려 그가 천천히 브레이크를 밟았다. 그리곤 신호가 바뀔 동안에 말을 이으려는 혜림을 똑바로 봤다. 별처럼 반짝대는 벼 이삭 색 눈동자가 자신을 올곧게 직시했다. 그녀에게서 은은하게 나는 로즈마리 향이 굉장히 유혹적이다. 어쩐지 바짝 긴장되는 기분에 운전대를 잡고 있는 손에 힘이 들어갔다.

"저는 어때요, 여 이사님?"

"……."

그의 눈이 놀람으로 물들었다. 확연하게 드러나는 그 감정의 이름에 그녀가 키득 웃었다. 답이 없이 바라만 보는 우진을 보며 그녀가 입꼬리를 부드럽게 말아 올리고는 앞으로 시선을 던졌다.

"신호 바뀌었어요."

"아, 어어. 그래."

우진이 마른침을 꼴깍 삼켰다. 도대체 이 맹랑한 꼬마 아가씨가 하는 말은 어디까지가 진심이고 어디까지가 장난인지를 모르겠다. 방금 한 말도 분명히 장난으로 한 말이 틀림없을 텐데도, 장난이란 걸 알면서도 심장이 미친 듯이 두근거리기 시작했다. 옆에 앉아 있는 혜림에게 다 들릴까 싶을 정도로. 날씨가 덥지도 않건만 이마에 식은땀이 절로 나고, 차 안에 열기가 후끈후끈 거렸다. 힐긋거리며 옆으로 시선을 던졌지만 그녀는 고즈넉하게 창밖을 바라보며 여유를 즐길 뿐이었다. 진심일까, 장난일까.

몇 살이나 어린 여자의 말에 이렇게 휘둘리는 자신이 한심하면서도 그럴 수밖에 없다. 그녀 말 한마디에 바람에 이는 나뭇가지처럼 휘둘릴 정도로 그녀는 정말 매력적이고, 또한 아름다우니까. 방금 한 말에 대해 진심이냐고 물어보려다가 이내 고개를 저었다.

만약 진심이라고 말한다면 자신은 뭐라 말해야 할까. 그리고 장난이라고 대답해도 문제였다. 장난이라는 말을 들으면 실망감은 배로 커질 테니까. 정말 자신을 들었다 놨다 하는 여자였다. 갑갑한 마음에 넥타이를 풀고는 커브를 돌았다. 얼마 지나지 않아 나온 호텔에 차를 멈추고는 호텔 보이에게 키를 주면서 차를 맡겼다.

연한 오렌지 조명이 살짝 도는 호텔 내부는 고급스러웠다. 익숙한 호텔이라 생각했는데 확실히 그랬다. 윤 여사의 등쌀에 밀려 몇 번 맞선을 보러 나간 적이 있었는데 맞선 장소가 하필이면 항상 이곳이었다. 약간 꺼림칙한 기분을 떨치고 레스토랑 내부로 들어갔다.

우진이 매너 좋게 의자를 빼며 혜림에게 앉을 것을 권하자 그녀가 기분 좋게 웃으며 자리에 앉고, 우진 역시 맞은편에 앉았다.

"많이 변했다고 생각했거든."

"제가요?"

"그래."

그 말에 그녀가 인정한다는 얼굴로 천천히 고개를 주억거렸다.

"많이 변했죠. 변하려고 노력했으니까."

"그런데 변하지 않은 구석도 있네, 아직까지도."

"어떤 점이요?"

"맹랑한 구석."

고등학교 때나 지금이나 그녀가 맹랑하게 굴 때마다 그의 심장이 두근거렸다가 철렁 내려앉았다가를 항상 반복했다. 웨이터에게 음식을 주문하고 그가 깍지를 꼈다.

"고등학교 땐 확실히 맹랑했죠."

"지금은 아닌 것처럼 그러네. 너 지금도 맹랑해."

"도대체 어떤 점이요?"

진심으로 궁금하다는 물음에 그가 순간 숨을 훅 하고 들이켰다. 말하지 말까 하다가 그가 피식 웃으며 최대한 여유로움을 가장했다.

"아까 전에 나한테 한 말 말이야."

"아, 그거."

"……"

"농담 같이 들렸어요?"

"뭐?"

"제가 진심으로 한 말이라면 어쩌실 거예요?"

그녀에게 또다시 휘둘린다. 그걸 알면서도 어떻게 대처할 수가 없어서 더 답답했다. 그걸 아는지 그녀가 요염하게 눈을 휘면서 웃는다.

"……라는 점이 맹랑하다는 거죠?"

"이 녀석이."

그가 마른침을 꼴깍 삼키면서 휘둘리는 것처럼 그녀도 마찬가지였다. 장난을 가장한 그녀의 진심이었다. 그가 그녀에게서 진심을 듣는 것이 무서운 것처럼 그녀 역시 그에게 진심을 묻는 것이 무서웠다. 그래서 진지하지 못하고 한없이 장난스럽게만 대꾸했다. 그럴수록 우진 역시 장난으로 그녀를 대했고. 악순환의 반복이었지만 그들의 관계 변화가 두려웠다.

아니, 관계의 변화가 두렵다기보다는 그의 진심이 두렵다. 그녀가 원하지 않는 진심을 들었을 때 상처받는 것이 두려워서 이 악순환을 끊어내지 못하고 계속해서 반복하기만 했다. 스스로가 한심하기도 하고 이 상황이 어처구니가 없기도 했다.

주문한 음식이 우진과 혜림의 앞에 놓여졌다. 음식을 먹으면서도 두 사람은 간간이 대화를 나눴지만 자신의 속마음, 진실은 여전히 감춘 채, 별 소득 없는 대화만 이어나가고 있었다. 서로가 서로에게 궁금한 것은 그것이 아님에도 불구하고 말이다.

시시껄렁한 대화를 이어가다가 나온 음식을 먹고는 식사를 다 마쳤는지 그녀가 냅킨으로 입가를 닦았다. 그도 마찬가지였는지 수저를 내려놓는다. 다만 차이점이 있다면 바닥을 드러내고 있는 우진의 접시에 비해 혜림의 접시는 딱히 먹은 것 같아 보이지 않았다.

그때와 똑같은 점이라고 그가 생각했다. 가만 보면 변하지 않은 점도 많았다. 맹랑한 구석이라던가, 그때와 같은 가냘픈 손목이라던가, 벼 이삭 색 눈동자라던가, 목소리라던가……. 그럼에도 전과는 달랐다. 전과는 다른 시선으로 그녀가 보여졌다.

"그것만 먹고 되겠어?"

"괜찮아요."

접시를 치우자 웨이터가 디저트를 들고 그들에게 왔다. 쌉싸름한 커피와 함께 나오는 달콤한 디저트를 포크로 한 번 건드리다 말을 걸려는데 혜림의 시선이 자신이 아닌 다른 곳으로 향하고 있었다.

뭐지? 싶어서 그녀를 보니 웨이터의 안내를 받으며 들어오는 한 여성에게 시선이 닿은 채였다. 그 여성이 한국말과 함께 간간이 섞어서 하는 영어는 영국식이었기 때문에 영국에서 생활하던 것이 떠올라서 그런가 싶어서 혜림을 가만히 쳐다보는데 여성이 혜림과 우진 근처에 있는 테이블로 다가왔다.

"도대체 왜 여기에……."

혜림이 조용히 중얼거리는 말이 심상치가 않다. 여자와 아는 사이인가? 고개를 갸웃할 때 여자가 대각선 자리에 앉으려고 했다. 그녀는 혜림을 발견하지 못했다가 앉는 순간 발견했는지 눈을 동그랗게 뜨고는 혜림이 있는 쪽으로 성큼성큼 걸어왔다.

"혜림?"

확실히 아는 사이인가 보다. 그의 눈치를 살짝 보던 그녀가 고개를 살짝 끄덕였다.

"한국에 왔다는 거, 진짜였구나."

"응."

그녀가 옅게 웃었다.

"앉으세요."

우진이 혜림의 옆자리를 손으로 가리키자 그녀가 감사하다는 말과 함께 빙긋 웃으며 그녀의 옆에 앉았다. 반가워하는 여자와는 달리 이 만남이 별로 기쁘지는 않았는지 혜림의 표정은 약간 떨떠름했다.

레스토랑 안에서 은은하게 울려 퍼지는 음악 소리는 갑자기 등장한 친구 때문에 점점 멀어져만 갔다. 그녀는 이곳에서 빨리 빠져나가고 싶었다. 영국에서 생활했을 때 만난 사람은 레이첼을 제외하고는 썩 만나고 싶지 않았고, 더더구나 지금 제 옆에 뻔뻔하게 앉은 여자는 영국에서 생활할 때 자신을 못마땅하게 여기던 여자였다.

피곤한 얼굴을 하다 속으로 한숨을 쉬었다. 마음 같아서는 바로 자리를 뜨고 싶은데 차마 그럴 수가 없어서 그녀가 포크를 꾹 쥔 채 앞에 나온 작은 조각 케이크를 살짝 건드렸다.

"그런데 누구……?"

"거래처 이사님."

"반갑습니다, 여우진이라고 합니다."

그가 사람 좋은 미소를 지었다. 썩 내키지 않았지만 그를 향해 그녀 역시 소개했다.

"이쪽은 제가 영국에서 사귄 친구라고, 리나예요."

"반가워요. 리나라고 해요."

"한국말 잘하시네요."

"어머니한테서 배웠어요. 어머니가 한국 사람이라서. 그런데 내가 방해한 건 아니죠?"

"괜찮습니다."

"그럼 잠시만 실례할게요. 혜림, 너 한국 왔다는 거 진짜였구나. 난 거짓말인 줄 알았는데."

"넌 어떻게 알았는데? 게다가 무슨 일로 한국에 있고?"

"나는 잠시 여행. 그리고 너 한국에 간 건 애들이 말해주던데?"

그녀가 속으로 짧게 혀를 찼다.

"근데 너 한국 온 거 리안은 모르는 것처럼 보이던데."

"그게……."

남자 이름처럼 들리는 말에 그가 살짝 인상을 찡그렸다. 갑작스러운 제삼자의 등장이 썩 좋은 기분도 아닐뿐더러 이렇게 시시콜콜, 구구절절하게 말하는 건 더욱더 싫었다. 특히 우진의 앞에서 리안에 대한 이야기는 더더욱 하기 싫었다.

"리안은 알아?"

"몰라."

"몰라?"

리나가 퍽 오버스럽게 리액션을 취했다.

"너희 둘 그럼 진짜 헤어진 거야?"

"그런 게 아니라……."

정말 타이밍도 지지리 안 좋지. 왜 하필 우진과 있는데 리안과 자신에 대해 아는 사람이 나타나는지. 하느님도 참 무심하기도 하다. 리나를 보다가 힐긋 그의 눈치를 보며 가슴 졸이는 그녀와는 달리 그는 태평한 얼굴로 팔을 꼰 채 그 이야기를 듣고 있었다.

"너희 둘이 싸워서 헤어졌다고 막 그런 소문 돌았잖아. 그거 리안이 거짓말이라고 말하던데, 아니야?"

"……맞아."

일단 헤어진 게 맞긴 했다. 싸웠다는 건 아니지만. 애초부터 진짜로 사귄 건 아니니까.

"그런데 싸운 건 아니야."

"헤어진 건 맞아?"

"그래. 리안이든, 앞으로 누구든 나랑 걔가 아직까지 만나고 있다고 말하면, 확실히 아니라고 말해줄래? 정말 아무 사이도 아니니까."

더 이상 이 자리에 있기 싫어진 혜림이 백을 들고 자리에서 일어나자 리나 역시 자리에서 일어났다. 갑자기 자신이 자리에서 일어나자 리나는 얼떨떨한 얼굴을 한 채 그녀를 올려다보았다. 영국에서도 그렇고, 한국에서도 그렇고 눈앞에 있는 리나란 여자는 정말 눈치라고는 없는 듯했다.

아니면 자신이 싫어서 일부러 눈치 없게 행동하는 걸 수도 있겠고. 그리고 리안에 대한 이야기를 왜 지금 꺼내는지. 들리는 말에 의하면 리나는 리안에게 고백한 여학생 중 하나였다.

"나 이만 가볼게. 너도 한국 여행 즐겁게 잘하고. 여 이사님, 이만 가시죠."

높은 구두 굽에도 흔들림 없이 앞으로 성큼성큼 걸어가는 혜림의 뒷모습을 보며 우진이 역시 자리에서 일어났다. 바로 가는 혜림이 어처구니가 없는지 그녀의 뒷모습을 보며 리나가 짧게 혀를 찼다.

"리안이 누군데 차 이사님이 저렇게 예민하게 구는 거죠?"

"남자친구예요."

"남자친구요?"

"네. 학교 내에서 되게 유명했죠. 혜림인 남학생들의 마돈나였고, 리안은 여학생들의 왕자님이었으니까."

"아……."

남자친구는 없다고 했었는데. 그가 영 찝찝한 얼굴을 했다.

"그럼 전 이만 가보겠습니다."

그가 그녀에게 꾸벅 인사하고는 넥타이를 고쳐 매고 다시 성큼 걸어서 혜림의 뒤를 따라갔다. 힐이 높은데도 불구하고 빠른 속도로 걸어가는 모습에 내심 대단하다고 생각하면서 그 역시 빠른 속도로 그녀의 뒤를 쫓아가 잡았다.

기분이 안 좋아도 자신이 안 좋을 판인데, 왜 혜림이 못마땅한 얼굴인지 모르겠다. 우진이 그녀의 팔뚝을 잡고는 그녀를 멈춰 세웠다. 홀 안에 사람들이 부산스럽게 움직였지만, 두 사람은 미동도 하지 않았다.

"친구가 당황해하는 것 같은데."

"친구 아니에요."

"친구라며?"

"예의상 한 말이죠."

"싫어하는 애야? 여울이처럼?"

약간 빈정대는 말투에 눈이 매섭게 올라갔다.

"여기서 송여울이 나오는 이유를 모르겠네요."

"아냐?"

"아니에요."

"남자친구 얘기 하는 것 같은데, 조금 더 듣고 가지."

"얘기하는 거 들으셨으면 알잖아요. 남자친구 아니에요."

"아까 전에 그 리나란 애는 남자친구라고 하던데."

팔을 잡고 있는 우진의 손에 힘이 절로 들어갔다. 혜림에게 화가 나는 것이 아니라, 그 리안이라는 남자에게 짜증이 났다. 자신이 모르는 혜림의 6년의 시간을 그 리안이라는 놈은 알고 있을 것이다. 그녀와 둘만의 시간을 공유했을 것이다.

이런 모습은 어른스럽지 않다는 것을 알면서도 손에 힘이 쉽사리 빠지지 않았다. 팔을 꽉 잡고 있는 힘이 아픈지 그녀가 인상을 살짝 찡그리며 그의 손을 뿌리쳤다. 우진의 손이 꽤 쉽게 떨어져 나갔다.

갑자기 리나가 나타나서 분위기를 방해한 것도 화가 나고, 우진 앞에서 리안 얘기를 한 것도 화가 났다. 이렇게 자신의 발목을 잡을 줄 알았으면 그때 리안이 한 제안을 받아들이는 게 아니었다. 그렇지 않아도 짜증이 날 판인데 우진이 하는 말에도 가시가 있어서 더 화가 나고, 그걸 유연하게 대처하지 못하는 제 모습에도 화가 났다.

"남자친구 아니에요."

"그럼 걔가 한 말은 뭐야?"

"……."

"아무 말도 못하네."

그가 차게 웃었다. 이 남자가 자신한테 이러는 이유를 도무지 모르겠다. 입술을 살짝 짓씹고는 그녀가 한숨을 내쉬며 비딱하게 그를 노려봤다. 고등학생 시절 그 이후로는 그를 향해 차갑게 말할 일은 절대 없을 거라고 생각했는데.

"맞아요. 남자친구였어요."

"……."

"과거형이죠. 만났었고, 헤어졌어요. 다른 사람들 다 연애하고 그러는데 저라고는 못해요?"

"나한테는 없다고 했었잖아."

"지금 없다고 했죠. 걔랑은 오래전에 헤어졌어요. 그리고 저 지금 선생님이 이러시는 거, 좀 이해 안 되거든요."

"……."

"선생님이 리안 일로 저한테 이렇게 행동하시는 이유, 모르겠네요. 선생님은, 아니, 여우진 씨는 지금 제 선생님도 아니고, 그냥 거래처 이사님인데 말이에요."

혜림이 하는 말이 구구절절 다 맞는 말이었기 때문에 더 아무 말도 못했다. 그녀가 노려보듯이 그를 노려보고는 몸을 팩 돌렸다. 흔들림 없이 곧게 앞으로 나가는 모습이다. 뒤에 있는 자신에게 미련 따위는 없는 것처럼.

그런 그녀의 뒷모습에 우진이 젠장! 하고 작게 욕설을 내뱉으며 머리를 거칠게 쓸어 넘겼다. 답답한 마음이 쉽게 가시지 않아 넥타이를 풀어냈다. 그가 허탈하게 웃음을 내뱉었다. 정말로 6년 전으로 돌아간 느낌이었다.

송여울을 지독하게 괴롭혔던 혜림과 그녀에게 관심을 가지던 자신과 그리고 자신에게 날카롭게 쏘아붙이던 차혜림의 모습이 오버랩됐다. 어른스럽지 못하게 '여울이처럼?'이라고 말한 자신이 한심스러웠다.

"젠장……."

3장

 혜림은 레이첼과 메신저 중이었다. 얘기는 별것 없었다. 며칠 전 리나와 만났다는 것, 그 애는 여전히 자신을 별로 좋아하지 않는다는 것, 그리고 그 애가 자신이 좋아하는 사람 앞에서 눈치 없이 리안의 이야기를 꺼냈다는 것 정도였다.
 그 말에 레이첼은 웃으면서 '걔는 항상 널 질투했으니까. 걔 그를 좋아했잖아' 라고 말했다. 그렇게 리안이 좋았으면 자신을 열받게 하는 시간에 그를 유혹하는 것이 더 효율적이었을 것이다. 레이첼에게 리안이 자신을 찾지 못하게 도와달라고 부탁한 후 시차 때문에 메신저에서 나온 혜림이 의자에 편하게 몸을 기댔다.
 "짜증 나."
 빈정거리는 듯한 말투에 화가 나서 전처럼 가시 있는 말투로 말해 버렸다. 그냥 솔직하게 말했으면 좋았을걸. 아무 사이도 아니었다고. 피곤한 얼굴로 침대에 얼굴을 묻었다. 솔직히 그 타이밍에 송여울 이름을 들을 줄 몰랐다.

괜찮아졌다고 생각했는데 생각한 것만큼은 아닌 모양이다. 하긴 누군가 갑자기 그 이름을 내뱉는다면 아무래도 예민하게 반응하는 건 당연할 것이다.

"송여울……."

어떻게 지내고 있을까, 하는 궁금함이 들다가 고개를 휘휘 내젓고는 달력을 쳐다봤다. 평일이지만 오늘은 한국에 돌아와서 처음으로 엄마 묘에 가는 날이었다. 가야지……. 협탁 위에 올려둔 핸드폰을 손으로 더듬거리며 잡았다.

어두운 방 안에 핸드폰의 환한 빛이 퍼졌다. 딱히 수신된 문자나 전화 같은 건 없다. 자신이 먼저 사과를 해야 하는 건가. 몸을 돌려 천장을 향해 눕고는 우진의 번호를 찾았지만 문자를 보낼 자신은 없었다.

무슨 말을 해야 할지도 모르겠고, 우진에게 잘못 말한 것도 아니라고 생각하니까. 그렇지만 이대로 가만히 내버려 두면 다음에 만날 때는 어색할 것 같아서……. 아까 전에 자신이 예민하게 반응했다고 말을 해야 할까……. 문자를 보내려고 마음먹은 찰나 노크 소리가 맑게 울렸다.

"혜림아?"

"아, 네."

할머니 목소리에 그녀가 자리에서 일어나며 문을 열자 할머니가 인자하게 웃고 있었다.

"무슨 일이세요?"

"과일 깎아뒀다. 같이 먹자꾸나."

"네."

1층 거실에서 할아버지도 아직 안 주무시고 과일을 드시고 계셨다. 그녀가 그 옆에 앉고 그녀의 할머니가 혜림의 맞은편에 앉았다. 포크로 사과를 하나 찍어 아삭 하고 베어 물자 사과 특유의 상큼한 향이 입안을 가득 맴돈다.

"회사 일은 할 만하니?"

"네."

"며칠 전에 여 이사랑 같이 점심을 했다고 들었다."

"아……"

"괜찮았고?"

"네. 계약도 잘 끝났고, 점심도 맛있었고……"

끝은 좋지 않았지만. 그녀가 애써 웃으며 고개를 끄덕였다. 사과를 다 먹고 이번에는 딸기를 하나 콕 찍었다. 말캉한 딸기가 입안에서 부드럽게 녹아내렸다.

"윤 여사가 너 혼자인 게 좀 신경 쓰이는 모양인지 자꾸 사람을 소개시켜 주겠다고 하던데…… 혜림이 넌 어때?"

"아직은 생각 없어요."

"만남이란 게 굳이 결혼으로 이어지는 게 아니란다. 한 번 만나보는 것도 나쁘진 않지."

"……"

대답 대신 그녀는 살짝 웃는 걸로 마무리했다. 거절의 뜻을 내

비치는 미소에 그녀의 조부모님도 아무런 말을 하지 못했다. 만약 손녀딸이 정말로 마음을 먹고 혼자 살겠다고 한다면 반대할 의사는 없었지만, 그래도 마음을 꽁꽁 가둬두는 것보다는 누군가를 만나서 그 마음이 변했으면 하는 생각이 드는 건 어쩔 수가 없었다. 아직은 때가 아닌 건가, 라는 생각에 씁쓸함이 마음을 꽉 채웠다.

"오늘 산소에 간다고 했지?"

"네. 그렇잖아도 조금 있으면 기차 시간이어서 나가야지 하고 있었어요."

"이번에도 혼자 갈 생각이니? 휴일에 같이 가지."

"할아버지는 회사 일이 있으시고, 할머니는 갤러리 일 때문에 바쁘시잖아요. 혼자 갔다가 금방 돌아올게요."

"그렇게 말하면 어쩔 수 없지만……."

"괜찮아요. 고등학교 때도 쭉 혼자 갔다 왔는걸요."

믿어달라는 투로 주먹으로 가슴을 탕탕 치는 모습이 차 회장의 눈에는 귀엽기만 했다. 혜림일 믿지 못하거나 하는 문제는 아니었다. 죽은 어미의 묘 앞에서 홀로 서 있을 손녀딸이 가여워서였다.

하영이의 묘를 보면서 무슨 생각을 하고 있을지, 울고 싶지는 않은지, 누군가에게 의지하고 싶지는 않을까 하는 생각이 들었다. 과거에도 지금도. 하지만 혜림인 그런 모습을 누군가에게 보여주는 것을 싫어했다. 싫어하는 것인지 피하는 것인지 잘 모르겠다. 혹은 그 둘 다이거나.

신문 너머로 혜림을 지켜보던 차 회장이 안경을 한 번 치켜 올리고는 신문을 한 장 넘겼다. 약간은 소란스러운 소리와 함께 신문이 한 장 넘어갔다. 하지만…… 이번만큼은 다르다. 시간은 흘렀고, 혜림인 전보다 나이를 먹었다. 시간의 흐르면서 변한 것은 사실이지만 여전히 누군가에게 의지하려고 하지는 않았다.

차 회장은 자신의 손녀딸이 힘들 때는 다른 사람의 어깨에 기대어도 된다는 걸 알았으면 했다. 의존과 의지는 확연하게 다르니까. 그랬기 때문에 그는 그녀에게도 말하지 않고 몰래 그 남자에게 부탁해 두었다.

"기차 타고 간다고 했었지?"

"네."

혜림이 고개를 가볍게 끄덕였다.

"여 이사가 여기로 오기로 했다."

"……네?"

평소와 다름없는 목소리에 그녀는 순간 자신이 할아버지의 말을 잘못 들은 건 아닌가 싶었다. 멍청한 얼굴로 그녀가 되묻자 차 회장은 담담한 얼굴로 '여 이사가 여기로 오기로 했다'라는 말을 다시 한 번 말함으로써 그녀가 들은 것이 사실이란 것을 확인시켰다.

여 이사라고 한다면 여우진, 그를 말하는 게 틀림없다. 그런데 이 시간에 그 남자가 여기에는 왜? 며칠 전 일이 떠올라서 아직 만나기는 민망한데……. 아마 일 때문에 집에 잠시 들르는 것이 분명하다. 그리고 얼굴이라도 한 번 보고 가라는 말씀이시겠지만, 아직 그의 얼굴을 볼 자신이 없었다.

"여 이사님이 여기엔 왜……."

"내가 오라고 했다. 하영이 묘에 여 이사가 같이 가줄 게다."

"할아버지!"

답지 않게 당황한 혜림이 소리를 꽥 질렀다. 마른하늘에 날벼락이라는 말을 이런 식으로 알게 될 줄이야. 그녀가 황망하게 웃다가 혀로 마른 입술을 핥았다. 갑자기 왜? 혜림은 날벼락을 맞은 얼굴이건만, 차 회장은 호수 위의 잔잔한 수면처럼 평화로웠다.

왜 그 남자랑 같이 어머니의 묘에 가야 되는 거냐고 물으려는 찰나 문이 열리고 검은색 정장 차림의 우진이 눈에 들어왔다. 만약 이틀 전에 할아버지가 우진에게 언질을 넣었더라면 적어도 어제는 자신에게 연락을 했어야 했다.

기가 찬 얼굴을 하다가 신경질적으로 혜림이 벌떡 일어나 차 회장에게 인사를 하고는 우진에게는 인사도 하지 않은 채 옆을 스쳐 지나갔다. 찬바람만 가득한 혜림의 태도에 우진이 쓰게 웃고는 차 회장 내외를 향해 가볍게 인사한 후 그 역시 현관문을 빠져나갔다. 평소와는 달리 그렇게 높지 않은 굽의 구두를 신고 있는 혜림이 성큼성큼 걸어가며 대문 앞에 대기하고 있는 차 문을 열었다.

그 역시 그녀처럼 자연스럽게 반대편 차 문을 열고 앉으려고 하자 혜림이 차 안으로 들어가려다 말고 짜증이 가득한 얼굴로 우진을 노려봤다. 화를 내는 자신에 비해 우진의 능청스러울 정도로 평온한 얼굴이었다.

"선생님이 왜 같이 가세요?"

"회장님이 같이 가달라고 부탁하셨어."

"저 혼자 가도 괜찮으니까 돌아가세요."

"나는 지금 네 말 못 들어줘. 어서 타."

"할아버지가 뭘 걱정하시는지 알아요. 그런데 저 중학교 때도, 고등학교 때도 혼자 갔었어요. 저 아무렇지도 않으니까……."

"오랫동안 혼자 갔으니까 오늘은 누군가랑 함께 가도 괜찮겠네."

"……."

"뭐 해? 안 타고."

입술만 질끈 깨물고는 타지 않는 혜림을 보고는 우진이 피곤한 얼굴을 했다. 변하지 않은 점을 또 하나 찾았다. 저 황소고집. 반대편 문으로 타려고 했던 우진이 차 문을 세게 닫고는 그녀가 있는 곳으로 성큼 걸어와서는 그녀의 팔목을 잡고 억지로 승용차 안에 구겨 넣듯이 들여보냈다.

빗으로 단정히 빗었던 머리카락이 약간 헝클어지고 신고 있던 신발도 반쯤 벗겨진 채 혜림이 날카롭게 우진을 노려봤다. 바로 옆에서 느껴지는 시선에도 그는 아랑곳하지 않으며 문을 닫고는 운전석에 앉아 있는 기사를 향해 빙긋 웃는다.

"역까지 가주세요."

"가지 마세요. 이 사람은 안 갈 거예요."

"어서 출발하세요."

백미러로 우진과 혜림의 날 선 대치 상황에 눈치만 살피던 기사가 결국엔 핸들을 잡고는 차를 부드럽게 몰았다. 어이가 없는지 그녀가 바람 빠진 웃음소리를 냈고, 그녀의 옆에 앉아 있는 그는 편안하게 등을 기댔다.

도대체 외부인에게 휘둘리는 내부인이라니, 말도 안 된다. 어느 순간부터 할아버지도 우진의 얘기를 자주 꺼내는가 싶더니 집 안에 있는 고용인도 제 말보다 우진의 말을 따르는 건 무슨 상황이란 말인가.

기분이 상한 것을 증명하기라도 하듯 그녀의 미간이 좁혀져 있자 등을 기댄 채 혜림의 옆모습을 보고 있던 우진이 손을 들어 그녀의 미간을 슬며시 눌렀다. 가만히 있는가 싶다가 금세 차갑게 제 손을 내쳤지만.

"뭐가 불만인데."

"없어요. 그리고 윤 여사님이 저희 할머니한테 연락하셨어요."

"어머니가?"

갑자기 나오는 자신의 어머니 이름에 우진이 고개를 갸웃했다. 무표정한 얼굴로 차창 너머를 보던 혜림이 고개를 돌리며 그를 쳐다봤다. 두 사람의 시선이 공중에서 얽히고 그녀가 한쪽 입꼬리를 비뚜름하게 올렸다.

"저한테 선볼 생각 없냐고 하시던데요."

어머니도 진짜! 그가 짜증이 가득 담긴 표정을 애써 정리하며 마른세수를 한다. 이럴 때 보면 차혜림이란 여자는 자신이 갖고 있는 감정에 대해 다 알고 있는 기분이 들었다. 그녀의 한마디로 인해서 하늘이 노래졌다가 파래졌다가, 심장이 설레다가 추락하다가 그런 느낌을 하루에 몇십 번씩이나 느낀다.

"그래서 넌 뭐라고 했는데."
"뭐라고 했을 것 같아요?"
"……."
"생각해 보겠다고 했어요."

사실 거짓말이지만 지금 그녀는 아주 심술 맞은 상태였기에 일부러 거짓말을 했다. 딱딱하게 굳어가는 그의 표정을 보면서도 그녀는 여유롭게 팔까지 꼬고는 말을 덧붙였다.

"제가 백날 혼자 살고 싶다고 말해도, 저 평생을 혼자서 못 살아요. 정략이든 정략이 아니든 누군가랑 결혼해야 돼요."
"……."
"그냥 차라리 정략결혼인 게 훨씬 나을 것 같아요. 그러면 저희 엄마랑 같은 길 안 밟아도 되니까. 기대치가 높아서 발생하는 실망은 적어도 없을 테니까."

그 말과 동시에 차가 멈췄다. 두 사람의 시선은 도무지 떨어질 생각을 하지 않다가 혜림이 차갑게 고개를 돌렸다. 내리기 위해서 차 문을 여는데 그가 혜림의 손목을 잡았다. 앞으로 나가려다가도 잡힌 손목 때문에 앞으로 나가지도 못한 채 엉덩방아를 찧었다.

고동색 눈동자가 진득하게 자신을 노려보았다. 여전히 여유를 가장하고 있었지만 속은 여유롭지 못했다. 잡고 있는 손을 쳐내려고 했지만 마음처럼 쉽사리 되지 않았다. 쳐내려고 하자 손목을 더 세게 쥐며 저를 보고 있었다.

"그러지 마."
"……."

"네 인생을 그렇게 쉽게 포기하는 것처럼 말하지 마. 그런 거 싫어."

"......"

"너희 어머니가 불행했다고 해서 네 삶까지 불행해지리란 법은 없어. 너는 너고, 너희 어머닌 너희 어머니야."

순간 눈물이 나올 뻔했다. 지금 이 순간 그가 말한 것처럼 차혜림의 인생은 차혜림의 것이었다. 어머니의 결혼이 불행했다고 해서 차혜림의 미래까지 불행해지리란 법은 없는데, 왜 자신은 당연히 그 미래가 불행할 거라 생각했을까.

빤히 바라보고 있는 시선이 너도 행복해질 수 있다고 말하는 것 같아서, 행복해질 자격이 있다고 말하는 것 같아서…… 우진의 눈을 더 이상 똑바로 바라보지 못하고 먼저 시선을 피했다. 가슴이 다시 한 번 뛰기 시작했다.

✽

나올 때는 날씨가 쾌청하더니만 기차로 몇 시간을 가니 하늘에 먹구름이 점점 끼기 시작했다. 기차에서 내린 혜림이 근처 슈퍼에서 술을 한 병 샀다. 늘 그랬던 것처럼 그렇게 하영의 묘에 찾아가려고 했는데 이번에는 우진이 근처 꽃집에 가서 국화꽃 한 다발을 사왔다.

국화꽃에 시선을 주다가 그녀가 다시 시선을 돌렸다. 아까 전 그의 말 때문이었는지는 몰라도 둘 사이의 침묵이 더 어색해진 것만은 확실했다. 혜림이 앞서 걸어가자 우진이 그 뒤를 따른다. 유난히 사람이 적은 이곳에 두 사람의 발걸음 소리가 선명하게 울렸다.

어머니의 묘가 있는 근처 작은 뒷산을 올랐다. 굽이 없는 신발인데도 걷기가 약간 힘들고 달뜬 숨이 입에서 흘러나왔다. 바지런히 걸어가자 어머니의 묘가 눈에 들어왔다. 하영의 묘를 한 번 보고 마을을 보았다. 가쁜 숨을 겨우 가다듬고 옷도 다시 한 번 가다듬고 묘 앞에 섰다.

누군가 다녀가기라도 했는지 묘가 깨끗하다. 할아버지와 할머니가 다녀가셨으면 제게 말하셨을 것이다. 조부모님을 제외하고 이곳에 올 사람은……. 한 사람이 떠올랐지만 애써 무시하고는 검은 봉지 안에서 술을 꺼내 묘에 한 번 뿌렸다.

알싸한 알코올 향기가 코를 찔렀지만 바람에 따라 금방 지나가 버렸다. 우진 역시 손에 들고 있던 국화 꽃다발을 묘 앞에 내려놨다.

"엄마, 나 왔어. 6년 만이지."

"……."

"나는 그동안 잘 지냈어. 공부도 꽤 잘해서 성적도 항상 좋았고, 친구도 사귀고, 봉사 활동도 다니고 그랬어."

"……."

"엄마는?"

"……."

"엄마는 잘 지냈어?"

질문을 했지만 돌아오는 답은 없었다. 이곳에 설 때마다 항상 버릇처럼 하영에게 말을 걸었었다. 그녀는 이미 죽은 사람이었기 때문에 돌아올 답이 없다는 걸 알면서도 항상 버릇처럼 그렇게 물었다. 환청으로나마 다정한 목소리로 '혜림아' 하고 그녀의 이름을 불러줄 것만 같아서.

"옆에 선 사람은……."

그녀가 나란히 선 우진에게 시선을 던졌다. 어쩐지 돌아가신 부모님 묘 앞에서 남편이 될 사람의 얼굴을 보여주는 느낌이 들었다. 그녀가 쓰게 웃었다.

"고등학교 때 선생님이셨어."

그가 가볍게 절을 했다. 그 후로 혜림은 말이 없었다. 조금 전처럼 묘를 향해 말을 걸지도, 우진에게 말을 걸어서 침묵을 없애지도 않았다. 그냥 묵묵히 묘만 쳐다보고 있었다. 그러다 묘 옆에 있는 낡은 액자에 눈이 갔다. 사진 속에 있는 인물들을 알아채고는 우진이 눈을 크게 뜨고는 혜림을 쳐다봤다.

한참을 묘를 바라보고 있던 혜림이 몸을 돌렸다. 긴 머리카락에 바람에 살짝 붕 뜨다가 다시 차분하게 가라앉고 그녀가 우진을 올려다봤다.

"내려가요."

"너, 저거는."

그의 손가락이 가리킨 곳은 한 액자였다. 바람과 비를 맞아서 다 스러져 가는 액자 안에 있는 오래된 사진을 무감각한 눈으로 보았다. 별 미련이 없는 물건이다. 그렇게 생각하는 혜림과는 다른 듯 우진은 한참을 그 액자에서 눈을 떼지 못하고 있었다.

액자 속 사진은 며칠 전 윤 여사가 보여준 하영의 얼굴과 형석의 얼굴, 그리고 혜림의 얼굴이 있었다. 사진 속의 형석과는 달리 하영과 혜림은 어딘지 모르게 이질감이 느껴지는 사진이었다. 두 사람의 얼굴에 무언가를 덧붙인 듯한 느낌이 강하게 드는 사진이었다.

"필요 없어요."

"필요 없는 게 아니잖아."

"필요 없어요. 내려가요."

"차혜림!"

"필요 없다니까요!"

푸르던 하늘에 먹구름이 끼었기에 당연한 이치로 빗방울이 그와 그녀의 어깨로 뚝 떨어졌다. 그렇게 빗방울이 한 방울, 두 방울 땅에 떨어지고 나뭇잎 위로 떨어지고 그녀의 어깨 위로 떨어졌다.

"저 물건은 내게 필요한 게 아니라 우리 엄마에게 필요한 거예요."

"……."

"이제 됐어요?"

울음을 꾹 참으며 혜림이 고개를 푹 숙였다. 못할 짓을 한 것만 같은 기분이 들었다. 어딘가 결핍되었다는 걸 알고 있었다. 그리고 그 결핍된 부분이 '애정'이라는 건 6년 전 혜림이 떠나기 전에 마지막으로 그녀와 이야기를 나눴던 장소에서 알게 됐었다.

하지만 그것뿐만이 아니었다. 애정도 그러했고, '가족'도 그러했다. 아주 오래전부터 갖고 싶었던 혜림의 소망이었을 것이다. 남들과 다를 바 없이 평범하고 행복한 가족을 갖는 것이. 그리고 이 순간 우진은 그걸 깨달았다.

치부를 들킨 것 같아 혜림이 입술을 깨물며 주먹을 꾹 쥐었다. 사람들은 누구나 행복해지길 원한다. 그리고 그녀도 사람이었기에 행복한 가족을 갖는 걸 원했다. 그렇지만 그건 그냥 작은 헛된 망상으로 치부했었다.

이런 식으로 우진에게 들키고 싶은 마음은 추호도 없었다. 한 방울씩 떨어지던 빗방울의 굵기가 점점 굵어지기 시작했다. 우진이 하늘을 보았다. 먹구름이 잔뜩 낀 것으로 보아 금방 그칠 것 같지는 않았다.

그가 그녀의 손목을 낚아채듯이 잡고는 급하게 걸어 내려왔다. 봄이라고는 하지만 비를 오래 맞으면 감기 걸릴 게 뻔했다. 산을 오르던 것에 비해 내려오는 것은 더 쉬웠다.

근처에 비를 피할 만한 곳이 없나 주위를 두리번거리는데 이번에는 혜림이 앞장서서 걷기 시작했다. 그가 말없이 그녀의 뒤를 따랐다.

한참을 걸어가던 혜림의 발이 멈춘 곳은 한 숙박 업소 앞이었다.

"차혜림, 너……."

"계속 비 맞고 있을 수는 없잖아요."

그녀가 무덤덤하게 말을 내뱉었다. 빗물이 자꾸 눈 안으로 들어와서 눈이 따갑다. 손등으로 급하게 빗물을 닦아내고는 작은 여관 안으로 들어갔다. 시설이 그리 좋은 편은 아니지만 잠시 묵었다가 가기에는 충분한 곳이었다.

"두 사람인데요."

카운터 앞에 앉아 있는 아주머니가 혜림과 우진을 번갈아 보다가 열쇠를 하나 건넸다. 열쇠를 낚아채듯이 잡고는 그녀가 방 쪽으로 걸어 올라갔고, 우진은 카운터 앞에 멍하니 서 있었다. 움직일 생각을 하지 않는 그를 보며 아주머니가 손을 휘휘 저었다.

"빨리 와이프 안 따라가고 머 혀?"

"네?"

"빨리 따라가. 그러다가 감기 걸리겠구만. 와이프한테 잘못했으면 그냥 무조건 싹싹 빌어."

뭔가 대단히 오해를 하고 있는 것처럼 보이시기에 오해를 풀기 위해서 입을 떼려는 찰나 아주머니가 짐짓 엄한 표정을 지으며 '어서!' 라고 호통을 쳤기에 우진은 찰박거리는 소리를 내며 혜림이 간 방 쪽으로 걸어갔다.

빗속에 있을 때는 몰랐는데 내부로 들어오니까 온몸이 으슬으슬해 왔다. 샤워도 하고 싶고, 새 옷으로도 갈아입고 싶고. 2층 방 앞에 서 있던 혜림이 방 안으로 들어가자, 우진도 급하게 그 안으로 따라 들어갔다.

따뜻한 곳에 있는데도 몸이 떨리기 시작했다. 입술이 파래진 가운데 신발을 대충 벗고는 화장실에서 가져온 수건으로 대충 물기를 닦았지만 아까 전과 크게 다를 것은 없었다. 편안하게 안으로 들어간 혜림에 비해 우진은 여전히 입구에 멀거니 서 있었다.

"아까 전에 그거 안 들고 왔어도 돼? 비에 다 젖잖아."

"비 그치면 또 마를 거예요."

"혜림아."

"그건 내가 필요한 게 아니라 우리 엄마한테 필요한 거예요. 나랑은 진짜 별 상관없는 거라고요."

시선을 마주쳤다가는 정말 울어버릴 것 같아서 혜림은 일부러 우진의 시선을 피했다. 바깥에서 쏟아지는 빗소리가 유난히 시끄럽고 두 사람만 있는 방 안은 너무도 고요했다.

"왜 그러는데, 너."

"……."

"예민하게 굴 필요 없는 문제잖아."

지금 혜림의 모습은 상처받기 싫어서 이를 드러내고 으르렁거리는 새끼 고양이 같았다. 그랬기에 더 안쓰러웠다.

"내가 아까 전에도 말했지. 너는 너고, 너희 어머니는 어머니라고. 네가 원하는 건 사람들이라면 모두가 원해. 굳이 네 욕심이 아니란 거야."

"……."

입술을 짓씹으면서 참았던 숨을 거칠게 토해냈다. 눈시울이 붉어지는 걸 참으려고 해도 눈이 발개지고 코가 시큰거리는 건 어쩔 수가 없었다.

"……인정하면, 되잖아요."

"……."

"맞아요. 원했어요, 온전한 가족."

"……."

"그게 너무 부러웠어요. 송여울네 가족이 너무 부러웠어요. 우리 집도 그렇게 되길 원했고, 앞으로 있을 차혜림의 삶에 그런 가정이, 그런 가족이 있길 바라요."

"……."

"이제, 됐어요?"

목소리가 바들바들 떨리더니 기어이 고여 있던 눈물이 넘쳐 버렸다. 눈물이 떨어지는 걸 보자 앞에 서 있기만 하던 우진이 방 안으로 성큼 걸어 들어와 혜림을 품에 안았다. 품 안에 쏙 들어오는 작은 체구와 6년 전에도 나던 로즈마리 향이 느껴졌다. 그가 그녀의 어깨에 얼굴을 묻고, 한참을 망설이던 그녀 역시 손을 들어 그의 셔츠 자락을 꽉 잡았다.

미세하게 그녀의 울음소리가 느껴졌다. 한참을 안고 있던 두 사람이었다. 그렇게 말없이 한참을 서 있었다. 안고 있던 우진이 말을 이었다.

"그럴 수 있어."

"……."

"너는 행복해질 자격이 있어. 그리고 그런 가정을 갖게 될 거야."

"……."

"좋은 사람들 사이에 둘러싸여서 즐겁게, 그렇게 보낼 거야. 네

삶에 그런 것들이 가득할 거야."

"……"

"내가 그렇게 해줄게. 그렇게 만들어줄게."

그 말에 혜림이 어리광을 부리듯 그 품으로 더 파고들었다. 그녀가 약간 멍멍해진 목소리로 물었다.

"……어떻게요?"

품 안에 파고들던 혜림이 고개를 들어 벼 이삭 색 눈동자로 우진을 바라봤다. 그 눈동자에는 오롯이 우진만을 비추고 있었다.

"선생님이 내 가족이 돼줄 거예요?"

"……"

"나는 여우진 씨가 말하는 그 내 삶의 한 부분을 차지하고 있으면 좋겠어요. 그 좋은 사람이 여우진 씨면 좋겠어요. 여우진 씨가……"

말이 채 끝나기도 전에 우진이 고개를 숙여 그녀의 입술에 제 입술을 댔다. 비를 맞아서 그런지 입술이 차갑다. 몸 역시 차가웠다. 처음에는 좀 놀란 것처럼 보이던 혜림이 눈을 감았다.

맞닿은 입술이 부드럽고 따뜻하다. 우진이 혀로 그녀의 입술을 살짝 핥자 그녀가 움찔거렸다. 긴장으로 인해 그런 건지 굳게 다문 입술이 도무지 열릴 생각을 하지 않자 그가 살짝 아프게끔 그녀의 입술을 잘근 물었다. 짧은 소리와 함께 그녀의 입술이 살짝 열리자 그 미세한 틈을 놓치지 않고 우진의 혀가 그녀의 안으로 들어갔다.

혀로 치아를 쓰다듬는 느낌이라거나 혀와 혀가 맞닿는 느낌이 너무 생소해서, 그리고 묘하게 야하기도 하고 부끄럽기도 해서 혜림이 몸을 뒤로 빼려 하자 우진이 강하게 그녀의 허리를 붙잡았다. 물에 젖은 옷이 그녀의 몸매를 여실히 드러내고 있었다. 우진의 입술이 멀어지며 그가 그녀의 볼에 가볍게 입 맞추고는 입술로 귀를 지분거렸다.

"으, 웃. 잠시, 잠시만······."

혜림의 말에 우진의 행동이 멈춰졌다. 여전히 그의 품에는 그녀가 안겨 있었고, 그는 무너지는 것처럼 그녀의 어깨에 얼굴을 묻고 있었다. 학생이었던 아이한테 이렇게 군다는 것 자체가 말이 안 되지만, 정말 있어서도 안 되는 일이지만······. 그가 입술을 세게 짓눌렀다.

"······진짜."

열기를 가득 담은 목소리가 귓가에서 들려오자 자극이 되었는지 혜림의 몸이 살짝 움츠러들었다. 여전히 그는 그녀를 안고 있었다. 지금 이 순간 그녀가 자신을 피해 도망이라도 갈까 봐, 그것을 막기 위해서.

"정말 내가 병신 같은데, 내가 내 학생이었던 너한테 이러는 거 병신 같고, 짐승 같은 새끼가 하는 짓이라는 거 잘 아는데······."

그녀의 어깨에 묻었던 얼굴을 들고 그녀의 눈을 똑바로 쳐다봤다. 유리알 같은 눈동자가 자신을 똑바로 바라보고 있었다. 방금 전의 입맞춤으로 인해 부풀어 오른 입술에 시선이 갔다. 이마에 맺힌 빗방울이 볼을 타고 흐르다가 턱 아래로 떨어졌다.

"그래도 어쩔 수가 없어. 네가 학생이어서 안 된다고 생각했는데 그게 안 되네. 난 네가 여자로 보여, 차혜림. 오래전부터, 네가 영국으로 떠나기 전부터, 그리고 네가 영국으로 떠난 후에도. 난 너 한 번도 잊은 적 없어. 그러니까 도망가지 마."

밖의 빗소리가 음악으로 들리기 시작했다. 연주 소리에 그녀의 눈썹이 파르르 떨렸다. 여자로 보이길 원했지만, 그럴 필요가 없었다. 빗물인지 눈물인지 모르겠지만 물기를 가득 담은 벼 이삭 색 눈동자가 떨리다가 애써 웃는다.

붉어진 입술을 힘겹게 떼어냈다. 목소리가 잘 나오지 않는다. 도망가지 않을 거라고, 당신의 옆에 있을 거라고, 그러니까 당신도 내 옆을 떠나지 말아달라는 말이 쉽사리 나오지 않았다. 인상을 찌푸리다가 그녀가 눈을 질끈 감았다가 떴다. 목이 메인 목소리로 그녀가 눈물을 떨어뜨리면서 웃었다.

"도망가지 않을게요. 그러니까 당신도 나한테서 도망가지 말아요."

그 말이 떨어짐과 동시에 다시 우진이 거칠게 입을 맞춰왔다. 셔츠를 잡고 있는 혜림의 손에 더 힘이 들어갔다. 처음이라는 게 확실히 느껴지는 태도에 그가 귓가에서 낮게 웃었다. 허리를 받치고 있는 손 말고 다른 손으로 허리 주변을 지분거리다가 블라우스 안으로 들어갔다. 자꾸 움찔거리는 혜림이 퍽 귀엽게 느껴졌다.

천천히 그리고 부드럽게 우진이 바닥에 그녀를 눕혔다. 아래서 올려다보는 물에 젖은 눈이 묘하게 야하고, 방금의 입맞춤으로 인해 살짝 부은 입술 사이로 보이는 혀가 요사스럽다. 우진이 몸을 숙이고는 천천히 그녀의 쇄골을 지분거리다 물에 젖은 블라우스를 벗겨냈다.

찬바람이 들어오자 오들거린다. 보이는 하얀 속살이 하얀 진주처럼 보였다. 부끄러운지 고개를 돌리고 눈을 마주치지 못하는 혜림을 보며 그가 피식 웃고는 목덜미에 입술을 찍었다. 다시 한 번 혜림이 움찔하자 이번에는 천천히 목덜미에서 쇄골로, 쇄골에서 가슴께를 입술로 지분거렸다.

등 뒤에 있는 브래지어 후크를 풀고 가슴 바로 아래의 연한 살을 엄지로 한 번 쓰다듬고는 가슴을 감싸 안듯이 쥐었다. 차가웠던 몸에 서서히 온기가 돌기 시작하고 우진의 몸 역시 뜨거워지기 시작했다. 참을 수 없다는 생각이 들자 그의 손길이 조금 더 빨라졌다.

가슴을 부드럽게 애무하다가 입술로 그 주변을 지분거리고 다른 손으로는 치마의 지퍼를 쭉 내렸다. 선명하게 들리는 소리에 그녀가 눈을 꼭 감았다.

"선생님……."

"그래."

그가 다정하게 다른 손으로 그녀의 머리를 쓸어 넘겼다.

"차가워요, 선생님 옷."

그녀가 애써 시선을 피했다. 그녀의 말에 그제야 재빨리 젖은 옷을 모두 벗고는 그가 다시 입술로 그녀의 가슴께를 지분거렸다. 맨살과 맨살이 닿는 느낌이 묘하다.

그가 그녀의 가슴을 집요하게 만지자 산호색 입술에서 낮은 신음 소리가 흘러나왔다. 저가 그런 소리를 냈다는 것이 부끄러웠는지 혜림이 급하게 손으로 입을 막았다.

"괜찮아."

문어처럼 빨개진 얼굴로 시선도 제대로 못 마주치는 모습이 굉장히 사랑스럽다. 사과처럼 빨개진 얼굴을 손으로 감싸 쥐고는 혜림이 부끄러움이 잔뜩 묻어나는 목소리로 말했다.

"그런데, 이게, 처음이라서……."

그가 놀란 듯 눈을 동그랗게 뜨다가 이내 곱게 휘면서 그녀의 귓가에 속삭였다.

"부드럽게 안을게, 괜찮아."

우진이 혜림의 치마를 벗기고 속옷 끝을 잡아 조심스럽게 벗겨냈다. 그리고는 허벅지 안쪽에 짧게 입을 맞췄다. 부끄러워하면서도 그녀 역시 팔을 쭉 뻗어 그의 목을 감싸 안았다. 천천히 그가 안으로 밀고 들어오자 결국 참았던 신음을 크게 내뱉고 말았다.

천천히 최대한 혜림을 배려해서 들어오던 그의 것이 끝까지 안으로 들어오자 하복부 안으로 꽉 차는 무언가가 느껴졌다. 생소하고 아릿하게 통증도 느껴졌다. 처음인 혜림을 최대한 배려하고는 있었지만 그의 이성 역시 한계에 다다랐다. 그가 천천히 움직이자 혜림의 허리가 한 번 움찔했다.

입에서 흘러나오는 신음 소리가 우진을 더욱더 자극시켰다. 천천히, 천천히 계속 움직이자 느껴지던 통증은 어느새 쾌감으로 변하기 시작했고, 그의 움직임 역시 점차 빨라졌다.

숨을 제대로 쉴 수가 없었다. 머릿속이 하얗게 변한다는 느낌이 이런 걸까. 처음엔 작게 느껴지던 쾌감이 점차 커져 갔다. 혜림이 우진의 목을 더욱 꽉 끌어안았다. 우진이 움직일 때마다 쾌감이 수면 위에 번지는 파문마냥 그렇게 번져 나갔다.

눈을 떴을 때는 생각한 것보다 시간이 아주 많이 흐르고 난 뒤였다. 혜림이 작게 한숨을 내뱉었다. 허리의 아픔은 비교조차 되지 않지만 굳이 비교를 하자면 마치 생리를 하기 하루 전의 지끈거림과 비슷했다.

눈을 천천히 깜빡이면서 시계를 찾았다. 벌써 일곱 시다. 원래 탔어야 할 기차가 떠난 지 한참 후였다. 근처에서 부스럭거리는 소리가 들리자 혜림이 천천히 몸을 일으켰다. 아래에서 느껴지는 통증에 인상이 절로 찡그려졌다. 이불로 맨몸을 가리고 있는 자신과는 달리 우진은 이곳에 왔을 때처럼 옷을 입고 있었다.

"⋯⋯선생님?"

살짝 갈라져 나온데다가 아주 작은 목소리였지만 바지런히 움직이던 우진이 그 목소리를 들었는지 냉큼 뒤로 돌아봤다. 요즘에는 항상 머리를 단정하게 뒤로 넘겼었는데 지금은 고등학교 그 시절 때처럼 차분히 가라앉아 있었다. 그때로 돌아간 것만 같다고 혜림은 문득 생각했다.

"일어났어? 몸은? 괜찮아?"

"아, 저, 그게⋯⋯."

아까 전의 일이 떠올라서 그녀가 급하게 이불로 얼굴을 가렸다.

귀까지 빨개진 얼굴을 보여주고 싶지는 않았다. 부끄럽고, 수줍고, 여러 가지 복합적인 감정이 한데 뒤섞였다.

"왜 그래?"

"그게…… 부끄러워서……."

앞에서 그가 부드럽게 웃는 목소리가 들려왔다. 이불을 빼꼼 걷어내고 눈만 보이자 그가 눈짓으로 이불을 가리켰다. 그 때문에 이불을 조금 더 내려서 입만 가리게끔 하고 있자 그가 그녀의 콧등에 가볍게 입을 맞췄다.

"몸은 어때? 많이 아프진 않고?"

"아……."

"아?"

"……좀 아픈 것 같아요."

"처음이어서 그랬을 거야. 옷은 다 말랐어. 구두가 다 안 말라서 운동화 사왔어."

"고맙습니다."

잔뜩 부끄러워하는 얼굴에 우진이 부드럽게 웃었다.

"기차역까진 갈 수 있겠어?"

"여기서 멀진 않으니까 괜찮아요."

혜림이 눈을 곱게 접으면서 웃었다. 말은 그렇게 했지만 허리가 아릿한 게 아무래도 몸살이 단단히 걸릴 것 같다는 불길한 예감이 가슴을 꽉 메웠다. 바지런히 움직이고 있는 우진의 뒷모습을 보다 이불을 슬그머니 내렸다.

"저기."

그녀가 부르자 우진이 하던 걸 잠시 멈췄다.

"저번에 호텔에서 리안 이야기는……."

"……."

"그와는 서로 좋아서 만난 게 아니라, 뭐랄까. 그냥 이해관계 때문에 사귀는 척했던 거예요. 정말 아무 관계도 아니에요."

우물쭈물하며 말을 하자 우진이 혜림을 보다가 작게 웃음을 터뜨렸다. 그가 영국에서 사귄 남자친구에 대한 이야기를 신경 썼던 것처럼 혜림 역시 그 일을 신경 쓴 모양이다. 아무 관계도 아니라니 다행이기도 하고, 좋기도 하지만 일을 제외한 사람과의 만남에서는 그녀가 이해관계를 잰다거나 그런 일을 하지 않았으면 좋겠다는 마음 또한 들었다.

참 모순적인 생각이었다. 진심을 다해서 누군가와 사귀면 좋겠다고 생각하는 것과 동시에 그 누구와도 만나지 않고 자신만 보길 바라는 마음은. 그가 자조적으로 웃다가는 큰 손으로 그녀의 머리를 살짝 흐트러뜨렸다. 그의 행동에 혜림의 연갈색 머리카락이 까치집마냥 부스스해졌다.

"알아."

"네?"

"아무 관계도 아니었다는 거."

"어떻게요?"

"처음이었잖아."

무슨 말인지 몰라 혜림의 미간이 슬쩍 찌푸려지자 그가 장난스럽게 씩 웃으면서 '모두'라고 입모양을 뻐끔거렸다. 그러자 이해가 됐는지 혜림의 얼굴이 잘 익은 홍시마냥 빨갛게 달아올라서는 고개를 푹 숙였다. 부끄러움에 한 행동이지만 우진의 눈에는 또 한없이 사랑스러워 보여서 참았던 웃음을 결국 터뜨리고 말았다.

✽

하영의 산소에 갔다가 돌아온 것이 좀 늦어졌는데도 우진이 잘 둘러댔는지 차 회장 내외는 감기 걸릴 테니 씻고 푹 자라는 말밖에 하지 않았다. 그리고 그 다음날 그녀의 불길한 예감은 그대로 맞아떨어졌다.

비에 맞은 것과 더불어 첫 경험 때문인지 밤부터 몸이 으슬으슬 떨리기 시작하더니 이틀을 꼬박 쉬고 나서야 몸을 움직일 수가 있었고, 그리고 오늘은 첫 외출이었다. 그리고 우진과의 첫 데이트였다.

혜림이 입은 옷이 어색해서 치마를 슬쩍 잡아당기며 아래로 끌어 내렸다. 바지를 입을까 하다가 그래도 명색이 첫 데이트니까 예뻐 보이고 싶어서 치마를 입었다. 볼 때는 몰랐는데 막상 나오니 길이가 짧은 것 같아 신경을 쓰며 우진과 만나기로 했던 곳에 도착하니, 익숙한 뒷모습과 함께 역시 몇 번을 탄 우진의 차도 눈에 들어왔다.

"왔어?"

그녀가 그를 발견한 것처럼 그 역시 그녀를 발견했는지 그가 환하게 웃으며 그녀를 반겼다. 이내 시선이 입고 있던 치마로 향했다. 뭔가 못마땅한 얼굴인 듯했다.

"왜 그래요?"

"어? 아니야. 그나저나 몸은 괜찮아?"

그 말에 혜림의 얼굴이 순간 홧하고 달아올랐다. 이미 몸살은 가신 후인데도 걱정이 가득 묻어나는 목소리로 그가 손을 들어 그녀의 이마를 만졌다. 달아오른 얼굴 때문인지 조금 높은 체온이 손바닥에서 느껴졌다. 그녀가 손을 들어 제 이마를 덮고 있는 우진의 손을 덮고는 배시시 웃었다.

어린아이 취급 같았지만 그래도 걱정이 가득한 그의 눈길과 목소리, 그리고 손길에 기분이 좋아져서 한 번쯤은 아파도 괜찮을 것 같다는 생각이 들었다. 그런 그녀의 생각을 아는지 모르는지 그는 손을 한참을 이마에 대고 있다가 다른 한 손으로는 자기 이마에 대보았다.

"열이 아직도 있는 것 같은데."

"다 나았어요."

"뜨거운데?"

"그건, 그냥, 음……. 부끄러워서 그런 거예요."

그 말에 그가 수긍을 했는지 피식 웃었다. 그제야 안심이 됐는지 그가 손을 떨어뜨리고는 이마를 만졌던 손으로 혜림의 손을 꼭 잡았다. 자신의 손보다 몇 배는 더 작다. 아기처럼 보들보들하고 기분 또한 좋아서 그가 깍지를 끼고는 손을 가볍게 흔들었다.

"차에 타자."

"오늘 어디 가는 거예요?"

"대학 때 친하게 지냈던 선배가 이번에 전시회 열어서 거기 구경."

"그림이에요?"

"응. 그림도 있고 조각도 있다고 한 것 같은데……."

말을 제대로 마치기 전에 두 사람이 차를 탔다. 우진의 말이 다 끝나지 않았다는 것을 알고 혜림이 그가 할 말을 기다렸다.

그가 사이드 브레이크를 잡았다가 이내 운전대를 잡으면서 주차 시켰던 차를 부드럽게 빼기 시작했다. 영국에 있을 때 여학생 몇 명이 운전을 잘하는 남자가 멋있다고 했던 적이 있었는데, 그때는 그 말을 이해하지 못했는데 이제야 이해가 간다. 지금 그녀의 눈에는 그의 모습이 정말로 멋있어 보였으니까. 괜히 흐뭇하게 웃고 있는데, 차가 정지 신호에 걸린 동안 그가 몸을 뒷좌석으로 쭉 뺐다.

"뭐 해요?"

"잠시만."

그러면서 그가 꺼내 든 건 담요였다. 의문을 가질 새도 없이 그가 담요를 펼치고는 혜림의 다리 위에 덮어주었다.

"너무 짧다."

"예쁘게 보이려고 입고 온 건데……."

"예뻐."

괜히 시무룩해져 있다가 이내 그 말에 또 기분이 좋아져서 배시시 웃었다. 그 모습이 너무 예뻐서 그가 손가락으로 그녀의 콧등을 가볍게 툭 하고 건드렸다. 다시 신호가 바껴 그가 액셀러레이터를 밟자 차가 다시 출발했다.

"게다가 그 선배가 대학에서 강의도 하고 있어서, 실력 있는 애들 작품도 걸어놨다고 하더라. 그 선배가 예술 쪽으로 능통하거든."

"그런 사람하고도 친분이 있었어요?"

"우리 과 선배의 친구였는데 소개로 알게 됐거든. 알고 보니 같은 고등학교 출신이었고."

"혹시 여자예요?"

"여자면 왜?"

뭔가 예술과 미술 하면 떠오르는 이미지가 강인한 남성보다는 부드러운 곡선의 느낌의 여성이었다. 게다가 그런 예체능 계열에서 그녀가 제일 먼저 떠올린 사람은 다름 아니라 송여울이었으니까.

괜한 노파심에 그녀가 묻자 그가 작게 웃음을 터뜨렸다. 누가 봐도 기분이 좋아 보이는 모습에 혜림은 부루퉁한 얼굴로 차창을 바라봤다.

턱을 괸 채 창밖의 풍경을 보고 있는 혜림의 옆모습을 그가 슬쩍 보고는 다시 숨죽여 웃었다.

어쩜 이렇게 귀여울까. 옛날에는 표정이 잘 드러나지 않는다고 생각했는데 다 잘못된 생각이었다. 자세히 보고 있으면 그녀의 감정은 얼굴에 그대로 드러났다. 그리고 지금 그녀에게서 발견한 감정이 질투라는 것 정도는 쉽게 알 수 있었다.

그 질투에 기분이 좋아져서 그가 결국 크게 웃어버렸다. 머리부터 발끝까지 사랑스럽지 않은 곳이 없으니, 다른 남자들 눈에도 그렇게 보일까 봐 바깥에 내놓질 못하겠다. 제 웃음에 기분이 나빴는지 눈을 새초롬하게 뜨고 보는 혜림일 보며 그가 다시 한 번 호탕하게 웃었다.

"미안, 미안, 안 웃을게."

"더 웃으셔도 돼요."

"아, 진짜?"

"여우진 씨."

"미안. 안 웃어, 안 웃어. 오늘 전시회 여는 선배는 남자야, 남자. 나 남고 출신이니까 여자면 큰일 나지."

"순순히 남자라고 말해주면 어디가 덧나요? 가만 보면 사람 진짜 이상해."

"네가 너무 귀엽게 구니까 그렇지. 미안하단 의미로 오늘 저녁 맛있는 거 먹자."

아직까지도 웃긴지 한참을 큭큭거리는 모습에 혜림이 입술을 다시 한 번 삐죽였다.

생각한 것보다 장소가 그리 멀지 않은 곳이었기에 이십 분 정도가 지나자 바로 도착했다. 우진의 차를 제외하고는 다른 차들도 많고, 화환도 많은 걸로 봐서 꽤 유명한 사람인 모양이었다.

입구 쪽으로 두 사람이 걸어가자 전시회를 보러 온 많은 사람들이 입구에서 서성거리고 있었다. 그중 주인공으로 보이는 서글서글해 보이는 인상의 사람이 여러 사람과 인사를 하고 있었다.

"선배."

우진이 뒤에서 그를 부르자 자리의 주인공이 그를 발견하고는 환하게 웃었다. 어쩐지 찬들과 닮은 인상 같다는 생각이 순간 들었다. 서글서글한 인상이, 그리고 웃는 모습이.

"이야, 여우진. 오랜만이다?"

"축하해. 딱히 선물은 안 사왔고, 다음에 내가 밥 한 번 살게."

"안 그래도 돼, 인마. 근데 옆에 있는 분은?"

우진의 옆에 선 예쁜 여성에게로 시선이 갔다. 검은 스커트에다가 하얀 블라우스를 입은 여자였다. 분명히 성인의 여자일 텐데 어떻게 보면 참 소녀 같아 보이는 얼굴이었기에 만약 이곳에 스케치북과 연필이 있더라면 한 번 그려보고 싶을 정도였다.

한참 동안 혜림을 바라보고 있던 남자의 시선이 살짝 내려가더니 이번에는 우진과 잡고 있는 하얀 손이 눈에 들어왔다. 도출되는 답은 간단했다.

"애인."

"미인이시네. 안녕하세요, 우진이 학교 선배 윤영준이라고 합니다."

"차혜림입니다."

영준이 내민 손을 그녀가 잡고는 가볍게 흔들었다. 두 사람의 인사는 그렇게 길지 않았다. 상투적인 말이 잠시 오고 갔을 뿐, 영준은 다시 우진과 이야기하기 바빴다. 그림을 보러 왔는데 정작 그림은 보지 못하고 입구에서 계속 서성이고 있으니 꽤 지루해지기 시작했다.

먼저 들어가서 보고 있을까 하는 생각으로 우진을 보니 이야기는 도무지 끝날 것 같지 않았다. 혼자서 계속 멍하니 기다리고 있는 것보다는 안에 들어가서 작품을 보면서 천천히 기다리는 게 훨씬 더 효율적이라는 생각이 들었다.

"저 안에 들어가서 먼저 작품 좀 보고 있어도 될까요? 두 분은 좀 더 이야기 나누세요."

"이거 죄송해서 어쩌죠. 제가 금방 우진이 안으로 보내겠습니다."

"그러세요."

그녀가 곱게 눈을 휘어 보이고는 안으로 들어갔다. 우진이 말했던 것처럼 안에는 그림도 있었고, 조각도 있었고, 사진도 몇 장 걸려 있었다. 복합적인 작품 전시회인 듯싶었다.

사람들이 많은 1층 중앙 홀에 있다가 2층으로 올라갔다. 1층보다는 한산할 것이라는 생각으로 올라갔는데 아니나 다를까, 2층은 1층에 비해 사람이 현저히 적었다. 소란스러움이 줄어들고 한적한 분위기가 마음에 들어 천천히 발을 움직이면서 작품을 하나씩 감상하기 시작했다.

사진만 잔뜩 있는 곳을 다 둘러보고 2층 중앙 쪽으로 걸어가자 중앙에 작품 하나가 걸려 있었다. 그 작품이 꽤 인상적이어서 혜림이 그쪽으로 다가갔다. 작품의 이름은 나무였다. 말라비틀어져 금방이라도 없어질 것 같은 나무 그림이었음에도 불구하고 나뭇가지 한구석에 작게 피어난 꽃송이가 인상적인 그런 그림이었다.

남자가 표현해 내기에는 힘들었을 여성성이 가득한 감성이었다. 사람을 겉으로만 보고 판단해서는 안 된다고 생각하면서 한참 그 그림을 빤히 바라보다가 다른 그림을 보기 위해 발을 움직였을 때 나무라는 제목 아래에 그린 사람의 이름이 보였다.

그림을 그린 사람은 이 전시회의 주인공인 윤영준이라는 사람이 아니라 전혀 다른 이름이었다. 여자의 이름, 그것도 차혜림에게 있어서는 아주 익숙한 여자의 이름. 송여울이라는 이름이 눈에 들어왔다.

"하, 세상 한 번 참 좁네."

그녀가 헛웃음을 내뱉었다. 어떻게 이런 식으로 그 애랑 만나게 되는지. 아까 전에 우진이 해준 이야기와 연관시켜 보면 여울은 영준의 학생인 듯했다. 그것도 꽤 훌륭한 학생. 방금까지만 해도 괜찮았던 기분이 가라앉아서 그녀가 몸을 돌리고는 1층으로 내려가기 시작했다. 계단을 내려가는 걸음에 속도가 붙자 요란한 소리가 홀에 울렸다.

영준에게 송여울에 대해서 물어봐야겠다는 생각이 들어 1층 홀 주변에서 우진의 모습을 찾았다. 우진의 모습은 금세 찾을 수 있었다. 그녀의 세상에서 다른 사람들은 다 무채색으로 보이지만 우진만 유채색으로 보였으니까.

우진을 부르면서 발걸음을 빨리하는데 영준의 옆에는 아까 전 그녀가 보지 못했던 다른 한 사람이 서 있었다. 그때와는 달리 더 길어진 생머리를 포니테일로 묶고 있는 화장기 없는 수수한 얼굴의 여울이었다. 그녀가 지독시리 미워했고 싫어했던 사람의 얼굴이 눈에 들어오자 그녀의 얼굴이 고등학교 시절 때처럼 싸늘히 변해 버렸다.

그 순간 조금은 놀라운 듯 기쁜 듯 웃으며 우진과 이야기를 나누고 있던 여울의 시선이 혜림에게 닿았다. 이내 제 어미를 쏙 빼닮은 눈이 크게 떠지자 우진이 황급히 몸을 돌려 뒤를 돌아봤다. 고등학교 때 그 시절처럼 무표정한 얼굴의 혜림이 들어왔다.

"이런……"

낭패감이 서린 얼굴을 하면서 혜림 쪽으로 걸어가려는데 혜림이 몸을 돌리고는 출구 쪽으로 걸어가고 있었다. 일이 이렇게 꼬일 줄은 생각도 하지 못했는데. 그가 영준과 여울에게 황급히 미안하다는 말을 하고는 혜림의 뒤를 쫓았다.

"혜림아!"

우진이 그녀의 팔목을 낚아채자 걸어가던 혜림이 우뚝 걸음을 멈췄다.

"송여울이 왜 여기 있어요?"

"그게……"

"여우진 씨 선배의 유망한 학생 중 하나가 송여울이에요?"

"나도 오늘 오고 나서야 알았어."

"……"

"이렇게 갑작스럽게 나가는 거 예의 아니잖아. 돌아가자. 그리고 여울이 오랜만에 만나는 거니까……"

"저 걔 안 만나고 싶어요."

어디서부터 잘못됐는지 모르겠다. 그녀가 피곤한 얼굴로 한숨을 내쉬었다. 이곳에 온 지 이십 분도 채 지나지 않은 것 같은데 일이 왜 이렇게 꼬여 버린 건지 알 수가 없었다.

"혜림아."

"여우진 씨도 몰랐겠죠. 알면서 절 이곳에 데려왔을 거라 생각하지는 않아요. 그런데 저 걔 진짜 안 만나고 싶어요. 평생 안 보고 살 수 있었으면 좋겠어요."

"……."

"저 지금 여기에, 걔랑 같은 장소에 있는 것도 정말 싫어요. 그러니까 저 먼저 가볼게요."

혜림의 손목을 잡고 있던 손에서 힘이 절로 빠져나갔다. 얼굴에 드리운 표정이 미움도 증오도 아닌 피곤함과 허탈감이어서 더 잡을 수가 없었다. 이런 것에 대한 감정도 변했으면 좋겠다고 생각했는데……. 우진이 짧게 한숨을 내쉬자 혜림이 입꼬리를 억지로 올렸다.

"우진 씨라도 들어가요. 일 다 보면 연락하구요."

혜림이랑 같이 돌아올 거라 생각했는데 의외로 돌아온 사람은 우진뿐이었다. 어떻게 된 영문인지 몰랐기에 영준이 어리둥절한 얼굴을 했고, 여울은 예상한 일이었기에 쓰게 웃었다. 혜림인 전보다 더 예뻐져 있었다.

"우진이 너 왜 혼자 와? 혜림 씬?"

"몸이 안 좋아서 먼저 간대. 선배, 나 잠깐만 여울이랑 단둘이 애기 좀 해도 될까?"

"어? 아, 그래, 그러도록 해."

분위기가 심상치 않게 돌아간다는 걸 눈치채고는 영준이 알아서 자리를 비켜주었다. 다른 사람들과 이야기를 하면서 그가 전시회장 안으로 들어가자 우진이 희미하게 웃어 보였다.

"오랜만이다, 여울아."

"선생님도요. 이렇게 우연히 뵐 줄은 생각도 못했는데."

낭랑한 웃음소리가 귓가에서 듣기 좋게 울렸다. 혜림이가 성숙해진 것만큼 여울이 역시 성숙해져 있었다. 그럼에도 불구하고 고등학교 시절의 모습이 아직 남아 있었다. 화장을 하지 않아서 그런지 그때처럼 앳되어 보였다.

"혜림이는……"

"저 때문에 간 거 알아요. 그런데 선생님은 혜림이랑 어쩐 일로 여기 오신 거예요? 전시회 때문에?"

"그래."

"무슨 사이인지…… 물어봐도 될까요?"

"사귀는 사이야."

우진이 깔끔하게 답했다. 굉장히 놀란 얼굴을 할 거라고 생각했는데 여울은 그와 반대로 그럴 줄 알았다는 듯 웃으며 고개를 끄덕였다. 반쯤은 예상한 일이었다. 우진이 그녀를 바라보는 시선은 학생을 바라보는 것 같지 않았고, 누구에게도 관심 없던 혜림이 우진에게만큼은 유독 관심을 보였으니까 어쩌면 당연한 수순이었는지도 모른다.

"혜림이의 행동 때문에 상처받지 않았으면 좋겠어."

"고등학생 때는 그것보다 더 심하게 괴롭힘당해서 괜찮아요. ……그리고 제가 혜림이었어도 그랬을 거고요."

"아버지랑 사이는 어때?"

"시간이 약이라는 말이 맞더라고요. 처음엔 조금 어색했는데 지금은 전처럼 잘 지내고 있어요."

그녀가 싱그럽게 웃었다. 고등학생 때와는 많이 다른 모습이었다. 그때보다는 지금 여울의 모습이 오히려 더 활기차 보이고 보기 좋았다. 기분 좋은 에너지에 그 역시 기분 좋게 웃었다. 하지만 눈앞에 여울이 있음에도 불구하고 혼자 뒤돌아가던 혜림의 모습이 눈에 자꾸만 아른거렸다.

그런 우진의 기색을 눈치챈 여울이 속으로 웃었다. 자신과 있으면서도 머릿속은 온통 그녀 생각뿐인 것 같으니 더 붙잡았다가는 정말 예의가 아닐 듯싶다.

"얼른 혜림이 잡으러 가세요. 교수님한테는 제가 말씀드릴게요."

"고맙다."

그 말과 동시에 우진이 급하게 출구 쪽으로 뛰어갔다. 지금이라면 멀지 않은 곳에 있을 텐데. 게다가 혜림인 자신의 차를 타고 왔으니 지금 택시를 타고 갈 게 분명했다.

차를 타고 택시 정거장 쪽에 가볼까란 생각으로 발을 돌리려는데, 근처 벤치에 앉아 있는 혜림의 모습이 눈에 들어왔다. 안도감에 그가 혜림이 앉아 있는 벤치로 걸어가 옆자리에 털썩 앉았다.

"……왜 왔어요?"

"네가 더 중요하니까. 안 간 거야?"

"그냥, 생각하고 있었어요."

"무슨 생각?"

"송여울이 많이 변했다는 생각."

"여울이 보는 게 아직도 싫어?"

"싫고 좋고의 문제를 떠나서 그때를 떠올려 보세요. 저는 송여울을 보고 싶지 않아요. 송여울도 절 보기 싫을 거구요."

"……"

"그냥 걔랑 저랑은 평생 안 보는 게 맞아요. 오늘은 정말 예상치 못하게 부딪쳤지만……."

"……"

"근데 좀 섭섭했어요. 어떻게 가란다고 진짜 가요?"

"미안."

아까 전 차 안에 있을 때랑은 전혀 다르게 무거운 목소리에 그녀가 피식 웃음소리를 냈다. 사실 이런 말을 해서 마음이 편한 것도 아니었고, 우진의 사과를 받는다고 해서 마음이 편해지는 것도 아니었지만 그래도 섭섭했던 건 어쩔 수가 없었다.

"…앞으로 가란다고 해서, 정말 가지 마요."

"……"

"제가 가라는 말은 그래도 가지 말고 와서 나를 붙잡아달라는 말이니까."

솔직하게 이어지는 말에 우진은 미안한 듯 작게 웃으면서 고개를 끄덕였다.

*

 휴일에 정말 우연치 않게 송여울을 만난 뒤로 그날은 잠도 제대로 못자고 밤새도록 뒤척이다가 회사에 출근했다. 그날 이후로 제게 정말 미안했는지 우진은 시간이 날 때마다 그녀에게 전화를 했다. 만남 역시 잦아졌다. 미팅은 물론이거니와 사적인 만남까지, 두 사람은 수시로 만날 자리를 만들곤 했다.
 그러던 어느 날, 할머니와의 점심 약속으로 한식집에 막 도착한 혜림이 문턱에 있는 낯선 신발에 고개를 갸웃했다.
 할머니가 신고 다니시는 신발 옆에 놓인 조금 높은 굽의 하이힐에 고개를 갸우뚱거리면서 신발을 벗고 안으로 들어가자, 방 안에는 할머니와 함께 익숙한 얼굴의 윤 여사가 차를 마시고 있었다. 의외의 손님이었기 때문에 그녀가 잠시 멀거니 윤 여사를 보다가 인사를 꾸벅했다.
 "안녕하세요, 윤 여사님."
 "그래, 혜림아. 저번에 보고 처음이지?"
 "네."
 "윤 여사가 있어서 당황했나 보네."
 할머니 옆에 앉은 혜림의 건너편에는 윤 여사가 얼굴에 한가득 미소를 띠면서 차를 한 모금 마시고 있었다.
 뭔가 이상한데……. 피하고 싶은 마음이 얼핏 들었다. 하지만 할머니와의 점심 약속 때문에 온 것이니 도망갈 수도 없는 노릇이었다. 그 순간, 윤 여사가 찻잔을 내려놓고는 방긋 웃었다.

"오늘 백화점에 갔다가 우연찮게 할미니를 만나서 합석하게 됐어. 괜찮지?"

"네, 괜찮습니다."

"그래, 그렇게 말해주니까 고맙네. 참, 혜림이 곧 스물여섯이지?"

"네."

"남자친구도 사귈 법한데 없고……."

그녀가 긍정의 의미로 고개를 살짝 끄덕였다. 어째선지 찜찜한 기운이 가시지 않고 있었다.

"내가 아는 사람 중에 정말 괜찮은 남자가 있거든. 그래서 소개 한 번 받아보는 건 어떨까 싶어서 왔어."

"네?"

서론은 없고 대뜸 나오는 본론에 혜림의 눈이 동그랗게 떠졌다. 이게 무슨 말인가 싶어 옆에 앉은 할머니를 봤으나 할머니는 평소처럼 인자한 웃음만 짓고 계셨다.

"그때랑 다른 사람이란다."

그녀가 기억하기로는 윤 여사에게는 그녀보다 몇 살 많은 딸이 있다고 들었다. 게다가 미혼. 그렇다면 보통 자기 딸에게 먼저 선을 보라고 할 법한데 왜 자꾸 자신에게 선 자리를 내미는 건지.

윤 여사나 그녀의 할머니의 말처럼 가벼운 만남, 혹은 혜림의 나이 대에 있을 법한 소개팅이 아니었기에 더더욱 부담스러웠다.

특히 같은 일을 하는 사람이라면 두말할 것도 없는 일이었다. 게다가 그녀는 이미 좋아하는 사람이 있었다. 상대는 현재 그녀에게 선 자리를 자꾸 제시하는 윤 여사의 둘째 아들. 뭔가 코미디 영화 같다는 생각에 그녀가 멋쩍게 웃었다.

"아니, 저…… 이건 정말 갑작스러워서……."

"할머니는 네가 한 번 만나보는 것도 나쁘지 않을 거라 생각해."

"……네?"

할머니까지. 배신당한 얼굴을 하고 있는 제 손녀를 보며 그녀가 입을 가리고는 귀부인처럼 웃었다. 혜림만 빼고 모두가 아는 이야기인 것처럼 보였다. 도대체 이해가 안 간다는 얼굴을 하니 윤 여사가 어깨를 가볍게 으쓱이면서 그녀가 납득할 수 있는 말을 꺼냈다.

"남자 쪽에서 너를 굉장히 마음에 들어 하는 눈치였어."

"하지만……."

"그렇게 무거운 자리가 아니니까, 그냥 가볍게 식사 한 번만 하면 된단다."

도대체 이게 무슨……. 정작 본인은 빼고 흘러가는 이야기였기에 당황스럽기 그지없었다. 낯도 굉장히 많이 가리는 성격인데다가 남자 쪽만 자신을 알고 있다고 하니 마땅찮아 그녀는 조개마냥 입을 꾹 다물고 있을 게 분명했다. 그리고 이런 자신의 성격이 절대로 상대방에게 호감을 얻을 수 없다는 것 역시 잘 안다.

얼빠진 얼굴을 하고 있자 우진과 비슷한 눈매를 가진 윤 여사가 눈을 곱게 휜다. 이미 기정사실화된 맞선에 그녀는 죽을 지경이었고, 그녀를 제외한 이 방에 있는 사람은 모두 즐거운 것처럼 보였다.

"오늘 한성의 1층 로비 커피숍에 네 이름으로 예약해 뒀으니까 나가 보렴."

"이건 너무 갑작스러운데……."

"그냥 간단하게 저녁만 먹는다고 생각하면 돼. 너무 어렵게 생각할 필요는 없어."

말처럼 쉬운 일이면 얼마나 좋을까. 거절은 아예 생각하지도 않았는지 이미 예약까지 다 해둔 상황이라고 했다. 고등학생 때였다면 누가 어떻게 하든 신경 쓰지도 않고 그 자리에 얼굴도 비추지 않았을 것이다.

하지만 그녀는 지금 고등학생이 아니었고, 할머니가 만드신 맞선 약속도 아닐뿐더러, 우진의 어머니인 윤 여사가 직접 만든 약속이니 이래저래 거절할 명분이 떠오르지 않았다. 댁의 아드님과 현재 만나는 중이라고 대뜸 말하기도 조금 그렇고.

오늘은 우진과 같이 영화라도 보려고 했었는데 그렇지 못할 것 같다. 구겨지려는 얼굴을 애써 펴며 그녀가 고개를 끄덕였다.

〈오늘은 약속 생겨서 못 만날 것 같아요.〉

퇴근 시각 십오 분 전에 걸려온 혜림의 전화에 그가 숨죽여 웃었다. 다경이 일방적으로 잡은 약속 때문에 그럴 게 분명했다. 아마 굉장히 싫은 얼굴을 하고는 속으로 투덜거리겠지. 그리고 만나러 간 그 자리에 자신이 있는 걸 보면 그녀는 어떤 얼굴을 할까.

상상하는 것만으로도 웃음이 자꾸 터져 나오려고 했다. 그는 억지로 웃음을 꾹 눌러 참았다. 좀체 참아지지 않는 웃음 때문인지 핸드폰을 잡고 있는 손에 힘이 저절로 들어갔다. 창문 밖의 풍경을 보니 슬슬 해가 지기 시작했기에 세상은 오렌지 빛으로 물들었다가 그보다 조금 더 위에는 남청색의 하늘이 눈에 들어왔다.

"그럼 별수 없지."

〈섭섭하지도 않으세요.〉

"섭섭하지. 그런데 별수 없잖아, 어른이 잡은 약속이라는데."

퍽 오버스러운 말투였다. 바로 들리지 않는 그녀의 말에 혹여나 의심이라도 할까 봐 그가 냉큼 말을 잇는다.

"대신에 다음에 같이 영화도 보고 밥도 먹자."

〈……알았어요. 곧 퇴근이니까 집에 들어가서 쉬어요. 야근은 하지 말고요.〉

"알았어."

그가 히죽 웃으면 종료버튼을 누르고는 시계를 확인했다. 약속 시각까지 십 분 전. 옷걸이에 걸어놓은 겉옷을 걸쳐 입고는 거울 앞에 서서 옷차림과 머리를 다시 한 번 깔끔하게 정리했다.

가만 생각해 보면 서로가 서로를 좋아한다는 것은 알고 있지만 누구 하나 솔직하게 입 밖으로 그 마음을 꺼낸 적도 없었고, 정식으로 만나자는 말 역시 단 한 번도 한 적이 없었다. 그러니 오늘이야말로 이 마음을 입 밖으로 꺼내서 확인시켜 줘야 할 때였다.

    소파에 앉아서 종업원이 들고 온 아메리카노를 홀짝 마셨다. 그녀를 기다리는 시간은 항상 초조했고, 설레었고, 행복했다. 그가 인생의 풍파를 모두 겪었다고 말할 만큼 많은 나이는 아니지만 그렇다고 해서 적은 나이 역시 아니었다.
    사랑이라는 감정을 한 번쯤은 느껴봤을 나이였지만 이렇게까지 설레고 행복하지는 않았다. 6년 전에도, 그리고 지금도. 아이러니하게도 그에게 늦봄이 시작되려고 했고, 첫사랑이 시작되려고 했다.
    초조한 감정을 나타내기라도 하듯 손가락으로 테이블을 톡톡 두드렸다. 이제 올 때가 됐는데……. 손목시계를 한 번 확인하고 고개를 드는 순간 그녀가 들어왔다. 항상 풀고 있던 머리를 오늘은 포니테일로 묶고 있었고, 하이힐에 금방 일을 마치고 오는 커리어우먼처럼 딱 달라붙는 정장 차림의 그녀가.
    그녀를 제외한 세상은 무채색이지만 그녀만은 화려한 색으로 칠해져 있었다. 별처럼 반짝거리기까지 한다. 그가 애써 표정을 정리하고 그녀를 기다리자 종업원이 그녀를 데리고 그가 있는 쪽으로 걸어왔다. 하이힐 소리가 점차 선명해지기 시작하고 그의 앞에서 딱 멈췄다.
    "……어?"
    "안녕하세요."
    그가 그녀를 마치 처음 본 것처럼 손을 내밀며 인사했다.

"안녕하세요, 여우진입니다. 차혜림 씨 되시죠?"

"이게 어떻게 된 거예요?"

그녀가 그의 손을 맞잡고는 자리에 앉았다. 놀란 기색을 감추지 않고 여실히 드러내는 얼굴에 그가 웃는다.

"놀랐어?"

"당연히 놀라죠. 어떻게 된 거예요? 여우진 씨가 왜 여기 있어요?"

처음에는 어색해했던 우진 씨라는 말도 이제는 아주 자연스럽게 그녀의 입에서 나왔다.

"오늘 어머니한테 들었잖아, 소개팅 상대."

"네, 그런데……."

"그 상대가 나야."

"네?"

"가만히 생각해 보면 정식으로 '만나자'라는 이야기도, '사랑한다'는 이야기도 한 적이 없는 것 같아서."

얼떨떨한 얼굴을 하다가도 뒷말에 금방 얼굴이 붉어지는 걸 보니 쑥스럽나 보다.

그녀 역시 생각해 왔던 일이었다. 자연스럽게 만나고, 식사를 하고, 영화를 보고, 산책을 하지만 누구도 정식으로 그런 말을 한 적이 없었다. 그런 표현 진부하다고 생각했던 것보다는 어색했다는 표현이 더 맞을 것이고, 수줍다는 마음 역시 맞을 것이다. 오렌지빛으로 머물던 하늘이 이제는 아예 군청색으로 물들고 있었다. 은은한 조명 아래에 우진과 혜림의 시선이 얽혔다.

"저는 혜림 씨가 정말 마음에 들어요."

"……."

"이야기를 들어서 혜림 씨네 가정사도 조금 알고요. 가족, 가정을 갖고 싶어 한다고 들었거든요."

혜림이 바람 빠진 웃음소리를 냈다. 그녀 역시 이 시간이 무척이나 즐거웠다. 과거에는 고등학교 선생님과 학생 관계였지만 지금은 아니니까. 사람 대 사람. 그리고 남자 대 여자의 만남이니까.

"네. 화목하고 단란한…… 그런 가정이 갖고 싶어요."

"제가 혜림 씨의 가족이 되어드리고 싶어요. 저 되게 괜찮은 사람이거든요."

"그렇게 보여요."

"저랑 정식으로 만나주시겠어요?"

그 말에 떠오른 사람은 엄마였다. 이제는 기억도 제대로 나지 않는 얼굴이다. 그만큼 시간이 흘렀다는 말이겠지. 전에는 항상 돌아가신 엄마를 생각했고, 그 죽음을 송여울에게 풀었었다. 남을 탓하고, 아무것도 하지 못한 자신을 탓했었는데…….

이제는 놓아도 되는 걸까. 버려두지 못했던 짐을 내려놓고 행복해져도 될까. 그렇다고 해서 돌아가신 엄마를 잊겠다는 건 아니다. 다만 낡은 사진첩을 볼 때처럼 전과는 달리 덤덤해진다는 의미겠지. 그녀 역시 행복해지고 싶으니까.

"정말, 제 가족이 되어주시겠어요?"

"그럼요. 좋은 남자친구도, 좋은 배우자도 그리고 좋은 아버지도 될 수 있어요. 혜림 씨만 원한다면."

그가 웃으면서 말하자 그녀가 활짝 웃었다.

"좋아요. 우선 제게 좋은 연인이 되어주세요."

"그럴게요. 그럼 우리 데이트하러 갈까요?"

그가 자리에서 일어나면서 손을 내밀자 그녀 역시 그의 손을 잡고 자리에서 일어났다. 꼭 잡은 손이 정말로 따뜻했다. 가볍게 맞잡은 손을 살짝 흔들면서 커피숍을 나와 위층에 있는 레스토랑으로 가기 위해 발걸음을 옮기기 시작했다. 엘리베이터 문이 열리기를 기다리고 있는데 우진이 짐짓 심각한 표정으로 말했다.

"그런데 우리 결혼하면 아이는 몇 명 낳지?"

"우선은 좋은 연인이 되어달라니까요. 좋은 배우자도 조금 후에."

"나는 지금 결혼 적령긴데."

약간은 어린애처럼 그가 입술을 삐죽였다. 두 사람의 나이 차이는 여섯 살 차이다. 이십대 중반의 혜림과는 달리 우진은 대한민국 결혼 적령기의 남성이었다. 어쩐지 빨리 결혼을 하고 싶어 하는 것처럼 들리는 말에 혜림은 내심 기분이 좋았다. 정말 그녀와의 미래를 함께 생각하고 있다는 말이었으니까.

괜히 기분이 좋아진 혜림이 주위를 살펴보다가 까치발을 살짝 들어 그의 입술에 쪽 소리가 나게 가볍게 입을 맞췄다. 그녀가 먼저 한 스킨십은 처음이었기에 우진이 놀라 눈을 동그랗게 뜨고는 그녀를 내려다보자 혜림은 수줍은 듯하면서도 방긋방긋 웃고 있었다. 그 모습에 그가 짧게 한숨을 푹 내쉬더니 잡고 있던 손을 꼭 쥐었다.

"좋은 연인보다 좋은 배우자, 좋은 아빠부터 먼저 해야겠다."
"네?"

그가 씩 개구지게 웃고는 주머니에서 키를 보여주자 혜림이 어처구니없다는 미소를 한 번 흘렸다. 이내 그녀가 도망갈세라 금세 단단한 팔로 그녀의 허리를 낚아채고는 웃었다. 정말로 행복하게.

"가족이 돼줄게. 항상 옆에 있으며 지켜주는 정말로 행복한 가족이."

"정말요?"

"그럼."

그가 허리를 숙이고는 그녀의 귓가에 나지막하게 그리고 달콤하게 다시 한 번 속삭인다.

"사랑해."

※

생각한 것 이상으로 결혼 준비는 빨리 진행됐다. 우진의 마음이 급했던 것도 있었고, 혜림의 뱃속에서 새로운 생명이 자리 잡고 있었기 때문이다. 적어도 그녀가 배가 부른 상황에서 드레스를 입지 않기를 바라는 우진의 작은 배려였다. 그랬기 때문에 양가 부모님과 조부모님의 허락을 맡고 가을이 지나기 전에 식을 올리기 위해서 모두들 바삐 움직였다.

그의 부모님은 생각한 것 이상으로 아주 흔쾌히 좋다고 하셨다. 한성과의 사이가 나쁜 것도 아니었고, 어머니는 특히 그녀에게 가지는 감정이 특별하셨으니 당연히 기뻐하셨다.

혼수 준비를 시작해서 웨딩 촬영까지 모든 걸 다 끝내고 이제 정말 결혼식만을 남겨둔 상황에서 우진은 한 남자를 찾아갔다. 그는 그녀가 결혼하는 소식을 제일 먼저 그리고 당연하게 알아야 할 사람임에도 불구하고 몰랐던 사람이기도 했다.

"다음 주 일요일에 결혼합니다."

우진이 조용히 청첩장을 내밀었다. 그의 맞은편에 앉아 있는 사내가 그 청첩장을 멍하니 보기만 하다가 잠시 후 손을 들어 청첩장을 펼쳤다. 신부 측에는 차혜림이라는 이름이 쓰여 있었다. 그 모습을 보며 사내가 마른침을 삼켰다. 자신이 이걸 받을 자격이 있는 사람이 아니란 걸 알면서도 우진은 자신에게 청첩장을 내밀었다.

미안함과 동시에 고마웠다. 차마 갈 수 있는 자리는 아니겠지만 그래도 아예 몰랐던 것보다는 확실히 나을 것이었다. 형석이 억지로 웃어 보였다.

"내가 거기 갈 자격은 없네."

"아버지잖습니까."

"그 애는 날 아비로 생각하지 않을 거야."

그가 한때 그녀를 제 딸로 생각하지 않았던 것처럼. 인과응보라는 말이 이토록 잘 어울릴 수가 있을까. 하영과 혜림에게 모질게 굴었던 형석에게 다 돌아왔다. 여울이 교통사고를 당한 것으로도 돌아왔고, 영인과의 사이가 잠시 멀어진 것으로도 돌아왔고, 죄책감으로도 돌아왔다.

추억 속의 하영을 떠올렸다. 아주 오래전이지만 그래도 기억한다. 하영이 하얀 웨딩드레스를 입었던 날을. 그때는 정말 그녀가 그 자리의 주인공이었다. 그녀를 미워했지만 그래도 한순간 눈이 부시도록 아름답다고 생각했었다.

하영일 닮은 아이이니 혜림이 그날 누구보다 아름다울 것이라는 건 쉽게 예측할 수 있었다. 선물을 하고 싶어도 혜림이가 원하는 거, 좋아하는 것을 알 수가 없으니 쉽게 하지도 못한다. 그리고 어쩌면 줘서도 안 된다고 생각했다.

"와주시면 기쁠 겁니다."

"자네가 나한테 이걸 주는 이유를 모르겠네."

"……."

"자네가 이렇게 굴면서 오히려 혜림이가 자네를 미워할 거라는 생각은 안 해봤나."

"그래도 아버지니까 아셔야 한다고 생각했습니다. 어르신이 계셔서 혜림이가 지금 여기에 있을 수 있는 것이니까요."

우진이 옅게 웃어 보였다. 젊은 사람인데 생각이 참 깊다고 생각했다. 좋은 사람을 골랐다고, 행복해지라고 그는 기도했다. 못난 아비를 만나서 살아온 삶의 절반을 힘겨워했으니 이제 좋은 사람을 만나서 행복해질 일만 남았다고, 그리고 혜림일 행복하게 만들어줄 사람은 다름 아니라 우진이라고 생각했다.

그날 병원에서 빠져나가는 혜림을 끝까지 잡은 사람은 멍청하게 제 아픔에만 급급했던 자신이 아니라 우진이었다. 젊은 사내보다 몇십 년을 더 오래 살아왔는데 자신은 참으로 못났었고, 눈앞의 사내는 참으로 훌륭한 사내였다. 다행이라는 생각이 들었다.

"딱히 드라마처럼 화려한 해피엔딩이라고 장담은 못하겠습니다. 화해와 용서는 정말로 어려운 거니까요. 다만 그냥 서로가 서로를 한 번쯤은 축하해 줘도 된다고 생각합니다."

"……."

"좋은 자리이고 기쁜 자리이니까 한 번쯤은 오셔서 축하해도 된다고 생각해요."

"……."

"부정하셔도, 피하시려고 해도 변하지 않는 사실이잖습니까, 장인어른."

그 말에 형석은 더 이상 아무런 말도 하지 않은 채 자리에서 일어났다. 그가 웃는 것 같지 않은 얼굴로 웃으면서 테이블 위에 올려둔 청첩장을 챙겨 품 안에 소중히 넣었다.

다음 주 일요일에 결혼을 한단다, 하영과 자신의 딸이. 감회가 새롭기도 하고 놀랍기도 하다. 순수하게 기뻐해 줄 수 있는 마음이 아니어서 더욱더 슬프기도 했다. 과거로 돌아간다면 그렇게 차갑게 굴지는 않았을 것인데 하고 지금 다시 한 번 후회가 된다. 그렇게 야멸차고 못되게 굴지 않았더라면 그래도 그 기쁜 자리에 참석해서 순수하게 그녀의 결혼을 축복해 줬을 것인데 그는 그러지 못했다. 그의 말대로 자격이 없었으므로.

"그래도 말해줘서 고맙네. 결혼한다는 걸 알려줘서 끝까지 못난 사람으로 남을 뻔한 걸 자네가 도와줬어."

형석이 그곳을 도망치듯이 벗어났다. 우진은 그 자리에 못이 박힌 듯 앉아서 그녀 아버지의 뒷모습을 그저 바라보기만 했다.

✽

 큰 성당의 내부에 몇몇 사람들이 분주하게 움직인다. 한복을 입은 부부도 보이고, 턱시도를 입은 말끔한 사내도 보여 짐작하건대 어떤 한 쌍의 커플이 오늘 결혼식을 한다는 것을 알 수 있었다. 평범한 다른 결혼식과 조금 다른 점이 있다면 하객들을 많이 불러 모아서 성대하게 치르는 결혼식이 아니었다는 점이다.
 신랑 측의 직계 친족들과 정말 소중한 친구 몇 명, 그리고 신부 측의 직계 친족들과 외국인 친구 한 명을 제외하고는 성당 안에 있는 하객들의 수는 손에 꼽을 만한 숫자였다.
 "결혼 축하해."
 신랑 측 친구가 우진의 손을 잡으며 흔들었다. 우진의 얼굴에 미소가 가득하자 친구는 어쩐지 부럽기도 하고 샘이 나기도 하는 듯했다. 하물며 신부는 여섯 살이나 어린 한성의 젊은 이사라고 하니 더욱 그런 듯했다. 하지만 이내 그의 친구는 그의 어깨를 툭툭 두드리며 말했다.
 "행복하게 살아라."
 "고맙다."
 친구가 성당 내부로 들어가고 이내 그도 들어가야 하는 상황이건만 우진은 입구에서 누군가를 기다리기라도 하듯 한참을 서성거렸다. 이내 정장을 빼 입은 어떤 사람이 '오셨습니다'라는 말을 하자, 우진은 그 사람의 뒤를 따라갔다.

성당 뒤편의 인적이 드문 곳에는 말끔한 차림에 한 손에는 꽃다발을 들고 있는 남자가 보였다. 그는 우진에게도 익숙한 사람이었다. 그가 옷매무새를 한 번 가다듬고는 성큼성큼 다가가서 허리를 꾸벅 숙였다.

"오셨습니까."

그가 천천히 허리를 들면서 웃어 보였다.

"장인어른."

장인어른이란 호칭에 형석이 멋쩍게 웃었다. 혜림이 고등학교를 졸업하지도 않고 영국으로 갔다는 이야기를 들었지만, 한국으로 돌아왔다는 이야기는 못 들었었다. 그러던 어느 날, 갑자기 우진이 찾아와서 결혼한다는 이야기를 했다. 그것도 혜림과.

청첩장을 내밀면서 오라고 말하는 그 모습에 그가 가도 되는 것인가 고민을 했었다. 여울이도 그리고 그의 와이프도 혜림의 결혼 소식은 몰랐고, 혜림은 자신에게 청첩장을 내밀지 않고 우진이 내밀었다. 그렇다면 답은 뻔했다.

혜림인 자신이 그녀의 결혼식에 오는 것을 원하지 않는다. 결론은 너무 쉽사리 났기 때문에 시시할 지경이었다. 서운한 마음은 아예 들지도 않았다. 자신은 그럴 자격이 없다는 것을 알기에.

행복한 결혼식의 불청객이 되고 싶지는 않았다. 오늘 이 순간만큼은, 아니, 오늘이 아니더라도 항상 행복해야 한다고 생각하는 혜림이다. 결혼식인 오늘 같은 날은 더더욱. 그런 혜림의 표정이 구겨지거나 하는 얼굴은 보고 싶지 않았다.

"들어가시죠."

"아냐, 됐어. 내가 무슨 염치로 거길 들어가."

"혜림이 부모님 되잖습니까."

"그래도 내가 그래선 안 돼. 부모로서 해준 게 없으니까."

형석의 눈이 슬프다. 날씨는 굉장히 좋았다. 하늘은 푸르고, 햇살은 내리쬐고, 날도 따뜻하니 꽃도 활짝 피었다. 만물이 소생하는 봄에 결혼을 올리는 것은 참 잘한 일이라고 생각했다.

"행복하게 살아."

"……."

짧게 하는 말에 우진은 묵묵히 듣고 있기만 했다. 우울하다기보다는 미안한 감정이 잔뜩 묻어나는 목소리였기에 '이 정도면 되지 않을까' 라는 생각도 했다. 시간이 약이라고 생각하면서. 하지만 당사자들에게는 그렇게 쉬운 문제가 아니었나 보다.

"그 아이는 나 때문에 너무 힘들었으니까…… 자네한테 이런 부탁하는 거 염치없지만, 내가 힘들게 한 걸 모두 잊게끔 자네가 행복하게 해줘."

"보고 가세요. 결혼식 보고 싶으시잖아요."

"괜찮아. 그리고 이건 결혼 선물. 뭘 해줘야 할지 몰라서……. 소소하지만 이거라도 받게."

하얀 백합 꽃다발이다. 어쩐지 혜림을 연상시키는 꽃다발이었다. 우진이 그 꽃다발을 받았다.

"혜림이 엄마가 좋아했던 꽃이야."

"……."

"혜림이가 무슨 꽃을 좋아하는지 몰라서 이걸로 들고 왔네. 나 왔다는 말 같은 건 하지 말고. 어르신들한테도 하지 말고. 그냥 선물 받았다고 하고는 혜림이한테 줘."

"……감사합니다. 예쁘네요."

"잘살아, 행복하게. 나 보란 듯이 아주 행복하게 살아."

형석이 싱긋 웃으며 그의 어깨를 가볍게 툭 두드렸다.

"두 시에 식 시작한다고 하지 않았나. 어서 들어가 봐."

"하지만."

"괜찮으니까 어서 들어가 봐."

한참을 머뭇머뭇 거리며 발걸음을 떼지 못하던 우진이 형석을 향해 허리를 숙여 보이고는 다시 성당 안으로 들어갔다. 한 손에는 꽃다발을 들고.

성당 안으로 들어가서 신부대기실 문을 똑똑하고 두드리자 안에서 문이 열렸다.

영국에서 온 혜림의 친구 레이첼이 문을 열고 우진의 얼굴을 확인하자 환히 웃으며 그를 안으로 들여보내 줬다. 대기실 안에서는 혜림이 하얀 웨딩드레스를 입고 면사포로 얼굴을 가린 채 앉아 있었다. 면사포 너머로 보이는 혜림의 얼굴이 미소 짓고 있다는 게 확실히 느껴졌다.

"식 시작하려면 조금 남았는데, 어쩐 일이에요?"

"아, 선물이 있어서."

"뭔데요?"

손에 들려 있는 하얀 백합 꽃다발 쪽으로 시선이 갔다. 그녀의 시선이 꽤 오랫동안 꽃다발 쪽에 멈춰 있었다.

"선물이야."

"……."

어쩐지 가라앉은 미소로 그녀가 꽃다발을 받았다. 말하지는 않았지만 알고 있다는 눈에 그는 별말을 하지 않았다. 식을 끝내고 주는 것이 더 나았으려나. 잠시 망설이는 기색을 하는데 그녀가 백합의 꽃잎을 한참 만지작거리다가 향기를 한 번 맡고는 손에 들린 부케를 레이첼에게 건넸다.

"마음에 들어?"

"네."

"……."

"제가 좋아하는 꽃이에요."

"……."

"엄마가 많이 좋아하셨는데."

한참을 보던 그녀가 방긋 웃었다.

"부케 이걸로 바꿀래요."

"어?"

"이거 부케로 하려고요. 꽃이 많은 것도 아니고 리본으로 매듭 묶어져 있으니까 이렇게 해도 괜찮을 것 같아요."

"하지만 저건?"

레이첼의 손에 들린 분홍 장미 꽃다발을 가리키자 혜림이 어깨를 가볍게 으쓱한다.

"선물 받은 거니까 이럴 때 써야죠. 선물 준 사람을 위해서."

어쩐지 준 이가 누구인지 아는 것처럼 들렸다. 우진이 검지로 콧잔등을 긁고 있자 혜림이 레이첼에게 잠시 비켜달라고 말했다. 그녀는 고개를 끄덕이고는 하객 쪽으로 걸어갔다.

"선물."

"응?"

"고마워요."

"이건……."

"우진 씨가 주는 거 아니라는 거 알아요."

역시 알고 있었구나. 혜림의 시선이 멀거니 어디 한쪽에 가 닿았다. 혜림의 시선이 닿는 곳에는 아무도 없었지만, 아까 전만 해도 누가 있었던 것처럼 그녀는 아련한 눈길로 그 자리를 보다가 이내 활짝 웃었다.

"선물 준 사람에게 부케로 썼다고, 고맙다고 말해줘요."

"……."

"이곳에 왔었나요?"

"……응."

"갔어요?"

"네가 싫어할 거라고 생각하셨어."

"……."

그 말에 그녀는 딱히 긍정도 부정도 하지 않았다. 지금이라면 괜찮을 것이라 생각하고 우진이 잠시 망설이는 기색을 보이다가 급하게 신부대기실을 빠져나가서는 아까 전 형석과 만났던 곳으로 갔다.

다행히도 금방 돌아가지는 않고 자리를 지키고 있던 형석의 손목을 덥석 잡고는 안으로 데려가기 위해서 뛰었다. 손목을 잡힌 채 얼떨떨하게 뛰어가던 형석은 지금 들어가려는 곳이 성당이라는 걸 알고는 발을 세웠다.

"난 됐어!"

"지금이 기회예요."

"난 정말……."

"지금이 아니라면 더 이상 볼 기회가 없을 수도 있어요. 지금이라면, 오늘이라면 괜찮을 거예요."

그 말에 흔들리기라도 한 것인지 형석이 힘없이 우진의 뒤를 따르며 신부대기실 안으로 들어갔다. 근 7년 만에 본 아이의 얼굴은 하영을 닮아 있었다. 면사포 너머에서도 확연하게 드러나는 놀란 눈동자에 그가 저도 모르게 뒷걸음질쳤다. 그녀는 자신이 이곳에 오는 걸 원하지 않았을 거다.

지레짐작으로 뒷걸음질치는 형석의 등을 우진이 밀며 혜림의 앞에 서게 했다. 그녀는 여전히 앉은 채 담담한 눈으로 형석을 올려다보고 있었다. 형석은 죄책감과 미안함이 마음속에서 소용돌이쳤다.

그때 하영이와 결혼을 할 때 자신이 지었던 얼굴이 지금 혜림이와 같은 얼굴이었을까. 지금 이 순간 가장 행복해야 할 아이한테 몹쓸 짓을 한 것 같아서, 모두에게 미안해져서, 정 한 번 쏟지 않은 아이에게 드는 미안함에 그가 고개를 푹 숙였다.

우진은 멀찍이 떨어져서 두 사람을 바라보고 있었고, 두 사람의 침묵은 계속 이어졌다. 그리고 입을 먼저 연 사람은 의외로 혜림이었다.

"……고마워요."

"……."

"꽃다발. 이거 준 거 맞죠?"

"……그래."

"처음 받아보는 선물이네요."

그녀의 입에서 바람 빠진 웃음소리가 흘러나오자 형석이 조그맣게 미안하다고 속삭였다.

"좋아하는 꽃이에요. 선물해 줘서 고마워요. 오늘 부케로 들고 있을게요."

의외의 말이었다. 형석이 그 말에 감동을 받기라도 한 듯 눈물까지 글썽이는 모습에 그녀가 어색하게 웃었다.

"입장하셔야 합니다."

그때 시간이 되었다며 안내원이 신부대기실로 들어오자, 그 말과 동시에 우진이 혜림을 에스코트하며 버진로드 앞에 섰다. 원래라면 장인과 함께 걸어가야 할 길이지만……. 힐끗 뒤로 돌아보니 형석은 신부대기실 앞에서 못 박힌 듯 가만히 서 있기만 했다.

그녀의 아버지는 이곳에 참석하지 않았고, 그녀 역시 초대하지 않았다. 시간이 지나도 서로의 얼굴을 보는 건 여전히 껄끄럽다는 것을 잘 알기에 한 일이었다. 그렇지만 이렇게 보게 될 줄은 생각도 하지 못했는데. 그렇다고 해서 마음이 풀어져 좋은 부녀 사이가 될 것 같지는 않았다. 저 남자는 여태까지 자신이 고수해 온 가정이 있었고, 그녀 역시 이제 새로운 가정을 만들 테니까. 하지만 마음 한구석이 시원해진 건 사실이었다.

"고마워요."

"응?"

혜림이 몸을 살짝 비틀어 그를 올려다봤다.

"우진 씨가 아니었더라면, 오늘이 아니었더라면 평생 짊어지고 갔을 짐이었을 거예요. 내가 가진 마음이."

그녀가 한층 시원해진 얼굴로 웃는 그 순간 피아노 연주가 울려 퍼지자 혜림과 우진이 버진로드를 천천히 걷기 시작했다. 정말로 행복한 모습이었다. 까만 턱시도를 입은 준수한 사내와 면사포로 얼굴을 가려도 그 너머로 보이는 아름다운 신부의 얼굴. 그리고 하얀 웨딩드레스를 입었으나 살짝 배가 나온 모습까지도. 어느 것 하나 사랑스럽지 않은 것이 없었다.

두 사람의 발이 멈추고, 주례사가 흘러나왔다. 생각한 것보다 짧은 주례사가 이어지고 이내 두 사람이 마주 본다. 반지를 혜림의 약지를 끼우자 혜림이 웃는다. 우진 역시 환하게 웃는다.

"신랑, 신부에게 입 맞추세요."

우진이 떨리는 손끝으로 면사포를 걷었다. 예쁘게 화장한 혜림의 두 볼이 복숭아색으로 부드럽게 물들어 있었다. 그가 천천히 고개를 숙이고 혜림의 입에 짧게 입 맞췄다.

"두 사람은 이제 정식으로 부부가 되었습니다."

하객들의 축하한다는 말과 박수 소리가 들렸다. 혜림은 여전히 환하게 웃고 있었고, 우진 역시 그녀를 따라 행복한 듯 웃었다.

에필로그

"괜찮아, 갔다 오렴."

윤 여사, 이제는 시어머니가 된 다경을 보며 혜림이 어색하게 웃었다. 인자하게 웃는 다경이 불편해서 그러는 게 아니었다. 오히려 다경은 정말 좋은 시어머니였다. 지금 그녀가 신경 쓰는 상대는 그녀의 시어머니가 아니라 바로 저와 자신의 시어머니 무릎에도 채 오지 않는 작은 키의 제 아들이었다.

이제 다섯 살 난 아들은 엄청나게 토라진 얼굴로 엄마인 자신과 시선도 마주치려고 하지 않은 채였다. 아들이 토라진 것에 대해 안절부절못하는 자신과 달리 옆에 있는 자신의 남편인 남자는 영 못마땅한 얼굴이었다.

"운아, 엄마 몇 밤만 자고 오면 금방 와."

"싫어! 가지 마! 아빠 미워!"

"허, 참 나, 이 녀석 보게."

눈물을 그렁그렁 매달고 있는 아들을 혜림이 안아 올려 등을 토닥거렸다. 아들 녀석이 가지 말라고 떼를 쓰자 혜림은 정말로 이 여행을 취소할 생각을 할 것처럼 보였다.

"엄마랑 아빠랑 조금 있으면 결혼 5주년……."

"싫어! 싫어어! 엄마! 가지 마! 응? 안 가면 안 돼?"

"에고, 애가 워낙에 엄마를 잘 따라서……. 운아, 그러면 안 돼. 응? 엄마 곤란해하잖아."

"우진 씨, 그냥 이번엔……."

그 순간 우진은 혜림의 품에 안겨서 눈을 반짝이는 제 아들의 얼굴을 보았다. 누굴 닮아서 저렇게 영악한 건지 모르겠다는 생각이 들었다. 생긴 건 진짜 자신의 어릴 적 모습인데 하는 짓은 영 딴판이었다. 그가 한숨을 푹 내쉬고는 잠시 다경에게 아들을 맡기고는 그녀의 손목을 잡아채서는 방 안으로 데리고 왔다.

그리고 혹여나 운이 들어올까 봐 문까지 잠그고는 팔짱을 낀 채 아니꼬운 표정으로 제 아내를 바라봤다. 혜림은 어색하게 웃고 있었다.

"운이가 저렇게 싫어하는데……."

"결혼 5주년인데?"

"……."

"일주일을 가자는 것도 아니고, 한 달을 가자는 것도 아니고, 4박 5일 일정인데?"

그 말에 그녀가 어색하게 웃었다. 운이도 한 치의 양보를 하지 않고, 그렇다고 해서 우진도 절대 양보할 생각이 없는 것처럼 보였다. 어쩌면 당연한 것일지도 모르는 게 혜림은 일이 끝나면 아들하고만 시간을 보내고 우진과는 별달리 시간을 보내지는 못했다.

그건 혜림이 운이를 직접 챙기려 했던 때문도 있었고, 혜림이 우진에게 가려고 하면 운이가 냉큼 막아서니 그런 때문도 있었다.

"아니면 운이를 데리고 가면……."

"우리 결혼 5주년이라니까? 나는 우리 둘만의 시간을 보내고 싶어."

"근데 운이가 저렇게 구니까 어쩔 수 없잖아요. 예전부터 계획해 왔던 거니까 별수 없긴 해도……."

"운이 허락만 있으면 된다, 이거지?"

"이론상으로는 그렇죠?"

비행기 표도 다 예약해 놓고, 호텔도 예약해 놓은 상태라서 운이 문제만 해결하면 모든 게 끝이었다. 그 말에 뭔가 든든한 지원군이라도 얻은 것처럼 우진이 혜림을 향해 개구지게 씩 웃었다.

그 모습에 어쩐지 소름이 돋았다. 뭔가 못된 장난을 시작하기 전의 악동 같은 모습이었달까. 내뱉은 말을 철회하려고 한 그 순간 우진이 잠갔던 문을 벌컥 열고는 다경의 품에 안긴 운이를 번쩍 안아 들었다.

"운아, 엄마랑 아빠가 결혼 5주년에 여행을 가기로 약속을 했어. 그래서 꼭 가야 돼."

"나도 갈래, 그럼……."

혜림을 똑 닮은 눈동자에 눈물이 가득 맺히니 괜히 마음이 약해진다. 아들이 악동에다가 말썽쟁이이긴 하지만 그래도 눈에 넣어도 안 아픈 자식이니 눈물에 마음이 약해지는 것은 당연지사였다. 하지만 우진에겐 혜림과 보낼 단둘만의 시간이 바로 눈앞에 있었다. 그에겐 아들의 눈물보다 그게 더 시급했다.

"운이는 나이가 안 돼서 비행기를 못 타."

"흐으……"

"대신에 아빠가 약속할게."

"뭔데?"

"아빠가 여기 올 때 운이가 갖고 싶어 했던 거랑 같이 돌아올게. 그럼 됐지?"

우진의 뒤에서 그 말을 듣던 혜림이 고개를 갸우뚱했다. 운이가 원했던 것? 장난감이나 책 같은 물건은 아닌 것 같은데……. 그런데 운이는 그 말을 알아들었는지 고사리만 한 자신의 새끼손가락을 우진의 손가락에 걸었다. 운이 손가락과 우진을 번갈아 보다가 웅얼거리는 목소리로 물었다.

"진짜지?"

"그럼. 운이가 원한 거랑 꼭 같이 올게."

"알았어. 그럼 얌전하게 기다리고 있을게."

"그래, 그래. 아유, 우리 아들 착하다. 할머니 말씀 잘 듣고 있어야 돼?"

"응……"

그리고 다시 운이를 번쩍 들어 올려서 다경의 품에 안긴 우진이 몸을 빙글 돌리고는 혜림을 똑바로 쳐다봤다. 아까 전의 악동 같은 미소가 이번에는 자신만만 얼굴로 바뀌어 있었다.
"이제 가도 되지?"
어딘가 영 찝찝한 미소였지만 혜림은 일단 고개를 끄덕였다.

영국에서 머물 호텔에 도착하자마자 혜림이 침대에 엉덩이를 기댔다. 우진은 비행기에서 잠을 설쳤는지 피곤한 얼굴로 침대에 얼굴을 묻었다. 그녀가 손을 들어 조금 길어진 그의 머리카락을 만지작거렸다.
감고 있는 그의 눈이 살짝 떠지자 그녀가 살짝 웃었다. 제 머리카락을 만져 주는 손길이 좋아서 가만히 있던 그가 그녀의 손목을 잡고는 그녀의 엄지부터 시작해서 검지, 중지, 약지, 새끼손가락에까지 가볍게 입을 맞췄다. 간지러워서 그녀가 가볍게 웃었다.
"그런데 운이가 의외로 바로 좋다고 했네요."
"아아, 그거……."
"내가 말할 때는 말도 안 듣더니. 그래도 아빠가 좋긴 좋은가 봐요."
내심 섭섭한 목소리로 말하는 아내의 눈치를 살짝 살폈다. 솔직하게 말해야 하나 싶기도 하고 말하지 말까 싶기도 했다. 물어보지 않는 이상 말하지 말아야지, 하고 다시 눈을 감았는데 혜림이 대뜸 물었다.
"그런데 운이가 갖고 싶다고 한 게 뭐였어요?"
"응?"

"당신이 운이한테 '운이가 갖고 싶어 했던 거랑 같이 돌아올게' 라고 말했잖아요. 그러니까 운이도 조용해지고……. 도대체 그게 뭐예요? 장난감은 아닌 것 같은데."

"알고 싶어?"

그렇게 말하는 우진의 모습이 지독하게 섹시했다. 약간 잠이 오는 듯한 목소리와 나른해 보이는 미소에 그녀가 움찔하며 몸을 뒤로 빼자, 그가 사냥감을 잡은 맹수처럼 재빨리 그녀의 허리를 잡아왔다.

혜림에게서 은은한 로즈마리 향이 난다. 항상 맡아도 질리지 않는 기분이 좋은 향기였다. 누워 있던 우진이 천천히 몸을 일으키고는 혜림과 똑바로 눈을 마주했다.

"운이가 갖고 싶은 게 뭐냐면."

"뭐냐면?"

"운이가……."

"……."

"갖고 싶대."

"그러니까 뭘요?"

계속 질질 끄는 말에 그녀가 인상을 살짝 찌푸리자 그가 씩 웃고는 짧게 그녀의 입술에 입을 맞췄다.

"동생."

"……네?"

"동생 갖고 싶대."

"아, 그건, 잠시 보…… 꺅!"

잠시 보류하자는 말을 하면서 피하려고 했는데 다시 한 번 우진에게 잡혔다. 자신을 뜨겁게 쳐다보고 있는 우진에게 그녀가 어색하게 웃어 보였다. 혜림이 외동이었기 때문에 딱히 형제를 생각해 본 적은 없었다. 어쩌면 형제가 있는 것보다 외동이 더 편할 것이라고 생각했기 때문이다.

"보류는 무슨. 나는 운이 아빠니까 약속을 지킬 거거든."

"이럴 때만."

그래도 싫지 않은 듯 그녀가 희미하게 웃었다. 이때다 싶었는지 그가 다시 한 번 그녀의 입술에 짧게 입을 맞췄다. 혜림이 손을 들어 그의 목에 팔을 둘렀다. 짧게 이어지던 입맞춤이 점점 더 농밀해지기 시작했다.

우진의 손이 빠르게 그녀의 블라우스를 벗겨 나갔다. 영국에 오자마자 이러면 여행 기간 동안 여행도 제대로 하지 못하고 정말 동생만 만들고 갈 것 같다는 예감이 강하게 들었다. 하지만 그것도 딱히 나쁠 것 같지는 않았다. 그녀는 외동이었고 어쩌면 그녀가 어렸을 때 형제가 있었더라면 덜 외롭지 않았을까 하는 생각도 들었으니까.

"왜 웃어?"

그가 입술을 떼고는 그녀의 목덜미에서 입술을 지분거리며 물었다.

"그냥요. 운이 동생은 여자앨까, 남자앨까 하는 생각?"

"여자애면 좋겠어."

"당신 닮은?"

"여자애가 날 닮아서 뭐 해, 우리 예쁜 와이프 닮아야지."
"딸은 아빠 닮아야 잘산대요."
"그래도 당신 닮았으면 좋겠어."
그가 얼굴을 들어 혜림의 얼굴을 바라봤다. 화장기 없는 수수한 얼굴이지만 여전히 아름다운 모습이었다. 나이를 먹는 것 같지 않은 여전히 젊고, 아름다운 자신의 보물.
"운이가 동생 생기면 좋아하겠지?"
"당신 닮았으니까 좋은 오빠가 되겠죠."
"그래. 당신에게 나에게 그리고 운이에게 또 가족이 생기겠네."
두 사람이 눈을 마주했다. 그들의 입가에는 여전히 행복한 미소가 가득했다.

The End.

작가 후기

　길고 길었던 〈눈의 여왕〉을 끝맺었습니다. 음…… 정말 감회가 새롭네요. 옛날에는 꼭 책을 내보고 싶다는 생각도 했었고, 그게 꿈이기도 했었는데 청어람에서 이렇게 제 꿈을 이뤄줄 줄은 생각도 못했습니다. 〈눈의 여왕〉은 드라마에서 흔히 볼 법한 재벌들의 치정극 속 악녀의 딸 이야기입니다. 어쩌면 뻔할 수도 있는 글이었지만 그래도 제게는 감회가 새로운 글이네요. 윤재희로서의 처녀작이기도 하고, 또 책으로도 나오게 됐으니까요.
　저는 이 글을 즐겁게 썼습니다. 그렇기에 읽으시는 모든 분들이 즐겁게 읽어주셨으면 좋겠습니다.
　우선은 책을 낸다고 했을 때 저만큼이나 기뻐해 줬던 엄마, 자랑스럽다고 말해주셨던 아빠, 사랑하고 감사합니다. 수정하는 동안 제 찡찡거림을 받아줬던 B언니, 진짜 고마워요. 오랜 시간 동안 알아왔는데 언니한테는 준 것보다 받은 게 많아서, 항상 받기만 하는 것 같아서 미안하고 또 고맙고 그래요.
　그다음에 제 찡찡거림을 받아줬던 기맺님, 감사합니다. 당신이 항상 제 기를 살려주고 북돋아주고 그랬어요. 매일 글 보여주고 평가해 달라고 하면 진짜 귀찮았을 텐데 그런 내색도 안 하고……. 만나면 꼭 안아줄게요. 그리고 제 소중한 친구 J씨에게도 감사 인사드립니다. 당신들에게는 고맙고, 감사하고, 미안하다는 말로는 항상 부족해요.

마지막으로 저만큼, 아니, 저보다 더 힘드셨을 편집자님. 초짜 글쟁이를 이렇게까지 이끌어주셔서 정말 감사합니다. 제가 민폐 끼치진 않았을지 모르겠네요. 다음번에도 잘 부탁드립니다.

다음에 또 다른 작품으로 여러분들과 다시 만나고 싶습니다. 어떤 글로 찾아뵐지, 어떻게 하면 독자님들을 더 즐겁게 해드릴지 열심히 생각할게요. 또 다른 글을 낼 때까지 저를 잊지 않고 기억해 주신다면 정말 기쁠 것 같아요. 그럼 이만 글을 마칩니다.

윤재희 올림.

# 바나나형수님

Chungeoram romance novel
홍윤정 장편 소설

5년 전 키스 한 번으로 악몽이 되어버린 그가
도련님으로 내 앞에 나타났다.
"바나나가 내 형수라고요?"

사랑도 명품만 취급하는 사랑 된장녀 반안나 형수님.
팜므파탈, 사이렌이라면 지긋지긋한 윤일후 도련님.
그들이 엮어가는 달콤살벌한 로맨스.

"형과 나, 둘 중 누가 더 잘해?"
"이 변태."

 세상의 모든 **전자책**을 위해 **탄생**된 **곳**

세상을 보는 또 하나의 창 이젠북!
www.ezenbook.co.kr

지금 **클릭하세요!** | 검색창에 **이젠북** 을 쳐보세요! | Q

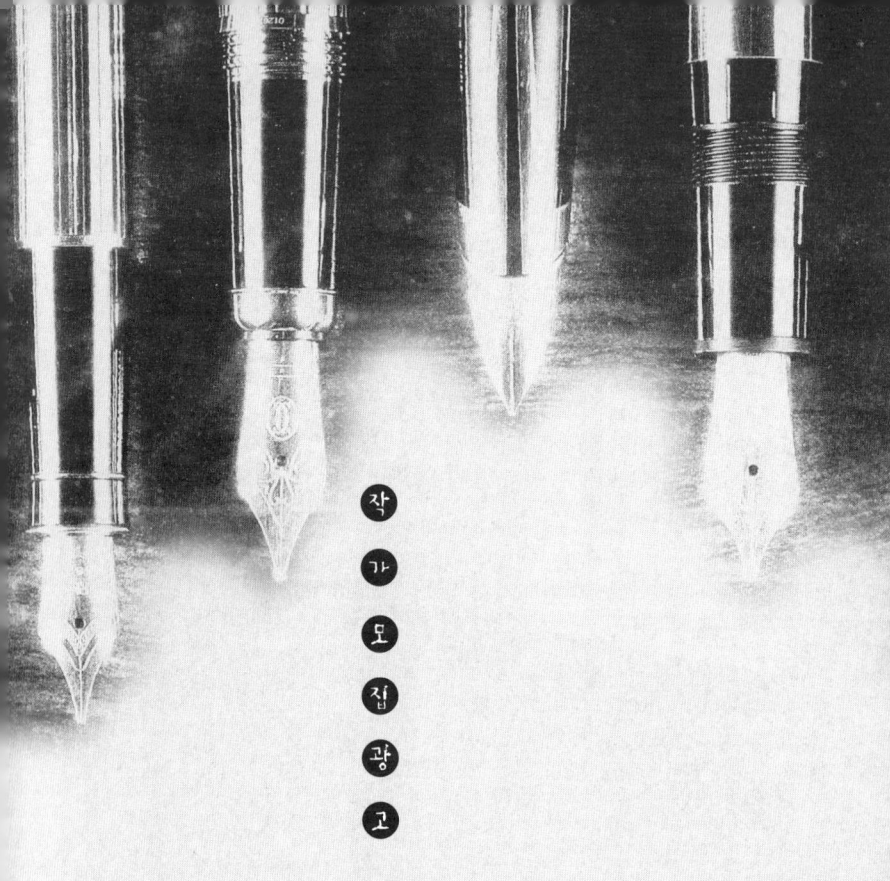

작
가
모
집
광
고

도서출판 청어람의 문은 항상 열려 있습니다.
실력있는 작가 분들의 많은 관심 부탁드립니다.

TEL:032-656-4452 • FAX:032-656-4453
http://www.chungeoram.com
e-mail:chungeorambook@daum.net